Robert Jordan
Neue Bündnisse

PIPER

Zu diesem Buch

Die Königin von Ghealdan bietet Perrin als Stellvertreter des Wiedergeborenen Drachen ihr Königreich an – eine willkommene, wenn auch unerwartete Unterstützung Rand al'Thors bei dessen Bemühungen um neue Bündnispartner. Währenddessen stoßen Egwene und die Aes Sedai an der Grenze zu Andor auf Schwierigkeiten: Seit dem Gebrauch der Schale der Winde überziehen heftige Winterstürme das Land. Doch nicht nur der Umschwung des Wetters droht Egwenes Plan zu vereiteln, nach Tar Valon zurückzukehren und Elaida vom Thron zu stürzen. Auch haben andoranische und murandianische Fürsten eine Allianz geschmiedet und stellen sich Egwenes Heer entgegen. Die junge Amyrlin steht vor ihrer größten Herausforderung …

Robert Jordan, geboren 1948 in South Carolina, begeisterte sich schon in seiner Jugend für phantastische Literatur von Jules Verne und H. G. Wells. Als ihm der Lesestoff ausging, begann er selbst zu schreiben. 1990 erschien der Auftakt zu seinem Zyklus »Das Rad der Zeit«, einem einzigartigen epischen Werk, das Millionen Fans in der ganzen Welt gefunden hat. Bei Piper liegen inzwischen 33 Bände der Saga vor. Robert Jordan starb im September 2007 an einer seltenen Blutkrankheit.
Weiteres zum Autor: www.tor.com/jordan und www.radderzeit.de

Robert Jordan

Neue Bündnisse

Das Rad der Zeit 22

Aus dem Amerikanischen
von Karin König

Piper München Zürich

Zu den lieferbaren Büchern von Robert Jordan bei Piper siehe Seite 302.

Deutsche Erstausgabe
1. Auflage Februar 2005
3. Auflage Juni 2011
Erstmals erschienen:
Wilhelm Heyne Verlag GmbH & Co. KG, München 1999

Titel der amerikanischen Originalausgabe:
»The Path of Daggers 2«, Tom Doherty Associates (TOR Books), New York 1998

Umschlagkonzept: semper smile, München
Umschlaggestaltung: Guter Punkt, München
nach einem Entwurf von Nele Schütz Design, München
Umschlagabbildung: Attila Boros via Agentur Schlück GmbH
Innenillustrationen: Johann Peterka
Karte: Erhard Ringer
Satz: Schaber Satz- und Datentechnik, Wels
Druck und Bindung: CPI – Clausen und Bosse, Leck
Printed in Germany ISBN 978-3-492-28572-8

Inhalt

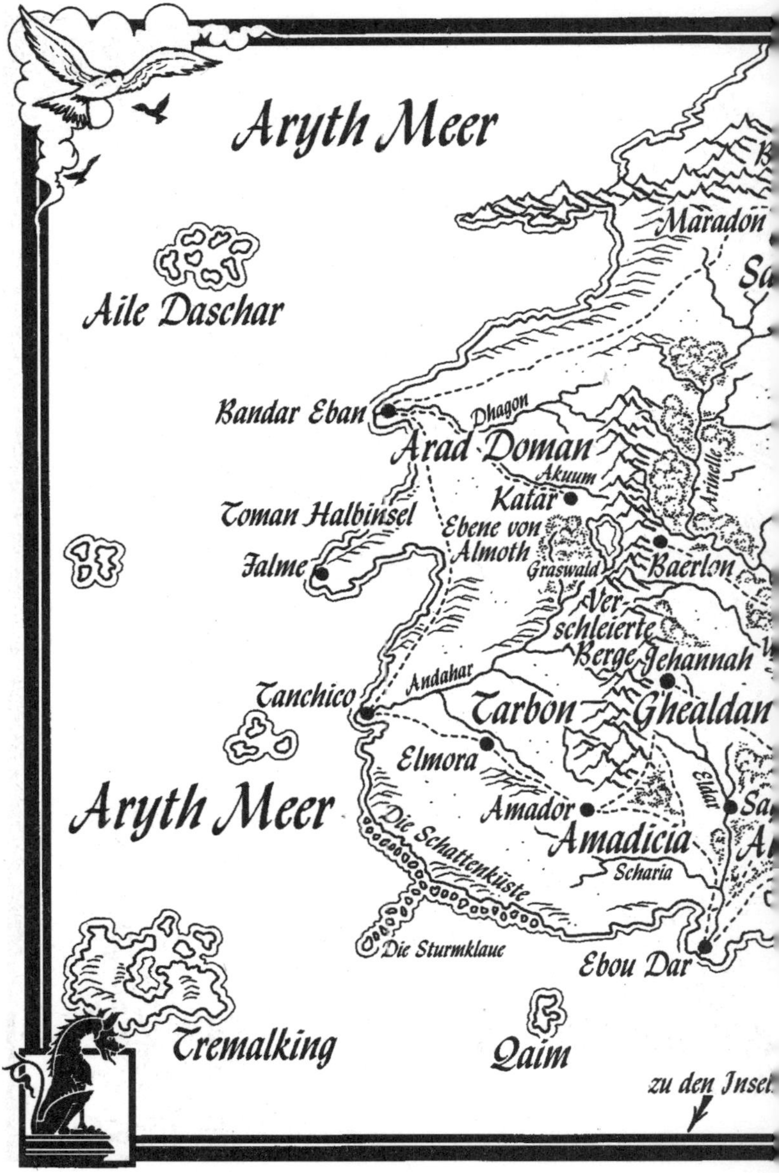
Aryth Meer
Maradon
Aile Daschar
Bandar Eban
Dhagon
Arad Doman
Akuum
Katar
Toman Halbinsel
Ebene von Almoth
Falme
Graswald
Baerlon
Arinelle
Ver-schleierte Berge
Jehannah
Andahar
Tanchico
Tarbon
Ghealdan
Elmora
Amador
Eldar
Aryth Meer
Die Schattenküste
Amadicia
Scharia
Die Sturmklaue
Ebou Dar
Tremalking
Qaim

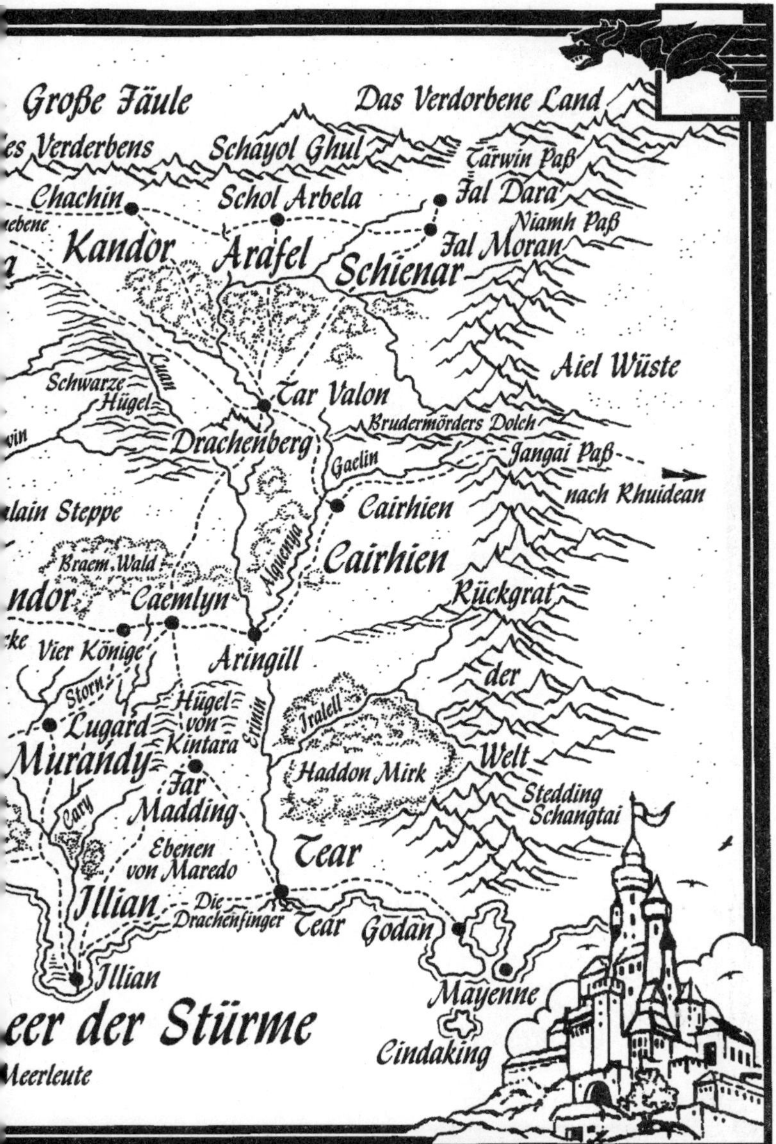

Große Fäule
Das Verdorbene Land
es Verderbens
Schayol Ghul
Tarwin Paß
Chachin
Schol Arbela
Fal Dara
ebene
Niamh Paß
Kandor
Arafel
Fal Moran
Schienar
Aiel Wüste
Luan
Schwarze Hügel
Tar Valon
Brudermörders Dolch
vin
Drachenberg
Jangai Paß
Gaelin
nach Rhuidean
Cairhien
lain Steppe
Alguenya
Cairhien
Braem Wald
Rückgrat
ndor
Caemlyn
cke
Vier Könige
Aringill
der
Storn
Hügel von Kintara
Iralell
Lugard
Erinin
Murandy
Welt
Haddon Mirk
Far Madding
Stedding Schangtai
Cary
Ebenen von Maredo
Tear
Illian
Die Drachenfinger
Tear
Godan
Illian
Mayenne
eer der Stürme
Cindaking
Meerleute

Ein Vorwort von Andreas Decker

Das Rad der Zeit dreht sich, Zeitalter kommen und vergehen und lassen Erinnerungen zurück, die zu Legenden werden. Legenden verblassen zu Mythen, und sogar der Mythos ist lange vergessen, wenn das Zeitalter ihres Ursprungs wiederkehrt.

Mit diesen Worten beginnt jede Chronik aus der Welt des Rades, eines Universums, in dem das Rad der Zeit und das Große Muster, das es webt, das oberste Prinzip sind.

Am Anfang steht eine Prophezeiung, die Prophezeiung des Drachen. Sie verkündet die Befreiung des Dunklen Königs, des Bösen schlechthin, und die Wiedergeburt Lews Therin Telamons, des Drachen, der einst vor Jahrtausenden sein Gefängnis versiegelte und dafür den höchsten Preis bezahlen mußte. Sie berichtet von einem Mann, der sowohl der Vernichter als auch der Erlöser der Welt sein soll. Er kann die *Eine Macht* lenken, und er ist der Wiedergeborene Drache, der *Tarmon Gai'don* schlagen soll, die Letzte Schlacht gegen den Dunklen König.

Rand al'Thor ist der Wiedergeborene Drache.

Man schreibt das Dritte Zeitalter seit der Zerstörung der Welt. Wieder strecken der Dunkle König und seine Vertrauten, die dreizehn Verlorenen, die ihm schon in tiefer Vergangenheit zur Seite standen, die Hand nach der Welt aus. Horden nichtmenschlicher Trollocs und

Myrddraals überziehen das Land mit Verwüstung, gelenkt von den Verlorenen, die nahezu unerkannt unter den Menschen wandeln, wo sie Unruhe schüren und Kriege auslösen.

Allein Rand al'Thor ist laut den Prophezeiungen dazu bestimmt, die Letzte Schlacht zu schlagen. Er beherrscht die *Eine Macht,* kann die Welt nach seinen Wünschen formen, und die Welt fürchtet ihn. Er hat treue Freunde um sich geschart, Nationen besiegt und Throne gestürzt. Er hat mächtige Feinde und zweifelhafte Verbündete, aber die größte Bedrohung ist die *Eine Macht.* Denn wie alle Männer, die sich der Macht bedienen, kämpft er gegen den Makel des Wahnsinns an, der die mystische Energie beschmutzt.

Wie die Eingeweihten wissen, besteht sowohl die *Eine Macht* als auch die Wahre Quelle, der sie entspringt, aus zwei widerstreitenden und sich dennoch ergänzenden Teilen:

Saidin, der männlichen Hälfte, und *Saidar,* der weiblichen Hälfte. Die Energie versetzt einige wenige Menschen in die Lage, die Elemente Erde, Wind, Feuer, Wasser und Geist nach ihrem Willen zu beeinflussen und Heldentaten zu vollbringen. Im untergegangenen Zeitalter der Legenden nannte man diese Männer und Frauen Aes Sedai, was in der Alten Sprache ›Diener aller‹ bedeutet.

Als der Dunkle König, der im Augenblick der Schöpfung von dem Schöpfer des Universums außerhalb von Zeit und Schöpfung gefangengesetzt wurde, aus seinem Gefängnis auszubrechen drohte und von Lews Therin Telamon, dem stärksten Aes Sedai seiner Zeit, besiegt wurde, geriet der triumphale Sieg zugleich zur verheerenden Niederlage. Im Augenblick der Versiegelung wurde *Saidin,* die männliche Quelle der *Einen Macht,* mit einem Makel versehen. Jeder Mann, der nach der Macht griff – was für ihn so natürlich war wie das Atemholen –, wurde wahnsinnig. Das hat sich bis auf den heutigen Tag nicht geändert.

Bei den meisten vollzieht sich das als schleichender Prozeß. Bei Lews Therin Telamon, dem Drachen, war dies anders. Blindwütig in seinem Wahn, wandten er und seine Helfer sich mit der Macht gegen alle und jeden und schließlich gegen die Welt selbst. Erdbeben erschütterten das Land, Stürme fegten darüber hinweg, Vulkane brachen aus, der Ozean überschwemmte das Land. Reiche gingen unter, und ganze Völker wurden ausgelöscht.

Nach dem Neubeginn hat sich das Antlitz der Welt verändert. Nun benutzen nur noch die weiblichen Aes Sedai die *Eine Macht.* Sie haben die Weiße Burg gegründet, und seit jenen dunklen Tagen wachen sie unerbittlich darüber, daß sich kein Mann der *Einen Macht* bedient. Sie spüren einen jeden auf und ›dämpfen‹ ihn, schneiden ihn vom Zugang zur Wahren Quelle ab, um Unheil zu verhindern.

Rand al'Thor hatte von jeher ein zwiespältiges Verhältnis zu den Aes Sedai, die von vielen als die wahren Herrscher der Welt gefürchtet und gehaßt werden. Aber er ist der Wiedergeborene Drache, der wie kein zweiter über die *Eine Macht* gebietet; er ist der *Car'a'carn* der Aiel, der Wüstennomaden, deren Stämme ihm fast alle bis in den Tod ergeben sind; er ist der Begründer der Schwarzen Burg und der *Asha'man,* der Männer, die ungeachtet aller gegenteiligen Bemühungen der Aes Sedai gelernt haben, mit der Macht umzugehen. Und er hat treue Verbündete, die in seinem Namen handeln.

So haben sich Nynaeve, Elayne und Aviendha, fähig, die *Eine Macht* zu lenken, aber Freundinnen und Vertraute des Drachen, viel vorgenommen – und erreicht. Die Suche nach der Schale der Winde – einem mächtigen *Ter'angreal* aus dem Zeitalter der Legenden, der die

Eine Macht bündelt und verstärkt und der das von den Kräften des Bösen beeinflußte Wetter wieder in seinen Normalzustand versetzen könnte – führte sie nach Ebou Dar. Dort fanden sie mehr, als sie sich jemals hätten träumen lassen.

Da ist die Schwesternschaft, Frauen, die über die *Eine Macht* gebieten, aber aus einer Vielzahl von Gründen nicht von der Weißen Burg aufgenommen wurden. Um nicht gedämpft und von der Wahren Quelle abgeschnitten zu werden, tauchten sie unter. Geleitet vom Frauenzirkel, wie sich ihre Führung selbst nennt, leben sie hier unbehelligt und in großer Zahl.

Dann ist da das Atha'an Miere. Es stellt sich heraus, daß die Machtlenkerinnen des Meervolks als einzige die Schale der Winde richtig zu bedienen wissen. Aus diesem Grund schließen sie einen Handel mit Nynaeve ab.

Und nicht zuletzt findet Nynaeve die Liebe, denn hier trifft sie den zu ihrem Schutz geschickten Behüter Lan wieder. Und diesmal zögert sie nicht lange, sondern heiratet ihn zur Überraschung ihrer Gefährtinnen kurz entschlossen.

Aber wie immer sind die Schattenfreunde ihnen auf der Spur. Nur mühsam können sich die Freundinnen und ihre Begleiter, zu denen auch Mat Cauthon gehört, gegen den Angriff eines *Gholams* wehren. Es gibt nur sechs davon. Der einzige Daseinszweck dieser künstlichen Wesen aus dem Zeitalter der Legenden besteht darin, Trägerinnen der Macht zu töten. Sie können dem Unheimlichen gerade noch entkommen, müssen die Stadt aber schnell verlassen.

Aviendha gestaltet ein Wegetor, um das Bündnis aus Frauen der Schwesternschaft, der Atha'an Miere und einiger Aes Sedai zu einem Bauernhof in der Nähe zu schaffen, wo sie die Schale der Winde ungestört einsetzen können. Ihr Aufbruch wird von Moridin verfolgt, dessen Name Tod bedeutet. Er ist ein Träger der Wahren Macht, der seine eigenen Ziele verfolgt, die genauso undurchsichtig wie er selbst sind. Er hat einige der Verlorenen mit Hilfe von Geistfallen versklavt, darunter Moghedien, die ihm nun hilflos ausgeliefert ist. Da Aviendha das Tor zerstört, kann er ihnen nicht folgen.

Die ungleichen Verbündeten haben es gerade geschafft, die Schale der Winde zu aktivieren, als Ebou Dar von den Invasoren aus Seanchan angegriffen wird.

Durch die Wirren der Zeit bestand lange Zeit kein Kontakt zwischen den Kontinenten, aber nun wollen die Seanchaner das Heimatland ihres erstes Kaisers erobern. Schon einmal konnte Rand al'Thor sie unter großen Opfern zurückschlagen. Aber sie geben nicht auf.

In letzter Sekunde können Nynaeve und die anderen die Flucht ergreifen, wobei Elayne fast ihr Leben gibt, um die vorrückenden Seanchaner aufzuhalten.

In der Zwischenzeit ist Perrin Aybara, der Wolfsbruder, mit einigen Getreuen und seiner Frau Faile in Ghealdan eingetroffen. Der selbsternannte Prophet des Wiedergeborenen Drachen überzieht das Land mit Chaos. Einst ein einfacher Soldat namens Masema Dagar, glaubt er sich dazu bestimmt, der Welt zu verkünden, daß der Wiedergeborene Drache das Gestalt gewordene Licht ist. Und nichts hält ihn von seiner Mission ab. Mittlerweile kontrollieren er und seine Anhänger weite Teile von Ghealdan. Die Kinder des Lichts, der fanatische Kriegerorden, der sich der Vernichtung aller Schattenfreunde – und derjenigen, die man dafür hält – verschrieben hat, stehen schon bereit, diese Schwächung auszunutzen und das Land zu übernehmen. Perrin soll die Ordnung wiederherstellen und Ghealdan auf die Seite Rand al'Thors bringen.

Aber bevor er sich in der Stadt Bethal mit Königin

Alliandre treffen kann, rettet er eine kleine Reisegruppe aus der Gewalt von Straßenräubern. Er unterstellt die Dame Maighdin und ihre Begleiter seinem Schutz und nimmt sie bei sich auf – ohne zu ahnen, daß sie in Wirklichkeit Königin Morgase von Andor ist. Die Mutter Elaynes, die allgemein für tot gehalten wird und die sich mit den Kindern des Lichts einließ, ist auf der Flucht. Und nach den vielen Entbehrungen und Demütigungen der Vergangenheit ist sie nur allzu bereit, wieder am Spiel der Mächtigen teilzuhaben.

Währenddessen bleiben die anderen Spieler nicht untätig. Rand al'Thor, der Drache, zieht weiterhin Streitkräfte zusammen und betreibt die Stärkung der Schwarzen Burg. Moghedien, die Verlorene, ist in Moridins Auftrag unterwegs, um Unheil zu stiften. Und Egwene, die von den Aes Sedai, die Elaidas Machtergreifung als Amyrlin für unrecht hielten, zu ihrer Anführerin erkoren wurde, führt ihr Heer weiter auf Tar Valon und die Weiße Burg zu, um unter den Trägerinnen der *Einen Macht* erneut Einigkeit herzustellen und die unrechtmäßige Amyrlin zu vertreiben. Sie weiß, daß ihr ein harter, vielleicht sogar aussichtsloser Kampf bevorsteht. Denn Tar Valon ist noch niemals erobert worden …

Das Rad dreht sich, und die Letzte Schlacht rückt immer näher. Die Heere sammeln sich, und der Wiedergeborene Drache muß sich dem Kampf stellen, wenn die Welt kein zweites Mal untergehen soll.

KAPITEL 1

Wirrnisse

Perrin erwachte, wie üblich, vor dem ersten Tageslicht, und Faile war, wie üblich, bereits auf den Beinen. Sie konnte eine Maus geräuschvoll erscheinen lassen, wenn sie es wollte, und er argwöhnte, daß es ihr auch dann gelänge, zuerst aufzustehen, wenn er bereits eine Stunde nach dem Einschlafen erwachte. Der Zelteingang war zurückgeschlagen, die Seitenwände am Boden ein wenig angehoben, und ein Windhauch wehte durch die Öffnung im Zeltdach, der genügte, eine Illusion von Kühle zu bewirken. Tatsächlich erschauderte Perrin, als er nach seinem Hemd und seiner Hose suchte. Nun, es sollte Winter sein, selbst wenn das Wetter dem nicht entsprach.

Er zog sich im Dunkeln an und schrubbte seine Zähne mit Salz, wozu er kein Licht benötigte, und als er das Zelt verließ und in seine Stiefel stieg, hatte Faile in der tiefgrauen Dämmerung des frühen Morgens bereits ihre neuen Diener um sich versammelt, von denen einige entzündete Laternen hielten. Die Tochter eines Lord brauchte Diener. Er hätte schon früher dafür sorgen sollen. In Caemlyn gab es Leute aus den Zwei Flüssen, die Faile selbst unterwiesen hatte, aber da Geheimhaltung vonnöten war, hatte sie ihre Diener nicht mitnehmen können. Meister Gill würde zwar so bald wie möglich nach Hause ziehen wollen und Lamgwin und Breane ebenfalls, aber vielleicht würden Maighdin und Lini bleiben.

Aram, der mit gekreuzten Beinen neben dem Zelt

gesessen hatte, richtete sich jetzt auf und wartete ruhig auf Perrin. Hätte Perrin es nicht verhindert, hätte Aram quer vor dem Zelteingang geschlafen. Heute morgen trug er eine rot-weiß gestreifte Jacke, obwohl das Weiß ein wenig schmuddelig wirkte, und selbst jetzt ragte das mit dem Wolfskopf-Knauf versehene Schwertheft über seine Schulter. Perrin hatte seine Streitaxt im Zelt gelassen und war dankbar, sie los zu sein. Tallanvor trug sein Schwert ebenfalls am Gurt über der Jacke, Meister Gill und die beiden anderen hingegen waren unbewaffnet.

Faile mußte ihn erwartet haben, denn kaum trat Perrin aus dem Zelt, als sie auch schon zu ihm hinübersah und Befehle erteilte. Maighdin und Breane eilten mit Laternen an ihm und Aram vorbei, die Zähne zusammengebissen, und rochen aus einem unbestimmten Grund entschlossen. Keine von ihnen vollführte einen Hofknicks oder verbeugte sich, was Perrin angenehm überraschte. Lini jedoch tat es, ein rasches Beugen des Knies, bevor sie den beiden anderen nacheilte und etwas über ›seinen Stand anerkennen‹ murmelte. Perrin vermutete in Lini eine jener Frauen, die ihren ›Stand‹ im Befehlen sahen. Wenn er darüber nachdachte, galt das wohl für die meisten Frauen. So war anscheinend der Lauf der Welt, nicht nur in den Zwei Flüssen.

Tallanvor und Lamgwin folgten den Frauen dichtauf, und Lamgwin verbeugte sich ebenso ernsthaft wie Tallanvor, der dies fast verbissen tat. Perrin seufzte und verbeugte sich ebenfalls, woraufhin beide erschraken und ihn anstarrten. Ein kurzer Befehl von Lini trieb sie ins Zelt.

Faile lächelte Perrin nur flüchtig zu, bevor sie sich in Richtung der Karren entfernte, wobei sie sich abwechselnd mit Basel Gill auf ihrer einen und Sebban Balwer auf der anderen Seite unterhielt. Jeder der Männer hielt eine Laterne vor sich, um ihr zu leuchten. Natürlich befanden sich etliche jener Dummköpfe in Hörweite, wenn sie die Stimme erhob, stolzierten einher, strichen über ihre Schwerthefte und starrten in die Dunkelheit, als erwarteten sie einen Angriff oder hofften sogar darauf. Perrin zupfte an seinem kurzen Bart. Faile war stets beschäftigt, und niemand nahm ihr die Arbeit ab. Niemand würde es wagen.

Noch zeigte sich die Dämmerung nicht am Horizont, und doch machten sich die Cairhiener bereits rund um die Karren zu schaffen und eilten sich zusehends, je näher Faile kam. Die Leute aus den Zwei Flüssen, die den Alltag der Bauern gewohnt waren, bereiteten bereits ihr Frühstück zu, einige lachend und eifrig, andere mürrisch, aber die meisten erfüllten ihre Aufgaben. Einige wenige wollten liegen bleiben, wurden aber schlicht aufgescheucht. Grady und Neald waren ebenfalls aufgestanden und hielten sich wie gewohnt abseits, Schatten in schwarzen Jacken unter den Bäumen. Perrin konnte sich nicht erinnern, sie jemals ohne diese Jacken gesehen zu haben, die stets bis zum Hals geschlossen und an jedem neuen Tag wieder sauber und glatt aussahen, in welchem Zustand auch immer sie am Abend zuvor gewesen waren. Sie führten wie jeden Morgen synchron Schwertübungen aus. Das gefiel Perrin besser als ihre abendliche Tätigkeit, mit gekreuzten Beinen dazusitzen, die Hände auf den Knien, und in ein fernes Nichts zu starren. Sie taten niemals etwas anderes als das, was alle sehen konnten, und doch wußte im Lager niemand auch nur annähernd, was in ihnen vorging, und ein jeder hielt sich so weit wie möglich von ihnen fern. Nicht einmal die Töchter des Speers näherten sich ihnen.

Perrin bemerkte plötzlich, daß etwas fehlte. Faile beauftragte stets einen der Männer, ihm eine Schale mit den dicken Getreideflocken zu bringen, die sie zum

Frühstück aßen, aber heute morgen war sie anscheinend zu beschäftigt. Freudig eilte er zu den Herdfeuern, um sich die Mahlzeit wenigstens einmal selbst zu holen. Aber seine Hoffnung wurde enttäuscht.

Flann Barstere, ein schlaksiger Bursche mit einem Grübchen am Kinn, begegnete ihm auf halbem Wege und reichte ihm eine geschnitzte Schale. Flann stammte aus der Nähe von Wachhügel, und Perrin kannte ihn nicht gut, aber sie hatten ein- oder zweimal zusammen gejagt, und Perrin hatte ihm einmal geholfen, eine der Kühe seines Vaters aus einem Sumpf im Wasserwald zu ziehen. »Lady Faile wies mich an, Euch dies zu bringen, Perrin«, sagte Flann ängstlich. »Ihr werdet ihr doch nicht sagen, daß ich es vergessen hatte? Ich habe etwas Honig gefunden, und ich habe einige Löffel voll hineingegeben.« Perrin unterdrückte ein Seufzen. Zumindest hatte Flann seinen Namen behalten.

Nun, vielleicht gelang es ihm tatsächlich nicht, die einfachsten Aufgaben selbst auszuführen, aber er war noch immer für die Männer verantwortlich, die unter den Bäumen frühstückten. Ohne ihn wären sie bei ihren Familien und bereiteten sich auf die tägliche Arbeit auf dem Bauernhof vor, anstatt sich zu fragen, ob sie noch vor Sonnenuntergang töten müßten oder getötet würden. Perrin schlang seine mit Honig gesüßten Getreideflocken hinunter und wies Aram an, sein Frühstück in Ruhe zu sich zu nehmen, aber der Mann machte eine solche Leidensmiene, daß er sich seiner erbarmte und sich von ihm begleiten ließ, während er durch das Lager ging. Perrin genoß diese Runde nicht.

Männer stellten ihre Schalen ab, wenn er sich näherte, oder standen sogar auf, bis er vorübergelangt war. Er knirschte mit den Zähnen, wann immer ihn jemand, mit dem er aufgewachsen war oder der ihn womöglich als Junge auf Botengänge geschickt hatte,

Lord Perrin nannte. Nicht jedermann tat dies, aber zu viele. Viel zu viele. Nach einiger Zeit gab er es erschöpft auf, es ihnen zu untersagen. Nur allzu häufig lautete die Antwort: »Oh! Ganz wie Ihr meint, Lord Perrin.« Es genügte, einen Mann verzweifeln zu lassen!

Dennoch zwang er sich, innezuhalten und mit jedem Mann ein paar Worte zu wechseln. Aber vor allem hielt er seine Augen offen. Und seine Nase. Sie alle waren eifrig darauf bedacht, ihre Bogen und Pfeilspitzen pfleglich zu warten, aber einige würden ihre Stiefelsohlen oder Hosenböden durchscheuern lassen, ohne es zu merken, oder Blasen schwären lassen, weil man sie nicht dazu bewegen konnte, sofort etwas dagegen zu unternehmen. Mehrere Männer hatten die Angewohnheit, Branntwein zu trinken, wenn sie die Gelegenheit dazu hatten, aber zwei oder drei von ihnen vertrugen ihn nicht. In einem kleinen Dorf, durch das sie am Tag vor ihrer Ankunft in Bethal gekommen waren, hatte es nicht weniger als drei Schenken gegeben.

Es war seltsam. Stets war es ihm unangenehm gewesen, wenn Herrin Luhhan oder seine Mutter ihm gesagt hatten, er brauche neue Stiefel oder seine Hose müsse geflickt werden, und er war sich sicher, daß eine solche Bevormundung auch jeden anderen geärgert hätte, aber von dem bereits ergrauten, alten Jondyn Barran angefangen sagten die Leute aus den zwei Flüssen einfach: »Nun, recht habt Ihr, Lord Perrin; ich kümmere mich sofort darum.« Er sah einige von ihnen einander zugrinsen, wenn er weiterging. Und sie rochen erfreut! Als er ein Tongefäß mit Birnenbranntwein in Jori Congars Satteltaschen entdeckte – Jori war ein hagerer Bursche, der doppelt soviel aß wie alle anderen, aber dennoch stets den Eindruck machte, als habe er eine Woche lang nichts mehr gegessen; er war ein guter Bogenschütze, der jedoch bei jeder Gelegenheit trank, bis er nicht mehr stehen konnte, und außerdem flinke Finger besaß –, sah Jori ihn mit großen Augen an und spreizte die Hände, als wüßte er nicht, wo das Gefäß hergekommen sei. Aber als Perrin weiterging, während er den Branntwein ausgoß, sagte Jori lachend: »Lord Perrin läßt nicht alles durchgehen!« Er klang stolz! Manchmal glaubte Perrin, er habe sich als einziger seine geistige Gesundheit bewahrt.

Und er bemerkte noch etwas. Die Männer achteten allesamt sehr darauf, was er nicht sagte. Alle warfen nacheinander Blicke zu den zwei Bannern, dem Roten Wolfskopf und dem Roten Adler, die gelegentlich in einer leichten Brise flatterten. Sie betrachteten die Banner und beobachteten ihn, warteten auf den Befehl, den er jedesmal gegeben hatte, wenn sie gehißt worden waren, seit sie Ghealdan erreicht hatten, und auch häufig zuvor. Nur daß er gestern nichts gesagt hatte und auch heute nichts sagen würde. Perrin sah an den Gesichtern der Männer, daß sie Vermutungen anstellten. Er versuchte, nicht auf ihr Flüstern hinter seinem Rücken zu achten. Was würden sie sagen, wenn er sich irrte, wenn die Weißmäntel oder König Ailron beschlossen, den Blick ausreichend lange vom Propheten und von den Seanchanern abwenden zu können, um einen mutmaßlichen Aufruhr zu ersticken? Er war für sie verantwortlich, und bereits zu viele von ihnen waren umgekommen.

Die Sonne war schon vollständig über dem Horizont aufgegangen und verbreitete grelles Morgenlicht, als er seinen Rundgang beendete. Tallanvor und Lamgwin schleppten unter Linis Anleitung Kisten aus Perrins Zelt, während Maighdin und Breane auf einem Flecken verdorrten Grases den Inhalt durchforsteten, der überwiegend aus Decken, Wäsche und langen bunten Streifen Seidensatin bestand, mit denen das Bett, das er ›verlegt‹ hatte, geschmückt werden sollte. Faile befand sich wohl im Zelt, denn die plappernde Schar von

Dummköpfen stand nicht weit entfernt. Sie mußten nichts tragen oder schleppen. Sie waren ebenso nützlich wie Ratten in einer Scheune.

Perrin kam in den Sinn, nach den Pferden zu sehen, aber als er durch die Bäume zu den angepflockten Tieren schaute, bemerkte man ihn. Nicht weniger als drei der Hufschmiede traten ängstlich vor, während sie ihn beobachteten. Sie waren stämmige Burschen mit Lederschürzen, die einander ähnelten wie Eier in einem Korb, obwohl Falton nur einen weißen Haarkranz aufwies, Aemin erst allmählich ergraute und Jerasid nicht einmal in mittlerem Alter war. Perrin grollte bei ihrem Anblick. Sie würden in seiner Nähe bleiben, wenn er eines der Pferde anrührte, und die Augen verdrehen, wenn er einen Huf anhob. Das eine Mal, als er bei seinem Pferd ein schadhaftes Hufeisen zu wechseln versucht hatte, waren alle sechs Hufschmiede herbeigeeilt, hatten die Werkzeuge an sich genommen, bevor er sie berühren konnte, und den Kastanienbraunen in ihrer Hast, die Arbeit selbst zu tun, fast umgeworfen.

»Sie fürchten, daß Ihr ihnen nicht traut«, sagte Aram unvermittelt. Perrin sah ihn überrascht an, und Aram zuckte die Achseln. »Ich habe mit einigen von ihnen gesprochen. Sie denken, wenn sich ein Lord selbst um seine Pferde kümmert, dann nur deshalb, weil er ihnen nicht traut.« Sein Tonfall drückte aus, daß er sie wegen ihrer Annahme für Narren hielt, aber er sah Perrin von der Seite an und zuckte erneut unbehaglich die Achseln. »Ich glaube, sie sind auch peinlich berührt. Wenn Ihr Euch nicht so verhaltet, wie sie es von einem Lord erwarten, fällt es ihrer Meinung nach auch auf sie selbst zurück.«

»Licht!« murrte Perrin. Faile hatte dasselbe gesagt – zumindest daß sie peinlich berührt wären –, aber er hatte gedacht, das sei nur der Eindruck der Tochter eines Lords. Faile war von Dienern umgeben aufgewachsen. Wie konnte sie daher die Gedanken eines Menschen nachvollziehen, der für sein Auskommen arbeiten mußte? Er blickte stirnrunzelnd zu den Pferden. Inzwischen standen fünf der Schmiede beisammen und beobachteten ihn. Peinlich berührt, daß er nach seinen eigenen Pferden sehen wollte. »Denkt *Ihr*, ich sollte mich wie ein Narr in seidenen Kniehosen benehmen?« fragte er. Aram blinzelte und betrachtete verlegen seine Stiefel. »Licht!« grollte Perrin.

Als er Basel Gill erblickte, der von den Karren herbeieilte, ging er ihm entgegen. Er glaubte, Gill gestern nicht ausreichend beruhigt zu haben. Der untersetzte Mann führte Selbstgespräche, während er sich immer wieder mit dem Taschentuch über den Kopf rieb, da er in seiner zerknitterten dunkelgrauen Jacke stark schwitzte. Die Tageshitze begann bereits unerträglich zu werden. Er sah Perrin nicht, bis er fast vor ihm stand, zuckte dann zusammen, stopfte das Taschentuch in eine Jackentasche und verbeugte sich. Er wirkte wie für ein Fest zurechtgemacht.

»Ah. Mein Lord Perrin. Lady Faile hat mir befohlen, mit einem Karren nach Bethal zu fahren. Sie sagte, ich solle etwas Tabak aus den Zwei Flüssen für Euch besorgen, aber ich weiß nicht, ob das möglich ist. Tabakblätter aus den Zwei Flüssen waren stets teuer, und es wird nicht mehr soviel Handel getrieben.«

»Sie schickt Euch nach Tabak?« fragte Perrin stirnrunzelnd. Vermutlich war die Geheimhaltung bereits ohnehin aufgehoben, aber dennoch … »Ich habe im vorletzten Dorf drei Fässer Tabak gekauft. Das ist genug für alle.«

Gill schüttelte entschlossen den Kopf. »Aber keinen Tabak aus den Zwei Flüssen. Nach Lady Failes Ansicht zieht Ihr diesen allen anderen Tabaksorten vor. Der ghealdeanische Tabak genügt vielleicht für Eure Leute. Ich solle Euer *Shambayan* sein, wie sie es nannte, und sie und Euch mit dem versorgen, was Ihr braucht.« Das amüsierte ihn anscheinend. Sein Bauch bebte vor stillem Lachen. »Ich habe eine umfangreiche Liste erhalten, obwohl ich nicht weiß, wieviel davon ich besorgen kann. Guten Wein, Kräuter, Früchte, Kerzen und Lampenöl, Wachstuch und Wachs, Papier und Tinte, Nadeln, oh, alles Mögliche. Tallanvor, Lamgwin und ich werden bald aufbrechen, zusammen mit einigen anderen Gefolgsleuten Lady Failes.«

Andere Gefolgsleute Lady Failes. Tallanvor und Lamgwin brachten noch eine weitere Kiste heraus, welche die Frauen durchstöbern sollten. Sie mußten an der am Boden kauernden Gruppe junger Narren vorbei, die niemals Hilfe anboten. Tatsächlich ignorierten die Faulenzer sie vollständig.

»Behaltet diese Burschen im Auge«, raunte Perrin. »Wenn einer von ihnen Schwierigkeiten macht – wenn es auch nur danach aussieht –, laßt Lamgwin ihn zurechtstutzen.« Und wenn es eine der Frauen war? Bei ihnen waren Schwierigkeiten ebenso wahrscheinlich, vielleicht sogar wahrscheinlicher. Perrin brummte. Failes Gefolgsleute bereiteten ihm ständige Magenschmerzen. Es war zu schade, daß sie nicht mit Leuten wie Meister Gill und Maighdin zufrieden sein konnte. »Ihr habt Balwer nicht erwähnt. Hat er sich entschlossen, allein weiterzuziehen?« In diesem Moment trug die jetzt aus einer anderen Richtung wehende Brise Balwers Geruch heran, ein wachsamer Geruch, der dem ausgemergelten Äußeren des Burschen vollkommen widersprach.

Balwer verursachte auf dem trockenen Laub am Boden selbst für einen solch kleinen schlanken Mann erstaunlich wenig Geräusche. Er verbeugte sich hastig in seiner spatzenbraunen Jacke, und sein geneigter Kopf trug noch zu dem Bild eines Vogels bei. »Ich bleibe, mein Lord«, sagte er vorsichtig, oder vielleicht war Vorsicht nur seine Art. »Ich bleibe als ergebener Schreiber Lady Failes. Und als Euer Schreiber, wenn es Euch beliebt.« Er trat ungelenk näher heran. »Ich bin sehr bewandert darin, mein Lord. Ich habe ein gutes Gedächtnis und eine schöne Schrift, und mein Lord darf versichert sein, daß etwas mir von Euch Anvertrautes niemals an jemand anderen weitergegeben werden wird. Verschwiegenheit ist eine der wichtigsten Eigenschaften eines Schreibers. Habt Ihr nicht wichtige Pflichten für unsere neue Herrin zu erledigen, Meister Gill?«

Gill sah Balwer stirnrunzelnd an, öffnete den Mund und schloß ihn dann ruckartig wieder. Er wandte sich auf dem Absatz um und entfernte sich in Richtung des Zeltes.

Balwer sah ihm einen Moment nach, den Kopf auf eine Seite gelegt und die Lippen nachdenklich geschürzt. »Ich kann Euch auch noch andere Dienste anbieten, mein Lord«, sagte er schließlich. »Ich habe einige Gespräche der Leute meines Lords gehört und erfahren, daß mein Lord vielleicht einige ... Schwierigkeiten mit den Kindern des Lichts hatte. Ein Schreiber erfährt so manches. Ich weiß überraschend viel über die Kinder.«

»Mit etwas Glück kann ich die Weißmäntel umgehen«, beschied ihn Perrin. »Es wäre besser, wenn Ihr wüßtet, wo sich der Prophet aufhält – oder die Seanchaner.« Er erwartete gewiß keines von beidem, aber Balwer überraschte ihn.

»Ich bin natürlich nicht sicher, aber ich glaube, die Seanchaner sind bisher noch nicht weit über Amador hinaus gelangt. Es ist schwer, verläßliche Berichte von Gerüchten zu trennen, mein Lord, aber ich halte die Augen und Ohren offen. Tatsächlich scheinen sie unerwartet rasch voranzukommen. Sie sind ein gefährliches Volk mit vielen tarabonischen Soldaten. Mein

Lord weiß wohl durch Meister Gill von ihnen, aber ich habe sie in Amador genau beobachtet und werde meinem Lord gern berichten, was ich gesehen habe. Was den Propheten betrifft, so gibt es ebenso viele Gerüchte über ihn wie über die Seanchaner, aber ich glaube, zuverlässig sagen zu können, daß er sich kürzlich in Abila aufgehalten hat, eine recht große Stadt ungefähr vierzig Meilen südlich von hier.« Balwer lächelte flüchtig, ein kurzes, selbstzufriedenes Lächeln.

»Wie könnt Ihr dessen so sicher sein?« fragte Perrin zögernd.

»Wie ich bereits sagte, mein Lord – ich halte meine Augen und Ohren offen. Der Prophet hat angeblich eine Reihe Gasthäuser und Schenken geschlossen und jene niedergerissen, die er für anrüchig hielt. Es wurden mehrere erwähnt, und ich weiß zufälligerweise, daß es entsprechende Gasthäuser in Abila gibt. Ich denke, die Möglichkeit, daß andere Städte Gasthäuser gleichen Namens aufweisen, ist recht gering.« Er lächelte erneut flüchtig und roch selbstzufrieden.

Perrin kratzte sich nachdenklich den Bart. Der Mann erinnerte sich zufällig daran, wo sich einige Gasthäuser, die Masema vermutlich niedergerissen hatte, befunden hatten. Und wenn sich erwies, daß Masema nach allem doch nicht dort war – nun, die Gerüchte sprossen derzeit wie Pilze nach einem Regen. Balwer schien sich zudem wichtig machen zu wollen. »Danke, Meister Balwer. Ich werde es bedenken. Wenn Ihr noch mehr hört, erzählt es mir.« Als er sich zum Gehen wandte, ergriff Balwer seinen Ärmel.

Er zog die hageren Finger sofort wieder zurück, als hätte er sich verbrannt, und verbeugte sich auf seine vogelähnliche Weise, während er seine Hände aneinander rieb. »Verzeiht, mein Lord. Ich möchte Euch nicht bedrängen, aber Ihr solltet die Weißmäntel nicht unterschätzen. Es wäre zwar klug, sie zu umgehen, aber es ist vielleicht nicht möglich. Sie sind weitaus näher als die Seanchaner. Eamon Valda, der neue Kommandierende Lordhauptmann, hat die meisten Weißmäntel ins nördliche Amadicia geführt, bevor Amador fiel. Er hat ebenfalls den Propheten gejagt, mein Lord. Valda ist ein gefährlicher Mann, und Rhadam Asunawa, der Großinquisitor, läßt Valda sogar noch freundlich scheinen. Ich fürchte, daß keiner von beiden Eure Lordschaft liebt. Verzeiht.« Er verbeugte sich erneut, zögerte und fuhr dann bedächtig fort. »Es ist großartig, daß Ihr Euer Banner von Manetheren herzeigt, wenn ich das so sagen darf. Mein Lord wird Valda und Asunawa durchaus das Wasser reichen können, sofern er vorsichtig ist.«

Während Perrin beobachtete, wie Balwer sich unter Verbeugungen zurückzog, dachte er, daß er jetzt einen Teil der Geschichte Balwers kannte. Er war eindeutig mit den Weißmänteln zusammengestoßen. Und das konnte nur bedeuten, daß er ihnen in den Weg geraten war und zur falschen Zeit das Falsche geäußert hatte, aber Balwer hegte anscheinend einen besonderen Groll. Er verfügte auch über einen scharfen Geist, denn er sah über den Roten Adler hinaus. Und er besaß eine scharfe Zunge gegenüber Meister Gill.

Letzterer kniete neben Maighdin und sprach, trotz Linis Bemühungen, ihn zum Schweigen zu bringen, rasch auf sie ein. Maighdin hatte sich umgewandt, um zu verfolgen, wie Balwer eilig durch die Bäume auf die Karren zustrebte, aber ihr Blick schwenkte auch hin und wieder zu Perrin. Die übrigen scharten sich dicht um sie und spähten ebenfalls abwechselnd zu Balwer und zu Perrin. Wenn er jemals Menschen gesehen hatte, die über jemandes Worte beunruhigt waren, dann sie. Aber worüber waren sie beunruhigt? Wahrscheinlich über Verleumdungen, Geschichten von Unmut und Missetaten, wahrhaftige oder eingebildete.

Zusammengepferchte Menschen neigten dazu, mit der Zeit aufeinander loszugehen. Wenn es das war, konnte er vielleicht noch verhindern, daß Blut vergossen wurde. Tallanvor liebkoste erneut sein Schwertheft! Was hatte Faile mit dem Burschen vor?

»Aram, ich möchte, daß Ihr mit Tallanvor und den anderen sprecht. Sagt ihnen, was Balwer mir gerade mitgeteilt hat. Erwähnt es beiläufig, aber gebt alles weiter.« Das sollte beunruhigenden Gerüchten entgegenwirken. Faile sagte, Dienern müsse man das Gefühl vermitteln, Vertraute zu sein. »Freundet Euch mit ihnen an, wenn es geht, Aram. Aber wenn Ihr wegen einer der Frauen ins Träumen geraten wollt, dann haltet Euch an Lini. Die beiden anderen sind vergeben.«

Der Mann hatte bei jeder hübschen Frau eine glatte Zunge, aber es gelang ihm dennoch, sowohl überrascht als auch beleidigt zu wirken. »Wie Ihr wünscht, Lord Perrin«, murrte er. »Ich hole Euch rasch wieder ein.«

»Ich bin drüben bei den Aiel.«

Aram blinzelte. »Ah, gut. Nun, es könnte jedoch eine Weile dauern, wenn ich mich mit ihnen anfreunden soll. Sie machen auf mich nicht den Eindruck, als legten sie großen Wert auf Freunde.« Und das von einem Burschen, der außer Faile jedermann, der sich Perrin näherte, mißtrauisch betrachtete und niemals jemandem zulächelte, der keinen Rock trug.

Er ging dennoch hinüber und hockte sich dorthin, wo er mit Gill und den übrigen sprechen konnte. Ihr Unbehagen war selbst aus der Entfernung offensichtlich. Sie fuhren mit ihrer Arbeit fort, wechselten nur hin und wieder ein Wort mit Aram und sahen einander ebenso häufig an wie ihn. Unberechenbar. Aber zumindest redeten sie.

Perrin fragte sich, inwiefern Aram mit den Aiel aneinandergeraten war – es schien gar keine Zeit dafür gewesen zu sein! –, aber er fragte sich das nicht lange.

Jede ernsthafte Auseinandersetzung mit Aiel endete üblicherweise mit einem Toten, aber nicht mit einem toten Aiel. Schließlich war er selbst auch nicht allzu versessen darauf, den Weisen Frauen zu begegnen. Er ging um den Hügel, aber anstatt den Hang hinaufzusteigen, trugen ihn seine Füße zu den Bewohnern von Mayene. Er hatte auch ihr Lager so weitgehend wie möglich gemieden, und das nicht nur wegen Berelain. Es hatte auch seine Nachteile, einen zu scharfen Gruchssinn zu besitzen.

Glücklicherweise trug ein auffrischender Windhauch den größten Teil des Gestanks davon, obwohl er die Hitze kaum milderte. Schweiß lief die Gesichter der berittenen Wächter in den roten Rüstungen herab. Bei seinem Anblick setzten sie sich noch aufrechter hin, was schon etwas bedeutete. Während die Leute aus den Zwei Flüssen wie Bauern ritten, waren die Bewohner von Mayene üblicherweise Statuen auf Pferderücken. Aber sie konnten kämpfen. Das Licht gebe, daß es nicht dazu kam.

Havien Nurelle eilte heran, während er seine Jacke zuknöpfte, bevor Perrin noch ganz an den Wächtern vorbei gelangt war. Die ungefähr ein Dutzend weiteren Offiziere folgten Nurelle auf den Fersen, alle in ihren Jacken, und einige befestigten gerade die Riemen ihrer roten Brustharnische. Zwei oder drei trugen Helme mit dünnen roten Federn unter dem Arm. Die meisten waren um Jahre älter als Nurelle, einige sogar doppelt so alt, bereits ergrauende Männer mit harten, narbigen Gesichtern, aber Nurelle war zur Belohnung für Rands Rettung zu Gallennes Stellvertreter ernannt worden.

»Die Erste ist noch nicht zurückgekehrt, Lord Perrin.« Nurelle verbeugte sich, und die übrigen taten es ihm gleich. Der große schlanke Mann wirkte nicht mehr so jung wie vor den Brunnen von Dumai. In seinen Augen, die mehr Blut gesehen hatten als manche

Veteranen aus zwanzig Schlachten, zeigte sich jetzt eine gewisse Schärfe. Aber wenn sein Gesicht auch härter geworden war, roch er noch immer eifrig bemüht, gefallen zu wollen. Havien Nurelle betrachtete Perrin Aybara als einen Mann, der fliegen oder auf dem Wasser wandeln konnte, wenn er es wollte. »Die Morgenpatrouille hat nichts Ungewöhnliches bemerkt, zumindest jene nicht, die bereits zurückgekehrt sind. Sonst hätte ich es Euch berichtet.«

»Natürlich«, erwiderte Perrin. »Ich … wollte mich nur ein wenig umsehen.«

Er wollte einfach nur umhergehen, bis er den Mut fand, den Weisen Frauen entgegenzutreten, aber der junge Bewohner von Mayene folgte ihm mit den übrigen Offizieren, beobachtete ängstlich, ob Lord Perrin bei den Beflügelten Wachen Makel fand, und zuckte jedesmal zusammen, wann immer sie auf Männer mit entblößtem Oberkörper trafen, die auf einer Decke würfelten, oder auf einen Burschen, der in der aufsteigenden Sonne schlief. Er hätte sich keine Sorgen zu machen brauchen. Perrin erschien das Lager sehr geordnet. Jeder Mann hatte seine Decken und seinen Sattel als Kissen nicht mehr als zwei Schritte von der Stelle entfernt, wo sein Pferd an eines der langen Seile gebunden war, die schlaff zwischen brusthohen, aufrecht in die Erde getriebenen Pfählen hingen. Alle zwanzig Schritt war ein Herdfeuer entzündet worden, zwischen denen Lanzen aufgesteckt waren. Das Lager der Soldaten bildete um fünf spitz zulaufende Zelte, von denen eines gold-blau gestreift und größer als die anderen vier zusammengenommen war, eine Art Schutzwall. All das unterschied sich sehr von dem wahllos angeordneten Lager der Leute aus den Zwei Flüssen.

Perrin ging zügig voran und versuchte, nicht zu töricht zu erscheinen. Er war sich nicht sicher, wie erfolgreich er darin war. Es drängte ihn, innezuhalten und eines oder zwei der Pferde zu überprüfen – nur um einen Huf anfassen zu können, ohne daß jemand sogleich in Ohnmacht fiel –, aber in Erinnerung an Arams Worte hielt er sich zurück. Jedermann schien bei seinem Auftauchen ebenso erschreckt wie Nurelle. Verwirrtes Murmeln folgte ihm, und sein Gehör fing einige Bemerkungen über Offiziere, besonders Lords, auf, wobei es ihn froh stimmte, daß Nurelle und die anderen sie nicht auch hörten. Schließlich gelangte er zum Rand des Lagers und blickte den mit Gestrüpp überwucherten Hang hinauf in Richtung der Zelte der Weisen Frauen. Nur wenige der Töchter des Speers waren dort oben zwischen den verstreut stehenden Zelten zu sehen, sowie einige *Gai'schain*.

»Lord Perrin«, sagte Nurelle zögernd. »Die Aes Sedai ...« Er trat näher und senkte die Stimme zu einem heiseren Flüstern. »Ich weiß, daß sie sich dem Lord Drache verschworen haben, aber ... Ich habe einiges gesehen, Lord Perrin. Sie verrichten *Lagerarbeiten!* Aes Sedai! Heute morgen kamen Masuri und Seonid herab, um Wasser zu holen! Und gestern, nachdem Ihr zurückgekehrt wart ... Gestern glaubte ich dort oben jemanden ... aufschreien zu hören. Es kann natürlich keine der Schwestern gewesen sein«, fügte er hastig hinzu und lachte, um zu verdeutlichen, wie töricht der Gedanke war – ein sehr unsicheres Lachen. »Ihr ... Ihr werdet nachsehen, ob alles ... mit ihnen in Ordnung ist?« Er war als Anführer von zweihundert Lanzenträgern zwischen vierzigtausend Shaido geritten, aber hierüber zu sprechen, verursachte ihm Unbehagen. Natürlich war er zwischen vierzigtausend Shaido geritten, weil eine Aes Sedai es von ihm verlangt hatte.

»Ich werde tun, was ich kann«, murrte Perrin. Vielleicht standen die Dinge schlechter, als er gedacht hatte. Jetzt galt es zu verhindern, daß sie sich noch weiter verschlechterten, sofern es ihm möglich war. Er hätte sich lieber erneut den Shaido entgegengestellt.

Nurelle nickte, als hätte Perrin alles versprochen, worum er gebeten worden war. »Dann ist es gut«, sagte Nurelle und klang erleichtert. Er sah Perrin von der Seite an und wollte wohl noch etwas hinzufügen, was aber offensichtlich nicht so heikel war wie das Thema Aes Sedai. »Ich habe gehört, daß Ihr den Roten Adler geduldet habt.«

Perrin wäre fast zusammengezuckt. Die Neuigkeit war selbst angesichts der kurzen Entfernung nur um den Hügel herum schnell weitergetragen worden. »Es schien mir richtig«, sagte er zögernd. Berelain würde die Wahrheit erfahren müssen, aber wenn zu viele sie kannten, würde sie vom nächsten Dorf, an dem sie vorüberzogen, oder vom nächsten Bauernhof verbreitet werden. »Dies war ein Teil von Manetheren«, fügte er hinzu, als wüßte Nurelle das nicht nur zu gut. Wahrheit! Er konnte die Wahrheit inzwischen ebensogut verdrehen wie eine Aes Sedai, selbst seinen Gefolgsleuten gegenüber. »Es war gewiß nicht das erste Mal, daß die Flagge in dieser Gegend gehißt wurde, aber keiner jener Burschen hatte den Wiedergeborenen Drachen hinter sich.« Und wenn das nicht die nötige Wirkung zeitigte, wußte er nicht, was er noch tun sollte.

Er erkannte jäh, daß ihn anscheinend die gesamte Beflügelte Wache mit ihren Offizieren beobachtete. Sie fragten sich zweifellos, was er gerade sagte, nachdem er seinen Kurs eingeschlagen hatte. Sogar die Diener traten vor die Zelte. Er hatte dergleichen noch nie gesehen, war sich aber bewußt, daß er ein Lob aussprechen sollte.

Er hob seine Stimme und sagte: »Die Beflügelten Wachen werden Mayene zur Ehre gereichen, wenn wir jemals weiteren Brunnen von Dumai gegenüberstehen sollten.« Das waren die ersten Worte, die ihm einfielen, aber er zuckte unwillkürlich zusammen.

Zu seinem Entsetzen ertönten Rufe und Jubel unter den Soldaten: »Perrin Goldaugen!« und »Mayene für Goldaugen!« und »Goldaugen und Manetheren!« Männer tanzten und vollführten Freudensprünge, und einige ergriffen Speere und schwenkten sie, so daß die roten Wimpel in der Brise flatterten. Ergraute Bannerträger beobachteten sie mit verschränkten Armen und nickten beifällig. Nurelle strahlte, und nicht nur er. Offiziere mit von Grau durchzogenem Haar und Narben auf den Gesichtern grinsten wie Jungen, die im Unterricht gelobt wurden. Licht, er *war* der einzige, der sich seine geistige Gesundheit bewahrt hatte! Er *betete,* daß es niemals wieder zu einem Kampf käme!

Während er überlegte, ob dies zu Verwicklungen mit Berelain führen würde, verabschiedete er sich von Nurelle und den anderen und stapfte durch totes und verdorrendes Gestrüpp, das ihm nicht einmal bis zur Taille reichte, den Hügel hinauf. Braunes Unkraut knirschte unter seinen Stiefeln. Rufe erklangen vom Lager der Mayener. Die Erste würde vielleicht, selbst nachdem sie die Wahrheit erfahren hatte, nicht erfreut sein, wenn ihre Soldaten ihm dermaßen zujubelten. Natürlich konnte das auch Vorteile haben. Vielleicht wäre sie sosehr verärgert, daß sie aufhören würde, ihn zu belästigen.

Er hielt kurz vor dem Hügelkamm inne und lauschte auf die verklingenden Hochrufe. Hier würde ihm niemand zujubeln. Alle Eingänge der niedrigen, graubraunen Zelte der Weisen Frauen waren geschlossen und verbargen sie vor seinem Blick. Nur wenige der Töchter des Speers waren jetzt zu sehen. Sie saßen in der Hocke unter einem Lederblattbaum, der noch ein wenig Grün aufwies, und musterten ihn neugierig. Sie bewegten die Hände schnell in ihrer Zeichensprache. Kurz darauf erhob sich Sulin, richtete ihren schweren Gürteldolch und schritt in seine Richtung, eine große, drahtige Frau mit einer rötlichen Narbe im sonnengebräunten Gesicht. Sie blickte in die Richtung, aus der er gekommen war, und schien erleichtert, daß er allein war, obwohl Empfindungen bei den Aiel oft schwer zu deuten waren.

»Das ist gut, Perrin Aybara«, sagte sie ruhig. »Die Weisen Frauen waren nicht erfreut, daß Ihr sie zu Euch kommen laßt. Nur ein Narr bereitet Weisen Frauen Mißfallen, und ich habe Euch nicht für einen Narren gehalten.«

Perrin kratzte sich den Bart. Er hatte sich von den Weisen Frauen – und von den Aes Sedai – so weit wie möglich ferngehalten, und er hatte nicht die Absicht gehabt, sie zu zwingen, zu ihm zu kommen. Er fühlte sich in ihrer Gegenwart einfach nicht wohl, um es milde auszudrücken. »Nun, jetzt muß ich mit Edarra sprechen«, erwiderte er. »Über die Aes Sedai.«

»Vielleicht habe ich mich doch geirrt«, sagte Sulin trocken. »Aber ich werde es ihr sagen.« Sie wollte sich gerade umwenden, hielt aber noch einmal inne. »Bitte, sagt mir eines. Teryl Wynter und Furen Alharra stehen Seonid Traighan nahe – wie Erstbrüder einer Erstschwester; sie schätzt Männer nicht als solche –, und dennoch haben sie angeboten, Seonids Strafe für sie auf sich zu nehmen. Wie konnten sie Seonid so beschämen?«

Er öffnete den Mund, schwieg aber. Zwei *Gai'schain* erschienen am Kamm des Hügels, die Packpferde der Aiel mit sich führten. Die weiß gekleideten Männer gingen auf dem Weg zum Fluß in wenigen Schritten Entfernung vorüber. Er konnte nicht sicher sein, glaubte aber, daß beide Shaido waren. Sie hielten die

Blicke demütig gesenkt und schauten kaum einmal auf, um sich ihres Weges zu versichern. Sie hätten jede Gelegenheit gehabt davonzulaufen, da sie solche Aufgaben ausführten, ohne bewacht zu werden. Ein eigenartiges Volk.

»Ich sehe, daß auch Ihr entsetzt seid«, bemerkte Sulin. »Ich hatte gehofft, daß Ihr es mir erklären könntet. Ich werde Edarra Bescheid geben.« Während sie zu den Zelten gingen, fügte sie über die Schulter hinzu: »Ihr Feuchtländer seid sehr eigenartig, Perrin Aybara.«

Perrin blickte ihr stirnrunzelnd nach, und als sie in einem der Zelte verschwand, wandte er sich um und sah den beiden *Gai'schain,* welche die Pferde zum Wasser führten, stirnrunzelnd nach. *Feuchtländer* waren eigenartig? Licht! Also hatte Nurelle richtig gehört. Es war höchste Zeit, daß er seine Nase in das steckte, was zwischen den Weisen Frauen und den Aes Sedai vor sich ging. Er hätte es schon früher tun sollen. Er wünschte, er hätte nicht das Gefühl, als würde er die Nase in ein Hornissennest stecken.

Es dauerte ziemlich lange, bis Sulin wieder erschien, und ihr Anblick hob seine Stimmung nicht. Sie hielt den Zelteingang für ihn auf und tippte verächtlich gegen seinen Gürteldolch, als er geduckt hineinging. »Ihr solltet für diesen Tanz besser gewappnet sein, Perrin Aybara«, sagte sie.

Perrin war überrascht, im Inneren des Zeltes alle sechs Weisen Frauen mit gekreuzten Beinen auf farbenfrohen, mit Quasten versehenen Kissen sitzen zu sehen, die Stolen um die Taillen gebunden und die Röcke wie Fächer sorgfältig auf den ausgelegten Teppichen drapiert. Er hatte gehofft, nur Edarra vorzufinden. Anscheinend war keine der Frauen mehr als vier oder fünf Jahre älter als er, und doch vermittelten sie ihm jedesmal das Gefühl, als stünde er den ältesten Mitgliedern des Frauenzirkels gegenüber, denjenigen, die Jahre mit dem Erlernen der Fähigkeit verbracht hatten, genau das herauszufinden, was man verbergen wollte. Es war so gut wie unmöglich, den Geruch der einzelnen Frauen zu unterscheiden, aber das war auch kaum nötig. Sechs Augenpaare hefteten sich auf ihn, von Janinas hellen himmelblauen Augen bis zu Marlines zwielichtig purpurfarbenen, ganz zu schweigen von Nevarins durchdringenden grünen Augen. Jedes dieser Augenpaare schien ihn aufzuspießen.

Edarra bedeutete ihm barsch, sich ebenfalls auf ein Kissen zu setzen, was er dankbar wahrnahm, obwohl er jetzt alle im Halbkreis vor sich hatte. Vielleicht hatten die Weisen Frauen diese Zelte so angelegt, damit Männer den Kopf beugen mußten, wenn sie aufrecht stehen wollten. Seltsamerweise war es im düsteren Inneren des Zeltes kühler, aber er hatte dennoch das Gefühl zu schwitzen. Er konnte die Gerüche der Frauen vielleicht nicht voneinander unterscheiden, aber sie rochen wie Wölfe, die eine angepflockte Ziege betrachten. Ein *Gai'schain* mit kantigem Gesicht, der ein gutes Stück größer war als Perrin, kniete vor ihm nieder und bot ihm auf einem kunstvoll gearbeiteten Silbertablett einen goldenen Becher mit dunklem gewürztem Wein an. Die Weisen Frauen hielten bereits verschiedenerlei Silberbecher in Händen. Er war sich nicht sicher, was es bedeutete, daß man ihm einen goldenen Becher anbot – vielleicht nichts, aber wer wußte das bei den Aiel? –, und nahm den Becher vorsichtig entgegen. Das Getränk roch nach Pflaumen. Der Bursche verbeugte sich überaus demütig, als Edarra in die Hände klatschte, und verließ unter weiteren Verbeugungen das Zelt. Die erst halbwegs verheilte Wunde in seinem harten Gesicht mußte von den Brunnen von Dumai stammen.

»Jetzt, da Ihr hier seid«, sagte Edarra, sobald sich der Zelteingang hinter dem *Gai'schain* geschlossen hatte, »werden wir Euch erneut erklären, warum Ihr den Mann, der sich Masema Dagar nennt, töten müßt.«

»Wir sollten es nicht nochmals erklären müssen«, warf Delora ein. Ihr Haar und ihre Augen ähnelten denen Maighdins, aber niemand hätte ihr verkniffenes Gesicht als hübsch bezeichnet. Sie verhielt sich sehr kalt. »Dieser Masema Dagar ist eine Gefahr für den *Car'a'carn*. Er muß sterben.«

»Die Traumgänger haben es uns gesagt, Perrin Aybara.« Carelle war gewiß hübsch, und obwohl ihr feuriges Haar und ihre stechenden Augen sie aussehen ließen, als könne sie leicht zornig werden, war sie für eine Weise Frau stets freundlich. »Sie haben den Traum gedeutet. Der Mann muß sterben.«

Perrin nahm einen Schluck gewürzten Pflaumenwein, um Zeit zu gewinnen. Der Wein erschien ihm irgendwie kühl. Es war immer dasselbe mit ihnen. Rand hatte keine Warnung von den Traumgängern erwähnt. Perrin hatte zuerst davon gesprochen, wenn auch nur das eine Mal. Sie hatten geglaubt, er bezweifle ihre Worte, und selbst Carelles Augen hatten gefunkelt. Nicht daß Perrin sie für Lügnerinnen hielt, eigentlich nicht. Er hatte sie noch bei keiner Lüge ertappt. Aber was sie sich für die Zukunft wünschten und was Rand sich für die Zukunft wünschte – oder was Perrin selbst wollte –, waren vielleicht verschiedene Dinge. Möglicherweise war Rand der Geheimniskrämer. »Vielleicht könntet Ihr mir erklären, worin diese Gefahr besteht«, sagte er schließlich. »Das Licht weiß, daß Masema wahnsinnig ist, aber er *unterstützt* Rand. Es hätte schwerwiegende Folgen, wenn ich umherginge und Leute aus unseren eigenen Reihen tötete. Das wird die Menschen gewiß dazu veranlassen, Rand zu folgen.«

Sarkasmus war bei ihnen verschwendet. Sie sahen ihn unverwandt an. »Der Mann muß sterben«, sagte Edarra schließlich abermals. »Es genügt, daß drei Traumgänger es gesagt haben und sechs Weise Frauen es an Euch weitergeben.« Dasselbe wie immer. Möglicherweise wußten sie nicht mehr als das. Vielleicht sollte er mit dem fortfahren, weshalb er gekommen war.

»Ich möchte über Seonid und Masuri sprechen«, sagte er, und sechs Gesichter erstarrten. Licht, diese Frauen konnte einen Stein einschüchtern! Perrin stellte den Weinbecher neben sich ab und beugte sich entschlossen zu ihnen vor. »Ich soll den Menschen Rand verschworene Aes Sedai zeigen.« Tatsächlich sollte er sie Masema zeigen, aber dies schien ein guter Zeitpunkt, das andere zu erwähnen. »Sie werden nicht zur Zusammenarbeit bereit sein, wenn Ihr gegen sie angeht! Licht! Sie sind Aes Sedai! Warum lernt Ihr nicht von ihnen, anstatt sie Wasser schleppen zu lassen? Sie wissen alles Mögliche, was Ihr nicht wißt.« Zu spät. Er biß sich auf die Zunge. Aber die Aielfrauen waren nicht beleidigt. Zumindest zeigten sie es nicht.

»Sie wissen tatsächlich Dinge, die wir nicht wissen«, belehrte Delora ihn unbeeindruckt, »und wir wissen Dinge, die sie nicht wissen.« Vollkommen unbeeindruckt.

»Wir lernen, was es zu lernen gibt, Perrin Aybara«, erklärte Marline ruhig, während sie mit den Fingern durch ihr fast schwarzes Haar fuhr. Sie war eine der wenigen Aiel, die Perrin mit solch dunklem Haar gesehen hatte, und sie spielte oft damit. »Und wir lehren, was es zu lehren gibt.«

»Auf jeden Fall«, sagte Janina, »ist das nicht Eure Sache. Männer mischen sich nicht in Angelegenheiten zwischen Weisen Frauen und Lehrlingen ein.« Sie schüttelte über seine Torheit den Kopf.

»Ihr könnt mit dem Lauschen aufhören und hereinkommen, Seonid Traighan«, sagte Edarra plötzlich. Perrin blinzelte überrascht, aber keine der Frauen zuckte mit einer Wimper.

Einen Moment herrschte Schweigen, dann wurde der Zelteingang beiseite geschoben. Seonid trat ein und kniete sich rasch auf die Teppiche. Die vielgerühmte Gelassenheit der Aes Sedai war ihr gründlich vergangen. Ihr Mund war zu einer dünnen Linie zusammengepreßt, die Augen wirkten angespannt, ihr Gesicht war gerötet. Sie roch nach Zorn, Enttäuschung und einem Dutzend weiteren Empfindungen, die sich so rasch vermischten, daß Perrin Mühe hatte, sie zu erkennen. »Darf ich mit ihm sprechen?« fragte Seonid mit gepreßter Stimme.

»Wenn Ihr aufpaßt, was Ihr sagt«, antwortete Edarra. Die Weise Frau trank ihren Wein und verfolgte das Geschehen über den Rand des Bechers hinweg. Ein Lehrer, der einen Schüler beobachtete? Ein Falke, der einer Maus nachstellte? Perrin war sich nicht sicher. Edarra hingegen war sich ihres Platzes *sehr* sicher, wer auch immer ihr Gegenüber war. Und Seonid ebenfalls. Aber das vermittelte sich ihm nicht.

Seonid wandte sich auf Knien um, sah ihn an und richtete sich dann mit funkelnden Augen gerade auf. Zorn durchzog ihren Geruch. »Was auch immer Ihr wißt«, sagte sie verärgert, »was auch immer Ihr zu wissen *glaubt,* werdet Ihr vergessen!« Nein, es war kein Funke Gelassenheit mehr in ihr. »Was auch immer zwischen den Weisen Frauen und uns geschieht, ist allein unsere Sache! Ihr werdet Euch heraushalten, den Blick abwenden und schweigen!«

Erstaunt fuhr sich Perrin mit den Fingern durchs Haar. »Licht, seid Ihr aufgebracht, weil ich weiß, daß Ihr geschlagen wurdet?« fragte er ungläubig. Nun, er wäre es auch gewesen, aber nicht noch neben allem anderen. »Wißt Ihr denn nicht, daß diese Frauen Euch sofort die Kehle durchschneiden würden, sobald sie Euch sähen? Euch die Kehle durchschneiden und Euch am Wegesrand liegenlassen? Nun, ich habe mir geschworen, daß ich das nicht zulassen werde! Ich mag Euch nicht, aber ich habe versprochen, Euch vor den Weisen Frauen oder den Asha'man oder Rand selbst zu beschützen, also steigt von Eurem hohen Roß herab!« Als er erkannte, daß er schrie, atmete er verlegen tief durch, lehnte sich auf seinem Kissen zurück, ergriff den Weinbecher und nahm einen kräftigen Schluck.

Seonid erstarrte mit jedem Wort vor Empörung mehr, und sie schürzte die Lippen, noch bevor er geendet hatte. »Ihr habt es versprochen?« höhnte sie. »Ihr denkt, Aes Sedai brauchten *Euren* Schutz? Ihr …?«

»Das reicht«, sagte Edarra ruhig, und Seonid schloß geräuschvoll den Mund, obwohl sie die Hände so fest in ihren Röcken verkrampfte, daß die Knöchel weiß hervortraten.

»Was veranlaßt Euch, zu glauben, daß wir sie töten würden, Perrin Aybara?« fragte Janina neugierig. Aiel konnte man selten Gefühle vom Gesicht ablesen, aber die anderen sahen ihn stirnrunzelnd oder offen ungläubig an.

»Ich weiß, wie Ihr empfindet«, erwiderte er zögernd. »Ich weiß es bereits seit den Brunnen von Dumai, als ich sah, wie ihr mit den gefangenen Schwestern umsprangt.« Er würde ihnen nicht verraten, daß er ihren Haß und ihre Verachtung jedesmal riechen konnte, wenn eine Weise Frau eine Aes Sedai ansah. Er roch es jetzt nicht, aber niemand konnte solch großen Zorn lange empfinden, ohne zu zerspringen. Das bedeutete nicht, daß dieser Zorn vergangen war, nur daß er sich sehr tief eingeprägt hatte.

Delora schnaubte, ein Geräusch wie reißendes Leinen. »Zuerst sagt Ihr, sie müßten verhätschelt werden, weil Ihr sie braucht, und jetzt sagt Ihr, es wäre nötig, weil sie Aes Sedai sind und Ihr versprochen habt, sie zu beschützen. Was ist die Wahrheit, Perrin Aybara?«

»Beides.« Perrin erwiderte Deloras strengen Blick lange Zeit und sah dann nacheinander auch die anderen an. »Beides ist wahr, und ich meine beides ernst.«

Die Weisen Frauen wechselten Blicke, bei denen jedes Flackern des Lids hundert Worte bedeutete und kein Mann auch nur eines verstehen konnte. Schließlich schienen sie sich, ihre Halsketten und Stolen zurecht zupfend, einig zu werden.

»Wir töten keine Lehrlinge, Perrin Aybara«, sagte Nevarin. Sie klang bei dem Gedanken entsetzt. »Als Rand al'Thor uns bat, sie auszubilden, dachte er vielleicht, wir täten es nur zu dem Zweck, daß sie uns gehorchen sollten, aber wir machen keine leeren Versprechungen. Sie *sind* jetzt Lehrlinge.«

»Und das werden sie bleiben, bis fünf Weise Frauen übereinkommen, daß sie bereit sind, mehr zu werden«, fügte Marline hinzu, während sie ihr langes Haar über eine Schulter schwang. »Und sie werden nicht anders behandelt als alle anderen.«

Edarra nickte über ihrem Weinbecher. »Sagt ihm, was Ihr ihm hinsichtlich Masema Dagar raten wolltet, Seonid Traighan«, befahl sie.

Die kniende Frau hatte sich während Nevarins und Marlines kurzen Ansprachen sichtlich gewunden und ihre Röcke so fest umfaßt, daß Perrin dachte, die Seide würde reißen, aber sie verschwendete keine Zeit, Edarras Anweisungen zu entsprechen. »Die Weisen Frauen haben recht, welche Gründe sie auch immer haben. Und ich sage das nicht, weil sie es wollen.« Sie richtete sich erneut auf und bemühte sich angestrengt, ihre

Züge zu glätten. Ihre Stimme klang jedoch noch immer leicht zornig. »Ich sah das Werk sogenannter Drachenverschworener, bevor ich Rand al'Thor begegnete. Tod und Zerstörung, ohne jeglichen Nutzen. Selbst ein treuer Hund muß zurechtgewiesen werden, wenn ihm Schaum vor der Schnauze steht.«

»Blut und Asche!« grollte Perrin. »Wie kann ich Euch nach diesen Worten auch nur noch in Sichtweite des Mannes gelangen lassen? Ihr habt Rand Treue geschworen. Ihr wißt, daß es nicht das ist, was er will! Was ist mit dem ›Tausende werden sterben, wenn Ihr versagt‹?« Licht, wenn Masuri genauso empfand, dann mußte er es vergebens mit Aes Sedai und Weisen Frauen aufnehmen! Nein, schlimmer noch. Er würde Masema vor ihnen beschützen müssen!

»Masuri betrachtet Masema ebenso als Fanatiker wie ich«, erwiderte Seonid. Sie hatte ihre Gelassenheit nun vollkommen zurückgewonnen. Sie musterte ihn mit kühlem, unlesbarem Gesicht und roch äußerst wachsam. Aufmerksam. Als brauchte er seine Nase, obwohl ihr Blick doch seinen festhielt, große, dunkle, unergründliche Augen. »Ich habe geschworen, dem Wiedergeborenen Drachen zu dienen, und ich kann ihm jetzt am besten dienen, indem ich dieses Tier von ihm fernhalte. Es ist schon schlimm genug, daß einige Herrscher wissen, daß Masema ihn unterstützt. Aber noch schlimmer wäre, wenn sie ihn den Mann umarmen sehen würden. Und es *werden* Tausende sterben, wenn Ihr versagt – darin versagt, Masema nahe genug zu kommen, um ihn zu töten.«

Perrin hatte das Gefühl, als drehe sich ihm der Kopf. Wieder ging eine Aes Sedai geschickt mit Worten um und erweckte den Anschein, schwarz zu sagen, wenn sie weiß meinte. Andererseits trugen die Weisen Frauen noch das ihre dazu bei.

»Masuri Sokawa«, sagte Nevarin ruhig, »glaubt, der

wütende Hund könnte gefangen und an die Leine gelegt werden, so daß man ihn sicher führen könnte.« Seonid wirkte einen Moment ebenso überrascht, wie Perrin sich fühlte, aber sie fing sich schnell wieder. Zumindest äußerlich. Sie roch vorsichtig, als spüre sie eine Falle, wo sie keine erwartet hatte.

»Außerdem möchte sie Euch an ein Halfter gewöhnen, Perrin Aybara«, fügte Carelle noch beiläufiger hinzu. »Sie glaubt, Ihr müßtet auch gebunden werden, damit Ihr keine Gefahr darstellt.« Nichts in ihrem sommersprossigen Gesicht zeigte, ob sie dem zustimmte.

Edarra hob eine Hand zu Seonid. »Ihr dürft jetzt gehen. Ihr werdet nicht mehr lauschen, statt dessen könnt Ihr Gharadin erneut fragen, ob Ihr die Wunde an seiner Wange heilen dürft. Denkt daran – wenn er sich noch immer weigert, müßt Ihr es akzeptieren. Er ist ein *Gai'schain,* nicht einer Eurer Feuchtländerdiener.« Sie sprach das letzte Wort mit tiefster Verachtung aus.

Seonid betrachtete Perrin mit eisigem, durchbohrendem Blick. Dann sah sie zu den Weisen Frauen hinüber, und ihre Lippen zitterten, als wollte sie etwas sagen. Letztendlich konnte sie sich jedoch nur so würdevoll wie möglich zurückziehen. Äußerlich war sie, was beachtenswert war, eine Aes Sedai, die eine Königin beschämen könnte. Aber ihr wehte der Geruch äußerster Enttäuschung nach.

Sobald sie fort war, wandten sich die sechs Weisen Frauen erneut Perrin zu.

»Nun«, sagte Edarra, »jetzt könnt Ihr uns erklären, warum Ihr dem *Car'a'carn* ein wütendes Tier zur Seite stellen würdet.«

»Nur ein Narr gehorcht dem Befehl eines anderen, ihn über eine Klippe zu stoßen«, sagte Nevarin.

»Ihr wollt uns nicht zuhören«, sagte Janina, »also werden wir Euch zuhören. Sprecht, Perrin Aybara.«

Perrin erwog, aus dem Zelt zu flüchten. Aber wenn er das täte, ließe er eine Aes Sedai zurück, die ihm vielleicht noch eine zweifelhafte Hilfe wäre, und eine weitere, die, wie auch die sechs Weisen Frauen, darauf erpicht war, alles zu zerstören, was er erreicht hatte. Er stellte seinen Weinbecher ab und legte die Hände auf die Knie. Er brauchte einen klaren Kopf, wenn er diesen Frauen zeigen wollte, daß er keine angepflockte Ziege war.

KAPITEL 2

Veränderungen

Als Perrin das Zelt der Weisen Frauen verließ, erwog er, seine Jacke auszuziehen, um nachzusehen, ob seine Haut noch heil war. Er war vielleicht keine zahme Ziege, eher jedoch ein Hirsch mit sechs Wolfsweibchen auf den Fersen, und er war sich nicht sicher, was ihm Schnelligkeit eingebracht hatte. Gewiß hatte keine der Weisen Frauen ihre Meinung geändert, und ihre Versprechungen, nichts auf eigene Faust zu unternehmen, waren bestenfalls unbestimmt gewesen. Bezüglich der Aes Sedai hatte es gar keine Zusagen gegeben, nicht einmal andeutungsweise.

Er hielt nach einer der Schwestern Ausschau und entdeckte Masuri. Ein dünnes Seil war zwischen zwei Bäumen gespannt und ein mit roten und grünen Fransen versehener Teppich darüber gebreitet worden. Die schlanke Braune klopfte ihn mit einem gebogenen Holzklopfer aus, ließ Staubwolken aufsteigen, die in der späten Morgensonne glitzerten. Ihr Behüter, ein gedrungener Mann mit dunklem, zurückweichendem Haar, saß in der Nähe auf einem umgestürzten Baumstamm und beobachtete sie verdrießlich. Rovair Kirklin war normalerweise sehr freundlich, aber heute war sein Lächeln tief verborgen. Masuri erblickte Perrin und warf ihm, fast ohne in ihrer Arbeit innezuhalten, einen dermaßen frostigen und feindseligen Blick zu, daß er seufzte. Dabei war sie diejenige, die wie er dachte. Jedenfalls annähernd wie er. Ein Falke mit roten Schwanzfedern schwebte über sie hinweg, ließ sich von aufsteigenden Strömen heißer Luft von Hügel zu Hügel tragen, ohne mit den ausgebreiteten Schwingen zu schlagen. Es wäre wundervoll, vor allem davonfliegen zu können. Vor den Beschwernissen vor ihm, nicht vor den Träumen.

Er nickte Sulin und den Töchtern des Speers zu, die unter dem Lederblattbaum anscheinend Wurzeln geschlagen hatten, und blieb stehen. Zwei Männer erklommen den Hügel, einer ein Aiel in dem Grau und Braun und Grün des *Cadin'sor,* den in seiner Hülle steckenden Bogen auf dem Rücken und einen prall gefüllten Köcher am Gürtel, sowie seine Speere und einen runden Lederschild in Händen. Gaul war ein Freund und der einzige Mann unter den Aiel, der kein Weiß trug. Sein Begleiter, mit einem breitkrempigen Hut und Jacke und Hose in schlichtem mattem Grün und einen Kopf kleiner, war kein Aiel. Er trug ebenfalls einen gefüllten Köcher am Gürtel sowie einen noch längeren und schwereren Dolch als der Aiel, aber er hielt seinen Bogen in der Hand, der weitaus kürzer war als der Langbogen der Leute aus den Zwei Flüssen, wenn auch länger als die Hornbogen der Aiel. Trotz seiner Kleidung wirkte er nicht wie ein Bauer, aber auch nicht wie ein Städter. Vielleicht lag es an dem im Nacken zusammengebundenen und bis auf die Taille reichenden, bereits ergrauenden Haar und dem sich über seiner Brust ausbreitenden Bart, vielleicht auch an der Art, wie er sich bewegte. Ähnlich wie der Mann neben ihm glitt er um das Gestrüpp auf dem Hügel herum, ohne daß bei seinem Vorübergehen ein Zweig knackte oder ein Stengel brach. Perrin hatte ihn eine, wie ihm schien, sehr lange Zeit nicht mehr gesehen.

Als sie den Hügelkamm erreichten, betrachtete Elyas Machera Perrin, wobei seine goldenen Augen im Schatten seiner Hutkrempe schwach schimmerten. So hatten seine Augen schon Jahre vor Perrins ausgesehen. Elyas hatte Perrin den Wölfen vorgestellt. Damals war er in Felle gekleidet gewesen. »Ich freue mich, dich wiederzusehen, Junge«, sagte er ruhig. Schweiß glänzte auf seinem Gesicht, aber kaum mehr als auf Gauls. »Hast du die Streitaxt letztendlich weggegeben? Ich hätte nicht geglaubt, daß du jemals aufhören würdest, sie zu hassen.«

»Ich hasse sie noch immer«, erwiderte Perrin ebenso ruhig. Der ehemalige Behüter hatte ihm geraten, er solle die Streitaxt behalten, bis er es nicht mehr haßte, sie zu benutzen. Licht, er haßte es noch immer! Inzwischen hatte er noch neue Gründe für diesen Haß gefunden. »Was führt Euch in diesen Teil der Welt, Elyas? Wo hat Gaul Euch gefunden?«

»Er hat *mich* gefunden«, sagte Gaul. »Ich erkannte erst, daß er hinter mir war, als er hustete.« Er sprach laut genug, daß die Töchter des Speers ihn hören konnten, und die plötzliche Stille unter ihnen war fast greifbar.

Perrin erwartete zumindest einige schneidende Bemerkungen – der Aielhumor konnte einem fast das Blut in den Adern gefrieren lassen, und die Töchter des Speers ergriffen jede Gelegenheit, den grünäugigen Mann anzugreifen –, aber statt dessen nahmen die Frauen ihre Speere und Schilde auf, um damit geräuschvoll ihre Zustimmung auszudrücken. Gaul nickte anerkennend.

Elyas brummte verlegen und zog seinen Hut tiefer herab, aber er roch zumindest erfreut. Die Aiel billigten auf dieser Seite der Drachenmauer nicht viel. »Ich ziehe gern umher«, sagte er zu Perrin, »und ich war gerade zufällig in Ghealdan, als mir einige gemeinsame Freunde erzählten, daß du mit diesem Zug reist.« Er benannte die gemeinsamen Freunde nicht. Es war nicht ratsam, offen darüber zu sprechen, sich mit Wölfen unterhalten zu haben. »Sie haben mir vieles gesagt. Sie erzählten mir, sie hätten eine bevorstehende Veränderung gerochen. Sie wußten nicht, was es ist, aber vielleicht weißt du es. Ich hörte, daß du mit dem Wiedergeborenen Drachen zusammen warst.«

»Ich weiß auch nicht, was es sein könnte«, erwiderte Perrin nachdenklich. Eine Veränderung? Er hatte die Wölfe lediglich gefragt, wo sich große Gruppen Menschen aufhielten, damit er sie umgehen konnte. Selbst hier in Ghealdan fühlte er sich unter ihnen manchmal für die bei den Brunnen von Dumai umgekommenen Wölfe verantwortlich. Welche Art Veränderung? »Rand verändert gewiß einiges, aber ich weiß nicht, was sie meinen. Licht, die ganze Welt steht auf dem Kopf, auch ohne ihn.«

»Alle Dinge ändern sich«, sagte Gaul. »Bis wir erwachen, schwebt der Traum auf dem Wind.« Er betrachtete Perrin und Elyas einen Moment lang und verglich ihre Augen, wie Perrin vermutete. Er schwieg jedoch. Die Aiel nahmen goldene Augen anscheinend nur als weitere Eigentümlichkeit unter Feuchtländern hin. »Ich werde euch beide allein lassen. Freunde, die lange getrennt waren, müssen ungestört miteinander reden können. Sulin, sind Chiad und Bain in der Nähe? Ich sah sie gestern auf der Jagd und dachte, ich könnte ihnen zeigen, wie man einen Bogen spannt, bevor eine von ihnen sich selbst erschießt.«

»Ich war überrascht, Euch heute zurückkommen zu sehen«, erwiderte die weißhaarige Frau. »Sie sind unterwegs, um Kaninchenfallen aufzustellen.« Die Töchter des Speers lachten und verständigten sich rasch in der Zeichensprache.

Gaul rollte seufzend die Augen. »In diesem Fall muß ich sie wahrscheinlich befreien.« Fast ebenso viele Töchter des Speers lachten auch darüber, einschließlich Sulin. »Mögest du heute Schatten finden«, sagte er an

Perrin gewandt, ein zwangloser Abschied unter Freunden, aber Elyas faßte er um die Unterarme und sagte: »Meine Ehre ist die Eure, Elyas Machera.«

»Ein seltsamer Bursche«, murmelte Elyas, während er beobachtete, wie Gaul den Hügel mit leichten Schritten wieder hinabstieg. »Als ich hustete, wandte er sich um, vermutlich bereit, mich zu töten, und dann begann er statt dessen einfach zu lachen. Hast du Einwände dagegen, irgendwo anders hinzugehen? Es gefällt mir nicht in Gesellschaft von Aes Sedai.« Er verengte die Augen. »Gaul sagt, es wären drei bei dir. Du erwartest doch nicht, noch weitere zu treffen?«

»Ich hoffe nicht«, erwiderte Perrin. Masuri schaute zwischen Schlägen mit ihrem Klopfer in ihre Richtung. Sie würde noch früh genug von Elyas' Augen erfahren und nachforschen, was ihn noch mit Perrin verband. »Kommt mit mir. Ich sollte schon längst wieder in meinem Lager sein. Macht Ihr Euch Sorgen darüber, einer Aes Sedai zu begegnen, die Euch kennt?« Elyas' Zeit als Behüter hatte geendet, als bekannt wurde, daß er mit Wölfen sprechen konnte. Einige Schwestern hielten dies für ein Mal des Dunklen Königs, und er hatte andere Behüter töten müssen, um zu entkommen.

Der ältere Mann wartete, bis sie auf ein Dutzend Schritte an die Zelte herangelangt waren, bevor er antwortete, und selbst dann sprach er so leise, als argwöhne er, daß jemand hinter ihnen ebenso gute Ohren hätte wie sie. »Nur eine, die meinen Namen kennt, ist schon schlimm genug. Behüter laufen nicht allzuoft davon, Junge. Die meisten Aes Sedai lassen einen Mann gehen, der wirklich gehen will – die meisten –, aber sie können dich aufspüren, wie weit du auch läufst, wenn sie beschließen, dich zu jagen. Und jede Schwester, die einen Abtrünnigen findet, wird jede freie Stunde darauf verwenden, ihn wünschen zu lassen, er wäre niemals geboren.« Er erschauderte leicht. Er roch nicht nach Angst, aber nach der Erwartung von Schmerz. »Dann wird sie ihn seiner Aes Sedai übergeben, um die Lektion zu vollenden. Anschließend ist ein Mann niemals wieder ganz derselbe.« Am Rande des Hanges schaute er zurück. Masuri schien den Teppich töten zu wollen, legte ihre ganze Wut in den Versuch, ein Loch hineinzuschlagen. Elyas erschauderte jedoch erneut. »Das Schlimmste, was passieren könnte, wäre, unverhofft Rina zu begegnen. Ich wäre lieber mit zwei gebrochenen Beinen in einem Waldbrand gefangen.«

»Rina ist Eure Aes Sedai? Aber wie könntet Ihr Rina unverhofft begegnen? Der Bund vermittelt Euch, wo sie sich aufhält.« Das rührte an etwas in Perrins Erinnerung, aber was auch immer es war, bei Elyas' Erwiderung schmolz es dahin.

»Viele können den Bund gewissermaßen verfälschen. Vielleicht können sie es alle. Man weiß nicht viel mehr, als daß sie noch lebt, und das weiß ich ohnehin, weil ich nicht wahnsinnig geworden bin.« Elyas sah den fragenden Ausdruck auf Perrins Gesicht und lachte laut auf. »Licht, Mann, eine Schwester besteht auch aus Fleisch und Blut. Die meisten jedenfalls. Denk darüber nach. Würdest du jemanden in deinem Kopf haben wollen, während du ein vielversprechendes Mädchen herzt? Tut mir leid, ich vergaß, daß du jetzt verheiratet bist. Es sollte keine Beleidigung sein. Ich war jedoch überrascht zu hören, daß du eine Saldaeanerin geheiratet hast.«

»Überrascht?« Perrin hatte den Bund der Behüter niemals *so* betrachtet. Licht! Was das betraf, hatte er Aes Sedai niemals so betrachtet. Elyas' Andeutung schien ungefähr so vorstellbar wie … wie ein Mensch, der mit Wölfen spricht. »Warum überrascht?« Sie stiegen ohne Eile und fast geräuschlos durch den Wald auf dieser Seite des Hügels hinab. Perrin war stets ein guter Jäger gewesen, der an die Wälder gewöhnt war, und auch Elyas rührte kaum die Blätter unter seinen Füßen auf, sondern glitt geschmeidig durch das Unterholz, ohne einen Zweig zu bewegen. Er hätte sich seinen Bogen wieder über den Rücken schlingen können, aber er trug ihn noch immer schußbereit in der Hand. Elyas war vorsichtig, besonders in der Nähe von Menschen.

»Nun, weil du sehr ruhig bist. Ich dachte, du würdest eine Frau heiraten, die deinem Naturell entspricht. Nun, du weißt inzwischen, daß Saldaeaner nicht ruhig sind. Außer gegenüber Fremden und Außenseitern. Im Nu entflammt, ist die Glut im nächsten Moment erloschen und vergessen. Sie lassen Arafeller schwerfällig und Domani regelrecht stumpfsinnig wirken.« Elyas grinste plötzlich. »Ich habe einmal ein Jahr lang mit einer Saldaeanerin zusammengelebt. Merya hat mich fünf Tage in der Woche angeschrien und mir auch Teller an den Kopf geworfen. Jedesmal, wenn ich ans Gehen dachte, wollte sie es jedoch wieder gutmachen, und ich kam anscheinend niemals bis zur Tür. Letztendlich hat sie mich verlassen. Sie sagte, ich wäre für ihren Geschmack zu zurückhaltend.« Er lachte in der Erinnerung rauh, rieb aber über eine noch schwach sichtbare, von damals stammende Narbe an seinem Kinn. Ein Dolch hatte sie wohl verursacht.

»Faile ist anders.« Es klang, als wäre man mit Nynaeve verheiratet! Nynaeve mit Zahnschmerzen! »Das soll nicht heißen, daß sie nicht hin und wieder zornig wird«, fügte er widerwillig hinzu, »aber sie schreit nicht und wirft auch nicht mit Tellern.« Nun, sie schrie nicht sehr oft, und anstatt nur heftig aufzuflammen und dann gleich wieder zu vergehen, begann ihr Zorn heftig und hielt an, bis er abkühlte.

Elyas sah ihn von der Seite an. »Wenn ich jemals

einen Mann gerochen habe, der versucht, Hagel zu entgehen ... Du gehst stets sanft mit ihr um, nicht wahr? Du bist vollkommen nachsichtig und wirst niemals zornig? Wirst ihr gegenüber niemals laut?«

»Natürlich nicht!« brauste Perrin auf. »Ich liebe sie! Warum sollte ich sie anschreien?«

Elyas murrte leise vor sich hin, obwohl Perrin natürlich jedes Wort verstehen konnte. »Verdammt, wenn ein Mann auf einer roten Natter sitzen will, ist das seine Sache. Es ist auch nicht meine Angelegenheit, wenn sich ein Mann die Hände an einem Feuer im Dach wärmen will. Es ist sein Leben. Würde er es mir danken? Nein, das würde er, verdammt noch mal, nicht!«

»Was wollt Ihr damit sagen?« Perrin ergriff Elyas' Arm und zwang ihn, unter einem Ilexbaum stehenzubleiben, dessen stachelige Blätter überwiegend grün waren. Bis auf einige ums Überleben kämpfende Kriechgewächse wuchs kaum etwas in der Nähe. Sie waren den Hügel noch nicht zur Hälfte hinunter gelangt. »Faile ist keine rote Natter *und* kein Feuer im Dach! Wartet, bis Ihr sie kennenlernt, bevor Ihr redet, als würdet Ihr sie bereits kennen.«

Elyas fuhr sich verärgert mit den Fingern durch seinen langen Bart. »Ich kenne Saldaeaner, Junge. Ich bin nicht nur in jenem Jahr dort gewesen. Ich habe in meinem Leben höchstens fünf saldaeanische Frauen getroffen, die ich als sanftmütig oder auch nur als beherrscht bezeichnen würde. Nein, sie ist keine Natter; ich wette, sie ist ein Leopard. Knurre nicht, verdammt! Ich verwette meine Stiefel, daß sie lächeln würde, wenn sie mich das sagen hörte!«

Perrin öffnete verärgert den Mund und schloß ihn dann wieder. Er hatte nicht erkannt, daß er tatsächlich tief in der Kehle geknurrt hatte. Faile *würde* lächeln, wenn sie als Leopard bezeichnet würde. »Ihr wollt doch nicht etwa behaupten, daß sie will, daß ich sie anschreie, Elyas.«

»Doch, genau das will ich damit sagen. Höchstwahrscheinlich jedenfalls. Vielleicht ist sie die sechste. Vielleicht. Hör mich einfach zu Ende an. Die meisten Frauen werden dich, wenn du die Stimme erhebst, verwundert ansehen oder zu Eis erstarren, und als nächstes streitest du darüber, daß du verärgert bist, ungeachtet des ursprünglichen Grundes für deinen Zorn. Hüte bei einer Saldaeanerin jedoch deine Zunge und sage ihr gegenüber, sie sei nicht stark genug, es mit dir aufzunehmen. Beleidige sie auf diese Art, und du hast Glück, wenn sie dich nicht dir selbst zum Frühstück vorsetzt. Sie ist kein Mädchen aus Far Madding, das von einem Mann erwartet, daß er den von ihr zugewiesenen Platz einnimmt und springt, wenn sie mit den Fingern schnippt. Sie ist ein Leopard, und sie erwartet von ihrem Ehemann, daß er auch ein Leopard ist. Licht! Ich weiß nicht, was ich tue! Einem Mann bezüglich seiner Frau Ratschläge zu erteilen ist eine gute Möglichkeit, den Kopf abgerissen zu bekommen.«

Jetzt knurrte Elyas. Er rückte unnötigerweise seinen Hut zurecht und sah sich stirnrunzelnd auf dem Hügel um, als überlege er, ob er wieder in den Wäldern verschwinden sollte, aber dann stieß er Perrin mit einem Finger an. »Schau, ich wußte schon immer, daß du mehr als nur ein Herumirrender warst, und nachdem ich das, was mir die Wölfe erzählten, mit der Tatsache in Zusammenhang brachte, daß du gerade zufällig zu diesem Propheten eilst, dachte ich, du könntest vielleicht einen Freund gebrauchen, der dir den Rücken deckt. Die Wölfe haben natürlich nicht erwähnt, daß du diese schmucken mayenischen Speerträger *anführst*. Gaul auch nicht, bis wir sie sahen. Wenn du möchtest, daß ich bleibe, dann bleibe ich. Wenn nicht, so habe ich vieles von der Welt noch nicht gesehen.«

»Ich kann jederzeit einen Freund gebrauchen, Elyas.« *Konnte* Faile wirklich *wollen,* daß er sie anschrie? Er hatte immer gewußt, daß er jemanden verletzen könnte, wenn er nicht vorsichtig war, und er hatte stets versucht, sein Temperament zu zügeln. Worte konnten ebensosehr verletzten wie Fäuste, jene falschen Worte, die man niemals so meinte, wie sie im Zorn gesagt wurden. Es schien ihm unmöglich. Es war einfach nicht einleuchtend. Keine Frau würde das von ihrem Ehemann oder irgendeinem anderen Mann hinnehmen.

Der Ruf eines Blaufinks ließ Perrin zusammenzucken und versetzte seinen Ohren einen Stich. Es war selbst für ihn kaum hörbar, aber kurz darauf wurde das Trillern näher wiederholt und dann noch näher. Elyas sah ihn mit gewölbten Augenbrauen an. Perrin erkannte den Ruf eines Grenzlandvogels. Er hatte es von einigen Shienarern, unter ihnen Masema, gelernt und es an die Leute aus den Zwei Flüssen weitergegeben.

»Wir bekommen Besuch«, bemerkte er zu Elyas.

Sie kamen rasch heran, vier Reiter in schnellem Galopp, die eintrafen, noch bevor er und Elyas den Fuß des Hügels erreicht hatten. Berelain ritt voran, durchquerte spritzend den Fluß, während Annoura und Gallenne sowie eine Frau mit einem hellen, mit einer Kapuze versehenen Staubmantel dicht hinter ihr ritten. Sie eilten unmittelbar am Lager der Mayener vorbei, ohne einen Blick darauf zu werfen, und zügelten ihre Pferde erst, als sie sich unmittelbar vor dem rot-weiß gestreiften Zelt befanden. Einige der cairhienischen Diener eilten herbei, um Zügel zu übernehmen und Steigbügel zu halten, und Berelain und ihre Begleiterinnen hatten das Zelt bereits betreten, bevor sich der durch ihre Ankunft aufgewirbelte Staub gelegt hatte.

Alles in allem verursachte ihre Ankunft erhebliche

Unruhe. Raunen erhob sich unter den Männern aus den Zwei Flüssen, das Perrin nur als erwartungsvoll bezeichnen konnte. Die unvermeidlichen jungen Narren Failes kratzten sich den Kopf und schauten zu dem Zelt, während sie aufgeregt miteinander redeten. Grady und Neald beobachteten das Zelt durch die Bäume hindurch ebenfalls und steckten hin und wieder die Köpfe zusammen, um miteinander zu sprechen, obwohl niemand ihnen nahe genug war, um sie belauschen zu können.

»Sieht so aus, als wären deine Besucher nicht zufällig hier«, sagte Elyas leise. »Achte auf Gallenne. Er könnte Ärger bedeuten.«

»Ihr kennt ihn, Elyas? Ich möchte gern, daß Ihr bleibt, aber wenn Ihr glaubt, er könnte einer der Schwestern verraten, wer Ihr seid ...« Perrin zuckte resigniert die Achseln. »Ich könnte Seonid und Masuri vielleicht aufhalten« – er glaubte es zumindest –, »aber Annoura wird wohl tun, was immer sie will.« Und was dachte *sie* wirklich über Masema?

»Oh, Bertain Gallenne kennt Menschen wie Elyas Machera nicht«, erwiderte Elyas mit verzerrtem Lächeln. »Aber ich kenne ihn. Er wird sich nicht gegen dich stellen oder hinter deinem Rücken handeln, vielmehr ist Berelain der kluge Kopf unter ihnen. Sie hat Tear aus Mayene herausgehalten, indem sie die Tairener gegen die Illianer ausgespielt hat, seit sie sechzehn war. Berelain weiß, wie man geschickt verfährt. Gallenne kennt nur den Angriff. Er ist gut darin, aber er sieht niemals etwas anderes und hält manchmal nicht inne, um nachzudenken.«

»Soviel hatte ich über die beiden auch schon herausgefunden«, murrte Perrin. Zumindest hatte Berelain einen Boten von Alliandre mitgebracht. Mit einer neuen Dienerin hätte sie es nicht so eilig gehabt. Daher stellte sich die Frage, warum für Alliandres Antwort ein Bote nötig war. »Ich sollte zunächst ergründen, ob Berelain gute Nachrichten mitgebracht hat, Elyas. Wir werden uns später darüber unterhalten, was uns im Süden erwartet. Und Ihr könnt Faile treffen«, fügte er noch hinzu, bevor er sich abwandte.

»Der Krater des Verderbens erwartet uns im Süden«, rief ihm der andere Mann nach, »oder zumindest dergestalt, wie ich ihn unterhalb der Großen Fäule zu sehen erwartet habe.« Perrin bildete sich ein, das schwache Donnern im Westen erneut gehört zu haben. Nun, das wäre eine erfreuliche Abwechslung.

Im Zelt trug Breane ein Silbertablett mit einer Schale Rosenwasser und Tüchern für Gesicht und Hände herum und vollführte starre Hofknickse, während sie es darbot. Maighdin reichte mit noch starreren Hofknicksen ein Tablett mit Bechern voller gewürztem Wein herum – dem Geruch nach aus den letzten getrockneten Blaubeeren gemacht –, während Lini den Staubmantel des Neuankömmlings zusammenfaltete. Etwas schien seltsam an der Art, wie Faile und Berelain neben der gerade eingetroffenen Frau standen, und Annoura blieb hinter ihnen, ganz auf sie konzentriert. Ungefähr in mittlerem Alter, mit einer grünen Netzhaube, die das fast bis auf ihre Taille herabreichende dunkle Haar zusammenhielt, hätte man sie vielleicht hübsch nennen können, wenn ihre Nase nicht so lang gewesen wäre. Und wenn sie sie nicht so hoch gereckt hätte. Kleiner als Faile oder Berelain, gelang es ihr dennoch, an dieser Nase entlang auf Perrin hinabzublicken und ihn von Kopf bis Fuß kühl zu betrachten. Sie blinzelte nicht, als sie seine Augen bemerkte, obwohl fast jedermann sonst es tat.

»Majestät«, sagte Berelain mit förmlicher Stimme, sobald Perrin eintrat, »darf ich Euch Lord Perrin Aybara aus den Zwei Flüssen in Andor vorstellen, der persönliche Freund und Abgesandte des Wiedergeborenen

Drachen.« Die Frau mit der langen Nase nickte vorsichtig, kühl, und Berelain fuhr fast augenblicklich fort. »Lord Aybara, begrüßt Alliandre Maritha Kigarin, Königin von Ghealdan, vom Licht gesegnet, Verteidigerin des Garens Walls, die erfreut ist, Euch persönlich zu empfangen, und heißt sie willkommen.« Gallenne, der nahe der Zeltwand stand, richtete seine Augenklappe und hob Perrin mit triumphierendem Lächeln seinen Weinbecher entgegen.

Aus einem unbestimmten Grund warf Faile Berelain einen strengen Blick zu. Perrin wäre fast das Kinn herabgesackt. Alliandre selbst? Er fragte sich, ob er sich hinknien sollte, entschied sich aber dann nach zu langem Zögern für eine Verbeugung. Er hatte keine Ahnung, wie man sich einer Königin gegenüber verhielt. Besonders einer Königin gegenüber, die aus heiterem Himmel und ohne Begleitung und Prunk auftauchte. Sie trug ein dunkelgrünes Reitgewand aus einfachem Tuch ohne jegliche Stickerei.

»Die letzten Berichte«, begann Alliandre, »veranlaßten mich zu der Entscheidung, zu Euch zu kommen, Lord Aybara.« Ihre Stimme klang ruhig, ihr Gesicht war unbewegt, ihr Blick zurückhaltend. Und wachsam – oder Perrin wäre ein tairenischer Fährmann. Er sollte besser auf der Hut sein, bis er wüßte, wohin der Weg führte. »Ihr habt es vielleicht noch nicht gehört«, fuhr sie fort, »aber vor vier Tagen fiel Illian dem Wiedergeborenen Drachen zu, dessen Name im Licht gesegnet sei. Er hat die Lorbeerkrone errungen, obwohl ich hörte, daß sie jetzt die Krone der Schwerter genannt wird.«

Faile, die gerade einen Becher von Maighdins Tablett nahm, flüsterte leise. »Und vor sieben Tagen haben die Seanchaner Ebou Dar eingenommen.« Selbst Maighdin konnte es nicht hören.

Hätte Perrin sich nicht bereits zusammengerissen,

hätte er jetzt wahrhaftig mit offenem Mund dagestanden. Warum erzählte Faile ihm dies, anstatt zu warten, bis die Frau es aussprach, die es ihr berichtet haben mußte? Er wiederholte ihre Worte für jedermann deutlich hörbar. Mit harter Stimme, aber das war die einzige Möglichkeit, sie fest klingen zu lassen. Ebou Dar ebenfalls? Licht! Und vor sieben Tagen? An dem Tag, an dem Grady und die übrigen die Eine Macht am Himmel gesehen hatten? Vielleicht ein Zufall. Aber wäre es ihm lieber gewesen, wenn es die Verlorenen gewesen wären?

Annoura blickte stirnrunzelnd über ihren Becher hinweg und schürzte die Lippen, bevor er noch zu Ende gesprochen hatte, und Berelain sah ihn mit bestürztem Ausdruck an, der aber rasch wieder schwand. Sie wußten, daß er nichts von Ebou Dar gewußt hatte, als sie nach Bethal hinein ritten.

Alliandre nickte nur, ebenso selbstbeherrscht wie die Graue. »Ihr scheint bemerkenswert gut unterrichtet«, sagte sie und trat näher zu ihm. »Ich bezweifle, daß erste Gerüchte Jehannah mit den Flußhändlern bereits erreicht haben. Ich selbst habe erst vor wenigen Tagen davon erfahren. Mehrere Händler halten mich über die Ereignisse auf dem laufenden. Wahrscheinlich hoffen sie«, fügte sie trocken hinzu, »daß ich beim Propheten des Drachen Fürsprache für sie einlege, falls es erforderlich wird.«

Jetzt konnte er ihren Geruch erkennen, und seine Meinung über sie wendete sich zum Guten. Äußerlich war die Königin ganz kühle Zurückhaltung, aber von Angst durchzogene Unsicherheit prägte ihren Geruch. Er glaubte nicht, daß er eine solch ruhige Miene hätte beibehalten können, wenn er so empfunden hätte.

»Man sollte stets so viel wissen wie möglich«, erwiderte er einigermaßen aufgewühlt. *Verdammt,* dachte er, *ich* muß *Rand hierüber berichten!*

»Wir in Saldaea beziehen unsere Kenntnisse ebenfalls von Händlern«, sagte Faile. Damit deutete sie an, daß Perrin durch sie von Ebou Dar erfahren hätte. »Sie hören von Geschehnissen in tausend Meilen Entfernung anscheinend schon Wochen bevor die Gerüchte beginnen.«

Sie sah Perrin nicht an, aber er wußte, daß sie ihn ebenso ansprach wie Alliandre. Rand wußte Bescheid, wollte sie ihm damit mitteilen. Und es gab *ohnehin* keine Möglichkeit, ihm heimlich eine Nachricht zukommen zu lassen. Konnte Faile *wirklich* wollen, daß er …? Nein, das war undenkbar. Er erkannte blinzelnd, daß er etwas verpaßt hatte, was Alliandre gesagt hatte. »Verzeiht, Alliandre«, sagte er höflich. »Ich dachte gerade über Rand nach – den Wiedergeborenen Drachen.« Natürlich war es undenkbar!

Alle sahen ihn an, sogar Lini und Maighdin und Breane. Annouras Augen hatten sich geweitet, und Gallennes Mund stand offen. Dann erkannte Perrin es. Er hatte die Königin gerade bei ihrem Namen genannt. Er nahm einen Becher von Maighdins Tablett, und sie richtete sich so rasch aus ihrem Hofknicks auf, daß sie ihm fast den Becher aus der Hand geschlagen hätte. Er winkte sie wie abwesend fort und wischte sich die feuchte Hand an seiner Jacke ab. Er mußte sich besser konzentrieren, durfte seine Gedanken nicht in neun verschiedene Richtungen schweifen lassen. Ungeachtet dessen, was Elyas gesagt hatte, würde Faile niemals … Nein! Konzentriere dich!

Alliandre faßte sich rasch. Tatsächlich schien sie am wenigsten von allen überrascht gewesen zu sein, und ihr Geruch veränderte sich nicht. »Ich sagte, daß es das klügste war, heimlich zu Euch zu kommen, Lord Aybara«, wiederholte sie mit dieser kühlen Stimme. »Lord Telabin glaubt, ich hielte mich allein in seinen Gärten auf, welche ich durch ein selten benutztes Tor verlassen habe. Und ich habe die Stadt als Annoura Sedais Dienerin verlassen.« Sie strich mit den Fingerspitzen über den Rock ihres Reitkleids und lachte leise. Selbst dieses Lachen klang bei ihr kühl, widersprach sehr dem, was ihm seine Nase vermittelte. »Einige meiner eigenen Soldaten haben mich gesehen, aber durch die hochgezogene Kapuze meines Umhangs hat mich niemand erkannt.«

»So wie die Dinge liegen, war das wahrscheinlich wirklich das klügste«, entgegnete Perrin vorsichtig. »Aber Ihr werdet Euch früher oder später doch zeigen müssen – auf die eine oder andere Art.« Höflich und doch direkt, das war der richtige Weg. Eine Königin würde keine Zeit mit einem Mann verschwenden wollen, der Unsinn redete. Außerdem wollte er Faile nicht enttäuschen. »Warum seid Ihr überhaupt selbst gekommen? Ihr hättet nur einen Brief schicken oder Berelain Eure Antwort mitzuteilen brauchen. Werdet Ihr Euch auf Rands Seite stellen oder nicht? Wie dem auch sei – sorgt Euch nicht um Eure sichere Rückkehr nach Bethal.« Das war eine gute Bemerkung. Was auch immer sie sonst befürchtete, so mußte sie schon allein die Tatsache ängstigen, ohne ihr Gefolge hier zu sein.

Faile beobachtete ihn, obwohl sie es nicht zu tun vorgab; sie trank ihren gewürzten Wein und lächelte Alliandre zu, aber er bemerkte ihre raschen Seitenblicke. Berelain gab nichts vor, sondern musterte ihn offen mit leicht verengten Augen und den Blick niemals von seinem Gesicht abwendend. Annoura wirkte ähnlich angespannt und ebenso aufmerksam. Glaubten sie *alle,* daß er sich wieder versprechen würde?

Anstatt auf seine Fragen einzugehen, sagte Alliandre: »Die Erste hat mir viel über Euch erzählt, Lord Aybara, und über den Wiedergeborenen Drachen, dessen Name vom Licht gesegnet sei.« Letzteres klang mechanisch, ein Zusatz, über den sie nicht mehr nachdenken mußte. »Ich kann ihm nicht gegenübertreten, bevor ich nicht meine Entscheidung getroffen habe, daher wollte ich Euch sprechen, um die Lage einschätzen zu können. Man kann viel durch jene über einen Mann erfahren, die befugt sind, für ihn zu sprechen.« Sie neigte den Kopf über den Becher in ihren Händen und sah Perrin durch gesenkte Lider an. Bei Berelain wäre das Schäkern gewesen, aber nicht bei Alliandre. »Ich habe auch Eure Banner gesehen«, sagte sie gefaßt. »Die Erste hatte sie nicht erwähnt.«

Perrin runzelte die Stirn, bevor er es verhindern konnte. Berelain hatte ihr viel über ihn erzählt? Was hatte sie gesagt? »Die Banner sollen gesehen werden.« Die Verärgerung verlieh seiner Stimme eine Rauheit, die er nur mühsam unterdrücken konnte. Nun, Berelain war eine Frau, die angeschrien werden *mußte*. »Glaubt mir, es gibt keine Pläne, Manetheren wiederzuerrichten.« So, jetzt war sein Tonfall ebenso kühl wie der Alliandres. »Wie entscheidet Ihr Euch? Rand kann im Handumdrehen zehntausend – hunderttausend – Soldaten nach Ghealdan bringen.« Und das würde er vielleicht auch tun müssen. Die Seanchaner in Amador *und* in Ebou Dar? Licht, wie viele waren es?

Alliandre trank von ihrem gewürzten Wein, bevor sie antwortete, und sie wich der Frage erneut aus. »Es gibt tausend Gerüchte, wie Ihr sicher wißt, und selbst das wildeste ist glaubhaft, wenn der Drache wiedergeboren ist. Fremde tauchen auf, die behaupten, Artur Falkenflügels Heere seien zurückgekehrt, und die Burg selbst ist durch Aufruhr gespalten.«

»Eine Angelegenheit der Aes Sedai«, sagte Annoura barsch. »Das geht niemanden sonst etwas an.« Berelain warf ihr einen verärgerten Blick zu, den sie nicht zu bemerken vorzog.

Alliandre zuckte zusammen und wandte der Schwester die Schulter zu. Königin oder nicht – niemand wollte diesen Tonfall von einer Aes Sedai hören. »Die Welt verkehrt sich, Lord Aybara. Nun, man hat mir sogar von Aiel berichtet, die ein Dorf hier in Ghealdan plünderten.« Perrin erkannte jäh, daß es hier um mehr ging als nur um die Angst, Aes Sedai zu beleidigen. Alliandre beobachtete ihn abwartend. Aber worauf wartete sie? Auf Beruhigung?

»Die einzigen Aiel in Ghealdan sind bei mir«, belehrte er sie. »Die Seanchaner mögen vielleicht Abkömmlinge von Artur Falkenflügels Heer sein, aber Falkenflügel ist seit eintausend Jahren tot. Rand hat sich ihnen bereits einmal entgegengestellt, und er wird es wieder tun.« Er erinnerte sich an Falme ebenso deutlich wie an die Brunnen von Dumai, obwohl er es zu vergessen versucht hatte. Gewiß reichten die Truppen Seanchaner nicht aus, um Amador *und* Ebou Dar einzunehmen, selbst mit ihren *Damane* nicht. Balwer behauptete, es wären auch tarabonische Soldaten beteiligt. »Und vielleicht freut es Euch zu hören, daß jene aufrührerischen Aes Sedai Rand unterstützen. Zumindest werden sie es bald tun.« Das hatte Rand jedenfalls gesagt. Einige wenige Aes Sedai, die nirgendwo anders hingehen konnten als zu ihm. Perrin war sich dessen nicht so sicher. Die Gerüchte in Ghealdan dichteten den Schwestern ein Heer an. Natürlich berichteten die gleichen Gerüchte bei dieser Handvoll von mehr Aes Sedai, als es auf der ganzen Welt gab, aber dennoch … Licht, er wünschte, jemand würde *ihn* beruhigen! »Warum setzen wir uns nicht«, sagte er. »Ich werde alle Eure Fragen beantworten, um Euch bei Eurer Entscheidung zu helfen, aber wir können es uns dabei ebensogut bequem machen.« Er zog einen der Faltstühle zu sich heran und dachte erst im letzten Moment daran, sich nicht einfach hineinfallen zu lassen, aber er knarrte dennoch unter ihm.

Lini und die beiden anderen Diener zogen eilig

Stühle zu einem Kreis um den seinen heran, aber keine der anderen Frauen trat zu ihnen. Alliandre stand da und sah Perrin an, während die übrigen sie beobachteten. Bis auf Gallenne, der sich einen weiteren Becher Wein aus dem Silberkrug eingoß.

Perrin fiel auf, daß Faile, seit die Händler erwähnt wurden, kein Wort mehr gesagt hatte. Für Berelains Schweigen war er ebenso dankbar wie für die Tatsache, daß sie nicht beschlossen hatte, vor der Königin mit ihm zu schäkern, aber er hätte gerade jetzt ein wenig Unterstützung von Faile gebrauchen können. Einen kleinen Rat. Licht, sie wußte zehnmal mehr als er darüber, was er hier sagen und tun sollte.

Er fragte sich, ob er wie die anderen stehen sollte, stellte den gewürzten Wein auf einem der kleinen Tische ab und bat Faile, mit Alliandre zu sprechen. »Wenn jemand der Königin den richtigen Weg weisen kann, dann du«, sagte er. Faile lächelte ihm erfreut zu, hielt aber den Mund.

Alliandre streckte jäh ihren Becher von sich, als erwarte sie, daß dort ein Tablett stünde. Es wurde ihr gerade noch rechtzeitig eines gereicht, und Maighdin, die es hielt, murrte etwas. Perrin hoffte, daß Faile es nicht gehört hatte. Faile verabscheute es, wenn Diener diese Sprache benutzten. Er wollte sich gerade erheben, als Alliandre sich ihm näherte, aber zu seinem Entsetzen kniete sie anmutig vor ihm nieder und ergriff seine Hände. Bevor er erkannte, was sie beabsichtigte, drehte sie ihre Hände, so daß sie mit den Handrücken zueinander zwischen seinen Handflächen lagen. Sie klammerte sich so fest an ihn, daß ihre Hände schmerzen mußten. Und er war sich keineswegs sicher, sich von ihr lösen zu können, ohne ihr weh zu tun.

»Unter dem Licht«, sagte sie fest, während sie zu ihm aufblickte. »Ich, Alliandre Maritha Kigarin, gelobe Lord Perrin Aybara von den Zwei Flüssen jetzt und für alle Zeit Treue und Ergebenheit, es sei denn, er beschließt, mich von sich aus freizugeben. Meine Länder und Throne gehören ihm, denn ich lege sie in seine Hände. Das schwöre ich.«

Einen Moment herrschte Schweigen, nur unterbrochen durch Gallennes Keuchen und den gedämpften Laut seines auf dem Teppich aufschlagenden Weinbechers.

Dann hörte er Failes Stimme so leise, daß niemand in ihrer Nähe ihre Worte hätte verstehen können. »Unter dem Licht, ich nehme Euer Gelöbnis an und werde Euch und die Euren im Kampf und in Winterstürmen und vor allem, was die Zeit an Unheil bringen mag, beschützen. Die Länder und Throne von Ghealdan übergebe ich Euch als pflichtgetreue Vasallin. Unter dem Licht, ich werde ...« Das mußte die saldaeanische Art der Annahme sein. Dank dem Licht war sie zu beschäftigt mit ihm, um Berelain ihm heftig zunicken und ihn gleichfalls drängen zu sehen. Sie beide wirkten fast, als hätten sie dies erwartet! Annoura erschien mit ihrem offenstehenden Mund jedoch ebenso erstaunt wie er – wie ein Fisch, der gerade das Wasser schwinden sah.

»Warum?« fragte er sanft, Failes enttäuschten Zischlaut und Berelains verärgertes Brummen gleichermaßen mißachtend. *Verdammt,* dachte er, *ich bin ein einfacher Schmied!* Niemand schwor einem Schmied die Treue. »Man hat mir gesagt, ich sei ein *Ta'veren*. Vielleicht wollt Ihr Euch dies noch einmal überlegen.«

»Ich hoffe, daß Ihr ein *Ta'veren* seid, mein Lord.« Alliandre lachte wenig belustigt und ergriff seine Hände noch fester, als fürchte sie, er könnte sie ihr entziehen. »Ich hoffe es von ganzem Herzen. Ich fürchte, nichts Geringeres wird Ghealdan retten. Ich bin zu dieser Entscheidung gelangt, als die Erste mir sagte, warum Ihr hier seid, und die Begegnung mit Euch hat mich

nur in meinem Entschluß bestärkt. Ghealdan braucht Schutz, den ich ihm nicht geben kann, so daß ich verpflichtet bin, Schutz zu suchen. Ihr könnt es beschützen, mein Lord, Ihr und der Wiedergeborene Drache, dessen Name im Licht gesegnet sei. Tatsächlich würde ich meinen Schwur ihm gegenüber leisten, wenn er hier wäre, aber Ihr seid sein Stellvertreter. Indem ich den Schwur Euch gegenüber leiste, leiste ich ihn auch ihm gegenüber.« Sie atmete tief ein und überwand sich zu einem weiteren Wort. »Bitte.« Sie roch jetzt verzweifelt, und ihre Augen schimmerten vor Angst.

Er zögerte dennoch. Dies war fast mehr, als Rand sich wünschen konnte, aber Perrin Aybara war nur ein Schmied! Konnte er sich das noch immer sagen, wenn er hierauf einging? Alliandre blickte flehend zu ihm hoch. Wirkte *Ta'veren* auch bei ihnen selbst? fragte er sich. »Unter dem Licht, ich, Perrin Aybara, nehme Euer Gelöbnis an …« Seine Kehle war trocken, als er die Worte ausgesprochen hatte, die Faile ihm zugeflüstert hatte. Nun war es zu spät, innezuhalten und nachzudenken.

Alliandre küßte mit erleichtertem Seufzen seine Hände. Perrin glaubte, noch niemals in seinem Leben so verlegen gewesen zu sein. Er erhob sich rasch und zog Alliandre mit sich hoch. Dann erkannte er, daß er nicht wußte, was er als nächstes tun sollte. Die stolz strahlende Faile flüsterte ihm keine Hinweise mehr zu. Berelain lächelte mit gerötetem Gesicht ebenfalls erleichtert.

Er war sich sicher, daß Annoura die Stimme erheben würde – Aes Sedai hatten stets viel zu sagen, besonders wenn es ihnen die Gelegenheit verschaffte, die Führung zu übernehmen –, aber die Graue Schwester streckte nur ihren Weinbecher aus, um sich von Maighdin nachschenken zu lassen. Sie beobachtete ihn mit unlesbarer Miene, und Maighdin tat dies ebenfalls so angespannt, daß sie den Krug noch neigte, als der gewürzte Wein bereits über das Handgelenk der Aes Sedai lief. Annoura zuckte zusammen und starrte den Becher in ihrer Hand an, als hätte sie vergessen, daß er dort war. Faile legte die Stirn in Falten, Lini runzelte die Stirn noch stärker, und Maighdin eilte nach einem Tuch, um die Hand der Schwester abzutrocknen, während sie wieder leise murrte. Faile würde einen Anfall bekommen, wenn sie dieses Murren jemals hörte.

Perrin wurde sich bewußt, daß er sich zuviel Zeit nahm. Alliandre leckte sich besorgt die Lippen. Sie erwartete mehr, aber was? »Jetzt, da wir hier zu einem Ende gelangt sind, muß ich als nächstes den Propheten finden«, sagte er und zuckte zusammen. Zu unverblümt. Er hatte kein Gefühl für den Umgang mit Adligen, geschweige denn mit Königinnen. »Ihr wollt vermutlich nach Bethal zurückkehren, bevor jemand erfährt, daß Ihr fort wart.«

»Zuletzt habe ich gehört«, entgegnete Alliandre, »der Prophet des Lord Drachen sei in Abila. Das ist eine ziemlich große Stadt in Amadicia, vielleicht vierzig Meilen südlich von hier.«

Perrin runzelte wider Willen die Stirn, obwohl er seine Züge rasch wieder glättete. Also hatte Balwer recht gehabt. Wenn er in einem Punkt recht gehabt hatte, bedeutete das allerdings nicht, daß er in allen Punkten recht hatte, aber es wäre es vielleicht wert, sich anzuhören, was der Mann über die Weißmäntel zu sagen hatte. Und über die Seanchaner. Wie viele Taraboner waren beteiligt?

Faile glitt neben ihn, legte eine Hand auf seinen Arm und lächelte Alliandre herzlich zu. »Du kannst sie jetzt noch nicht fortschicken, mein Herz. Die Königin ist doch gerade erst angekommen. Laß uns noch etwas hier im Schatten plaudern, bevor sie den Rückweg antreten muß. Ich weiß, daß du dich um wichtige Dinge kümmern mußt.«

Es gelang ihm mit Mühe, Faile nicht anzustarren. Was konnte wichtiger sein als die Königin von Ghealdan? Mit Sicherheit nichts, was ihm jemand zu tun überlassen würde. Sie wollte eindeutig ohne ihn mit Alliandre sprechen. Mit etwas Glück würde sie ihm später erzählen, warum. Mit etwas Glück würde sie ihm alles erzählen. Elyas glaubte die Saldeaner vielleicht zu kennen, aber Perrin hatte gelernt, daß nur ein Narr alle Geheimnisse seiner Frau herauszufinden versucht. Oder sie von jenen wissen läßt, die er bereits herausgefunden hat.

Alliandre zu verlassen sollte zweifellos ebenso zeremoniell vonstatten gehen wie sie zu begrüßen, und es gelang ihm, sich angemessen zu verbeugen und sich zu entschuldigen, woraufhin sie einen tiefen Hofknicks vollführte und murmelte, er erwiese ihr zuviel der Ehre – das war alles. Mit einer Kopfbewegung bedeutete er Gallenne, ihm zu folgen. Er bezweifelte, daß Faile ihn davonschicken, Gallenne aber bleiben lassen würde. Worüber *wollte* sie mit der Königin allein sprechen?

Draußen versetzte der einäugige Mann Perrin einen Schlag auf die Schulter, der einen kleineren Mann ins Straucheln gebracht hätte. »Verdammt, ich habe so etwas noch nie gehört! Jetzt kann ich behaupten, daß ich wahrhaftig einen *Ta'veren* bei der Arbeit beobachtet habe. Was soll ich tun?« Und was sollte er darauf antworten?

In diesem Moment hörte er Schreien aus dem Lager der Bewohner von Mayene, den Klang eines Streits, laut genug, daß die Männer aus den Zwei Flüssen aufstanden und durch die Bäume spähten, obwohl die Hügelflanke die Sicht verdeckte.

»Laßt uns zuerst nachsehen, was dort vor sich geht«,

erwiderte Perrin. Das würde ihm Zeit zum Nachdenken verschaffen. Darüber, was er auf Gallennes Frage erwidern sollte, und über andere Dinge.

Faile wartete einige Momente, nachdem Perrin gegangen war, bevor sie den Dienern beschied, sie und die übrigen würden sich selbst einschenken. Maighdin war so damit beschäftigt, Alliandre anzustarren, daß Lini sie am Ärmel ziehen mußte, damit sie sich rührte. Faile würde sich später darum kümmern müssen. Sie stellte ihren Becher ab und folgte den drei Frauen zum Zelteingang, als wollte sie sie zur Eile antreiben, aber dort hielt sie inne.

Perrin und Gallenne gingen durch die Bäume auf das Lager der Bewohner von Mayene zu. Gut. Die meisten der *Cha Faile* kauerten nicht weit entfernt. Sie machte Parelean auf sich aufmerksam und vollführte in Hüfthöhe eine Geste, die hinter ihr niemand sehen konnte. Eine schnelle Kreisbewegung, gefolgt von einer geballten Faust. Die Tairener und Cairhiener teilten sich sofort in Zweier- und Dreiergruppen auf und schwärmten aus. Weitaus weniger beredt als die Zeichensprache der Töchter des Speers, genügten die Gesten der *Cha Faile* jedoch. Innerhalb weniger Augenblicke umstand ein lockerer Ring ihrer Leute anscheinend zufällig das Zelt, die sich müßig unterhielten oder das Fadenspiel spielten. Aber niemand würde näher als zwanzig Schritte ans Zelt herankommen, ohne daß Faile gewarnt würde.

Perrin machte ihr die meisten Sorgen. Sie hatte etwas Bedeutungsvolles erwartet, sobald Alliandre leibhaftig auftauchte, wenn auch nicht das, was dann geschah, aber Perrin war durch ihren Schwur wie benommen gewesen. Wenn es ihm in den Sinn kam zurückzukehren, um einen weiteren Vorstoß zu unternehmen, damit Alliandre sich nicht wegen ihrer Entscheidung grämte ... Oh, er dachte mit dem Herzen, wenn er seinen Verstand einsetzen sollte. Und mit dem Verstand, wenn er auf sein Herz hören sollte! Sie empfand bei diesem Gedanken Schuldgefühle.

»Merkwürdige Diener habt Ihr unterwegs aufgelesen«, sagte Berelain neben ihr im Tonfall spöttischen Wohlwollens. Faile zuckte zusammen. Sie hatte nicht bemerkt, daß die Frau hinter sie getreten war. Lini und die übrigen Diener gingen gerade auf die Karren zu, wobei Lini Maighdin mit dem Finger drohte. Berelain blickte von Faile zu ihnen. Sie sprach leise, aber der spöttische Unterton blieb. »Zumindest die Älteste kennt anscheinend ihre Pflichten, anstatt nur davon gehört zu haben, aber Annoura sagte mir, die Jüngste wäre eine Wilde. Sehr schwach, sagt Annoura, und unbedeutend, aber Wilde bereiten stets Kummer. Die anderen werden Geschichten über sie verbreiten, wenn sie es erfahren, und sie wird früher oder später davonlaufen. Das tun Wilde stets, wie ich hörte. Das kommt davon, wenn man Dienerinnen wie streunende Hunde aufliest.«

»Sie geben sich ausreichend Mühe und passen sich an«, erwiderte Faile kühl. Dennoch war eine ausführliche Unterhaltung mit Lini unbedingt nötig. Eine Wilde? Sie könnte sich vielleicht als nützlich erweisen, selbst wenn sie schwach war. »Ich dachte immer, Ihr wärt gut darin, Diener auszuwählen.« Berelain blinzelte. Sie war sich nicht sicher, was das bedeuten sollte, und Faile achtete sorgfältig darauf, ihre Zufriedenheit nicht zu zeigen. Sie wandte sich ab und sagte: »Annoura, würdet Ihr einen Lauschschutz für uns weben?«

Es war nicht zu erwarten, daß Seonid oder Masuri eine Gelegenheit fänden, mit Hilfe der Macht zu lauschen – Faile erwartete, daß Perrin zornig würde, wenn er herausfand, wie stark die Weisen Frauen das Paar im Zaum hielten –, aber die Weisen Frauen selbst mochten hiervon erfahren haben. Faile war sich sicher, daß Edarra und die übrigen Seonid und Masuri geradezu verhörten.

Die geflochtenen Zöpfe der Grauen Schwester wippten leicht, als sie nickte. »Es ist vollbracht, Lady Faile«, sagte sie, und Berelain preßte kurz die Lippen zusammen. Recht zufriedenstellend. Die Verwegenheit, dies hier in Failes eigenem Zelt zu wagen! Sie verdiente mehr, als daß jemand zwischen sie und ihren Berater trat, aber es war zufriedenstellend.

Auf kindische Art zufriedenstellend, gestand Faile sich ein, wobei sie sich auf die vorliegende Sache konzentrieren sollte. Sie hätte sich vor Verärgerung fast auf die Lippen gebissen. Sie zweifelte nicht an der Liebe ihres Mannes, aber sie konnte Berelain nicht so behandeln, wie die Frau es verdiente, und das zwang sie gegen ihren Willen, Perrin zu häufig als Spielball zu benutzen. Und als Preis, wie Berelain glaubte. Wenn Perrin sich nur nicht manchmal so benähme, als wäre er vielleicht genau das. Entschlossen verdrängte sie alle diese Gedanken. Hier mußte die Arbeit einer Ehefrau getan werden. Der praktische Teil der Arbeit.

Alliandre sah nachdenklich zu Annoura hinüber, als ein Schutz erwähnt wurde – sie mußte erkannt haben, daß es um eine ernsthafte Unterhaltung ging –, aber sie sagte: »Euer Gatte ist ein außergewöhnlicher Mann, Lady Faile. Es ist nicht abwertend gemeint, wenn ich sage, daß sein rauhes Äußeres keinen solch scharfen Verstand vermuten läßt. Da wir Amadicia unmittelbar vor der Haustür haben, spielen wir in Ghealdan notgedrungen *Daes Dae'mar,* aber ich glaube nicht, daß ich jemals zuvor so rasch, geschickt und leicht zu einer Entscheidung geführt wurde, wie Lord Perrin es getan hat. Die Andeutung einer Drohung hier, ein Stirnrunzeln da. Ein äußerst außergewöhnlicher Mann.«

Dieses Mal fiel es Faile recht schwer, ihr Lächeln zu

verbergen. Diese Südländer schätzten das Spiel der Häuser hoch ein, und sie glaubte nicht, daß Alliandre gern erführe, daß Perrin einfach sagte, was er dachte – manchmal entschieden zu offen –, und daß Menschen, die schlecht dachten, seine Ehrlichkeit für Berechnung hielten. »Er hat einige Zeit in Cairhien verbracht«, sagte sie. Sollte Alliandre das auffassen, wie sie wollte. »Wir können hinter Annoura Sedais Schutz offen sprechen. Es ist nicht zu übersehen, daß Ihr noch nicht nach Bethal zurückkehren wollt. Genügt Euer Schwur Perrin und Perrins Schwur Euch gegenüber nicht, ihn an Euch zu binden?« Einige Menschen hier im Süden hatten eigenartige Vorstellungen davon, was Treue bedeutete.

Berelain trat schweigend zu Failes Rechten, und kurz darauf trat Annoura zu ihrer Linken, so daß sich Alliandre ihnen allen dreien gegenübersah. Es überraschte Faile, daß die Aes Sedai ihren Plan unterstützten, ohne zu wissen, was er beinhaltete – Annoura hatte zweifellos ihre eigenen Gründe, und Faile hätte viel dafür gegeben zu erfahren, welcher Art diese Gründe waren –, aber bei Berelain überraschte es sie nicht. Eine beiläufig geäußerte spöttische Bemerkung könnte alles verderben, besonders über Perrins Fähigkeiten im Großen Spiel, und doch war sie sich sicher, daß diese Bemerkung nicht fiel. Das erzürnte sie in gewisser Weise. Sie hatte Berelain einst verachtet. Sie haßte sie noch immer zutiefst, aber widerwilliger Respekt hatte die Verachtung ersetzt. Die Frau wußte, wann ihr ›Spiel‹ ausgesetzt werden mußte. Wäre Perrin nicht gewesen, glaubte Faile, daß sie die Frau tatsächlich hätte *mögen* können! Um diesen abscheulichen Gedanken auszulöschen, stellte sie sich vor, Berelain kahl zu scheren. Sie war ein Weibsstück und eine Hure! Und nichts, wodurch Faile sich jetzt ablenken lassen würde.

Alliandre betrachtete die drei Frauen vor ihr nacheinander, aber sie zeigte keine Anspannung. Sie nahm ihren Weinbecher wieder auf, trank beiläufig und sprach dann seufzend und mit reumütigem Lächeln, als wären ihre Worte in Wahrheit nicht so wichtig, wie sie klangen. »Ich will meinen Schwur natürlich halten, aber Ihr müßt verstehen, daß ich mehr erhofft hatte. Wenn Euer Ehemann geht, bin ich in der gleichen Lage wie zuvor. Vielleicht sogar in einer noch schlimmeren Lage, bis greifbare Hilfe vom Lord Drachen kommt, dessen Name im Licht gesegnet sei. Der Prophet könnte Bethal oder sogar Jehannah selbst zerstören, wie er es mit Samara getan hat, und ich kann ihn nicht aufhalten. Und wenn er irgendwie von meinem Schwur erfährt ... Er sagt, er sei gekommen, um uns zu zeigen, wie man dem Lord Drachen im Licht dient, aber *er* weist den Weg, und ich kann mir nicht vorstellen, daß er erfreut sein wird, wenn jemand einen anderen Weg findet.«

»Es ist gut, daß Ihr Euren Schwur halten wollt«, belehrte Faile sie trocken. »Wenn Ihr mehr von meinem Ehemann erwartet, solltet Ihr vielleicht mehr tun. So könntet Ihr ihn begleiten, wenn er nach Süden zieht, um den Propheten zu treffen. Ihr werdet natürlich Eure eigenen Soldaten bei Euch haben wollen, aber ich schlage vor, daß es nicht mehr sein sollten, als die Erste mit sich führt. Wollen wir uns setzen?« Sie ließ sich auf dem Stuhl nieder, den Perrin frei gemacht hatte, bedeutete Berelain und Annoura, auf den benachbarten Stühlen Platz zu nehmen und deutete erst dann auf einen weiteren Stuhl für Alliandre.

Die Königin setzte sich langsam hin und sah Faile mit geweiteten Augen an, nicht nervös, aber höchst überrascht. »Warum, im Licht, sollte ich das tun?« rief sie aus. »Lady Faile, die Kinder des Lichts werden jeden Vorwand nutzen, in Ghealdan noch mehr zu plündern, und König Ailron könnte beschließen, ebenfalls ein Heer nach Norden zu entsenden. Es ist unmöglich!«

»Die Frau Eures Lehnsherrn fordert es von Euch, Alliandre«, sagte Faile fest.

Es schien nicht möglich, daß sich Alliandres Augen noch mehr weiten könnten als zuvor, und doch taten sie es. Sie blickte zu Annoura und sah nur die unerschütterliche Gelassenheit einer Aes Sedai. »Natürlich«, sagte sie kurz darauf. Ihre Stimme klang hohl. Sie schluckte und fügte hinzu: »Natürlich werde ich Eurer … Forderung entsprechen … meine Lady.«

Faile verbarg ihre Erleichterung hinter einem anmutigen Nicken. Sie hatte erwartet, daß sich Alliandre weigern würde. Daß Alliandre Treue schwören konnte, ohne zu erkennen, was das bedeutete – daß sie es für nötig hielt zu erwähnen, sie beabsichtige, den Schwur einzuhalten! –, hatte Faile nur in ihrem Glauben bestärkt, daß man die Frau nicht zurücklassen durfte. Nach allem, was man hörte, hatte sie Masema nachgegeben. Selbstverständlich nur widerwillig, wobei sie kaum eine andere Wahl hatte und erst dann, als sie es tun mußte, und doch konnte Unterordnung zur Gewohnheit werden. Wenn sie wieder in Bethal wäre, ohne daß sich etwas sichtbar änderte – wie lange würde es dann dauern, bis sie beschlösse, sich mit einer Warnung an Masema abzusichern? Sie hatte das Gewicht ihres Schwurs gespürt. Nun konnte Faile ihr die Bürde erleichtern.

»Ich bin froh, daß Ihr uns begleiten werdet«, sagte sie herzlich. Und das entsprach der Wahrheit. »Mein Mann vergißt Menschen nicht, die ihm einen Dienst erweisen. Ein solcher Dienst könnte es sein, wenn Ihr Euren Adligen schreibt, daß ein Mann im Süden das Banner von Manetheren gehißt hat.« Berelain wandte überrascht den Kopf, und Annoura blinzelte zumindest.

»Lady Faile«, sagte Alliandre drängend, »die Hälfte von ihnen wird sich an den Propheten wenden, sobald sie meinen Brief erhalten. Sie fürchten ihn, und nur das Licht weiß, was er tun wird.« Das war genau die Antwort, auf die Faile gehofft hatte.

»Weshalb Ihr ihm ebenfalls schreiben werdet, um ihm mitzuteilen, daß Ihr einige Soldaten versammelt habt, um Euch persönlich um diesen Mann zu kümmern. Der Prophet des Drachen ist zu bedeutend, als daß er seine Aufmerksamkeit einer solch unwichtigen Sache zuwenden sollte.«

»Sehr gut«, murmelte Annoura. »Niemand wird wissen, um wen es geht.«

Berelain lachte vor Begeisterung – verdammt sei sie!

»Meine Lady«, flüsterte Alliandre, »ich sagte, mein Lord Perrin sei außergewöhnlich. Darf ich hinzufügen, daß seine Frau in jeder Beziehung ebenso außergewöhnlich ist?«

Faile gab sich Mühe, sich nicht zu offensichtlich in diesem Lob zu sonnen. Jetzt mußte sie ihre Leute in Bethal benachrichtigen, was sie in gewisser Weise bedauerte. Es Perrin zu erklären wäre überaus schwierig gewesen, aber selbst er hätte nicht die Ruhe bewahren können, wenn sie die Königin von Ghealdan entführt hätte.

Die meisten der Beflügelten Wächter schienen sich am Rande ihres Lagerplatzes versammelt zu haben, wo sie zehn ihrer Leute zu Pferde umringten. Da die Reiter keine Speere trugen, mußten sie Kundschafter sein. Die sie umstehenden Männer drängten sich in dem Versuch, näher heran zu kommen, gegenseitig beiseite. Perrin glaubte erneut, Donnern zu hören, jetzt näher, aber er nahm es nur nebenbei wahr.

Als er sich gerade zu den Reitern hindurchzwängen wollte, brüllte Gallenne: »Platz da, ihr räudigen

Hunde!« Köpfe wurden ruckartig gewandt, und Männer drängten in der Menge zur Seite und eröffneten so einen schmalen Durchgang. Perrin fragte sich, was geschehen würde, wenn er die Männer aus den Zwei Flüssen räudige Hunde nannte. Es würde ihm wahrscheinlich einen Schlag auf die Nase einbringen, wäre aber vielleicht einen Versuch wert.

Nurelle und die anderen Offiziere befanden sich bei den Kundschaftern, desgleichen sieben Mann zu Fuß mit auf dem Rücken gefesselten Händen und Führseilen um den Hals, die unruhig mit den Füßen scharrten, die Schultern einzogen und aus Angst oder Trotz oder beidem finster dreinblickten. Ihre Kleidung war steif von altem Schmutz, obwohl einige Kleidungsstücke einst edel gewesen waren. Sie rochen seltsamerweise stark nach Holzrauch. Außerdem hatten einige der berittenen Soldaten Ruß auf dem Gesicht und einer oder zwei anscheinend Verbrennungen. Aram stand da und betrachtete die Gefangenen mit leichtem Stirnrunzeln.

Gallenne stellte sich mit gespreizten Beinen und in die Hüften gestemmten Fäusten auf, wobei er mit seinem einen Auge ebenso streng blicken konnte wie die meisten Männer mit zweien. »Was ist passiert?« fragte er barsch. »Meine Kundschafter sollen Nachrichten bringen, keine Lumpensammler!«

»Ortis soll berichten, mein Lord«, sagte Nurelle. »Er war dabei. Unterführer Ortis!«

Ein Soldat mittleren Alters stieg aus dem Sattel und verbeugte sich mit auf das Herz gepreßter Hand. Er trug einen einfachen Helm ohne die Federn und Schwingen, welche die Offiziershelme aufwiesen. Seine Gesichtsröte war deutlich zu erkennen, und eine Wange war von einer Narbe gezeichnet, wodurch der Mundwinkel nach oben gezogen wurde. »Mein Lord Gallenne, mein Lord Aybara«, sagte er mit rauher Stimme. »Wir trafen ungefähr zwei Meilen westlich von hier auf diese Rübenfresser. Sie steckten gerade einen Bauernhof in Brand, obwohl sich die Landleute noch darin befanden. Eine Frau versuchte, aus dem Fenster zu fliehen, doch dieser Abschaum schlug ihr den Schädel ein. Da wir Lord Aybaras Meinung zu solchem Handeln kennen, setzten wir dem ein Ende. Wir kamen zu spät, um alle Bewohner zu retten, aber wir haben diese sieben Männer gefangengenommen. Die übrigen entkamen.«

»Die Menschen sind oft versucht, wieder in den Schatten zurückzugleiten«, sagte einer der Gefangenen plötzlich. »Sie müssen an den Preis erinnert werden.« Er war ein großer, hagerer Mann mit würdevoller Haltung, dessen Stimme ruhig und gebildet klang, aber seine Jacke war ebenso schmutzig wie diejenigen aller übrigen, und er hatte sich seit zwei oder drei Tagen nicht mehr rasiert. Der Prophet hieß es anscheinend nicht gut, Zeit für Dinge wie eine Rasur oder das Waschen zu verschwenden. Mit gefesselten Händen und einem Seil um den Hals sah er seine Gefangenenwärter ohne die geringste Angst an. Er war ganz hochmütiger Trotz. »Eure Soldaten beeindrucken mich nicht«, sagte er. »Der Prophet des Lord Drachen, dessen Name im Licht gesegnet sei, hat weitaus größere Heere vernichtet. Ihr könnt uns töten, aber wir werden gerächt werden, wenn der Prophet Euer Blut vergießt. Niemand von Euch wird uns lange überleben. Der Prophet wird in Feuer und Blut triumphieren.« Er beendete seine Rede mit leisem Lachen, das Kinn emporgereckt. Murmeln erhob sich in der Zuhörerschaft. Sie wußten sehr genau, daß Masema tatsächlich schon größere Heere als ihres vernichtet hatte.

»Hängt sie«, sagte Perrin. Er hörte den Donner erneut.

Nachdem er den Befehl gegeben hatte, zwang er sich, auch zuzusehen. Trotz des Gemurmels mangelte

es nicht an Helfern. Einige der Gefangenen begannen zu weinen, als die Führseile über Äste geworfen wurden. Ein einst dicker Mann, dessen Hautfalten schlaff herabhingen, rief, er bereue und würde jedem Herrn dienen, der ihm zugewiesen würde. Ein kahlköpfiger Bursche, der so zäh wie Lamgwin aussah, schlug um sich und schrie, bis das Seil sein Heulen beendete. Nur der Mann mit der ruhigen Stimme wehrte sich nicht, selbst als sich die Schlinge um seinen Hals zuzog. Seine Augen sprühten bis zum Schluß Trotz.

»Wenigstens einer von ihnen weiß, wie man stirbt«, grollte Gallenne, als der Körper schließlich erschlaffte. Er betrachete die an den Bäumen hängenden Männer stirnrunzelnd, als bedauere er, daß sie sich nicht stärker gewehrt hatten.

»Wenn diese Leute dem Schatten dienten ...«, Aram zögerte. »Verzeiht, Lord Perrin, aber wird dies dem Wiedergeborenen Drachen gefallen?«

Perrin zuckte zusammen und sah ihn entgeistert an. »Licht, Aram, Ihr habt gehört, was sie getan haben! Rand hätte ihnen selbst die Schlinge um den Hals gelegt!« Er glaubte es und hoffte zumindest, daß er es getan hätte. Rands Ziel war es, die Nationen vor der Letzten Schlacht zusammenzuschweißen, und er hatte sich bisher wenig um den Preis auf diesem Weg gekümmert.

Die Männer wandten jäh die Köpfe, als so lautes Donnern erklang, daß alle es hören konnten. Das Donnern näherte sich rasch. Wind erhob sich, ließ wieder nach, erhob sich erneut und zerrte an Perrins Jacke, während er die Richtung änderte. Blitze durchzuckten einen wolkenlosen Himmel. Im Lager der Bewohner von Mayene wieherten Pferde und zerrten an ihren Seilen. Der Donner krachte wiederholt, Blitze wanden sich wie silbrig blaue Schlangen, und unter einer brennenden Sonne fiel Regen, vereinzelte dicke Tropfen, die Staub aufwirbelten, wo sie auf den kahlen Boden trafen. Perrin wischte sich einen Tropfen von der Wange und betrachtete seine feuchten Finger erstaunt.

Sehr bald hatte sich der Sturm wieder gelegt, und Donner und Blitz zogen ostwärts weiter. Die durstige Erde saugte die herabgefallenen Regentropfen augenblicklich auf, die Sonne brannte so heftig wie je, und nur flackerndes Licht am Himmel und verhallendes Donnern bezeugten, daß überhaupt etwas geschehen war. Die Soldaten sahen einander unsicher an. Gallenne löste mit offensichtlicher Mühe die Finger von seinem Schwertheft.

»Das … das kann nicht das Werk des Dunklen Königs sein«, sagte Aram und zuckte zusammen. Niemand hatte jemals einen Sturm wie diesen erlebt. »Bedeutet das nicht, daß sich das Wetter ändert, Lord Perrin? Das Wetter wird sich wieder einpendeln?«

Perrin öffnete den Mund, um dem Mann diese Anrede zu verbieten, schloß ihn dann aber seufzend wieder. »Ich weiß es nicht«, antwortete er. Was hatte Gaul noch gesagt? »Alles ändert sich, Aram.« Er hätte nur niemals gedacht, daß er sich auch ändern müßte.

KAPITEL 3

Fragen und ein Eid

Die Luft in dem großen Stall roch nach altem Heu und Pferdedung. Und nach Blut und verbranntem Fleisch. Da alle Türen geschlossen waren, war die Luft stickig. Zwei Laternen spendeten nur wenig Licht, und Schatten erfüllten den größten Teil des Inneren. In den langen Reihen Boxen wieherten unruhig Pferde. Der Mann, der an den Handgelenken von einem Dachbalken hing, stöhnte leise und hustete dann abgehackt. Sein Kopf sank auf die Brust. Er war groß und muskulös, wenn er auch eher mitgenommen wirkte.

Sevanna erkannte jäh, daß sich seine Brust nicht mehr hob und senkte. Die mit Edelsteinen besetzten Ringe an ihren Fingern schimmerten rot und grün, während sie Rhiale ein Zeichen gab.

Die Frau mit dem flammenden Haar drückte den Kopf des Mannes hoch, hob ein Augenlid an und preßte dann, ungeachtet der noch immer glimmenden Späne, die in ihm steckten, ein Ohr an seine Brust. Dann richtete sie sich mit einem angewiderten Laut auf. »Er ist tot. Wir hätten dies den Töchtern des Speers überlassen sollen, Sevanna, oder den Schwarzaugen. Gewiß haben wir ihn aus Unwissenheit getötet.«

Sevanna kniff die Lippen zusammen und richtete mit klirrenden Armbändern ihre Stola. Die Armbänder reichten ihr fast bis zu den Ellbogen, ein bemerkenswertes Gewicht in Gold, Elfenbein und Edelsteinen, und dennoch hätte sie, wenn es möglich gewesen

wäre, alle getragen, die sie besaß. Keine der anderen Frauen sagte etwas. Gefangene zu verhören, war nicht die Aufgabe der Weisen Frauen, aber Rhiale wußte, warum sie dies selbst hatten tun müssen. Der einzige Überlebende von zehn berittenen Männern, die geglaubt hatten, zwanzig Töchter des Speers besiegen zu können, war gleichzeitig der erste Seanchaner gewesen, der in den zehn Tagen seit ihrer Ankunft in diesem Land gefangengenommen wurde.

»Er hätte überlebt, wenn er nicht so sehr gegen den Schmerz angekämpft hätte, Rhiale«, sagte Someryn schließlich kopfschüttelnd. »Ein starker Mann für einen Feuchtländer, aber er konnte den Schmerz nicht ertragen. Dennoch hat er uns viel verraten.«

Sevanna warf ihr einen Seitenblick zu und versuchte zu erkennen, ob die Bemerkung sarkastisch gemeint gewesen war. Someryn war so groß wie die meisten Männer und trug mehr Armbänder als jede andere Frau außer Sevanna. Halsketten mit Feuertropfen und Smaragden, Rubinen und Saphiren verdeckten fast ihren vollen Busen, der ansonsten mit ihrer beinahe bis zum Rock geöffneten Bluse halb entblößt gewesen wäre. Die um ihre Taille geschlungene Stola enthüllte ihre körperlichen Reize. Es fiel Sevanna manchmal schwer zu sagen, ob Someryn sie nachahmte oder in Wettstreit mit ihr stand.

»Viel!« rief Meira aus. Ihr längliches Gesicht schien im Licht der Laterne, die sie hielt, grimmiger als gewöhnlich, obwohl das kaum möglich schien. Meira konnte sogar die dunkle Seite der Mittagssonne finden. »Daß seine Leute zwei Tage westlich in der Stadt Amador lagern? Das wußten wir bereits. Er hat uns nur wilde Geschichten erzählt. Artur Falkenflügel! Pah! Die Töchter des Speers hätten ihn bei sich behalten und tun sollen, was nötig war.«

»Würdet Ihr … es wagen, daß alle zu früh zuviel erfahren?« Sevanna biß sich verärgert auf die Lippen. Sie hätte sie fast »Ihr Narren« genannt. Ihrer Meinung nach wußten bereits zu viele zuviel, darunter Weise Frauen, aber sie konnte es nicht riskieren, die Frauen zu beleidigen. Und dieses Wissen nagte an ihr! »Die Menschen haben Angst.« Es war zumindest nicht nötig, ihre Verachtung zu verbergen. Was sie bestürzte und erzürnte, war nicht, daß sie Angst hatten, sondern wie wenige sich bemühten, diese Tatsache zu verbergen. »Schwarzaugen oder Steinsoldaten oder sogar Töchter des Speers hätten darüber gesprochen, was er gesagt hat. Ihr wißt, daß sie es getan hätten! Seine Lügen hätten nur noch mehr Furcht verbreitet.« Es mußten Lügen gewesen sein. Sevanna stellte sich ein Meer so vor wie die Seen, die sie in den Feuchtlanden gesehen hatte, aber ohne daß man das jenseitige Ufer sah. Wenn Hunderttausende weitere seiner Leute kamen, selbst von der anderen Seite eines so großen Gewässers, hätten die anderen Gefangenen, die sie befragt hatte, von ihnen gewußt. Und kein Gefangener wurde ohne ihre Anwesenheit befragt.

Tion hob die zweite Laterne an und betrachtete sie aus grauen Augen mit stetem Blick. Sie war fast einen Kopf kleiner als Someryn und dennoch größer als Sevanna. Und doppelt so breit. Ihr rundes Gesicht erschien häufig sanft, was aber täuschte. »Sie haben recht, wenn sie sich fürchten«, sagte sie mit kalter Stimme. »*Ich* habe auch Angst und schäme mich nicht dafür. Die Seanchaner sind sehr zahlreich, wenn sie wirklich Amador allein eingenommen haben, und wir sind nur wenige. Ihr habt Eure Septime um Euch, Sevanna, aber wo ist *meine* Septime? Euer Feuchtländer-Freund Caddar und seine zahme Aes Sedai haben uns durch seine Öffnungen in der Luft zum Sterben geschickt. Wo sind die übrigen Shaido?«

Rhiale stellte sich herausfordernd neben Tion, und

Alarys, die selbst jetzt mit ihrem schwarzen Haar spielte, um Aufmerksamkeit auf sich zu ziehen, schloß sich ihnen ebenfalls rasch an. Oder vielleicht tat sie es deshalb, um nicht Sevannas Blick begegnen zu müssen. Kurz darauf stellte sich auch eine stirnrunzelnde Meira dazu, und dann auch Modarra. Man hätte Modarra als schlank bezeichnen können, wenn sie nicht noch größer als Someryn gewesen wäre, weshalb man sie bestenfalls mager nennen konnte. Sevanna hatte geglaubt, Modarra ebenso fest unter Kontrolle zu haben wie die Ringe an ihren Fingern. Ebenso fest unter Kontrolle wie ... Someryn sah sie an, seufzte, schaute zu den anderen und trat dann langsam zu ihnen.

Sevanna blieb ganz am Rande des Lichtkreises der Laterne stehen. Von allen durch die Tötung Desaines an sie gebundenen Frauen traute sie diesen am meisten. Nicht, daß sie überhaupt jemandem sehr weit vertraute. Aber bei Someryn und Modarra war sie sich sicher gewesen, daß sie so unverbrüchlich zu ihr gehörten, als hätten sie den Wassereid geschworen, ihr überallhin zu folgen. Und jetzt wagten sie es, sich ihr mit anklagendem Blick entgegenzustellen. Selbst Alarys schaute von der Beschäftigung mit ihrem Haar auf.

Sevanna begegnete ihren Blicken mit kühlem, fast höhnischem Lächeln. Jetzt, so beschloß sie, war nicht der richtige Zeitpunkt, sie an das Verbrechen zu erinnern, das ihre Schicksale zusammenschweißte. Nicht der Knüppel, nicht dieses Mal. »Ich habe schon geargwöhnt, daß Caddar versuchen könnte, uns zu betrügen«, sagte sie statt dessen. Rhiales blaue Augen weiteten sich bei dem Eingeständnis, und Tion öffnete den Mund. Sevanna fuhr fort, ohne ihnen Zeit zu einem Einwand zu lassen. »Wärt Ihr lieber in Brudermörders Dolch geblieben, um vernichtet zu werden? Um von vier Clans, deren Weise Frauen wissen, wie man jene

Öffnungen ohne Reisekammern gestaltet, wie Tiere gejagt zu werden? Statt dessen befinden wir uns im Herzen eines reichen, milden Landes, das sogar noch reicher ist als die Länder der Baummörder. Seht nur, was wir uns in nur zehn Tagen angeeignet haben. Wieviel mehr werden wir uns in einer Stadt der Feuchtländer aneignen? Ihr fürchtet die Seanchaner wegen ihrer Überzahl? Erinnert Euch daran, daß ich alle Weisen Frauen der Shaido bei mir habe, welche die Macht lenken können.« Sie dachte jetzt nur noch selten daran, daß sie selbst die Macht nicht lenken konnte. Dieser Mangel würde bald behoben sein. »Wir sind ebenso stark wie jede Streitkraft, welche die Feuchtländer gegen uns entsenden können. Selbst wenn sie fliegende Eidechsen besitzen.« Sie schnaubte geräuschvoll, um ihrer Meinung darüber noch mehr Nachdruck zu verleihen. Niemand von ihnen hatte schon fliegende Eidechsen gesehen und auch keiner der Kundschafter, aber fast alle Gefangenen hatten diese lächerlichen Geschichten erzählt. »Wir werden uns dieses Land aneignen, sobald wir die anderen Septimen gefunden haben. Das *ganze* Land! Wir werden den Aes Sedai zehnfache Wiedergutmachung abringen. Und wir werden Caddar finden und ihn im Tod um Gnade winseln lassen.«

Das hätte sie alle wieder überzeugen, ihre Herzen beruhigen müssen, wie sie es schon früher getan hatte. Aber nicht eine Miene änderte sich. Nicht eine.

»Und da ist der *Car'a'carn*«, sagte Tion ruhig. »Es sei denn, Ihr hättet Euren Plan aufgegeben, ihn zu heiraten.«

»Ich habe nichts aufgegeben«, erwiderte Sevanna verärgert. Der Mann – und was noch wichtiger war, die Macht, die mit ihm einherging – würde eines Tages ihr gehören. Irgendwie. Was auch immer dafür nötig war. Sie fuhr mit ruhigerer Stimme fort. »Rand al'Thor ist jetzt wohl kaum von Bedeutung.« Zumindest nicht für diese blinden Dummköpfe. Wenn sie ihn in ihrer Hand hätte, wäre für sie alles möglich. »Ich beabsichtige nicht, den ganzen Tag hier herumzustehen und über meinen Brautkranz zu sprechen. Ich muß mich um *wirklich* wichtige Dinge kümmern.«

Während sie durch die Dunkelheit davonschritt, auf die Stalltüren zu, kam ihr plötzlich ein unangenehmer Gedanke. Sie war allein mit diesen Frauen. Wie weit konnte sie ihnen *tatsächlich* vertrauen? Desaines Tod war ihr noch lebhaft im Gedächtnis: Die Weise Frau war mit der Einen Macht ... dahingeschlachtet worden. Unter anderem von den Frauen hinter ihr. Der Gedanke verursachte ihr Magenkrämpfe. Sie lauschte auf das schwache Rascheln von Stroh, daß ihr verraten würde, daß jemand ihr folgte, hörte aber nichts. Standen sie einfach noch da und sahen ihr nach? Sie weigerte sich, über die Schulter zu blicken. Es kostete sie einige Mühe, dieselbe ruhige Gangart beizubehalten – *sie* würde keine Angst zeigen und sich auf diese Weise beschämen! –, und doch konnte sie nicht umhin, erleichtert aufzuatmen, als sie eine der großen Türen in ihren gut geölten Scharnieren aufstieß und ins helle Mittagslicht trat.

Efalin ging draußen auf und ab, die *Shoufa* um den Hals gelegt, den Bogen in seiner Hülle auf dem Rücken, Speere und Schild in Händen. Die grauhaarige Frau wandte sich jäh um, wobei die Sorge auf ihrem Gesicht beim Anblick Sevannas nur unwesentlich abnahm. Sie war die Führerin aller Töchter des Speers der Shaido, und sie zeigte ihre Sorge! Sie war keine Jumai, aber sie war mit Sevanna gekommen, wobei sie die Ausrede benutzt hatte, Sevanna spräche als Anführerin, bis ein neues Oberhaupt der Shaido gewählt werden könne. Sevanna war sich sicher, daß Efalin die Vermutung hegte, dies würde niemals geschehen. Efalin wußte, wo die Macht lag. Und wann sie den Mund halten mußte.

»Begrabt ihn tief und verbergt das Grab«, befahl Sevanna ihr.

Efalin nickte, und die Töchter des Speers verschwanden hinter ihr im Stall. Sevanna betrachtete das Gebäude mit seinem spitzen roten Dach und den blauen Mauern und wandte sich dann dem davor befindlichen Feld zu. Eine niedrige Steinumgrenzung mit einem einzigen Durchgang vor dem Stall umschloß einen Kreis festgetretener Erde von ungefähr hundert Schritten Durchmesser. Die Feuchtländer hatten ihn zur Dressur von Pferden verwendet. Sevanna war nicht in den Sinn gekommen, die früheren Besitzer zu fragen, warum die Stallungen so weit von allem anderen errichtet worden und von so hohen Bäumen umgeben waren, daß Sevanna sie manchmal noch immer staunend betrachtete, aber die Abgeschiedenheit paßte ihr gut. Efalin und die Töchter des Speers hatten den Seanchaner gefangengenommen. Niemand, der nicht dabeigewesen war, wußte etwas von ihm. Oder würde etwas von ihm erfahren. Unterhielten sich die anderen Weisen Frauen dort drinnen über sie? Vor den Töchtern des Speers? Was sagten sie? Sie würde weder auf sie noch auf sonst jemanden warten!

Someryn und die übrigen verließen den Stall in dem Moment, als Sevanna auf den Wald zuging, und folgten ihr dorthin, wobei sie miteinander über die Seanchaner und über Caddar sprachen, wie auch darüber, wohin die übrigen Shaido gesandt worden waren. Nicht über sie, aber das würden sie auch nicht tun, wenn sie es hören konnte. Was sie hörte, ließ sie das Gesicht verziehen. Über dreihundert Weise Frauen befanden sich bei den Jumai, und es kamen stets dieselben Fragen, wann immer drei oder vier sich miteinander zu unterhalten begannen. Wo waren die übrigen

Septimen? War Caddar ein von Rand al'Thor geschleuderter Speer gewesen? Wie viele Seanchaner waren dort? Ritten sie wirklich auf Eidechsen? Eidechsen! Diese Frauen waren vom ersten Augenblick an bei ihr gewesen. Sie hatte sie Schritt für Schritt geführt, aber sie glaubten, sie hätten bei der Planung jedes Zuges geholfen, glaubten, sie würden ihr Ziel kennen. Wenn sie die Frauen jetzt verlor …

Der Wald öffnete sich auf eine große Lichtung, die den Kreis bei den Stallungen mehr als fünfzigmal hätte aufnehmen können, und Sevanna spürte, wie ihre schlechte Stimmung schwand, als sie stehenblieb und sich umschaute. Niedrige Hügel erhoben sich im Norden, und die wenige Meilen dahinter liegenden Berge waren wolkenbedeckt, große weiße Massen, mit Dunkelgrau gestreift. Sie hatte noch niemals in ihrem Leben so viele Wolken gesehen. Nahebei verrichteten Tausende Jumai ihre alltäglichen Arbeiten. Das Klingen von Hämmern auf Ambossen ertönte von den Schmieden, und Schafe und Ziegen wurden für die Abendmahlzeit geschlachtet, wobei sich ihr Blöken mit dem Lachen der Kinder vermischte, die spielend umherrannten. Da die Jumai mehr Zeit zur Verfügung gehabt hatten, sich auf ihre Flucht aus Brudermörders Dolch vorzubereiten, hatten sie die in Cairhien erworbenen Herden mitgebracht und sie hier zusammengeführt.

Viele Leute hatten ihre Zelte aufgestellt, obwohl es nicht nötig war. Bunte Gebäude füllten die Lichtung fast wie ein großes Dorf der Feuchtländer aus, große Scheunen und Ställe, eine große Schmiede und die niedrigen Häuser, in denen die Diener Schutz gefunden hatten, alle rot und blau getüncht, die das größte Gebäude umgaben. Es wurde das Gutshaus genannt, unter dunkelgrünen Dachziegeln drei Stockwerke hoch, das Gebäude selbst in einem helleren, mit Gelb durchsetzten Grün gehalten, auf einem breiten, von

Menschen errichteten Steinhügel von zehn Schritt Höhe. Jumai und *Gai'schain* stiegen die lange Rampe hoch, die zur Tür des Gebäudes führte, und betraten die kunstvoll geschnitzten Balkone, die es umgaben.

Die Steinmauern und Paläste in Cairhien hatten sie nicht halb so stark beeindruckt. Dieses Gebäude war farblich wie ein Wagen der Verlorenen gehalten, aber dennoch großartig. Die Vermutung hätte nahegelegen, daß es sich diese Leute bei so vielen Bäumen leisten konnten, *alles* aus Holz zu erbauen. Konnte niemand außer ihr erkennen, wie reich dieses Land war? Es verrichteten mehr weißgekleidete *Gai'schain* ihre Aufgaben, als alle zwanzig Septimen jemals zuvor beschäftigt hatten, fast halb so viele wie Jumai! Niemand beschwerte sich mehr darüber, daß Feuchtländer zu *Gai'schain* gemacht wurden. Sie waren so fügsam! Ein junger Mann mit großen Augen in grobem Leinen eilte, einen Korb umklammernd, vorüber, starrte die Menschen um ihn an und stolperte über den Saum seines Gewands. Sevanna lächelte. Der Vater dieses Mannes hatte sich der Herr dieses Ortes genannt und getobt, sie und ihr Volk würden für ihre Ausschreitungen gejagt werden, aber jetzt trug er Weiß und arbeitete ebenso hart wie sein Sohn, seine Frau und seine anderen Töchter und Söhne. Die Frauen hatten viel edlen Schmuck und wunderschöne Seide besessen, und Sevanna hatte nur die erste Auswahl getroffen. Ein reiches Land und so ergiebig.

Die Frauen hinter ihr waren am Rande des Waldes jäh stehengeblieben, um miteinander zu sprechen. Sie hörte ihre Worte, was ihre Stimmung jäh wieder umschlagen ließ.

»... wie viele Aes Sedai für diese Seanchaner kämpfen«, sagte Tion gerade. »Das müssen wir in Erfahrung bringen.« Someryn und Modarra murmelten zustimmend.

»Ich halte das nicht für bedeutsam«, warf Rhiale ein. Zumindest erstreckte sich ihre Widerspenstigkeit auch auf andere. »Ich glaube nicht, daß sie kämpfen werden, wenn wir sie nicht angreifen. Denkt daran, sie haben nichts getan, ehe wir gegen sie vorgingen, nicht einmal, um sich zu verteidigen.«

»Und als sie sich wehrten«, sagte Meira ärgerlich, »sind dreiundzwanzig von uns gestorben! Und mehr als zehntausend *Algai d'siswai* sind ebenfalls nicht zurückgekehrt. Wir sind hier kaum noch ein Drittel, selbst wenn man die Bruderlosen mitzählt.« Sie sprach diesen Namen verächtlich aus.

»Das war Rand al'Thors Werk!« belehrte Sevanna sie scharf. »Anstatt zu beklagen, was er gegen uns unternommen hat, denkt lieber darüber nach, was wir tun können, wenn er uns gehört!« *Wenn er mir gehört,* dachte Sevanna. Die Aes Sedai hatten ihn gefangengenommen und einige Zeit festgehalten, aber sie besaß etwas, was sie nicht besessen hatten, sonst hätten sie es benutzt. »Denkt statt dessen daran, daß wir die Aes Sedai fast besiegt hatten, bis er sich auf ihre Seite schlug. Aes Sedai sind nichts!«

Ihre Bemühungen, den Mut der Frauen zu schüren, hatten erneut keine sichtbare Wirkung. Sie konnten sich nur daran erinnern, daß die Speere bei dem Versuch, Rand al'Thor gefangenzunehmen, zerbrochen worden waren, und sie mit ihnen. Modarra hätte ihre gesamte Septime verlieren können, und selbst Tion runzelte unbehaglich die Stirn und erinnerte sich zweifellos daran, daß auch sie wie eine verängstigte Ziege davongelaufen war.

»Weise Frauen«, meldete sich eine männliche Stimme hinter Sevanna zu Wort, »ich wurde geschickt, Euch um Eure Meinung zu bitten.«

Sofort wurden die Mienen aller Frauen wieder gleichmütig. Was sie nicht erreichte, hatte er schon durch seine bloße Anwesenheit geschafft. Keine Weise Frau würde jemand anderem als einer anderen Weisen Frau gestatten, sie die Haltung verlieren zu sehen. Alarys hörte auch auf, über ihr Haar zu streichen, das sie über die Schulter gelegt hatte. Offensichtlich erkannte keine von ihnen den Mann. Sevanna aber glaubte ihn zu erkennen.

Er betrachtete sie ernst mit seinen grünen Augen, die weitaus älter wirkten als sein glattes Gesicht. Er besaß volle Lippen, aber um seinen Mund lag ein Zug, als hätte er vergessen, wie man lächelt. »Ich bin Kinhuin von den *Mera'din*. Die Jumai sagen, wir dürften diesen Platz nicht gleichermaßen benutzen, weil wir keine Jumai sind, aber der wahre Grund ist, daß nur halb so viele Jumai wie *Algai d'siswai* hier sind. Die Bruderlosen bitten um Eure Meinung, Weise Frauen.«

Jetzt, da sie wußten, wer er war, konnten einige ihr Mißfallen über die Männer, die Clan und Septime aufgaben, um lieber zu den Shaido zu gehen als zu Rand al'Thor – ein Feuchtländer und kein wahrer *Car'a'carn*, wie sie glaubten –, nicht verbergen. Tions Gesicht wurde einfach ausdruckslos, aber Rhiales Augen funkelten, und Meira wollte die Stirn runzeln. Nur Modarra zeigte Anteilnahme, aber sie hätte andererseits auch versucht, einen Streit zwischen Baummördern zu schlichten.

»Diese sechs Weisen Frauen werden ein Urteil fällen, nachdem sie beide Seiten gehört haben«, belehrte Sevanna Kinhuin mit ebenbürtigem Ernst.

Die anderen Frauen sahen sie an und verbargen ihre Überraschung darüber, daß sie auf eine Entscheidung verzichten wollte, nur ungenügend. Sie hatte es arrangiert, daß zehnmal so viele *Mera'din* die Jumai begleiteten, wie mit jeder anderen Septime gezogen waren. Sie hatte tatsächlich Caddar im Verdacht gehabt, wenn auch nicht für das, was er getan hatte, und sie hatte so viele Speere bei sich haben wollen wie möglich. Außerdem konnten sie jederzeit statt der Jumai sterben.

Sie heuchelte Überraschung über die Überraschung der anderen. »Es wäre nicht gerecht, wenn ich Partei ergriffe, da meine eigene Septime darin verwickelt ist«, belehrte sie die anderen Frauen, bevor sie sich wieder dem grünäugigen Mann zuwandte. »Sie werden gerecht urteilen, Kinhuin. Und ich bin sicher, daß sie für die *Mera'din* sprechen werden.«

Die anderen Frauen sahen sie finster an, bevor Tion Kinhuin jäh bedeutete vorauszugehen. Er mußte seinen Blick von Sevanna losreißen, um der Aufforderung nachzukommen. Sie beobachtete mit leisem Lächeln – er hatte sie angesehen, nicht Someryn –, wie sie in der Menge der Leute auf dem Gelände des Gutshauses verschwanden. Auch wenn sie die Bruderlosen nicht mochten und sie dem Mann gegenüber Voraussagen über ihre Entscheidung äußerte, bestand die Möglichkeit, daß sie *tatsächlich* so entscheiden würden. Wie auch immer – Kinhuin würde sich erinnern und es den anderen seiner sogenannten Gemeinschaft mitteilen. Sie hatte die Jumai bereits in der Tasche, aber alles, was die *Mera'din* an sie band, war ebenfalls willkommen.

Sevanna wandte sich um und schritt wieder auf den Wald zu, nicht auf die Stallungen. Jetzt, da sie allein war, konnte sie sich um etwas weitaus Wichtigeres kümmern als um die Bruderlosen. Sie tastete nach etwas, das sie unten in ihre Bluse gesteckt hatte, wo ihre Stola es verbarg. Sie hätte es gespürt, wenn es auch nur um Haaresbreite verrutscht wäre, aber sie wollte seine glatte Länge mit den Fingern spüren. Keine Weise Frau würde es mehr wagen, sie niedriger einzustufen als sich selbst, wenn sie dies erst benutzt hatte – vielleicht schon heute. Und eines Tages würde es ihr Rand al'Thor verschaffen. Immerhin könnte Caddar, wenn er einmal gelogen hatte, auch in anderer Hinsicht gelogen haben.

Galina Casban sah die Weise Frau, die sie abschirmte, durch einen Tränenschleier an. Als wäre der Schild der schlanken Frau nötig gewesen. Im Moment hätte sie nicht einmal die Quelle umarmen können. Zwischen zwei Töchtern des Speers mit gekreuzten Beinen auf dem Boden sitzend, richtete Belinde ihre Stola und lächelte dünn, als kenne sie Galinas Gedanken. Sie hatte ein schmales, fuchsähnliches Gesicht, und ihr Haar und die Augenbrauen waren von der Sonne fast weiß gebleicht. Galina wünschte, sie hätte ihren Schädel zerschmettert, anstatt sie nur geschlagen zu haben.

Es war kein Fluchtversuch gewesen, nur Ausdruck größerer Enttäuschung, als sie ertragen konnte. Ihre Tage begannen und endeten mit zunehmender Erschöpfung. Sie konnte sich nicht erinnern, wie lange es her war, daß man sie in dieses rauhe schwarze Gewand gesteckt hatte. Die Tage verschmolzen wie ein endloser Strom. Eine Woche? Ein Monat? Vielleicht nicht so lange. Sicherlich nicht länger. Sie wünschte, sie hätte Belinde niemals berührt. Wenn die Frau ihr nicht Tücher in den Mund gestopft hätte, um ihr Schluchzen zu unterdrücken, hätte sie darum gebeten, wieder Steine tragen zu dürfen oder einen Haufen Kiesel Stein für Stein abzutragen oder irgendeine der anderen Qualen auf sich zu nehmen, mit denen sie ihre Zeit ausfüllten. Alles lieber als das.

Nur Galinas Kopf ragte aus dem Ledersack hervor, der von dem knorrigen Ast einer Eiche herabhing. Direkt unter dem Sack glühten in einer bronzenen Kohlenpfanne Kohlen, glühten langsam und erhitzten die Luft in dem Sack. Sie kauerte mit an ihre Zehen gebundenen Daumen in dieser schwelenden Hitze, und Schweiß überzog ihre Nacktheit. Das Haar klebte ihr feucht am Gesicht, und sie keuchte, rang mit bebenden Nasenflügeln nach Luft, wenn sie nicht schluchzte. Dennoch wäre dies immer noch besser gewesen als die endlose, sinnlose, sehr harte Arbeit, der sie sie unterworfen hatten, wenn nicht eines gewesen wäre. Bevor Belinde den Sack unter ihrem Kinn zuzog, hatte sie einen Beutel voll irgendeines feinen Pulvers über sie gestäubt, und als sie zu schwitzen anfing, hatte dieses Pulver wie in die Augen gestreuter Pfeffer zu brennen begonnen und schien sie von den Schultern abwärts zu bedecken. Oh, Licht, es brannte!

Es offenbarte ihre Verzweiflung, daß sie das Licht anrief, aber sie hatten sie trotz all ihrer Bemühungen nicht gebrochen. Sie *würde* freikommen – das würde sie! –, und wenn das geschähe, würde sie diese Wilden mit Blut bezahlen lassen! Ströme von Blut! Ozeane! Sie würde sie alle lebendig häuten lassen! Sie würde …! Sie warf den Kopf zurück und heulte. Die zusammengerollten Tücher in ihrem Mund dämpften den Laut, aber sie heulte, und sie wußte nicht, ob sie ihren Zorn herausschrie oder um Gnade flehte.

Als ihr Heulen erstarb und ihr Kopf vornüber sank, sprangen Belinde und die Töchter des Speers auf. Sevanna trat hinzu. Galina bemühte sich, ihr Schluchzen vor der blonden Frau zu unterdrücken, aber sie hätte ebensogut versuchen können, die Sonne mit bloßen Fingern vom Himmel zu pflücken. »Hört, wie sie winselt und plärrt«, höhnte Sevanna, die unter sie getreten war. Galina versuchte, Sevannas verächtlichen Blick gleichermaßen zu erwidern. Sevanna behängte sich mit Schmuck, der für zehn Frauen genügt hätte! Sie trug eine so weit geöffnete Bluse, daß ihr Busen fast bloßlag, wären nicht all diese nicht zusammenpassenden Halsketten gewesen, und sie atmete tief ein, wann immer Männer sie ansahen! Galina versuchte es, aber es war schwer, Verachtung zu zeigen, wenn zusammen mit dem Schweiß Tränen die Wangen hinabliefen. Sie bebte vor Schluchzen, so daß der Sack schwang.

»Diese *Da'tsang* ist zäh wie ein altes Mutterschaf«,

kicherte Belinde, »aber ich fand immer, daß selbst das zäheste alte Mutterschaf durch langsames Kochen mit den richtigen Kräutern zart wird. Als ich eine Tochter des Speers war, bekam ich sogar Steinsoldaten durch stundenlanges Kochen weich.« Galina schloß die Augen. Sie würden mit Ozeanen von Blut bezahlen …

Der Sack wankte, und Galina öffnete ruckartig die Augen, als er herabzusinken begann. Die Töchter des Speers hatten das Seil über dem Ast gelöst, und zwei von ihnen ließen sie langsam herab. Sie schlug wild um sich, versuchte hinabzublicken und begann vor Erleichterung fast erneut zu schluchzen, als sie sah, daß die Kohlenpfanne beiseite geschoben worden war. Als Belinde vom Kochen sprach … Etwas Derartiges würde Belindes Schicksal sein, beschloß Galina. An einen Spieß gebunden und über einem Feuer gedreht, bis ihre Lebenssäfte herabtropften! Das als Anfang!

Der Ledersack landete mit einem Ruck, der Galina aufstöhnen ließ, auf dem Boden und kippte um. Die Töchter des Speers schüttelten sie so unbekümmert, als wäre es ein Sack Kartoffeln, auf das braune Unkraut, durchschnitten die Fesseln um ihre Daumen und Zehen und nahmen ihr den Knebel aus dem Mund. Schmutz und totes Laub blieben an dem sie bedeckenden Schweiß kleben.

Sie wollte so gern aufstehen, um ihnen allen offenen Blickes zu begegnen. Statt dessen richtete sie sich nur auf Hände und Knie auf und grub ihre Finger und Zehen in die Laubdecke des Waldbodens. Hätte sie sich noch weiter erhoben, hätte sie ihre Hände nicht daran hindern können, ihre rote, brennende Haut zu besänftigen. Der Schweiß brannte wie Pfeffer. Sie konnte nur am Boden kauern, zittern, versuchen, ihren Mund wieder zu befeuchten und ihren Träumen nachhängen, was sie diesen Wilden antun würde.

»Ich hätte Euch für stärker gehalten«, sagte Sevanna

über ihr nachdenklich, »aber womöglich hat Belinde recht. Vielleicht seid ihr jetzt weich genug. Wenn Ihr schwört, mir zu gehorchen, könnt Ihr aufhören, eine *Da'tsang* zu sein. Vielleicht werdet Ihr nicht einmal eine *Gai'schain* sein müssen. Schwört Ihr, mir in allem zu gehorchen?«

»Ja!« Das rauh ausgestoßene Wort erklang ohne Zögern von Galinas Zunge, obwohl sie schlucken mußte, bevor sie mehr sagen konnte. »Ich werde gehorchen! Ich schwöre es!« Also würde sie gehorchen, bis sie ihr die Gelegenheit gaben, die sie brauchte. Mehr war nicht nötig? Nur ein Schwur, den sie schon am ersten Tag geleistet hätte? Sevanna würde erfahren, was es hieß, über heißen Kohlen zu hängen. O ja, sie …

»Dann werdet Ihr nichts dagegen haben, den Schwur hierauf zu leisten«, sagte Sevanna und warf etwas vor ihr auf den Boden.

Galinas Kopfhaut kribbelte, als sie darauf schaute. Eine weiße Rute wie poliertes Elfenbein, einen Fuß lang und nicht dicker als ihr Handgelenk. Dann sah sie die in das ihr zugewandte Ende eingeritzten fließenden Markierungen, Zahlzeichen, die im Zeitalter der Legenden benutzt wurden. Einhundertelf. Sie glaubte zuerst, es sei die Eidesrute, irgendwie aus der Weißen Burg entwendet. Sie war ebenfalls markiert, aber mit dem Zahlzeichen Drei, und einige glaubten, daß es für die Drei Eide stünde. Vielleicht war dies nicht, was es schien. Vielleicht. Und doch hätte keine dort zusammengerollte Natter aus den Versunkenen Landen sie so vollkommen erstarren lassen können.

»Ein hübscher Schwur, Sevanna. Wann wolltet Ihr es uns anderen erzählen?«

Diese Stimme ließ Galina ruckartig den Kopf heben. Sie hätte ihren Blick auch von einer Kobra losgelöst.

Zwischen den Bäumen erschien Therava an der Spitze von zwölf Weisen Frauen mit kalten Mienen. Sie blieben hinter ihr stehen und stellten sich Sevanna gegenüber. Jede der jetzt anwesenden Frauen außer den Töchtern des Speers war dabeigewesen, als man Galina dazu verurteilt hatte, das schwarze Gewand zu tragen. Ein Wort von Therava, ein kurzes Nicken von Sevanna, und die Töchter des Speers verschwanden rasch. Galina schwitzte noch immer, aber plötzlich erschien ihr die Luft kühl.

Sevanna schaute zu Belinde, die ihren Blick mied. Sie schürzte die Lippen, halbwegs höhnisch, halbwegs zornig, und stemmte die Fäuste in die Hüften. Galina verstand nicht, woher sie den Mut nahm, da sie die Macht überhaupt nicht lenken konnte. Einige dieser Frauen besaßen nicht unerhebliche Stärke. Nein, sie konnte es sich nicht leisten, an sie nur als an Wilde zu denken, wenn sie entkommen und Rache üben wollte. Therava und Someryn waren stärker als jede andere Frau in der Burg, und jede von ihnen hätte ohne weiteres eine Aes Sedai sein können.

Aber Sevanna stand ihnen herausfordernd gegenüber. »Ihr habt anscheinend schnell Recht gesprochen«, sagte sie mit staubtrockener Stimme.

»Es war eine einfache Angelegenheit«, erwiderte Tion ruhig. »Die *Mera'din* erfuhren gerechte Behandlung.«

»Und man hat ihnen gesagt, sie erführen sie *trotz* Eures Versuches, uns zu beeinflussen«, fügte Rhiale beinahe hitzig hinzu. Sevannas Zorn wurde deutlicher.

Therava wollte sich von ihrem Vorhaben jedoch nicht ablenken lassen. Sie erreichte Galina mit einem schnellen Schritt, ergriff eine Handvoll ihres Haars, zog sie mit einem Ruck auf die Knie und bog ihren Kopf zurück. Therava war beileibe nicht die größte dieser Frauen, und doch ragte sie höher auf als die meisten Männer und blickte mit den Augen eines Falken herab, vertrieb jeglichen Gedanken an Rache oder

Widerstand. Die weißen Strähnen in ihrem dunkelroten Haar ließen ihr Gesicht nur noch herrischer wirken. Galina ballte die Hände auf den Oberschenkeln zu Fäusten, und ihre Nägel bohrten sich in die Handflächen. Selbst das Brennen ihrer Haut wurde unter diesem Blick abgeschwächt. Sie hatte davon geträumt, jede einzelne dieser Frauen zu zerbrechen, sie um den Tod flehen zu lassen und ihnen ihre Bitte lachend zu verweigern. Alle außer Therava. Sie erfüllte nachts ihre Träume, und Galina konnte nur zu fliehen versuchen. Aber die einzige Flucht bestand darin, schreiend aufzuwachen. Galina hatte starke Männer und starke Frauen zerbrochen, aber jetzt starrte sie mit geweiteten Augen zu Therava hoch und wimmerte.

»Sie besitzt keine Ehre, welche beschämt werden könnte.« Therava spie diese Worte fast aus. »Wenn Ihr wollt, daß sie gebrochen wird, Sevanna, dann überlaßt sie mir. Wenn ich mit ihr fertig bin, wird sie auch ohne das Spielzeug Eures Freundes Caddar gehorchen.«

Sevanna leugnete empört die Freundschaft mit diesem Caddar, wer immer er war. Rhiale fauchte, Sevanna hätte ihn zu den anderen gebracht, und die anderen Frauen begannen darüber zu streiten, ob der ›Binder‹ besser funktionieren würde als die ›Reisekammer‹.

Ein kleiner Teil von Galinas Verstand klammerte sich an die Erwähnung der Reisekammer. Sie hatte schon zuvor davon sprechen hören und sehnte sich danach, sie nur einen Moment in die Hände zu bekommen. Mit solch einem *Ter'angreal* würde sie befähigt zu Reisen, wie unzuverlässig es anscheinend auch war. Sie könnte … Keinerlei Hoffnung auf Flucht vermochte den Gedanken darüber standzuhalten, was Therava ihr antun würde, wenn die anderen beschlossen, der Bitte der Frau nachzukommen. Als die Weise Frau mit den Falkenaugen ihr Haar losließ, um sich an dem Gespräch zu beteiligen, warf sich Galina auf die Rute. Alles, selbst Sevanna gehorchen zu müssen, war besser, als Therava übergeben zu werden. Wäre sie nicht abgeschirmt gewesen, hätte sie die Macht gelenkt, um die Rute zu aktivieren.

Kaum umschlossen ihre Finger das glatte Material, als Therava einen Fuß darauf setzte und ihre Hände schmerzhaft auf dem Boden festhielt. Keine der Weisen Frauen blickte auch nur zu Galina hin, die sich windend dalag und nutzlos freizukommen versuchte. Sie konnte sich nicht dazu bringen, allzu fest an ihrer Hand zu ziehen. Sie konnte sich dunkel daran erinnern, daß Herrscher ängstlich vor ihr erblaßt waren, aber sie wagte es nicht, den Fuß dieser Frau zu bewegen.

»Wenn sie schwören soll«, sagte Therava und sah Sevanna streng an, »sollte sie schwören, uns allen hier zu gehorchen.« Alle außer Belinde, die nachdenklich die Lippen schürzte, äußerten Zustimmung.

Sevanna erwiderte Theravas Blick ebenso streng. »Gut«, pflichtete sie ihr schließlich bei. »Aber mir zuerst. Ich bin nicht nur eine Weise Frau, ich spreche auch als Clanhäuptling.«

Therava lächelte dünn. »Das stimmt. Zweien unter uns zuerst, Sevanna. Euch und mir.« Sevannas Miene wurde keinen Deut weniger herausfordernd, aber sie nickte widerwillig. Erst da nahm Therava ihren Fuß fort. Das Licht *Saidars* umgab sie, und ein Strang Geist berührte die Zahlzeichen am Ende der Rute in Galinas Händen, genau wie es mit der Eidesrute gemacht wurde.

Galina zögerte einen Moment und krümmte die gequetschten Finger. Es fühlte sich auch genauso an wie bei der Eidesrute: nicht ganz wie Elfenbein, nicht ganz wie Glas, aber entschieden kühl an den Handflächen. Wenn es eine zweite Eidesrute war, konnte sie auch verwendet werden, um jeden Eid, den sie jetzt leistete, rückgängig zu machen, sofern sie die Gelegenheit bekäme. Sie wollte kein Wagnis eingehen, wollte auf jeden Fall Therava gegenüber keinen Eid leisten. In ihrem bisherigen Leben hatte stets *sie* befohlen. Das Leben seit ihrer Gefangennahme war elend gewesen, aber Therava konnte sie zum Schoßhund machen! Wenn sie den Eid jedoch nicht leistete – würden sie zulassen, daß Therava sie zerbrach? Sie hegte nicht den geringsten Zweifel, daß die Frau genau das tun würde.

»Unter dem Licht und bei meiner Hoffnung auf Erlösung und Wiedergeburt« – sie glaubte nicht mehr an das Licht oder an eine Hoffnung auf Erlösung, und es war nicht nötig, mehr als ein einfaches Versprechen zu geben, aber sie erwarteten einen starken Eid – »schwöre ich, jeder hier anwesenden Weisen Frau in allem zu gehorchen, insbesondere Therava und Sevanna.« Die letzte Hoffnung, daß dieser ›Binder‹ etwas anderes wäre, schwand, als Galina spürte, wie sich der Eid um sie legte, als trüge sie plötzlich ein Kleidungsstück, welches sie von Kopf bis Fuß viel zu fest bedeckte. Sie warf den Kopf zurück und schrie, weil es plötzlich schien, als würde ihr die brennende Haut tief ins Fleisch gedrückt, aber hauptsächlich aus purer Verzweiflung.

»Seid still!« befahl Therava scharf. »Ich will Euer Jammern nicht hören!« Galina biß geräuschvoll die Zähne zusammen, biß sich dabei auf die Zunge und kämpfte darum, ihr Schluchzen zu unterdrücken. Jetzt war nur noch Gehorsam möglich. Therava sah sie stirnrunzelnd an. »Dann wollen wir einmal sehen, ob es wahrhaftig wirkt«, murrte sie und beugte sich näher heran. »Habt Ihr eine Gewalttat gegen irgendeine der hier anwesenden Weisen Frauen geplant? Antwortet wahrheitsgemäß und bittet um Strafe, wenn dem so ist. Die Strafe für Gewalt gegen eine Weise Frau«, fügte sie wie als Nachgedanken hinzu, »mag darin bestehen, wie ein Tier getötet zu werden.« Sie zog einen Finger ausdrucksvoll über ihre Kehle und ergriff dann mit derselben Hand ihren Gürteldolch.

Galina rang in panischer Angst nach Luft und scheute vor der Frau zurück. Sie konnte ihren Blick jedoch nicht von Therava lösen, und sie konnte die Worte nicht aufhalten, die sie zitternd ausstieß. »D-d-das habe ich geplant, g-gegen Euch alle! B-bitte b-bestraft mich d-dafür!« Würde man sie jetzt töten? Sollte sie nach alledem hier sterben?

»Anscheinend wirkt der ›Binder‹ so, wie Euer Freund behauptet hat, Sevanna.« Therava nahm Galina die Rute aus den schlaffen Händen und steckte sie hinter ihren Gürtel, während sie sich aufrichtete. »Und anscheinend werdet Ihr nun doch Weiß tragen, Galina Casban.« Aus einem unbestimmten Grund lächelte sie darüber erfreut. Aber sie sprach noch weiter. »Ihr werdet Euch demütig verhalten, wie es einer *Gai'schain* geziemt. Wenn ein *Kind* Euch befiehlt zu springen, werdet Ihr springen, es sei denn, jemand von uns hat etwas anderes gesagt. Und Ihr werdet *Saidar* nicht berühren und nicht die Macht lenken, es sei denn, jemand von uns befiehlt es Euch. Laßt den Schild los, Belinde.«

Der Schild verschwand, und Galina kniete am Boden und blickte ins Leere. Die Quelle schimmerte quälend gerade außer Sicht. Sie hätte ebensogut versuchen können, Flügel zu entwickeln, wie sich danach auszustrecken.

Armbänder klirrten, als Sevanna zornig ihre Stola richtete. »Ihr nehmt Euch zuviel heraus, Therava. Es gehört mir; gebt es mir!« Sie streckte die Hand aus, aber Therava kreuzte nur die Arme unter der Brust.

»Es hat Treffen der Weisen Frauen gegeben«, belehrte die Frau mit dem unbeugsamen Blick Sevanna.

»Wir sind zu gewissen Entscheidungen gelangt.« Die Frauen, die mit ihr gekommen waren, versammelten sich hinter ihr und stellten sich Sevanna alle gegenüber. Belinde schloß sich ihnen eilig an.

»Ohne mich?« fauchte Sevanna. »Wagt eine von Euch, eine Entscheidung ohne mich zu treffen?« Ihr Tonfall blieb so fest wie je, aber ihr Blick zuckte zu der Rute hinter Theravas Gürtel, und Galina glaubte bei ihr Unbehagen zu bemerken. Zu einem anderen Zeitpunkt hätte sie es mit Freuden registriert.

»Eine Entscheidung mußte ohne Euch getroffen werden«, sagte Tion mit tonloser Stimme.

»Ihr sprecht als Clanhäuptling, wie Ihr so häufig betont«, fügte Emerys hinzu, ein spöttisches Funkeln in den großen grauen Augen. »Weise Frauen müssen manchmal miteinander sprechen, ohne daß ein Clanhäuptling zuhört. Oder jemand, der als Clanhäuptling spricht.«

»Wir haben beschlossen«, sagte Therava, »daß Ihr den Rat einer Weisen Frau ebenso braucht wie ein Clanhäuptling. *Ich* werde Euch beraten.«

Sevanna richtete ihre Stola und betrachtete die ihr gegenüberstehenden Frauen. Ihre Miene war unlesbar. Wie machte sie das? Sie konnten sie wie ein Ei unter einem Hammer zerschmettern. »Und welchen *Rat* gebt Ihr mir, Therava?« fragte sie schließlich mit eisiger Stimme.

»Mein dringender Rat lautet, unverzüglich aufzubrechen«, erwiderte Therava ebenso eisig. »Diese Seanchaner sind zu nahe und in der Überzahl. Wir sollten nach Norden in die Verschleierten Berge ziehen und ein Lager errichten. Von dort können wir Gruppen auf die Suche nach den anderen Septimen schicken. Es könnte lange dauern, die Shaido wieder zu vereinen, Sevanna. Euer Feuchtländer-Freund hat uns vielleicht in alle neun Ecken der Welt verstreut. Bis zur Wiedervereinigung sind wir verwundbar.«

»Wir werden morgen aufbrechen.« Wäre Galina sich nicht sicher gewesen, Sevanna in- und auswendig zu kennen, hätte sie geglaubt, die Frau klänge sowohl verdrießlich als auch ärgerlich. Ihre grünen Augen blitzten. »Wir ziehen jedoch ostwärts. Auf diese Weise entfernen wir uns auch von den Seanchanern, und die Länder im Osten sind im Aufruhr, reif zum Pflücken.«

Es entstand ein langes Schweigen. Dann nickte Therava. »Ostwärts.« Sie sprach das Wort sanft aus, die Sanftheit von seidenverhülltem Stahl. »Aber denkt daran, daß Clanhäuptlinge stets bedauern mußten, wenn sie den Rat einer Weisen Frau zu häufig abwiesen. Das könnte auch Euch passieren.« Ihre Miene drückte gleichermaßen Drohung aus wie ihre Stimme, und doch lachte Sevanna!

»Denkt *Ihr* daran, Therava! Denkt Ihr alle daran! Wenn ich den Geiern überlassen werde, gilt das für Euch alle ebenfalls! Dafür habe ich gesorgt.«

Alle Frauen außer Therava wechselten besorgte Blicke, und Modarra und Norlea runzelten die Stirn.

Auf Knien zusammengesunken und wimmernd in dem vergeblichen Versuch, ihre brennende Haut mit den Händen zu besänftigen, fragte Galina sich, was diese Drohungen bedeuteten. Der Gedanke bahnte sich seinen Weg nur mühsam durch Verbitterung und Selbstmitleid. Alles, was sie gegen diese Frauen verwenden könnte, wäre willkommen. Wenn sie es zu benutzen wagte. Ein bitterer Gedanke.

Sie erkannte jäh, daß sich der Himmel verfinsterte. Wolken zogen von Norden heran, grau und schwarz gestreift, und verdunkelten die Sonne. Doch aus den Wolken fielen in der Luft umherwirbelnde Schneeschauer. Sie erreichten den Boden nicht, kamen kaum bis zu den Baumspitzen, aber Galina riß den Mund auf. Schnee! Hatte der Große Herr seinen Griff um die Welt aus einem unbestimmten Grund gelockert?

Die Weisen Frauen starrten ebenfalls mit offenem Mund in den Himmel, als hätten sie noch niemals Wolken, geschweige denn Schnee gesehen.

»Was ist das, Galina Casban?« verlangte Therava zu wissen. »Sprecht, wenn Ihr es wißt!« Sie wandte den Blick nicht vom Himmel ab, bis Galina ihr erklärte, es sei Schnee, und als sie sich abwandte, tat sie es lachend. »Ich habe bereits vermutet, daß die Männer, die Laman Baummörder niederstreckten, mit ihren Erzählungen über Schnee gelogen hätten. Dies könnte nicht einmal eine Maus behindern!«

Galina versagte es sich, sie über wahre Schneefälle aufzuklären, erschreckt, daß sie beinahe um Gunst gebuhlt hatte. Erschreckt auch über das geringe Vergnügen daran, ihr Wissen zurückgehalten zu haben. *Ich bin die Höchste der Roten Ajah!* mahnte sie sich selbst. *Und ich bekleide einen hohen Rang der Schwarzen Ajah!* Es klang wie Lügen. Es war nicht richtig!

»Da wir hier fertig sind«, sagte Sevanna, »werde ich die *Gai'schain* zurückbringen und dafür sorgen, daß sie weiße Kleidung bekommt. Ihr könnt hierbleiben und den Schnee anstarren, wenn Ihr wollt.« Ihre Stimme klang so butterweich, daß niemand geglaubt hätte, sie könnte nur Augenblicke früher schrill geklungen haben. Sie schlang sich ihre Stola über die Ellbogen und richtete einige ihrer Halsketten. Nichts auf der Welt kümmerte sie mehr.

»Wir werden uns um die *Gai'schain* kümmern«, erwiderte Therava ebenso weich. »Da Ihr als Clanhäuptling sprecht, habt Ihr noch einen langen Tag und den größten Teil der Nacht vor Euch, wenn wir morgen aufbrechen wollen.« Sevannas Augen blitzten noch einmal kurz auf, aber Therava schnippte nur mit den Fingern und vollführte eine scharfe Geste zu Galina, bevor sie sich zum Gehen wandte. »Kommt mit mir«, sagte sie. »Und hört auf zu schmollen.«

Galina erhob sich mühsam mit gesenktem Kopf und folgte eilig Therava und den anderen Frauen, welche die Macht lenken konnten. Schmollen? Sie hatte vielleicht die Stirn gerunzelt, aber niemals geschmollt! Ihre Gedanken rasten wie Ratten im Käfig, ohne eine Hoffnung auf Flucht zu entdecken. Es mußte Hoffnung geben! Es mußte eine geben! Ein Gedanke, der in all dem Tumult an die Oberfläche gelangte, ließ sie fast wieder in Tränen ausbrechen. Waren die Gewänder der Gai'schain weicher als das kratzige schwarze Tuch, das sie bisher hatte tragen müssen? Es mußte einen Ausweg geben! Ein schneller Blick zurück zum Wald zeigte ihr, daß Sevanna noch immer unbewegt dastand und ihnen nachsah. Über ihnen wirbelten die Wolken umher, aber der herabfallende Schnee schmolz wie Galinas Hoffnungen dahin.

KAPITEL 4

Neue Bündnisse

Graendal wünschte, unter den Gegenständen, die sie nach Sammaels Tod aus Illian fortgeschafft hatte, befände sich ein einfacher Umwandler. Dieses Zeitalter war erschreckend gewöhnlich, barbarisch und unangenehm. Dennoch gefiel ihr auch einiges. In einem großen Bambuskäfig am entgegengesetzten Ende des Raums trällerten hundert buntgefiederte Vögel, in ihrem vielfarbigen Umherhuschen fast so schön wie ihre beiden Lieblinge in ihren durchscheinenden Gewändern, die zu beiden Seiten der Tür warteten, die Blicke auf sie gerichtet und bestrebt, ihrem Vergnügen zu dienen. Auch wenn Öllampen nicht dasselbe Licht wie Glühbirnen verströmten, sorgten sie doch mit Hilfe der großen Spiegel an den Wänden für einen gewissen ungezügelten Glanz an der vergoldeten, wie Fischschuppen gearbeiteten Decke. Es wäre schon erfreulich gewesen, die Worte nur aussprechen zu müssen, aber sie tatsächlich mit eigener Hand zu Papier zu bringen, verschaffte ihr ein ähnliches Vergnügen wie das Skizzieren. Die Schrift dieses Zeitalters war recht einfach, und es war auch nicht schwer gewesen, den Stil eines anderen Menschen kopieren.

Sie signierte das Schriftstück mit einem Schnörkel – natürlich nicht mit ihrem eigenen Namen –, streute Sand darüber, faltete es und versiegelte es mit einem der Siegelringe verschiedener Größen, die auf ihrem Schreibtisch eine hübsch anzusehende Reihe bildeten: Die Hand und das Schwert von Arad Doman auf einen

unregelmäßigen Kreis blauen und grünen Wachs gepreßt.

»Bringt dies rasch zu Lord Ituralde«, befahl sie, »und sagt nur, was ich Euch aufgetragen habe.«

»So schnell mich Pferde tragen können, meine Lady.« Nazran verbeugte sich, während er den Brief entgegennahm, und strich mit einem Finger über seinen dünnen schwarzen Schnurrbart über einem einnehmenden Lächeln. Stämmig und tiefbraun, in einer gut sitzenden blauen Jacke, sah er gut aus. Aber nicht gut genug. »Ich erhielt dies von Lady Tuva, die an ihren Verletzungen starb, nachdem sie mir gesagt hatte, sie sei ein Bote von Alsalam und sei von einem Grauen Mann angegriffen worden.«

»Versichert Euch, daß menschliches Blut daran ist«, mahnte sie. Graendal bezweifelte, daß in dieser Zeit jemand menschliches Blut von anderem Blut unterscheiden könnte, aber sie war zu häufig überrascht worden, um unnötige Risiken einzugehen. »Genug, daß es echt wirkt. Nicht genug, um verwischen zu können, was ich geschrieben habe.«

Seine schwarzen Augen verweilten zugetan auf ihr, als er sich erneut verbeugte, aber sobald er sich wieder aufgerichtet hatte, eilte er zur Tür, wobei seine Stiefel dumpf auf dem hellgelben Marmorboden aufschlugen. Er bemerkte die Diener mit ihren starr auf sie gerichteten Blicken nicht, oder gab vor, sie nicht zu bemerken, obwohl er einst ein Freund des jungen Mannes gewesen war. Nur eine Berührung mit Zwang war nötig gewesen, um Nazran fast ebenso begierig gehorchen zu lassen wie die anderen, ganz zu schweigen natürlich davon, daß er ihre weiblichen Reize dennoch wieder auskosten könnte. Sie lachte weich. Nun, er glaubte, er könnte sie auskosten. Sähe er ein wenig besser aus, hätte er es tatsächlich gekonnt. Natürlich wäre er dann zu nichts anderem mehr nütze gewesen. Er würde Pferde zu Tode reiten, um Ituralde zu erreichen, und wenn diese Nachricht, von Alsalams engem Cousin überbracht, vermutlich vom König selbst gesandt und um ein Haar von Grauen Männern aufgehalten, dem Gebot des Großen Herrn, das Chaos zu vergrößern, nicht entsprach, könnte nicht viel mehr als Baalsfeuer dies erreichen. Und es wäre ihren eigenen Zwecken ebenfalls sehr dienlich.

Graendal griff nach dem einzigen Ring auf dem Schreibtisch, der kein Siegelring war, ein einfacher goldener Reif, der nur auf ihren kleinen Finger paßte. Es war eine angenehme Überraschung gewesen, unter Sammaels Habseligkeiten ein auf Frauen abgestimmtes *Angreal* zu finden und manches Nützliche, während al'Thor und diese jungen Hunde, die sich Asha'man nannten, in Sammaels Räumen im Großen Saal des Konzils ständig ein- und ausgingen. Sie hatten entfernt, was sie nicht mitgenommen hatte. Gefährliche junge Hunde, sie alle, besonders al'Thor. Sie hatte nicht riskieren wollen, daß *irgend jemand* eine Verbindung zwischen ihr und Sammael herstellen konnte. Ja, sie mußte die Verwirklichung ihrer eigenen Pläne beschleunigen und sich von Sammaels Mißgeschick distanzieren.

Plötzlich erschien am entgegengesetzten Ende des Raums ein senkrechter Silberschlitz, der vor den zwischen den schweren vergoldeten Spiegeln hängenden Wandteppichen hell schimmerte, und eine kristallklare Melodie erklang. Sie wölbte überrascht die Augenbrauen. Anscheinend erinnerte sich jemand der Aufmerksamkeiten eines zivilisierteren Zeitalters. Sie stand auf, zwängte den goldenen Reif über den Rubinring an ihrem kleinen Finger und umarmte dadurch *Saidar*, bevor sie mit der Macht das Gewebe gestaltete, das eine Antwortmelodie für denjenigen anstimmen würde, der ein Wegetor eröffnen wollte. Das *Angreal* bot nicht viel, und doch wäre jedermann, der ihre Kraft zu kennen glaubte, erschrocken.

Das Wegetor eröffnete sich, und zwei Frauen in fast identischen rot-schwarzen Seidengewändern traten behutsam hindurch. Zumindest Moghedien bewegte sich vorsichtig, die dunklen Augen auf der Suche nach Fallen, während sie ihre weiten Röcke glättete. Das Wegetor verblaßte kurz darauf, aber sie hielt *Saidar* weiterhin fest. Eine vernünftige Vorsichtsmaßnahme, wobei Moghedien schon immer Vorkehrungen getroffen hatte. Graendal ließ die Quelle ebenfalls nicht los. Moghediens Begleiterin, eine kleine junge Frau mit langem silbernen Haar und lebhaften blauen Augen, sah sich kalt um, schaute aber kaum einmal in Graendals Richtung. Ihrem Verhalten nach hätte sie eine Erste Beraterin sein können, die gezwungen war, die Gesellschaft gewöhnlicher Arbeitender zu ertragen, und sich bemühte, ihr Vorhandensein zu ignorieren. Töricht, die Spinne nachzuahmen. Rot und Schwarz standen ihr nicht, und sie hätte ihren eindrucksvollen Busen besser einsetzen sollen.

»Graendal, dies ist Cyndane«, sagte Moghedien. »Wir … arbeiten zusammen.« Sie lächelte nicht, als sie den Namen der hochmütigen jungen Frau nannte, Graendal hingegen schon. Ein hübscher Name für ein überaus hübsches Mädchen, aber welche Wendung des Schicksals hatte eine Mutter dieser Zeit dazu veranlaßt, ihrer Tochter einen Namen zu geben, der ›Letzte Chance‹ bedeutete? Cyndanes Gesicht blieb kalt und ausdruckslos, aber ihre Augen flackerten. Eine wunderschöne, aus Eis gemeißelte Puppe mit verborgenem Feuer. Anscheinend kannte sie die Bedeutung ihres Namens, und sie gefiel ihr nicht.

»Was führt Euch und Eure Freundin hierher, Moghedien?« fragte Graendal. Von der Spinne hätte sie als letztes erwartet, aus den Schatten hervorzukommen. »Habt keine Angst, vor meinen Dienern zu sprechen.« Sie vollführte eine Geste, und das Paar an der Tür sank auf die Knie und preßte die Gesichter auf den Boden. Sie würden zwar nicht auf ihren Befehl hin tot umfallen, aber beinahe.

»Welches Interesse könnt Ihr an ihnen haben, wenn Ihr doch alles zerstört, was sie vielleicht bemerkenswert machen würde?« fragte Cyndane, während sie anmaßend über den Boden schritt. Sie hielt sich sehr gerade, kämpfte um jeden Millimeter Größe. »Wißt Ihr, daß Sammael tot ist?«

Graendal hielt ihre Miene ebenfalls ohne allzu große Mühe ausdruckslos. Sie hatte vermutet, dieses Mädchen sei eine Schattenfreundin, die Moghedien für Botengänge aufgelesen hatte, vielleicht eine Adlige, die glaubte, ihr Titel gelte etwas, aber jetzt, da sie Cyndane von nahem sah ... Das Mädchen war in der Einen Macht stärker als sie selbst! Das war sogar in ihrem eigenen Zeitalter unter Männern ungewöhnlich und unter Frauen tatsächlich sehr selten gewesen. Sie änderte augenblicklich ihre Absicht, jegliche Verbindung zu Sammael zu leugnen.

»Ich habe es vermutet«, erwiderte sie und lächelte Moghedien über den Kopf der jungen Frau hinweg falsch zu. Wieviel wußte sie? Wo hatte die Spinne ein Mädchen gefunden, das soviel stärker war als sie, und warum reiste sie mit ihr? Moghedien war immer auf jedermann eifersüchtig gewesen, der stärker war. Oder, genauer gesagt, auf alles. »Er pflegte mich zu besuchen, um meine Hilfe bei dem einen oder anderen wahnsinnigen Plan zu erbitten. Ich habe ihn niemals direkt abgewiesen. Ihr wißt, Sammael ist – er war – ein zu gefährlicher Mann, um ihn abzuweisen. Er erschien unfehlbar alle paar Tage, und als seine Besuche aufhörten, nahm ich schon an, daß ihm etwas Schreckliches zugestoßen wäre. Wer ist dieses Mädchen, Moghedien? Eine bemerkenswerte Entdeckung.«

Die junge Frau trat näher und sah sie mit Augen wie blaues Feuer unverwandt an. »Sie hat Euch meinen Namen genannt. Mehr braucht Ihr nicht zu erfahren.« Das Mädchen wußte, daß sie mit einer der Auserwählten sprach, und doch blieb ihr Tonfall frostig. Selbst wenn man ihre Stärke bedachte, war dies keine einfache Schattenfreundin. Es sei denn, sie wäre geisteskrank. »Habt Ihr auf das Wetter geachtet, Graendal?«

Graendal erkannte jäh, daß Moghedien dem Mädchen das Reden überließ. Sie hielt sich zurück, bis eine Schwäche sichtbar würde. Und Graendal hatte es zugelassen! »Ihr seid vermutlich nicht gekommen, um mir von Sammaels Tod zu berichten, Moghedien«, sagte sie scharf. »Oder um über das Wetter zu sprechen. Ihr wißt, daß ich selten meine Räume verlasse.« Die Natur war widerspenstig, ließ Ordnung vermissen. Aber in diesem Raum gab es nicht einmal Fenster, ebensowenig wie in den meisten Räumen, die sie benutzte. »Was wollt Ihr?« Die dunkelhaarige Frau glitt seitwärts an der Wand entlang. Das Schimmern der Einen Macht umgab sie noch immer. Graendal trat beiläufig beiseite, so daß sie beide aber noch im Blick hatte.

»Ihr macht einen Fehler, Graendal.« Cyndanes volle Lippen bewegten sich bei ihrem frostigen Lächeln kaum. Sie genoß es. »Ich habe gegenwärtig unter uns die Führung inne. Moghedien steht wegen *ihrer* kürzlichen Fehler bei Moridin in schlechtem Ruf.«

Moghedien schlang die Arme um sich und warf der silberhaarigen Frau einen finsteren Blick zu, was so gut wie jede mündliche Bestätigung war. Plötzlich öffneten sich Cyndanes große Augen noch weiter, und sie keuchte unter Schaudern.

Moghediens Blick wurde hämisch. »Ihr habt gegenwärtig die Führung inne«, höhnte sie. »Ihr steht in seinen Augen nicht viel höher als ich.« Und dann erschauderte *sie* und zitterte und biß sich auf die Lippen.

Graendal fragte sich, ob man mit ihr spielte. Der unverhüllte gegenseitige Haß auf den Gesichtern der beiden Frauen schien nicht vorgetäuscht. Wie dem auch sei – sie würde erleben, wie es ihnen gefiele, wenn man mit *ihnen* spielte. Sie rieb sich unbewußt die Hände, strich über das *Angreal* an ihrem Finger und trat zu einem Stuhl, ohne das Paar aus den Augen zu lassen. Es tröstete sie, die Süße *Saidars* in sich strömen zu spüren. Nicht daß sie Trost gebraucht hätte, aber hier stimmte etwas nicht. Die hohe, gerade Rückenlehne, reich geschnitzt und vergoldet, ließ den Stuhl an einen Thron erinnern, obwohl er sich nicht von den anderen Stühlen im Raum unterschied. Solche Dinge beeinflußten auch die Erfahrensten auf Ebenen, deren sie sich niemals bewußt wurden.

Sie lehnte sich mit übereinandergeschlagenen Beinen zurück, ein Fuß wippte müßig – das Bild einer sich wohl fühlenden Frau –, und sie gab ihrer Stimme einen gelangweilten Unterton. »Da Ihr die Führung innehabt, Kind, sagt mir doch, wer ist dieser Mann, der sich der Tod nennt, wenn er in menschlicher Gestalt erscheint. Was ist er?«

»Moridin ist Nae'blis.« Die Stimme des Mädchens klang ruhig und kalt und überheblich. »Der Große Herr hat beschlossen, daß es an der Zeit ist, daß auch Ihr dem Nae'blis dient.«

Graendal richtete sich ruckartig auf. »Das ist lächerlich.« Sie konnte ihre Verärgerung nicht verbergen. »Ein Mann, von dem ich noch niemals auch nur *gehört* habe, wurde zum Regenten des Großen Herrn auf Erden ernannt?« Es kümmerte sie nicht, wenn andere sie zu manipulieren versuchten – sie fand stets eine Möglichkeit, solche Pläne gegen sie selbst zu kehren –, aber Moghedien mußte sie für eine Närrin halten! Sie hegte keinen Zweifel, daß dieses abscheuliche Mädchen an Moghediens Fäden hing, was auch immer sie behaupteten, welche Blicke auch immer sie sich zuwarfen. »Ich diene dem Großen Herrn und mir selbst, niemandem sonst! Ich denke, Ihr beide solltet jetzt gehen und Euer kleines Spiel woanders spielen. Demandred läßt sich möglicherweise davon zerstreuen. Oder vielleicht Semirhage? Seid beim Lenken der Macht vorsichtig, wenn Ihr geht. Ich habe einige schwebende Gewebe errichtet, und Ihr wollt doch keines auslösen.«

Das war eine Lüge, aber eine sehr glaubwürdige, so daß sie erschrak, als Moghedien plötzlich die Macht lenkte. Alle Lampen im Raum erloschen, und sie wurden in Dunkelheit getaucht. Graendal ließ sich sofort aus dem Stuhl fallen, damit sie nicht mehr dort wäre, wo die Frauen sie zuletzt gesehen hatten, und sie lenkte dabei ebenfalls die Macht, wob ein Gewebe aus Licht, das auf einer Seite des Raumes schwebte, eine Kugel aus reinem Weiß, die gespenstische Schatten in den Raum warf. Das Paar war jetzt deutlich zu sehen. Sie lenkte die Macht ohne Zögern, zog alle Kraft aus dem kleinen Ring. Sie brauchte nicht alle Kraft, oder nicht vollständig, aber sie wollte jeden Vorteil nutzen, der ihr zur Verfügung stand. Sie würden sie angreifen! Ein Netz aus Zwang schloß sich um die beiden Frauen, bevor sie sich regen konnten.

Sie hatte die Netze vor Zorn stark gewoben, fast ausreichend stark, daß sie schaden konnten, und die Frauen standen da und sahen sie bewundernd an, die Augen geweitet und den Mund zu einer Schmeichelei geöffnet, von Verehrung berauscht. Jetzt konnte sie ihnen Befehle erteilen. Wenn sie ihnen befahl, sich die eigenen Kehlen durchzuschneiden, würden sie es tun. Plötzlich erkannte Graendal, daß Moghedien die

Quelle nicht mehr umarmte. Soviel Zwang hatte sie vielleicht genügend erschreckt, sie loszulassen. Die Diener an der Tür hatten sich natürlich nicht geregt.

»Nun«, sagte sie ein wenig atemlos, »werdet Ihr jetzt meine Fragen beantworten?« Sie hatte viele Fragen, einschließlich derjenigen, wer dieser Moridin war, wenn es einen solchen Mann gab, und wo Cyndane herkam, aber eine Frage reizte sie mehr als alle anderen. »Was habt Ihr hierdurch zu erreichen gehofft, Moghedien? Ich könnte mich entschließen, diese Gewebe um Euch zu verknoten. Ihr könntet für Euer Spiel bezahlen, indem Ihr *mir* dient.«

»Nein, bitte«, stöhnte Moghedien und rang die Hände. Sie begann tatsächlich zu weinen! »Ihr werdet uns alle töten! Bitte, Ihr müßt dem *Nae'blis* dienen! Wir sind nur gekommen, um Euch in Moridins Dienst zu überführen!« Das Gesicht der silberhaarigen kleinen Frau war in dem fahlen Licht eine umschattete Maske des Entsetzens, und ihr Busen hob und senkte sich schwer, während sie nach Atem rang.

Graendal, die sich jäh unbehaglich fühlte, öffnete den Mund. Diese Geschichte machte immer weniger Sinn. Sie öffnete den Mund, und die Wahre Quelle schwand. Die Eine Macht zog sich von ihr zurück, und der Raum wurde wieder dunkel. Die Vögel in den Käfigen brachen jäh in aufgeregtes Zwitschern aus und schlugen mit den Flügeln wild gegen die Bambusstäbe.

Hinter Graendal knirschte eine Stimme wie zu Staub zerriebener Fels. »Der Große Herr dachte, Ihr würdet vielleicht an ihren Worten zweifeln, Graendal. Die Zeit, in der Ihr Euren eigenen Weg gehen konntet, ist vorüber.« Eine Kugel von … Etwas … erschien in der Luft, eine tiefschwarze Kugel, aber silbernes Licht durchströmte den Raum. Die Spiegel schimmerten nicht. Sie schienen in diesem Licht stumpf. Die Vögel wurden wieder still. Irgendwie wußte Graendal, daß sie vor Schreck wie versteinert waren.

Sie starrte den Myrddraal an, hell und augenlos und in noch tieferes Schwarz gekleidet, als die Kugel schwarz war, aber größer als alle anderen, die sie jemals gesehen hatte. Er mußte der Grund dafür sein, daß sie die Quelle nicht mehr spüren konnte, aber das war unmöglich! Außer ... Wo war diese seltsame Kugel schwarzen Lichts hergekommen, wenn nicht von ihm? Sie hatte beim Anblick eines Myrddraals niemals dieselbe Angst verspürt wie andere, nicht in gleichem Maße, und doch hoben sich jetzt ihre Hände mechanisch, und sie mußte sie gewaltsam senken, um nicht ihr Gesicht zu bedecken. Sie schaute zu Moghedien und Cyndane und zuckte zusammen. Sie hatten die gleiche Pose wie ihre Diener eingenommen, kauerten auf den Knien, die Köpfe in Richtung des Myrddraal am Boden.

Sie spürte, wie ihr Mund trocken wurde. »Ihr seid ein Bote des Großen Herrn?« Ihre Stimme war fest, aber schwach. Sie hatte noch niemals davon gehört, daß der Große Herr eine Botschaft durch einen Myrddraal gesandt hätte, und doch ... Moghedien hatte die Haltung eines Feiglings eingenommen, aber sie war dennoch eine der Auserwählten – und erniedrigte sich ebenso eifrig wie das Mädchen. Und da war das Licht. Graendal wünschte, ihr Gewand wäre nicht so tief ausgeschnitten. Das war natürlich lächerlich. Die Begierde der Myrddraals nach Frauen war wohlbekannt, aber sie war eine der ... Ihr Blick schweifte erneut zu Moghedien.

Der Myrddraal schlängelte sich an ihr vorbei, ohne sie zu beachten. Sein langer schwarzer Umhang hing von seinen Bewegungen unberührt herab. Aginor hatte geglaubt, die Wesen wären nicht ganz auf dieselbe Art auf der Welt wie alles andere. »Leicht im Ungleichgewicht mit Zeit und Realität«, hatte er es genannt, was auch immer das bedeuten mochte.

»Ich bin Shaidar Haran.« Der Myrddraal blieb bei ihren Dienern stehen und packte sie mit jeweils einer Hand am Nacken. »Wenn ich spreche, könnt Ihr es so betrachten, als hörtet Ihr die Stimme des Großen Herrn der Dunkelheit.« Die Hände schlossen sich, bis das überraschend laute Knacken von Knochen zu hören war. Der junge Mann verkrampfte sich im Tod und trat um sich. Die junge Frau wurde einfach schlaff. Sie waren zwei ihrer hübschesten Diener gewesen. Der Myrddraal richtete sich von den leblosen Körpern auf. »Ich bin sein Helfer in dieser Welt, Graendal. Wenn Ihr vor mir steht, steht Ihr vor ihm.«

Graendal dachte sorgfältig, wenn auch rasch nach. Sie hatte Angst, eine Empfindung, die sie weitaus häufiger bei anderen hervorrief, aber sie wußte, wie sie ihre Angst beherrschen konnte. Obwohl sie niemals Heere befehligt hatte, waren ihr Gefahren durchaus nicht fremd, noch war sie ein Feigling, aber dies war mehr als nur eine einfache Gefahr. Moghedien und Cyndane knieten noch immer mit auf den Marmorboden gesenkten Köpfen, wobei Moghedien tatsächlich sichtbar zitterte. Graendal glaubte diesem Myrddraal. Oder was auch immer er in Wahrheit war. Der Große Herr griff *tatsächlich* unmittelbarer in die Ereignisse ein, als sie befürchtet hatte. Und wenn er von ihrem Plan mit Sammael erfahren hatte … Das hieß, wenn er zu handeln beschlösse. Es wäre zu diesem Zeitpunkt töricht anzunehmen, daß er es nicht wüßte.

Sie kniete sich anmutig vor den Myrddraal. »Was soll ich tun?« Ihre Stimme hatte ihre Kraft zurückgewonnen. Notwendige Fügsamkeit war keine Feigheit. Jene, die sich nicht vor dem Großen Herrn beugten, wurden gebeugt. Oder zerbrochen. »Soll ich Euch Großer Herr nennen, oder zieht Ihr einen anderen Titel vor? Ich würde mich auch bei der Hand des Großen Herrn nicht wohl fühlen, ihn so anzusprechen wie den Großen Herrn selbst.«

Der Myrddraal lachte erschreckenderweise. Es klang wie bröckelndes Eis. Myrddraals lachten niemals. »Ihr seid tapferer als die meisten, und klüger. Shaidar Haran wird für Euch genügen. Solange Ihr Euch daran erinnert, wer ich bin. Solange Ihr Eure Tapferkeit die Angst in Euch nicht allzusehr überwiegen laßt.«

Während er seine Befehle gab – ein Besuch bei Moridin war anscheinend der erste Befehl –, beschloß sie, den Brief, den sie Rodel Ituralde gesandt hatte, zu verschweigen. Sie würde Moghedien gegenüber wachsam sein müssen, und vielleicht auch Cyndane gegenüber, die Rache für ihre kurze Benutzung des Zwangs üben könnten, denn sie bezweifelte, daß das Mädchen versöhnlicher war als die Spinne. Nichts, was man ihr antrug, deutete an, daß ihr Handeln dem Großen Herrn mißfiel, und sie mußte erst noch über ihre Lage nachdenken. Moridin, wer auch immer er sein mochte, war vielleicht heute Nae'blis, aber es gab stets auch ein Morgen.

Cadsuane stützte sich in Arilyns schwankender Kutsche ab und zog einen der ledernen Fenstervorhänge so weit auf, daß sie hinaussehen konnte. Leichter Regen fiel aus einem grauen Himmel voller dahinstürmender Wolken und rauher, umherwirbelnder Winde auf Cairhien. Und nicht nur der Himmel war winderfüllt. Heulende Windstöße erschütterten auch die Kutsche. Winzige Tropfen trafen kalt wie Eis auf ihre Hand. Wenn die Luft noch weiter abkühlte, würde es schneien. Sie zog ihren wollenen Umhang fester um sich. Sie war froh gewesen, ihn zuunterst in ihren Satteltaschen zu finden. Die Luft würde abkühlen.

Die steilen Schieferdächer der Stadt und die gepflasterten Straßen glänzten naß, und obwohl es nicht stark regnete, waren nur wenige Menschen bereit, dem heftigen Wind zu trotzen. Eine Frau, die mit leichten Schlägen ihres Stachelstocks einen Ochsenkarren lenkte, ging zwar ebenso geduldig voran wie ihr Ochse, aber die meisten Fußgänger hielten ihre Umhänge fest geschlossen, die Kapuzen hochgezogen, und traten schnell beiseite, wenn die Träger einer Sänfte, deren steifer *Con* flatterte, vorübereilten. Noch andere außer der Frau und ihrem Ochsen sahen jedoch keinen Grund zur Eile. Mitten auf der Straße stand ein großer Aiel und starrte mit offenem Mund ungläubig gen Himmel, während ihn der Regen durchnäßte; er war so davon gefangen, daß ein forscher Taschendieb seine Gürteltasche mit einem Schnitt abtrennte und von seinem Opfer unbemerkt davonrannte. Eine Frau, deren sorgfältig gelocktes und aufgestecktes Haar sie als Adlige auswies, ging langsam voran, während ihr Umhang und dessen Kapuze wild flatterten. Dies war vielleicht das erste Mal, daß sie tatsächlich zu Fuß auf einer Straße ging, aber sie lachte, als der Regen ihre Wangen benetzte. Die Besitzerin einer Parfümerie blickte freudlos aus dem Eingang ihres Ladens hervor. Sie würde heute wenig Umsatz machen. Die meisten Straßenhändler waren aus demselben Grund verschwunden, aber eine Handvoll rief von Karren unter Behelfsmarkisen aus noch immer hoffnungsvoll heißen Tee und Fleischpasteten aus.

Zwei halb verhungerte Hunde liefen aus einer Gasse heran, steifbeinig und mit erhobenen Schwänzen, und knurrten und bellten die Kutsche an. Cadsuane ließ den Vorhang fallen. Hunde schienen Frauen, welche die Macht lenken konnten, ebenso leicht zu erkennen, wie Katzen es vermochten, aber Hunde glaubten anscheinend, die Frauen *wären* Katzen, wenn auch unnatürlich große. Die beiden Frauen, die ihr gegenübersaßen, waren noch immer in ihre Unterhaltung vertieft.

»Verzeiht«, sagte Daigian gerade, »aber die Logik ist unentrinnbar.« Sie beugte entschuldigend den Kopf, wodurch der Mondstein, der an einer dünnen Silberkette von ihrem langen schwarzen Haar herabhing, über der Stirn hin und her schwang. Ihre Finger zupften an den weißen Schlitzen in ihren dunklen Röcken, und sie sprach hastig, als fürchte sie, unterbrochen zu werden. »Wenn man annimmt, daß die lang anhaltende Hitze das Werk des Dunklen Königs war, muß der Wandel durch eine andere Wirkung eingetreten sein. Er hätte nicht nachgegeben. Ihr könntet behaupten, daß er beschlossen habe, die Welt erfrieren oder ertrinken zu lassen, anstatt sie auszudörren, aber warum? Hätte die Hitze noch den Frühling über angehalten, hätten die Toten die Lebenden zahlenmäßig durchaus überwiegen können, nicht anders, als wenn bis in den Sommer hinein Schnee fällt. Daher ist unzweifelhaft eine andere Hand am Werk.« Die Schüchternheit der rundlichen Frau war manchmal anstrengend, aber Cadsuane fand ihre Logik wie immer einwandfrei. Sie wünschte nur, sie wüßte, wessen Hand im Spiel war.

»Friede!« murrte Kumira. »Mir wäre eine Unze knallharter Beweise lieber als ein Zentner Eurer Weißen Ajah-Logik.« Sie selbst war eine Braune, eine hübsche Frau mit kurzgeschnittenem Haar, die eine scharfe Beobachterin und niemals so tief in Gedanken versunken war, daß sie die Welt um sich herum vergaß. Kaum hatte Kumira gesprochen, als sie auch schon Daigians Knie geziemend tätschelte und lächelte, wodurch ihre blauen Augen herzlicher wirkten. Die Shienarer waren im großen und ganzen ein höfliches Volk, und Kumira achtete darauf, niemanden zu beleidigen, unabsichtlich zumindest. »Denkt darüber nach, was wir mit den Schwestern tun können, die von den Aiel festgehalten werden. Ich weiß, daß Ihr etwas ersinnen könnt, wenn überhaupt jemand es kann.«

Cadsuane schnaubte. »Sie verdienen, was immer mit ihnen geschieht.« Sie selbst war nicht in die Nähe der Aielzelte gelassen worden noch jemand aus ihrer Begleitung, aber einige der Narren, die al'Thor die Treue geschworen hatten, hatten sich hinaus zu dem verstreuten Lager gewagt und waren mit bleichen Gesichtern und zwischen Zorn und Übelkeit schwankend zurückgekehrt. Normalerweise wäre sie über die Verletzung der Aes Sedai-Würde ebenfalls zornig gewesen, wie auch immer die Umstände waren. Aber jetzt nicht. Um ihr Ziel zu erreichen, hätte sie jede Aes Sedai der Weißen Burg nackt durch die Straßen gejagt. Wie konnte sie sich mit dem Unbehagen von Frauen belasten, die vielleicht alles verdorben hatten?

Kumira öffnete den Mund zum Protest, obwohl sie von ihren Gefühlen wußte, doch Cadsuane fuhr ruhig, aber schonungslos fort. »Vielleicht werden sie genügend Tränen vergießen, um für das von ihnen bewirkte Durcheinander zu büßen, aber ich bezweifle es. Wir haben sie nicht mehr unter Kontrolle, und wenn ich sie kontrollieren könnte, würde ich sie den Aiel vielleicht einfach *übergeben*. Vergeßt sie, Daigian, und verfolgt mit Eurem klugen Verstand die Spur, die ich Euch aufzeige.«

Die blassen Wangen der Cairhienerin erröteten bei dem Kompliment stark. Dank dem Licht war sie nur in Gegenwart anderer Schwestern so. Kumira saß schweigend da, mit ausdruckslosem Gesicht, die Hände im Schoß verschränkt. Sie war jetzt vielleicht bezwungen, aber nur weniges konnte Kumira auf lange Sicht bezwingen. Genau diese beiden wollte Cadsuane heute bei sich haben.

Die Kutsche neigte sich, als das Gespann die lange, zum Sonnenpalast hinaufführende Rampe erklomm. »Denkt an das, was ich Euch gesagt habe«, belehrte sie die beiden nachdrücklich. »Und seid vorsichtig!«

Sie murmelten, daß sie es beachten würden, so gut sie konnten, und Cadsuane nickte. Wenn nötig, würde sie beide als Mulch benutzen, und andere ebenfalls, aber sie beabsichtigte niemanden zu verlieren, nur weil er unvorsichtig war.

Die Kutsche durfte die Palasttore unverzüglich passieren. Die Wächter erkannten Arilyns Siegel an den Türen, und sie wußten, wer sich darin befand. Die Kutsche war in der vergangenen Woche nur allzu häufig im Palast gewesen. Sobald die Pferde stehenblieben, öffnete ein besorgt dreinblickender Bediensteter in ungeschmücktem Schwarz den Schlag, der einen breiten, flachen Schirm aus dunklem Öltuch hielt. Regen tropfte vom Rand auf seinen kahlen Kopf, aber der Schirm war auch nicht zu seinem Schutz gedacht.

Cadsuane überprüfte rasch den von ihrem Haarknoten herabhängenden Schmuck, um sich zu vergewissern, daß noch alles da war – sie hatte noch keines dieser Ornamente verloren, weil sie darauf aufpaßte –, dann ergriff sie ihren eckigen Weidennähkorb unter dem Sitz und stieg aus. Ein halbes Dutzend Bedienstete standen wartend mit Schirmen in Händen da. Ein halbes Dutzend Passagiere hätte die Kutsche unbequem werden lassen, aber die Bediensteten wollten nichts versäumen, und die Überzähligen eilten erst davon, als offenkundig war, daß sich nur drei Passagiere in der Kutsche befanden.

Die Ankunft der Kutsche war anscheinend beobachtet worden. Dunkel gekleidete Diener und Dienerinnen bildeten auf den tiefblauen und goldenen Fliesen der Eingangshalle mit ihrer eckig gewölbten hohen Decke eine korrekte Reihe. Sie sprangen vor, nahmen Umhänge ab, hielten kleine warme Leinentücher bereit, falls jemand sich Gesicht oder Hände abtrocknen wollte, und boten Becher aus Meervolk-Porzellan mit scharf gewürztem, heißem Wein dar. Es war ein Wintergetränk, aber der plötzliche Temperaturabfall ließ es dennoch passend erscheinen. Und immerhin *war* es letztendlich Winter.

Drei Aes Sedai standen wartend zwischen wuchtigen Pfeilern aus dunklem Marmor vor hohen, hellen, für Cairhien zweifellos wichtige Schlachten zeigenden Friesen auf einer Seite der Halle, aber Cadsuane ignorierte die Frauen im Moment noch. Einer der jungen Diener trug eine rot-goldene Gestalt auf die linke Seite seiner Jacke gestickt, die gemeinhin ein Drache genannt wurde. Corgaide, die grauhaarige Frau mit dem ernsten Gesicht, welche die Diener im Sonnenpalast befehligte, stach lediglich durch einen großen, schweren Schlüsselring an der Taille hervor. Auch die Kleidung aller anderen war vollkommen schmucklos, und trotz des offensichtlichen Enthusiasmus des jungen Mannes war es Corgaide, die Hüterin der Schlüssel, welche den Ton unter den Dienern angab. Dennoch hatte sie dem jungen Mann die Stickerei gestattet. Was man in Erinnerung behalten sollte. Cadsuane sprach ruhig mit ihr und fragte nach einem Raum, wo sie ungestört an ihrem Stickrahmen arbeiten könnte. Die Frau nahm ihre Frage vollkommen gelassen auf. Andererseits hatte sie, da sie in diesem Palast diente, gewiß schon seltsamere Anliegen vorgetragen bekommen.

Als sich die Diener unter Verbeugungen und Hofknicksen mit den Umhängen und Tabletts zurückzogen, wandte sich Cadsuane schließlich den drei Schwestern zwischen den Säulen zu. Sie alle sahen sie an und mißachteten Kumira und Daigian. Corgaide blieb, aber sie hielt sich im Hintergrund und ließ die Aes Sedai ungestört. »Ich habe gewiß nicht erwartet,

Euch gemütlich umherspazieren zu sehen«, sagte Cadsuane. »Ich dachte, die Aiel ließen ihre Lehrlinge hart arbeiten.«

Faeldrin reagierte kaum, sie bewegte nur leicht den Kopf, so daß die farbigen Perlen in ihren dünnen Zöpfen klapperten, aber Merana errötete vor Verlegenheit und krampfte die Hände in ihre Röcke. Gewisse Ereignisse hatten Merana so stark erschüttert, daß sich Cadsuane nicht sicher war, ob sie sich jemals wieder davon erholen würde. Bera blieb natürlich nahezu unerschütterlich.

»Die meisten von uns haben wegen des Regens einen freien Tag zugestanden bekommen«, erwiderte Bera ruhig. Sie war eine kräftige Frau in einfachem Tuch – fein gewoben und gut geschnitten, aber entschieden einfach –, so daß sie eher auf einen Bauernhof als in einen Palast gepaßt hätte. Doch nur ein Narr hätte sich dadurch täuschen lassen. Bera besaß einen scharfen Verstand und einen starken Willen, und Cadsuane glaubte nicht, daß sie jemals den gleichen Fehler zweimal machte. Wie die meisten Schwestern hatte auch sie die Begegnung mit der leibhaftigen Cadsuane Melaidhrin noch nicht vollkommen überwunden, aber sie ließ sich nicht von Ehrfurcht leiten. Nach kaum wahrnehmbarem tiefem Einatmen fuhr sie fort. »Ich kann nicht verstehen, warum Ihr immer wieder zurückkommt, Cadsuane. Ihr wollt eindeutig etwas von uns, aber wenn Ihr uns nicht sagt, worum es sich handelt, können wir Euch nicht helfen. Wir wissen, was Ihr für den Lord Drachen getan habt …« – sie zögerte bei dem Titel ein wenig, denn sie waren sich noch immer nicht ganz sicher, wie sie den Jungen nennen sollten –, »aber es ist offensichtlich, daß Ihr seinetwegen nach Cairhien gekommen seid. Wenn Ihr uns jedoch nicht sagt, was Ihr vorhabt und aus welchen Gründen, müßt Ihr verstehen, daß Ihr von uns keine

Hilfe erwarten könnt.« Faeldrin, eine weitere Grüne, zuckte bei Beras kühnem Tonfall zusammen, nickte aber zustimmend, noch bevor Bera geendet hatte.

»Ihr müßt auch Folgendes verstehen«, fügte Merana hinzu, die ihre Gelassenheit zurückgewonnen hatte. »Wenn wir beschließen, uns Euch entgegenstellen zu müssen, werden wir es tun.« Beras Miene änderte sich nicht, aber Faeldrin preßte kurz die Lippen zusammen. Vielleicht war sie anderer Meinung, und vielleicht wollte sie nicht zuviel preisgeben.

Cadsuane schenkte ihnen ein schwaches Lächeln. Ihnen sagen, was sie vorhatte und weshalb? Wenn *sie* beschlossen? Bisher hatten sie es nur geschafft, sich mit gefesselten Händen und Füßen in die Satteltaschen des jungen al'Thor stopfen zu lassen, selbst Bera. Das war kaum eine Empfehlung, sie über mehr entscheiden zu lassen als darüber, was sie morgens anziehen sollten! »Ich bin nicht gekommen, um Euch zu besuchen«, sagte sie. »Obwohl Kumira und Daigian einen Besuch vermutlich genießen würden, da Ihr einen freien Tag habt. Wenn Ihr mich jetzt entschuldigen wollt.«

Sie bedeutete Corgaide vorauszugehen und folgte dann der Frau durch die Eingangshalle. Sie schaute nur einmal zurück. Bera und die übrigen hatten Kumira und Daigian bereits in ihre Mitte genommen und drängten sie fort, aber kaum wie willkommene Gäste. Eher wie eine Gänseherde. Cadsuane lächelte. Die meisten Schwestern beurteilten Daigian kaum besser als eine Wilde und behandelten sie kaum freundlicher als eine Dienerin. Und Kumira stand in dieser Gesellschaft nicht höher. Selbst die Mißtrauischsten konnten sich nicht vorstellen, daß sie hier waren, um jemanden von etwas zu überzeugen. Daher würde Daigian Tee eingießen und still dasitzen, außer wenn sie angesprochen würde – und mit ihrem scharfen Verstand alles analysieren, was sie hörte. Kumira würde alle außer Daigian vor ihr sprechen lassen – und jedes Wort, jede Geste und jeden Gesichtsausdruck deuten und im Gedächtnis behalten. Bera und die übrigen würden ihre dem Jungen gegenüber geleisteten Eide natürlich halten – selbstverständlich –, aber wie eifrig sie es täten, war eine andere Frage. Selbst Merana wäre vielleicht abgeneigt, weit über bloßen Gehorsam hinauszugehen. Das war schlimm genug, ließ ihnen aber erheblichen Raum zu manipulieren. Oder manipuliert zu werden.

Dunkel livrierte Diener, die in Erledigung ihrer Aufgaben durch die mit Wandteppichen behangenen Gänge eilten, sprangen für Cadsuane und Corgaide beiseite, und die beiden schritten unter vielen Verbeugungen und Hofknicksen über Körben und Tabletts und Armen voller Handtücher voran. Aus der Art, wie Corgaide beobachtet wurde, schloß Cadsuane, daß die Hüterin der Schlüssel ebenso geachtet war wie die Aes Sedai. Es waren auch einige Aiel da, große Männer wie Löwen mit kalten Augen und Frauen wie Leoparden mit noch kälteren Augen. Einige sandten ihr ausreichend eisige Blicke nach, um den draußen vom Regen angedrohten Schnee herbeizubringen, aber andere Aiel nickten ihr ernst zu, und hier und da ging eine der Frauen mit den wilden Augen sogar soweit, ihr zuzulächeln. Sie hatte niemals behauptet, dafür verantwortlich zu sein, ihren *Car'a'carn* gerettet zu haben, aber Erzählungen wurden beim Wiedererzählen ausgeschmückt, und der Glaube gewährte ihr mehr Respekt als jeder anderen Schwester und gewiß mehr Bewegungsfreiheit im Bereich des Palasts. Sie fragte sich, wie sie sich fühlen würden, wenn sie wüßten, daß es ihr, wenn sie den Jungen gerade jetzt vor sich gehabt hätte, sehr schwergefallen wäre, ihn nicht zu verprügeln! Es war kaum mehr als eine Woche her, daß er fast getötet worden wäre, und er hatte es nicht nur geschafft, ihr vollkommen aus dem Weg zu gehen, sondern er hatte ihr ihre Aufgabe sogar noch erschwert, wenn auch nur die Hälfte von dem der Wahrheit entsprach, was sie hörte. Es war bedauerlich, daß er nicht in Far Madding aufgewachsen war. Aber das hätte vielleicht wiederum zu einer anderen Katastrophe geführt.

Der Raum, den Corgaide ihr zuwies, war behaglich warm, mit zu beiden Seiten des Raums in Marmorkaminen brennenden Feuern, entzündeten Lampen und in Glastürmen gespiegelten Flammen, welche die Düsternis des Tages vertrieben. Corgaide hatte offensichtlich befohlen, Vorbereitungen zu treffen, während sie in der Eingangshalle gewartet hatte. Eine Dienerin erschien fast gleichzeitig mit ihnen und brachte auf einem Tablett heißen Tee und gewürzten Wein sowie kleine honigglasierte Kuchen.

»Benötigt Ihr sonst noch etwas, Aes Sedai?« fragte Corgaide, während Cadsuane ihren Nähkorb neben das Tablett auf einen üppig vergoldeten Tisch stellte, der ebenso großartige Schnitzereien aufwies wie der ebenfalls mit Gold überzogene breite Sims. Cadsuane fühlte sich stets wie im Inneren einer goldenen Fischreuse, wenn sie Cairhien besuchte. Trotz des Lichts und der Wärme im Raum tropfte der Regen vor den hohen, schmalen Fenstern, und der graue Himmel verstärkte die unangenehme Empfindung noch.

»Der Tee genügt vollkommen«, sagte sie. »Ihr könnt Alanna Mosvani ausrichten, daß ich sie unverzüglich sehen möchte.«

Corgaides Schlüssel klangen, als sie einen Hofknicks vollführte und respektvoll murmelte, sie würde ›Alanna Aes Sedai‹ persönlich suchen. Ihre ernste Miene veränderte sich nicht, während sie sich zurückzog. Aber sie würde die Bitte höchstwahrscheinlich auf Spitzfindigkeiten überprüfen. Cadsuane zog es vor, wenn möglich direkt zu sein. Sie hatte bereits unzählige kluge Leute zu Fall gebracht, die nicht geglaubt hatten, daß sie genau das meinte, was sie sagte.

Sie öffnete den Deckel ihres Nähkorbs und nahm ihren Stickrahmen mit einer darum gewickelten, nicht einmal zur Hälfte fertiggestellten Arbeit hervor. In den Korb waren Taschen für Gegenstände eingearbeitet, die nichts mit dem Sticken zu tun hatten: für ihren elfenbeinernen Handspiegel sowie Haarbürste und Kamm, ein Federkästchen und eine fest verschlossene Tintenflasche, eine Anzahl Dinge, bei denen es sich im Laufe der Jahre als nützlich erwiesen hatte, sie zur Hand zu haben, einschließlich einiger, über die jedermann überrascht gewesen wäre, der den Mut besessen hätte, den Korb zu durchsuchen. Nicht daß sie ihn oft aus den Augen ließ. Sie stellte die polierte silberne Garndose vorsichtig auf den Tisch, entnahm die benötigten Fäden und ließ sich mit dem Rücken zur Tür nieder. Das Hauptmotiv auf ihrer Stickarbeit war bereits vollendet, die Hand eines Mannes, die das uralte Symbol der Aes Sedai umschloß. Risse verliefen über die schwarz-weiße Scheibe, und man konnte nicht sagen, ob die Hand sie zusammenzuhalten versuchte oder sie zerdrückte. Sie wußte, was sie beabsichtigte. Die Zeit würde die Wahrheit zutage fördern.

Sie fädelte einen Faden ein und setzte die Arbeit an einem der umgebenden Motive fort, einer hellroten Rose. Rosen, Sternenglanz und Sonnenräder, abwechselnd mit Gänseblümchen und Kolibris, alle von Borten starrer Nesseln und Sträuchern mit langen Dornen getrennt. Es würde ein verwirrendes Bild, wenn es fertiggestellt wäre.

Bevor sie auch nur ein halbes Blütenblatt der Rose gestickt hatte, erregte das auf dem flachen Deckel der Garndose widergespiegelte Aufblitzen einer Bewegung ihre Aufmerksamkeit. Sie hatte ihn sorgfältig so hingelegt, daß er den Eingang widerspiegeln *mußte*. Sie

hob den Kopf nicht von ihrer Arbeit. Alanna stand da und starrte auf ihren Rücken. Cadsuane stickte gemächlich weiter, aber sie beobachtete das Spiegelbild aus den Augenwinkeln. Zweimal wandte sich Alanna halbwegs zum Gehen um, riß sich dann schließlich zusammen und stählte sich sichtbar.

»Kommt herein, Alanna.« Cadsuane hob noch immer nicht den Kopf, sondern deutete auf einen Punkt vor sich. »Stellt Euch dorthin.« Sie lächelte verhalten, als Alanna zusammenzuckte. Es hatte Vorteile, wenn man eine Legende war. Die Leute bemerkten selten das Offensichtliche, wenn sie es mit einer solchen zu tun hatten.

Alanna betrat mit rauschenden Seidenröcken stolz den Raum und nahm den von Cadsuane angewiesenen Platz ein, aber um ihren Mund lag ein mürrischer Zug. »Warum beharrt Ihr darauf, mich unaufhörlich zu behelligen?« fragte sie. »Ich kann Euch nicht mehr sagen, als ich Euch bereits mitgeteilt habe. Und wenn ich es könnte, würde ich es wohl dennoch nicht tun! Er gehört …!« Sie brach jäh ab und biß sich auf die Unterlippe, aber sie hätte den Satz ebensogut beenden können. Al'Thor gehörte ihr, war ihr Behüter. Sie besaß die Unverfrorenheit, das zu glauben!

»Ich habe Euer Verbrechen für mich behalten«, sagte Cadsuane ruhig, »aber nur weil ich keinen Grund sah, die Dinge noch mehr zu verwirren.« Sie hob den Blick zu der anderen Frau und sprach weiterhin freundlich. »Wenn Ihr glaubt, das bedeutete, ich würde nicht alles von Euch erfahren, dann überdenkt das noch einmal.«

Alanna erstarrte. Plötzlich flammte das Licht *Saidars* um sie auf.

»Wenn Ihr Euch wirklich töricht verhalten wollt.« Cadsuane lächelte – ein kaltes Lächeln. Sie machte keinerlei Anstalten, selbst die Quelle zu umarmen. Ein Teil ihres Haarschmucks – verschlungene, goldene

Halbmonde – lag kühl an ihrer Schläfe. »Im Moment seid Ihr noch unversehrt, aber meine Geduld währt nicht endlos. Tatsächlich hängt sie an einem seidenen Faden.«

Alanna kämpfte mit sich und strich unbewußt über ihr blaues Seidenkleid. Das Schimmern der Macht verblaßte jäh, und sie wandte den Kopf so rasch von Cadsuane ab, daß ihr langes schwarzes Haar schwang. »Ich weiß nicht mehr zu erzählen.« Die eigensinnig geäußerten Worte drangen gehaucht hervor. »Er war verletzt, und auch wieder nicht, aber ich glaube nicht, daß eine Schwester ihn geheilt hat. Die Wunden, die niemand heilen konnte, sind noch immer vorhanden. Er eilt umher, reist unentwegt, aber er befindet sich noch immer im Süden. Ich glaube, er befindet sich irgendwo in Illian, aber auf diese Entfernung könnte ich ihn auch in Tear vermuten. Er ist voller Zorn und Schmerz und Mißtrauen. Mehr weiß ich nicht, Cadsuane. Mehr nicht!«

Cadsuane goß sich einen Becher Tee ein, wobei sie die Hitze des Silberkrugs beachtete und dann auch die von dem Becher aus dünnem grünem Porzellan abströmende Wärme überprüfte. Wie man es bei Silber vielleicht hätte erwarten können, war der Tee rasch abgekühlt. Sie lenkte kurz die Macht und erhitzte ihn wieder. Der dunkle Tee schmeckte zu sehr nach Minze. Cairhiener verwendeten die Minze ihrer Meinung nach entschieden zu großzügig. Sie bot Alanna keinen Becher an. Reisen. Wie *konnte* der Junge wiederentdeckt haben, was der Weißen Burg seit der Zerstörung verlorengegangen war? »Ihr werdet mir jedoch weiterhin umfassend Bericht erstatten, nicht wahr, Alanna.« Es war keine Frage. »Seht mich an, Frau! Ich will jede Einzelheit wissen, auch wenn Ihr nur von ihm *träumt!*«

Unvergossene Tränen schimmerten in Alannas Augen. »Ihr hättet an meiner Stelle dasselbe getan!«

Cadsuane sah sie über ihren Becher hinweg stirnrunzelnd an. Vielleicht entsprach das der Wahrheit. Es gab keinen Unterschied zwischen dem, was Alanna getan hatte, und dem Vorgang, wenn sich ein Mann einer Frau gewaltsam aufdrängte, aber – das Licht helfe ihr! – sie hätte es vielleicht auch getan, wenn sie geglaubt hätte, es würde ihr zu ihrem Ziel verhelfen. Jetzt erwog sie nicht einmal mehr, Alanna dazu zu bringen, den Bund an sie weiterzugeben. Alanna hatte bewiesen, wie nutzlos diese Kontrolle über ihn war.

»Laßt mich nicht warten, Alanna«, sagte sie mit frostiger Stimme. Sie empfand kein Mitgefühl für die Frau. Alanna war eine weitere in einer Reihe von Schwestern, von Moiraine bis Elaida, die verpfuscht und verschlimmert hatten, was sie hätten in Ordnung bringen sollen, während sie selbst Logain Ablar und dann Mazrim Taim nachgejagt war. Was ihre Stimmung keineswegs milderte.

»Ich werde Euch weiterhin umfassend unterrichten«, seufzte Alanna und schmollte wie ein kleines Mädchen. Cadsuane juckte es in den Fingern, sie zu schlagen. Alanna trug die Stola bereits seit fast vierzig Jahren. Sie hätte erwachsener sein sollen. Natürlich war sie eine Arafellin. In Far Madding trotzten und schmollten nur wenige Mädchen von zwanzig so sehr, wie es einer greisen Arafellin noch auf dem Totenbett gelang.

Alannas Augen weiteten sich jäh vor Schrecken, und Cadsuane sah ein weiteres Gesicht im Deckel ihrer Garndose widergespiegelt. Sie stellte ihren Becher auf das Tablett zurück, legte den Stickrahmen auf den Tisch, stand auf und wandte sich zur Tür. Sie beeilte sich nicht, aber sie trödelte auch nicht und spielte keine Spiele, wie sie es mit Alanna getan hatte.

»Seid Ihr fertig mit ihr, Aes Sedai?« fragte Sorilea, während sie den Raum betrat. Die zähe, weißhaarige

Weise Frau sprach zu Cadsuane, aber ihr Blick haftete auf Alanna. Elfenbein und Gold klapperten leise an ihren Handgelenken, als sie die Hände in die Hüften stemmte, und ihre dunkle Stola glitt zu ihren Ellbogen herab.

Als Cadsuane erwiderte, sie sei in der Tat fertig mit Alanna, gab Sorilea ihr kurz ein Zeichen, und Alanna schritt aus dem Raum. Stürzte aus dem Raum, hätte es vielleicht besser getroffen – mit plötzlich verärgerter Miene. Sorilea blickte ihr stirnrunzelnd nach. Cadsuane war der Frau schon zuvor begegnet, und es waren bemerkenswerte, wenn auch kurze Begegnungen gewesen. Sie hatte nicht viele Menschen getroffen, die sie als eindrucksvoll bezeichnet hätte, aber Sorilea gehörte dazu. Sie konnte vielleicht sogar ihr selbst auf einigen Gebieten das Wasser reichen. Sie vermutete auch, daß die Frau ebenso alt war wie sie, vielleicht älter, was zu finden sie niemals erwartet hatte.

Kaum war Alanna verschwunden, als Kiruna im Eingang erschien. In ihrer Eile verfing sie sich in ihren grauen Seidenröcken, und sie spähte den Gang in die Richtung hinab, in die Alanna gegangen war. Sie trug ein kunstvoll verziertes, goldenes Tablett mit einem noch kunstvoller gearbeiteten, goldenen Krug mit hohem Ausguß und, unpassenderweise, zwei kleinen, weiß glasierten Tonbechern. »Warum läuft Alanna davon?« fragte sie. »Ich wäre eher hier gewesen, Sorilea, aber …« Dann sah sie Cadsuane und errötete zutiefst. Verlegenheit wirkte an der statuenhaften Frau recht seltsam.

»Stellt das Tablett auf den Tisch, Mädchen«, sagte Sorilea, »und dann geht zu Chaelin. Sie wird bereits darauf warten, Euch Euren Unterricht erteilen zu können.«

Kiruna stellte ihre Last steif ab, wobei sie Cadsuanes Blick mied. Als sie sich zum Gehen wandte, ergriff

Sorilea mit sehnigen Fingern ihr Kinn. »Ihr fangt an, Euch wirklich Mühe zu geben, Kind«, sagte die Weise Frau fest. »Wenn Ihr so weitermacht, werdet Ihr gut werden. Sehr gut sogar. Jetzt geht. Chaelin ist nicht so geduldig wie ich.«

Sorilea deutete zur Tür, aber Kiruna stand da und sah sie einen langen Moment mit seltsamem Ausdruck auf dem Gesicht an. Wenn Cadsuane gefragt worden wäre, hätte sie behauptet, daß Kiruna über das Lob erfreut und überrascht war, gelobt zu werden. Die weißhaarige Frau öffnete den Mund, doch Kiruna schüttelte sich kurz und eilte aus dem Raum. Eine bemerkenswerte Vorstellung.

»Glaubt Ihr wirklich, daß sie Eure Art, *Saidar* zu weben, erlernen wird?« fragte Cadsuane, ihre Zweifel verbergend. Kiruna und die anderen hatten ihr aus den Unterrichtsstunden berichtet, aber viele der Gewebe der Weisen Frauen unterschieden sich sehr von den in der Weißen Burg gelehrten. Für gewöhnlich prägte sich die erste Art, wie man das Gewebe für etwas Bestimmtes erlernte, jedermann fest ein. Eine zweite Art zu erlernen war fast unmöglich, und selbst wenn man es konnte, gelang das auf die zweite Art erlernte Gewebe fast niemals so gut wie das der ersten Art. Das war einer der Gründe, warum einige Schwestern Wilde in keinem Alter in der Burg willkommen hießen. Zu vieles konnte schon gelernt worden sein und nicht wieder verlernt werden.

Sorilea zuckte die Achseln. »Vielleicht. Eine zweite Art zu erlernen ist ohne all die Gestik von Euch Aes Sedai schwer genug. Das Wichtigste, was Kiruna Nachiman lernen muß, ist, daß sie Stolz besitzt und nicht, daß er sie besitzt. Sie wird eine sehr starke Frau sein, wenn sie das erst begreift.« Sie nahm sich einen Stuhl gegenüber demjenigen, auf dem Cadsuane gesessen hatte, betrachtete ihn nachdenklich und setzte sich dann hin. Sie wirkte fast so steif und unbehaglich, wie sich Kiruna gefühlt haben mußte, aber dann bedeutete sie Cadsuane gebieterisch, sich ebenfalls hinzusetzen. Sorilea war eine Frau von großer Willenskraft, die es gewohnt war zu befehlen.

Cadsuane unterdrückte ein klägliches Kichern, während sie der Aufforderung nachkam. Es war gut, daran erinnert zu werden, daß die Weisen Frauen, ob Wilde oder nicht, durchaus keine einfältigen Barbaren waren. Sie würden die Unterschiede natürlich kennen. Und was die Gestik betraf ... Sie hatte nur wenige die Macht lenken sehen, aber sie hatte bemerkt, daß sie einige Gewebe ohne die Gesten schufen, welche die Schwestern gebrauchten. Die Handbewegungen waren nicht wirklich Teil des Gewebes, aber in gewisser Weise doch, weil sie Teil des Erlernens des Gewebes gewesen waren. Vielleicht hatte es einst Aes Sedai gegeben, die beispielsweise eine Feuerkugel schleudern konnten, ohne eine wie auch immer geartete Wurfbewegung auszuführen, aber wenn dem so war, waren sie schon lange tot – und ihr Wissen mit ihnen. Heutzutage konnten einige Dinge einfach nicht ohne die entsprechenden Gesten getan werden. Es gab Schwestern, die behaupteten, anhand der für bestimmte Gewebe verwendeten Bewegungen erkennen zu können, wer eine andere Schwester unterrichtet hatte.

»Es ist schwierig, jedem unserer Neulinge etwas beizubringen«, fuhr Sorilea fort. »Ich will niemanden beleidigen, aber Ihr Aes Sedai sprecht anscheinend einen Eid und versucht dann augenblicklich, eine Möglichkeit zu finden, ihn zu umgehen. Alanna Mosvani ist besonders schwierig.« Plötzlich richteten sich ihre klaren grünen Augen scharf auf Cadsuanes Gesicht. »Wie können wir sie für ihr bewußtes Versagen bestrafen, wenn das bedeutete, dem *Car'a'carn* zu schaden?«

Cadsuane faltete die Hände im Schoß. Es fiel ihr nicht leicht, ihre Überraschung zu verbergen. Nur soviel zur Geheimhaltung von Alannas Verbrechen. Aber warum hatte die Frau ihr mitgeteilt, daß sie davon wußte? Vielleicht eine Enthüllung, die eine weitere verlangte. »Der Bund wirkt nicht so«, sagte sie. »Wenn Ihr sie tötet, wird er bald darauf ebenfalls sterben. Bei allem anderen wird er sich dessen bewußt sein, was mit ihr geschieht, aber er wird es nicht wirklich spüren. Auf die jetzige Entfernung wird er sich dessen nur vage bewußt sein.«

Sorilea nickte nachdenklich. Ihre Finger berührten das goldene Tablett auf dem Tisch und lösten sich dann wieder davon. Ihre Miene war ebenso unbewegt wie bei einer Statue, aber Cadsuane vermutete, daß Alanna unangenehm überrascht sein würde, wenn sie das nächste Mal aufbrauste oder auf eine ihrer Arafeller Launen verfiel. Das war jedoch unwichtig. Nur der Junge zählte.

»Die meisten Menschen nehmen, was ihnen geboten wird, wenn es reizvoll und erfreulich erscheint«, sagte Sorilea. »Einst haben wir auch über Rand al'Thor so gedacht. Leider ist es zu spät, den einmal von uns eingeschlagenen Pfad zu verlassen. Jetzt mißtraut er allem, was offen angeboten wird. Nun, wenn ich wollte, daß er etwas annimmt, würde ich vorgeben, ich wollte nicht, daß er es bekommt. Wenn ich in seiner Nähe bleiben wollte, würde ich Gleichgültigkeit vorgeben, wann ich ihn jemals wiedersähe.« Ihr durchdringender Blick richtete sich erneut auf Cadsuane. Nicht in dem Versuch, ihre Gedanken zu ergründen. Die Frau wußte zumindest einiges. Sie wußte genug – oder zuviel.

Dennoch empfand Cadsuane zunehmend erwartungsvolle Spannung. Wenn sie je Zweifel daran gehegt hatte, daß Sorilea sie ergründen wollte, waren sie jetzt beseitigt. Man versuchte jemanden nur dann auf diese Weise zu ergründen, wenn man auf eine gewisse Übereinstimmung hoffte. »Denkt Ihr, daß ein Mann hart sein muß?« fragte sie herausfordernd. »Oder stark?« Sie ließ durch ihren Tonfall keinen Zweifel, daß sie einen Unterschied darin sah.

Sorilea berührte erneut das Tablett. Ein kaum wahrnehmbares Lächeln schien einen Moment ihre Lippen zu umspielen. Oder auch nicht. »Die meisten Menschen sehen beides als ein und dasselbe an, Cadsuane Melaidhrin. Aber Stärke überdauert, wohingegen Härte zerbricht.«

Cadsuane atmete tief ein. Ein Risiko, das sie bei jedem anderen, der es eingegangen wäre, getadelt hätte. Aber sie war nicht jeder andere, und manchmal mußte man Risiken eingehen. »Der Junge verwechselt sie«, sagte sie. »Er muß stark sein, doch er verhärtet sich bereits zu sehr, und er wird nicht aufhören, bis er aufgehalten wird. Er hat vergessen, wie man lacht – außer vor Bitterkeit. Er hat keine Tränen mehr. Wenn er nicht wieder zu lachen und zu weinen lernt, steht der Welt eine Katastrophe bevor. Er muß lernen, daß sogar der Wiedergeborene Drache ein Mensch aus Fleisch und Blut ist. Wenn er so, wie er jetzt ist, in die Letzte Schlacht zieht, könnte sein Sieg ebenso düster werden wie seine Niederlage.«

Sorilea hörte angespannt zu, schwieg aber, nachdem Cadsuane geendet hatte. Ihre grünen Augen betrachteten sie forschend. »Euer Wiedergeborener Drache und Eure Letzte Schlacht werden in unseren Prophezeiungen nicht erwähnt«, sagte Sorilea schließlich. »Wir haben versucht, Rand al'Thor seine Abstammung aufzuzeigen, aber ich fürchte, er sieht uns nur als einen weiteren Speer an. Und wenn ein Speer in Eurer Hand zerbricht, haltet Ihr nicht inne, um dies zu beklagen, sondern Ihr ergreift einen neuen Speer.

Vielleicht verfolgen wir beide gar nicht so verschiedene Ziele.«

»Vielleicht«, erwiderte Cadsuane vorsichtig. Auch nur eine Handbreit unterschiedliche Ziele mochten sich überhaupt nicht ähneln.

Das Schimmern *Saidars* umfloß jäh die Frau mit dem zähen Gesicht. Sie war so schwach im Gebrauch der Macht, daß Daigian vergleichsweise zumindest mäßig stark erschien. Aber andererseits lag Sorileas Stärke auch nicht in der Macht. »Eines könntet Ihr vielleicht als nützlich erachten«, sagte sie. »Ich kann es nicht zur Wirkung bringen, aber ich kann die Stränge weben, um es Euch zu zeigen.« Sie tat genau das, wob schwache Stränge, die zusammenfielen und verschmolzen, zu schwach, um ihre Aufgabe zu erfüllen. »Man nennt es Reisen«, fügte Sorilea hinzu.

Jetzt sank Cadsuanes Kinn herab. Alanna, Kiruna und die übrigen leugneten, die Weisen Frauen zu lehren, wie man sich mit der Macht verband oder auch einige andere Fähigkeiten, die sie plötzlich anscheinend beherrschten, und Cadsuane hatte angenommen, die Aiel hätten es geschafft, sie aus den in den Zelten festgehaltenen Schwestern herauszupressen.

Unmöglich, hätte sie behauptet, und doch glaubte sie nicht, daß Sorilea log. Sie konnte es kaum erwarten, das Gewebe selbst zu versuchen. Nicht daß es augenblicklich etwas genutzt hätte. Selbst wenn sie genau wüßte, wo sich der verflixte Junge aufhielt, mußte sie ihn dazu bringen, zu ihr zu kommen. Darin hatte Sorilea recht. »Ein überaus großzügiges Geschenk«, sagte sie gemächlich. »Ich kann Euch nichts Vergleichbares geben.«

Dieses Mal war das flüchtige Lächeln um Sorileas Lippen unverkennbar. Sie wußte sehr wohl, daß Cadsuane in ihrer Schuld stand. Sie nahm den schweren goldenen Krug mit beiden Händen hoch und füllte vorsichtig die kleinen weißen Becher mit klarem Wasser. Sie vergoß keinen Tropfen.

»Ich biete Euch den Wassereid an«, sagte sie feierlich und nahm einen der Becher auf. »Hiermit sind wir vereint, um Rand al'Thor das Lachen und Weinen wieder zu lehren.« Sie trank einen Schluck, und Cadsuane tat es ihr gleich.

»Wir sind vereint.« Und wenn sich herausstellte, daß ihre Ziele überhaupt nicht übereinstimmten? Sie unterschätzte Sorilea nicht als Verbündete oder Gegnerin, aber Cadsuane wußte, welches Ziel um jeden Preis erreicht werden mußte.

KAPITEL 5

Wie Schnee schwebend

Der nördliche Horizont leuchtete durch den heftigen Regen, der im Osten Illians die Nacht hindurch niedergegangen war, purpurfarben. Über ihnen drohte ein Morgenhimmel düster brodelnder Wolken, und starker Wind ließ die Umhänge flattern und die Banner – das weiße Drachenbanner und das karmesinrote Banner des Lichts, sowie die hellen Standarten des Adels aus Illian und Cairhien und Tear – auf dem Hügelkamm knattern und krachen wie Peitschen. Die Adligen blieben für sich, drei weitläufig angeordnete, in gold- und silberglänzenden Stahl, Seide, Samt und Spitze gehüllte Gruppen, die sich aber allesamt unbehaglich umsahen. Selbst ihre erfahrensten Pferde warfen die Köpfe auf und stampften mit den Hufen auf den schlammigen Boden. Der Wind war kalt und fühlte sich noch kälter an, weil er die sengende Hitze so jäh verdrängt hatte, ebenso wie der Regen nach so langer Trockenheit beängstigend gewesen war. Jede Nation hatte darum gebetet, daß die Dürre ein Ende nehmen möge, aber niemand wußte, was er mit den unerbittlichen Stürmen als Antwort auf ihre Gebete anfangen sollte. Einige beobachteten Rand, wenn sie glaubten, daß er es nicht bemerkte. Vielleicht fragten sie sich, ob *er* ihnen auf diese Weise geantwortet hatte. Der Gedanke ließ ihn leise und verbittert lachen.

Er tätschelte mit lederbehandschuhter Hand den Hals seines schwarzen Wallachs und war froh, daß Tai'daishar keine Nervosität zeigte. Das kräftige Tier stand unbewegt wie eine Statue, wartete auf den Druck von Zügeln oder Knien, ehe es sich bewegte. Das Pferd des Wiedergeborenen Drachen schien ebenso kalt wie er, als schwebten sie gemeinsam im Nichts. Obwohl die Eine Macht ihn durchströmte, Feuer und Eis und Tod, war er sich des Windes kaum bewußt, der seinen goldbestickten Umhang flattern ließ und durch seine Jacke fuhr, grüne, üppig goldbestickte Seide und nicht für solches Wetter gemacht. Die Wunden an seiner Seite schmerzten und pochten – der alte Schnitt und der darüber verlaufende neue, die Wunden, die niemals heilen würden – aber auch sie nahm er nur entfernt wahr, wie die Verletzungen eines anderen Menschen. Die Schwerterkrone hätte mit den scharfen Spitzen der winzigen Klingen zwischen ihren goldenen Lorbeerblättern in die Schläfen eines anderen stechen können. Er spürte jedoch die Blicke der Adligen in seinem Rücken.

Er rückte sein Schwertheft zurecht und beugte sich vor. Er konnte die dichte Ansammlung niedriger, bewaldeter Hügel eine halbe Meile östlich so deutlich wie durch sein Fernglas sehen. Das Land war hier flach, die einzigen Erhebungen jene bewaldeten Hügel und dieser langgezogene, aus der Heide hervorragende Grat. Das nächste dichte Gestrüpp, das diese Bezeichnung auch verdiente, war annähernd zehn Meilen entfernt. Nur sturmzerschlagene, halb entlaubte Bäume und wirres Unterholz waren auf den Hügeln zu sehen, aber er wußte, was sie verbargen. Zwei-, vielleicht dreitausend der Männer, die Sammael hier versammelt hatte, um ihn an der Einnahme Illians zu hindern.

Dieses Heer hatte sich aufgelöst, als die Soldaten erfuhren, daß der Mann, der sie gerufen hatte, tot war, daß Mattin Stepaneos verschwunden oder vielleicht ebenfalls tot war und daß es in Illian einen neuen

König gab. Viele waren in ihr Heim zurückgekehrt, aber fast ebenso viele blieben auch noch zusammen. Meist nur zwanzig Mann hier, dreißig dort, aber ein großes Heer, wenn sie sich wieder vereinigten, und ansonsten zahllose bewaffnete Horden. Wie auch immer – man durfte nicht zulassen, daß sie das Land durchstreiften. Der Mangel an Zeit und die Verantwortung lasteten schwer auf Rands Schultern. Es war niemals genug Zeit, aber vielleicht dieses eine Mal … Feuer und Eis und Tod.

Was würdest du tun? dachte er. *Bist du da?* Und dann zweifelnd und den Zweifel hassend: *Warst du jemals da?* Schweigen antwortete ihm, tief und unzugänglich in der ihn umgebenden Leere. Oder erklang irgendwo in den entlegenen Winkeln seines Geistes wahnsinniges Gelächter? Bildete er es sich ein wie das Gefühl, es sehe ihm jemand über die Schulter, jemand, der fast seinen Rücken berührte? Oder wie die Farben, die gerade außerhalb seines Sichtkreises umherwirbelten, mehr als Farben, und dann wieder verschwanden? Wahrnehmungen Wahnsinniger. Sein behandschuhter Daumen glitt an den sich um das Drachenszepter windenden Schnitzereien entlang. Die grün-weißen Quasten unter der glänzenden Speerspitze flatterten im Wind. Feuer und Eis und der Tod würden kommen.

»Ich werde selbst mit ihnen reden«, verkündete er, wodurch er jedoch einen Aufruhr bewirkte.

Lord Gregorin, der die grüne Schärpe des Konzils der Neun schräg über seinen kunstvoll vergoldeten Brustharnisch geschlungen hatte, drängte seinen weißen Wallach mit den schlanken Fesseln von den Illianern heran, dicht gefolgt von Demetre Marcolin, Erster Befehlshaber der Gefährten auf einem kräftigen Kastanienbraunen. Marcolin war der einzige unter ihnen, der weder Seide noch Spitze trug, der einzige in einfacher, wenn auch glänzend polierter Rüstung, obwohl der auf dem Sattelknauf aufliegende konische Helm drei dünne goldene Federn aufwies. Lord Marac hob die Zügel an, ließ sie aber unsicher wieder sinken, als er sah, daß keiner der übrigen Neun sich regte. Als kräftiger Mann mit schwerfälliger Art und neu im Konzil, sah er trotz der üppigen Seide unter seiner verschwenderischen Rüstung und der darüber wogenden Spitze häufig eher wie ein Handwerker aus. Die Hohen Herren Weiramon und Tolmeran ritten eilig von den Tairenern herbei, ebenso gold- und silberglänzend wie jeder andere der Neun und wie auch Rosana, gerade erst zur Hochdame erhoben und mit dem Falken-und-Sterne-Emblem ihres Hauses auf dem Brustharnisch. Auch andere machten halbherzige Anstalten zu folgen, blieben aber dann mit besorgter Miene zurück. Der gertenschlanke Aracome und der blauäugige Maraconn sowie der kahlköpfige Gueyam waren tote Männer. Sie wußten es nicht, aber wie sehr sie sich auch ins Zentrum der Macht wünschten, fürchteten sie doch, daß Rand sie töten würde. Von den Cairhienern kam nur mit zerschlagener Rüstung, von der die Vergoldung abblätterte, Lord Semaradrid auf einem Grauen heran, der auch schon bessere Zeiten gesehen hatte. Semaradrid hatte ein hageres, hartes Gesicht; die Vorderseite seines Schädels war rasiert und bepudert wie bei einem einfachen Soldaten, und seine dunklen Augen schimmerten vor Verachtung gegenüber den größeren Tairenern.

Es war überhaupt viel Verachtung im Spiel. Die Tairener und die Cairhiener haßten einander. Die Illianer und die Tairener verachteten einander. Nur die Cairhiener und die Illianer kamen einigermaßen miteinander zurecht, und selbst unter ihnen gab es gewisse Spannungen. Ihre beiden Nationen konnten vielleicht nicht annähernd die lange schwierige Geschichte aufweisen, die sich Tear und Illian teilten, aber die Cairhiener waren mit ihren Waffen und Rüstungen noch immer Fremde auf illianischem Boden, bestenfalls halbherzig willkommen geheißen und auch das nur, weil sie Rand folgten. Aber trotz all des Stirnrunzelns und der Verärgerung und den Versuchen, das erste Wort zu haben, während sie in einem Wirbel vom Wind bewegter Umhänge um Rand herum schwirrten, hatten sie jetzt ein gemeinsames Ziel. Gewissermaßen.

»Majestät«, sagte Gregorin hastig und verbeugte sich auf seinem goldverzierten Sattel, »ich bitte Euch, mich oder den Ersten Befehlshaber Marcolin an Eurer Stelle gehen zu lassen.« Der eckig gestutzte Bart, der seine Oberlippe freiließ, umrahmte ein rundes, besorgt gefurchtes Gesicht. »Diese Männer müssen wissen, daß Ihr ein König seid – die Verkündigungen müssen in jedem Dorf, sozusagen an jeder Kreuzung zu lesen sein –, und doch werden sie Eurer Krone gegenüber vielleicht nicht den angemessenen Respekt zeigen.« Marcolin mit dem kantigen, glatt rasierten Kinn und den tiefliegenden Augen gab nicht zu erkennen, was sich hinter seiner gleichmütigen Miene verbarg. Die Treue der Gefährten galt der Krone von Illian, und Marcolin war alt genug, um sich an die Zeit zu erinnern, als Tam al'Thor über ihm zweiter Befehlshaber gewesen war, und nur er wußte, was er von Rand al'Thor als König hielt.

»Mein Lord Drache«, begann Weiramon feierlich, während er sich verbeugte und nicht abwartete, bis Gregorin geendet hätte. Der Mann verfiel stets in einen feierlichen Singsang und schien sich selbst auf dem Pferderücken zu brüsten. Samt, gestreifte Seide und üppige Spitze bedeckten fast seine ganze Rüstung, und sein spitzer grauer Bart strömte einen blumigen Geruch nach Duftölen aus. »Dieser Pöbel ist zu unbedeutend, als daß sich der Lord Drache persönlich darum kümmern sollte. Ich sage, Hunde sollten Hunde fangen. Sollen die Illianer sie aufspüren. Verdammt sei meine Seele, aber sie haben Euch bisher nur mit Reden gedient.« Man konnte fest darauf vertrauen, daß er eine Übereinkunft mit Gregorin in eine Beleidigung ummünzte. Tolmeran war so hager, daß selbst Weiramon neben ihm wuchtig und düster wirkte. Er war kein Narr und ein Rivale Weiramons, und doch nickte er nur zögernd. Es war keinerlei Zuneigung zu den Illianern vorhanden.

Semaradrid schaute verächtlich zu den Tairenern, wandte sich aber unmittelbar an Rand. »Diese Ansammlung umfaßt zehnmal so viele Leute wie jede bisher angetroffene, mein Lord Drache.« Der König von Illian kümmerte ihn nicht, und der Wiedergeborene Drache nicht wesentlich mehr, nur daß der Thron Cairhiens von Rand vergeben wurde und Semaradrid hoffte, er würde jemandem übergeben, dem er folgen könnte, anstatt ihn bekämpfen zu müssen. »Ihre Treue muß wohl Brend gelten, sonst wären nicht so viele geblieben. Ich befürchte, es ist Zeitverschwendung, mit ihnen zu sprechen, aber wenn Ihr reden müßt, laßt mich ihnen mit Stahl verdeutlichen, welchen Preis sie dafür zu bezahlen haben, wenn sie aus der Reihe tanzen.«

Rosana, eine hagere Frau, nicht groß, aber annähernd so groß wie er, mit Augen wie blaues Eis, sah Semaradrid offen an. Sie wartete ebenfalls nicht, bis er geendet hatte, und sprach ebenfalls an Rand gewandt. »Ich habe einen zu weiten Weg hinter mir, um Euch jetzt vergebens sterben zu sehen«, sagte sie ungeziert. Rosana war ebensowenig töricht wie Tolmeran und hatte einen Platz im Hohen Konzil beansprucht, obwohl tairenische Hochdamen dies selten taten, und ungeziert war die passende Beschreibung für sie. Obwohl die meisten adligen Frauen Rüstungen trugen, führte keine Frau ihre Waffenträger tatsächlich in den Kampf, aber Rosana hatte einen Streitkolben mit hervorspringender Kante an ihrem Sattel befestigt, und Rand dachte bisweilen, sie bekäme wohl gern die Gelegenheit, ihn zu benutzen. »Ich bezweifle, daß diese Illianer keine Bogen besitzen«, sagte sie, »und es ist nur ein Pfeil nötig, auch den Wiedergeborenen Drachen zu töten.« Marcolin schürzte nachdenklich die Lippen, nickte, bevor er sich dessen bewußt wurde, und wechselte dann bestürzte Blicke mit Rosana, einer überraschter als der andere, mit einem alten Feind gleicher Meinung zu sein.

»Diese Bauern hätten ohne Unterstützung niemals den Mut aufgebracht, unter Waffen zu bleiben«, fuhr Weiramon gelassen fort, indem er Rosana ignorierte. Er war geübt darin, jeden zu ignorieren, den er nicht bemerken wollte. Er *war* ein Narr. »Darf ich vorschlagen, daß mein Lord Drache hinsichtlich dieser sogenannten Neun auf die Quelle achtet?«

»Ich verwehre mich gegen die Beleidigungen dieses tairenischen Dickschädels, Majestät!« grollte Gregorin augenblicklich, eine Hand drohend am Schwert. »Ich verwehre mich nachdrücklich dagegen!«

»Es sind dieses Mal zu viele«, sagte Semaradrid im selben Augenblick. »Die meisten werden sich gegen uns wenden, zumindest sobald Ihr ihnen den Rücken kehrt.« Seiner finsteren Miene nach zu urteilen, hätte er ebensogut von den Tairenern wie von den Männern auf den bewaldeten Hügeln sprechen können. Vielleicht war es auch so. »Wir sollten sie besser töten und es dabei bewenden lassen!«

»Habe ich nach Euren Meinungen gefragt?« stieß Rand scharf hervor. Das Gezänk verstummte. Nur noch das Knattern der im Wind flatternden Umhänge und Banner war zu hören. Plötzlich ausdruckslose Gesichter betrachteten ihn, von denen nicht nur eines grau wurde. Sie wußten nicht, daß er die Macht festhielt, obwohl sie ihn zu kennen glaubten. Nicht alles, was sie wußten, entsprach der Wahrheit, aber es erfüllte den gleichen Zweck, daß sie es glaubten. »Ihr werdet mit mir kommen, Gregorin«, sagte Rand mit wieder ruhigerer, aber dennoch ausreichend harter Stimme. Sie verstanden nur Stahl. Wurde er weich, *würden* sie sich gegen ihn wenden. »Und auch Ihr, Marcolin. Die übrigen bleiben hier. Dashiva! Hopwil!«

Alle nicht Genannten nahmen ihre Pferde rasch zurück, als die beiden Asha'man zu Rand ritten, und die Illianer betrachteten die Männer in den schwarzen Jacken, als wären sie gern auch zurückgeblieben. Corlan Dashiva blickte finster drein und murrte, wie so häufig, leise vor sich hin. Alle waren sich dessen bewußt, daß *Saidin* die Männer früher oder später wahnsinnig werden ließ, und Dashiva mit dem einfachen Gesicht wirkte gewiß bereits wahnsinnig, das dünne, ungeschnittene Haar im Winde wehend, während er sich die Lippen leckte und den Kopf schüttelte. Eben Hopwil, gerade sechzehn Jahre alt und noch mit einigen verstreuten Pusteln auf den Wangen, blickte ebenfalls düster ins Leere. Zumindest kannte Rand den Grund dafür.

Während sich die Asha'man näherten, konnte Rand nicht umhin, den Kopf zu neigen, um zu lauschen, obwohl sich das, worauf er lauschte, in seinem Kopf vollzog. Alanna war natürlich dort. Weder das Nichts noch die Macht änderten irgend etwas daran. Die Entfernung dämpfte das Bewußtsein – das Bewußtsein, daß sie existierte, irgendwo im fernen Norden –, und doch war da heute mehr, etwas, das er in letzter Zeit mehrmals, wenn auch nur vage gespürt hatte. Ein erschrecktes Flüstern vielleicht, oder Zorn, ein Hauch von etwas Durchdringendem, das er nicht ganz greifen konnte.

Sie mußte das, was immer sie bewegte, sehr stark empfinden, wenn er sich dessen auf diese Entfernung so bewußt war. Vielleicht vermißte sie ihn. Ein abwegiger Gedanke. Er vermißte sie nicht. Alanna zu ignorieren war leichter geworden als früher. Sie war da, aber gegenwärtiger war die Stimme, die ihm üblicherweise etwas von Tod und Morden zuschrie, wann immer ein Asha'man in Sicht kam. Lews Therin war fort. Es sei denn, das Gefühl, jemand betrachte angestrengt seinen Hinterkopf und streiche mit einem Finger über seine Schulterblätter, wäre er. Ertönte *tatsächlich* tief in seinen Gedanken das rauhe Gelächter eines Wahnsinnigen? Oder war es sein eigenes? Der Mann *war* dort gewesen! Wahrhaftig!

Er merkte, daß Marcolin ihn anstarrte und Gregorin sich sehr bemühte, es nicht zu tun. »Noch nicht«, belehrte er sie spöttisch und mußte fast lachen, als sie unzweifelhaft sofort verstanden. Die Erleichterung auf ihren Gesichtern war zu offensichtlich, als daß sie es nicht verstanden haben könnten. Er war nicht verrückt. Noch nicht. »Kommt mit«, sagte er und trieb Tai'daishar im Trab den Hang hinab. Er fühlte sich allein, obwohl ihm die Männer folgten. Er fühlte sich trotz der Macht leer.

Zwischen ihrem Hügelkamm und den anderen Hügeln lagen stellenweise dichtes Gestrüpp und lange Striche verdorrtes Gras, eine vom Regen niedergedrückte, glänzende Matte aus Braun und Gelb. Noch vor wenigen Tagen war der Boden so ausgedörrt gewesen, daß Rand geglaubt hatte, die Erde könne einen Fluß aufsaugen, ohne sich zu verändern. Dann kamen die Sturzbäche, vom letztendlich gnädigen Schöpfer oder vielleicht in einem Anfall schwarzen Humors vom Dunklen König gesandt. Er wußte es nicht. Jetzt ließen die Pferdehufe bei jedem zweiten Schritt Schlamm aufspritzen. Er hoffte, daß dies nicht lange so anhielt. Hopwils Bericht zufolge hatte er ein wenig Zeit, aber nicht ewig. Vielleicht Wochen, wenn er Glück hatte. Er brauchte aber Monate. Licht, er brauchte Jahre, die er niemals zur Verfügung hätte!

Sein Hörvermögen war durch die Macht verstärkt, so daß er einiges von dem verstehen konnte, was die Männer hinter ihm sprachen. Gregorin und Marcolin ritten dicht nebeneinander, versuchten ihre Umhänge im Wind festzuhalten und sprachen leise über die Männer vor ihnen, über ihre Angst davor, daß die Männer kämpfen könnten. Keiner von beiden zweifelte daran, daß sie vernichtet würden, wenn sie sich auf einen Kampf einließen, aber sie fürchteten die Auswirkungen auf Rand und seine Wirkung auf Illian, wenn die Illianer ihn bekämpften, jetzt, da Brend tot war. Sie konnten sich noch immer nicht dazu überwinden, Brend bei seinem wahren Namen Sammael zu nennen. Die bloße Vorstellung, daß einer der Verlorenen in Illian regiert hatte, ängstigte sie noch mehr als die Tatsache, daß jetzt der Wiedergeborene Drache dort herrschte.

Dashiva, der wie ein Mensch, der niemals zuvor ein Pferd gesehen hatte, im Sattel kauerte, murrte verärgert vor sich hin – in der Alten Sprache, die er so flüssig wie ein Gelehrter sprach und schrieb. Rand beherrschte sie ein wenig, aber nicht genug, um verstehen zu können, was der Bursche murmelte. Wahrscheinlich Klagen über das Wetter. Dashiva hielt sich, obwohl er ein Bauer war, nicht gern draußen auf, es sei denn, der Himmel war wolkenlos.

Nur Hopwil ritt schweigend und blickte manchmal stirnrunzelnd auf etwas jenseits des Horizonts, Haar und Umhang peitschten ebenso wild im Wind wie Dashivas. Hin und wieder umfaßte er unbewußt das Heft seines Schwertes. Rand mußte ihn dreimal ansprechen, das letzte Mal mit Nachdruck, bevor er überrascht zusammenzuckte und seinen schlanken Kastanienbraunen neben Tai'daishar lenkte.

Rand betrachtete ihn. Der junge Mann, trotz seines Alters kein Kind mehr, war voller geworden, seit Rand ihm zum ersten Mal begegnet war, obwohl seine Nase und Ohren noch immer für einen größeren Mann gemacht schienen. Ein Drache in mit rotem Emaille belegtem Gold ergänzte jetzt ebenso wie bei Dashiva das silberne Schwert an seinem hohen Kragen. Er hatte einst gesagt, er würde ein Jahr lang vor Freude lachen, wenn ihm der Drache erst gehörte, aber jetzt betrachtete er Rand ausdruckslos, als blicke er durch ihn hindurch.

»Was Ihr erfahren habt, waren gute Nachrichten«, belehrte Rand ihn. Nur mit Mühe konnte er sich daran hindern, das Drachenszepter in seiner Hand zu zerbrechen. »Ihr habt es gut gemacht.« Er hatte erwartet, daß die Seanchaner zurückkehren würden, hatte jedoch gehofft, daß es nicht so bald geschehen würde und nicht im Handumdrehen Städte erobert wurden. Als er herausfand, daß Händler in Illian schon Tage vorher Bescheid gewußt hatten, bevor jemand von ihnen die Neun informierte – das Licht verhüte, daß sie eine Möglichkeit, etwas zu verdienen, verlören, weil zu viele zuviel wußten! –, hätte er die Stadt beinahe bis auf die Grundmauern niedergerissen. Aber es war dennoch eine gute Nachricht, oder zumindest so gut, wie sie unter den gegebenen Umständen sein konnte. Hopwil war nach Amador und in die umliegende Gegend gereist und hatte herausgefunden, daß die Seanchaner anscheinend abwarteten. Vielleicht mußten sie erst verdauen, was sie vereinnahmt hatten. Das Licht gebe, daß sie daran erstickten! Rand zwang sich, seinen Griff um das Drachenszepter zu lockern. »Wenn Morr nur halb so gute Nachrichten bringt, habe ich Zeit, Illian zu festigen, bevor ich mich um sie kümmere.« Und auch Ebou Dar! Das Licht verbrenne die Seanchaner! Sie bedeuteten eine Ablenkung, die er weder brauchte noch ignorieren durfte.

Hopwil schwieg und schaute nur.

»Seid Ihr aufgebracht, weil Ihr Frauen töten mußtet?« *Desora, von den Musara Reyn, und Lamelle, von den Rauchwasser-Miagoma, und …* Rand verdrängte die Litanei wieder, sobald sie durch das Nichts zu schweben begann. Neue Namen waren auf dieser Liste aufgetaucht, Namen, die hinzugefügt zu haben er sich nicht erinnern konnte. Laigin Arnault, eine Rote Schwester, die bei dem Versuch umgekommen war, ihn als Gefangenen nach Tar Valon zu bringen. Sie hatte gewiß kein Recht auf einen Platz, hatte aber dennoch einen beansprucht. Colavaere Saighan, die sich lieber erhängt hatte, als Gerechtigkeit zu akzeptieren. Und weitere. Auch Männer waren zu Tausenden gestorben, durch Weisung oder durch seine eigene Hand, aber es waren die Gesichter der Frauen, die seine Träume heimsuchten. Jede Nacht stellte er sich ihren schweigend anklagenden Blicken. Vielleicht hatte er *ihre* Augen in letzter Zeit gespürt.

»Ich habe Euch von den *Damane* und *Sul'dam* berichtet«, sagte Rand ruhig, obwohl Zorn in ihm aufflammte und Feuer sich wie Spinnweben um die Leere des Nichts legte. *Das Licht verdamme mich – ich habe mehr Frauen getötet, als alle deine Alpträume enthalten könnten! Meine Hände sind befleckt vom Blut der Frauen!* »Hättet Ihr diese seanchanische Patrouille nicht ausgelöscht, hätte sie gewiß Euch getötet.« Er sagte nicht, daß Hopwil sie hätte meiden sollen und damit die Notwendigkeit, sie zu töten. Dafür war es nun zu spät. »Ich bezweifle, daß *Damane* auch nur wissen, wie man einen Mann abschirmt. Ihr hattet keine Wahl.« Und es war besser, daß sie alle tot waren

als daß einige mit der Nachricht über einen Mann entkommen wären, der die Macht lenken konnte und sie auskundschaftete.

Hopwil berührte wie abwesend seinen linken Ärmel, wo Schwärze den feuerverkohlten Stoff verbarg. Die Seanchaner waren nicht leicht oder schnell gestorben. »Ich habe die Leichen in einer Grube aufgeschichtet«, sagte er tonlos. »Auch die Pferde und alles andere. Dann habe ich alles zu Asche verbrannt. Weiße Asche, die auf dem Wind wie Schnee dahinschwebte. Es hat mich überhaupt nicht berührt.«

Rand hörte die Lüge von den Lippen des Mannes, aber Hopwil mußte lernen. Und schließlich hatte er gelernt. Sie waren, was sie waren, und mehr gab es dazu nicht zu sagen. Mehr nicht. Liah, von den Cosaida Chareen, ein in Feuer geschriebener Name. Moiraine Damodred, ein weiterer Name, der die Seele eher versengte, als nur zu brennen. Eine namenlose Schattenfreundin, nur durch ein Gesicht gegenwärtig, die durch sein Schwert gestorben war, fast …

»Majestät«, sagte Gregorin laut und deutete voraus. Ein einzelner Mann trat am Fuße des nächstgelegenen Hügels aus dem Wald und blieb dann in herausfordernder Haltung stehen. Er hatte einen Bogen bei sich und trug einen spitzen Stahlhelm sowie ein gegürtetes Kettenhemd, das ihm fast bis an die Knie reichte.

Rand trieb sein Pferd von Macht erfüllt zu dem Mann. *Saidin* konnte ihn vor Menschen schützen.

Aus der Nähe wirkte der Bogenschütze nicht mehr so tapfer. Rost befleckte Helm und Kettenhemd, und er war durchnäßt. Schlamm reichte ihm bis zu den Oberschenkeln, und das feuchte Haar hing ihm das schmale Gesicht herab. Er hustete hohl und fuhr sich mit dem Handrücken über die lange Nase. Seine Bogensehne, die er vor dem Regen geschützt hatte, war jedoch gespannt. Und die Befiederung an den Pfeilen in seinem Köcher war ebenfalls trocken.

»Seid Ihr hier der Anführer?« fragte Rand.

»Man könnte sagen, daß ich in seinem Namen spreche«, erwiderte der hagere Mann vorsichtig. »Warum?« Während die anderen hinter Rand herangaloppierten, änderte der Mann seine Haltung, die dunklen Augen wie die eines in die Enge getriebenen Dachses. In die Enge getriebene Dachse waren gefährlich.

»Hütet Eure Zunge, Mann!« fauchte Gregorin. »Ihr sprecht mit Rand al'Thor, dem Wiedergeborenen Drachen, Herr des Morgens und König von Illian! Kniet vor Eurem König nieder! Wie heißt Ihr?«

»Er soll der Wiedergeborene Drache sein?« fragte der Bursche zweifelnd. Er betrachtete Rand von der Krone auf seinem Kopf bis zu den Stiefeln, wobei sein Blick einen Moment auf der vergoldeten Drachenschnalle seines Schwertgürtels verweilte, dann schüttelte der Mann den Kopf, als hätte er jemand Älteren oder Eindrucksvolleren erwartet. »Herr des Morgens, sagt Ihr? Unser König hat sich niemals so bezeichnet.« Er machte keinerlei Anstalten, sich hinzuknien oder seinen Namen zu nennen. Gregorins Miene verdüsterte sich beim Tonfall und vielleicht auch aufgrund der Weigerung des Mannes, Rand als König anzusehen, zusehends. Marcolin nickte leicht, als hätte er nicht mehr erwartet.

Schwaches Rascheln erklang im Unterholz zwischen den Bäumen. Rand hörte es frühzeitig und spürte jäh, wie Hopwil von *Saidin* erfüllt wurde. Hopwil starrte nicht mehr ins Leere, sondern beobachtete mit wildem Feuer in den Augen aufmerksam den Waldrand. Dashiva strich sich ruhig das dunkle Haar aus dem Gesicht und wirkte eher gelangweilt. Gregorin beugte sich im Sattel vor und öffnete verärgert den Mund. Feuer und Eis, aber noch nicht Tod.

»Immer mit der Ruhe, Gregorin.« Rand erhob seine Stimme nicht, aber er wob Stränge aus Luft und Feuer, so daß seine Worte bis zum Wald getragen wurden. »Ich mache Euch ein großzügiges Angebot.« Der Mann mit der langen Nase wankte bei dem Klang, und Gregorins Pferd scheute. Jene verborgenen Männer würden ihn deutlich verstehen. »Legt die Waffen nieder. Jene von Euch, die heimkehren möchten, können dies tun. Jene, die statt dessen mir folgen wollen, können dies ebenfalls tun. Aber niemand verläßt diesen Ort bewaffnet, der mir *nicht* folgt. Ich weiß, daß die meisten von Euch gute Männer sind, die dem Ruf ihres Königs und des Konzils der Neun gefolgt sind, um Illian zu verteidigen, aber jetzt bin *ich* Euer König, und ich will nicht, daß sich jemand von Euch versucht fühlt, zum Straßenräuber zu werden.« Marcolin nickte grimmig.

»Was ist mit dem Abbrennen von Bauernhöfen durch Eure Drachenverschworenen?« erklang die verängstigte Stimme eines Mannes aus dem Wald. »Sie sind Banditen!«

»Was ist mit Euren Aiel?« rief ein weiterer Mann. »Ich habe gehört, sie brennen ganze Dörfer nieder!« Weitere Stimmen von unsichtbaren Männern schlossen sich an, die alle dasselbe riefen, von Drachenverschworenen und Aiel, mörderischen Banditen und Wilden. Rand knirschte mit den Zähnen.

Als die Rufe verstummten, sagte der Mann mit dem schmalen Gesicht: »Seht Ihr?« Er hielt inne, um zu husten, räusperte sich und spie aus. Ein erbärmlicher Anblick, aber sein Rückgrat war ebenso gerade wie seine Bogensehne. Er ignorierte Rands Blick genauso leicht wie Gregorins. »Ihr fordert uns auf, unbewaffnet nach Hause zu ziehen, außerstande, uns oder unsere Familien zu verteidigen, während Eure Leute Häuser anzünden und stehlen und töten. Sie sagen, der Sturm käme gewiß«, fügte er hinzu und schien überrascht, daß er es gesagt hatte, und einen Moment auch verwirrt.

»Die Aiel, von denen Ihr gehört habt, sind meine Feinde!« Dieses Mal nicht spinnwebartiges Feuer, sondern massiver Zorn, der sich um das Nichts schlang. Rands Stimme klang jedoch eisig. Sie erinnerte an strengen Winter. Der Sturm kam gewiß? Licht, er *war* der Sturm! »*Meine* Aiel jagen sie. Meine Aiel jagen die Shaido, sie und Davram Bashere und die meisten der Gefährten jagen Banditen, wie auch immer sie sich nennen! Ich bin der König von Illian, und ich werde niemandem gestatten, den Frieden in Illian zu stören!«

»Selbst wenn Eure Behauptung der Wahrheit entspricht …«, begann der Mann mit dem schmalen Gesicht.

»Es ist wahr!« fauchte Rand. »Ihr habt bis zum Mittag Zeit, Euch zu entscheiden.« Der Mann runzelte unschlüssig die Stirn. Wenn die drohenden Wolken nicht aufklarten, mochte ihm die Zeit bis Mittag lang und schwer werden. Rand gewährte ihm keine Erleichterung. »Entscheidet weise!« sagte er, dann wandte er Tai'daishar jäh um und trieb ihn im Galopp zum Hügelkamm zurück, ohne auf die anderen zu warten.

Er ließ die Macht widerwillig los, zwang sich, nicht wie jemand daran festzuhalten, der sich noch mit den Fingernägeln an Rettung klammerte, wenn das Leben schon aus ihm entwich. Er sah einen Moment doppelt. Die Welt schien sich schaukelnd zu neigen. Dieses Problem hatte er erst in letzter Zeit, und er machte sich Sorgen darüber, daß es Teil der Krankheit sein könnte, die Männer, welche die Macht lenkten, tötete, aber die Benommenheit hielt stets nur Augenblicke an. Es war das letzte Loslassen, was er bedauerte. Die Welt wurde anscheinend stumpf. Nein, sie *wurde* stumpf und verringerte sich irgendwie. Die Farben verblaßten, und der Himmel wurde, verglichen mit vorher, kleiner. Er wollte die Quelle verzweifelt erneut ergreifen und die Macht daraus herauspressen. Es war stets so, wenn die Macht aus ihm entwich.

Kaum war *Saidin* jedoch geschwunden, als Zorn an seiner Stelle aufwallte, weiß, heiß und versengend, fast so vereinnahmend, wie die Macht es gewesen war. Die Seanchaner genügten nicht. Und Banditen, die sich hinter seinem Namen versteckten? Er konnte sich keine tödlichen Ablenkungen leisten. Griff Sammael aus seinem Grab heraus? Hatte er die Shaido ausgestreut, um wie Dornen zu sprießen, wo immer Rand eine Hand hinlegte? Warum? Der Mann konnte nicht geglaubt haben, daß er sterben würde. Und wenn auch nur die Hälfte der Geschichten stimmten, die Rand gehört hatte, gab es in Murandy und Altara und nur das Licht wußte wo noch weitere Shaido! Viele von ihnen, die bereits gefangengenommen worden waren, hatten von einer Aes Sedai gesprochen. Konnte die *Weiße Burg* in irgendeiner Weise damit zu tun haben? Würde die Weiße Burg ihn niemals in Ruhe lassen? Niemals? Niemals.

Während er gegen seinen Zorn ankämpfte, bemerkte er nicht, wie Gregorin und die übrigen herankamen. Als sie den Hügelkamm mit den wartenden Adligen erreichten, verhielt Rand sein Pferd so jäh, daß Tai'daishar sich aufbäumte und Schlamm von seinen Hufen spritzte. Die Adligen nahmen ihre Pferde zurück, von Rands Wallach fort, von ihm fort.

»Ich habe ihnen bis heute mittag Zeit gegeben«, verkündete er. »Beobachtet sie. Ich will nicht, daß diese Horde in fünfzig kleinere Banden zerfällt und sich davonstiehlt. Ich bin in meinem Zelt.« Bis auf ihre vom Wind verwehten Umhänge hätten sie aus Stein sein können, am Fleck verwurzelt, als hätte er den Befehl auf sie selbst gemünzt. In diesem Moment kümmerte es ihn nicht, ob sie dort blieben, bis sie gefroren oder zerschmolzen.

Ohne ein weiteres Wort stieg er die Rückseite des Hügels hinab, gefolgt von zwei schwarz gewandeten Asha'man und seinen illianischen Bannerträgern. Feuer und Eis und der Tod kamen. Aber er war aus Stahl. Er war Stahl.

KAPITEL 6

Eine Botschaft vom M'Hael

Eine Meile westlich des Hügelkamms begannen die Lager, Männer und Pferde und Herdfeuer, windgepeitschte Banner und einige wenige, nach Nationen und Häusern zusammenstehende Zelte, jedes Lager ein See verkohlten Schlamms, durch Streifen gestrüppartiger Heide voneinander getrennt. Männer zu Pferde und zu Fuß verfolgten, wie Rands wehende Banner vorüberzogen, und spähten zu den anderen Lagern, um deren Reaktionen abzuschätzen. Als die Aiel hiergewesen waren, hatten diese Männer ein einziges großes Lager errichtet, von einem der wenigen Dinge zusammengetrieben, die sie wirklich gemein hatten. Sie waren keine Aiel und fürchteten sie, wie sehr sie es auch leugneten. Die Welt würde untergehen, wenn Rand nicht erfolgreich wäre, aber er hegte keine Illusionen darüber, daß sie ihm unverbrüchlich die Treue hielten. Vielleicht glaubten sie auch, das Schicksal der Welt könne ihren eigenen Belangen, ihren eigenen Wünschen nach Gold oder Glanz oder Macht angepaßt werden. Aber überwiegend folgten sie ihm, weil sie ihn weitaus mehr fürchteten als die Aiel. Vielleicht sogar mehr als den Dunklen König, an den einige nicht wirklich glaubten, nicht tief im Herzen, nicht daß er die Welt noch stärker schädigen könnte, als er es bereits getan hatte. Rand blickte in ihre Gesichter, und sie glaubten daran. Jetzt akzeptierte er es. Er hatte zu viele Schlachten vor sich, um Mühen bei einer Schlacht zu verschwenden, die er nicht gewinnen konnte. Es mußte ihm genügen, daß sie ihm folgten und gehorchten.

Das größte der Lager war sein eigenes, und hier waren illianische Gefährten in grünen Jacken mit gelben Aufschlägen gemeinsam mit tairenischen Verteidigern des Steins in schwarz-golden gestreiften Jacken und einer gleichen Anzahl aus ungefähr vierzig Häusern herangezogener Cairhiener in dunklen Farben, einige mit starr über ihren Köpfen aufragenden *Cons*, eng beisammen. Sie bereiteten ihre Mahlzeiten an verschiedenen Feuern, schliefen getrennt, pflockten ihre Pferde getrennt an und beobachteten einander wachsam, aber sie vermischten sich auch. Die Sicherheit des Wiedergeborenen Drachen lag in ihrer Verantwortung, und sie nahmen ihre Aufgabe ernst. Jeder von ihnen könnte ihn betrügen, aber nicht, solange die übrigen wachten. Alter Haß und neue Abneigungen würden jeden Plan zunichte machen, bevor der Verräter noch zu Ende gedacht hätte.

Ein Ring aus Stahl stand um Rands Zelt Wache, ein riesiges, spitzes, über und über mit goldenen Bienen besticktes Zelt aus grüner Seide. Es hatte seinem Vorgänger, Mattin Stepaneos, gehört und war sozusagen mit der Krone gekommen. Gefährten mit glänzenden konischen Helmen standen Seite an Seite mit Verteidigern mit Helmen, die Wölbung und Rand aufwiesen, sowie mit Cairhienern mit glockenförmigen Helmen, die den Wind ignorierten, die Hellebarden in präzisem Winkel geneigt. Keiner von ihnen regte sich auch nur im geringsten, als Rand sein Pferd verhielt, aber eine Schar Diener lief herbei, um sich um ihn und die Asha'man zu kümmern. Eine hagere Frau in der grüngelben Weste eines Stallknechts vom Königlichen Palast in Illian übernahm seine Zügel, während ein knollennasiger Bursche in der schwarz-goldenen Livree des Steins von Tear ihm den Steigbügel hielt. Sie sahen ihn unter ihren Stirnlocken hervor an und warfen einander einen scharfen Blick zu. Boreane Carivin, eine stämmige, blasse kleine Frau in einem dunklen Gewand, bot ihm wichtigtuerisch ein Silbertablett mit feuchten Tüchern dar, von denen Dampf aufstieg. Als Cairhienerin beobachtete sie die beiden anderen aufmerksam, wohl eher, um sich zu versichern, daß sie ihre Aufgaben gewissenhaft ausführten, als vor schlecht verhüllter Feindseligkeit. Aber dennoch war sie wachsam. Was bei den Soldaten funktionierte, funktionierte bei den Dienern ebensogut.

Rand zog seine Handschuhe aus und lehnte Boreanes Angebot ab. Damer Flinn war von einer kunstvoll geschnitzten Bank vor dem Zelt aufgestanden, als Rand abstieg. Bis auf einen gezackten weißen Haarkranz kahl, sah Flinn eher wie ein Großvater aus als wie ein Asha'man. Ein lederzäher Großvater mit einem steifen Bein, der mehr von der Welt gesehen hatte als nur seinen Bauernhof. Das Schwert an seiner Hüfte vermittelte den Eindruck, als gehörte es dorthin, wie es bei einem ehemaligen Soldaten der Königlichen Garde sein sollte. Rand vertraute ihm mehr als den meisten anderen. Flinn hatte ihm immerhin das Leben gerettet.

Flinn salutierte, die geballte Faust auf der Brust, und als Rand seinen Gruß mit einem Nicken erwiderte, hinkte er näher heran, wartete aber, bis die Stallknechte mit den Pferden gegangen waren, bevor er mit leiser Stimme sprach. »Torval ist hier. Vom M'Hael gesandt, behauptet er. Er wollte im Zelt des Konzils warten. Ich habe Narishma aufgetragen, ihn im Auge zu behalten.« So hatte Rands Befehl gelautet, obwohl er sich nicht sicher war, warum er ihn gegeben hatte. Niemand, der von der Schwarzen Burg kam, sollte sich selbst überlassen bleiben. Flinn betastete zögernd den Drachen an seinem schwarzen Kragen. »Er war nicht erfreut zu hören, daß Ihr uns alle erhoben habt.«

»Tatsächlich«, sagte Rand sanft, während er die Handschuhe hinter seinen Schwertgürtel steckte. Da Flinn noch immer unsicher wirkte, fügte er hinzu: »Ihr habt es alle verdient.« Er hatte einen der Asha'man zu Taim schicken wollen – dem Führer, dem M'Hael, wie die Asha'man ihn nannten –, aber jetzt konnte Torval die Botschaft überbringen. Im Zelt des Konzils? »Laßt Erfrischungen bringen«, befahl er Flinn und bedeutete Hopwil und Dashiva, ihm zu folgen.

Flinn salutierte erneut, aber Rand schritt bereits davon, wobei der schwarze Schlamm unter seinen Stiefeln hervorquoll. Keine Hochrufe erklangen im stürmischen Wind für ihn. Er konnte sich noch daran erinnern, als sie erklungen waren, wenn es nicht eine von Lews Therins Erinnerungen war. Wenn Lews Therin jemals real gewesen war. Ein Farbblitz erschien gerade außerhalb seines Sichtfelds, das Gefühl, daß jemand in der Nähe war, der ihn von hinten berührte. Er konzentrierte sich mühsam.

Das Zelt des Konzils war ein großer rotgestreifter Pavillon, der einst auf den Ebenen von Maredo gestanden hatte und jetzt inmitten von Rands Lager aufgeschlagen war, von dreißig Schritt freiem Boden umgeben. Hier standen niemals Wachen, sofern Rand nicht mit den Adligen zusammentraf. Jedermann, der hineinzuschleichen versucht hätte, wäre sofort von tausend neugierigen Augen bemerkt worden. Drei Banner auf hohen Pfählen – die Aufgehende Sonne von Cairhien, die Drei Mondsicheln von Tear und die Goldenen Bienen von Illian – bildeten ein Dreieck um das Zelt, und über dem karmesinroten Dach, höher als die übrigen, ragten das Drachenbanner und das Banner des Lichts auf. Der Wind ließ sie alle wehen, sich wellen und knattern, und auch die Zeltwände erbebten unter den Böen. Im Zelt lagen farbenfrohe Fransenteppiche auf dem Boden, und das einzige Möbelstück war ein großer, reich geschnitzter und vergoldeter Tisch mit Elfenbein- und Türkisintarsien. Ein Durcheinander von Landkarten verbarg fast die Tischplatte.

Torval hob den Kopf von den Karten, eindeutig bereit, jedermann anzuschreien, wer auch immer hereingeplatzt war. Fast mittleren Alters und neben jedem außer Rand oder einem Aiel groß erscheinend, blickte er kühl seine scharfgeschnittene Nase hinab, die vor Entrüstung bebte. Der Drache und das Schwert an seinem Jackenkragen glänzten im Licht der Kandelaber. Er trug eine schimmernd schwarze Seidenjacke, deren Schnitt auch einem Lord zur Ehre gereicht hätte. Die Silberscheide seines Schwerts war goldverziert, und ein glänzender Rubin krönte das Heft. Ein weiterer Edelstein schimmerte undeutlich an einem Fingerring. Man konnte Männer nicht zu Waffen ausbilden, ohne ein gewisses Maß an Herablassung erwarten zu müssen, und doch mochte Rand Torval nicht. Aber andererseits brauchte er auch Lews Therins Stimme nicht, um einem Mann in einer schwarzen Jacke gegenüber Mißtrauen zu hegen. Wie weit vertraute er selbst Flinn? Und doch mußte er sie anführen. Er hatte die Asha'man geschaffen, jetzt war er für sie verantwortlich.

Als Torval ihn sah, richtete er sich nachlässig auf und salutierte, aber seine Miene veränderte sich kaum. Er hatte schon einen höhnischen Zug um den Mund gezeigt, als Rand ihm zum ersten Mal begegnet war. »Mein Lord Drache«, sagte er im Akzent der Taraboner, und er hätte damit ebensogut einen Gleichgestellten begrüßen können. Seine prahlerische Verbeugung schloß auch Hopwil und Dashiva mit ein. »Ich beglückwünsche Euch zur Eroberung Illians. Ein großer Sieg, nicht wahr? Ich hatte zur Begrüßung Wein anbieten wollen, aber dieser junge … Geweihte … versteht anscheinend keine Befehle.«

In der Ecke des Zelts klangen die Silberglocken an Narishmas beiden langen dunklen Zöpfen leise, als er sich regte. Die südliche Sonne hatte ihn dunkel gebräunt, aber sonst hatte sich nichts an ihm verändert. Älter als Rand, ließ ihn sein Gesicht noch jünger erscheinen als Hopwil. Die seine Wangen überziehende Röte zeugte von Zorn, nicht von Verlegenheit. Sein Stolz auf das neu errungene Schwert an seinem Kragen war unaufdringlich, aber spürbar. Torval lächelte ihn an, ein zögerndes Lächeln, sowohl belustigt als auch gefährlich. Dashiva lachte kurz und trocken auf und war dann still.

»Was macht Ihr hier, Torval?« fragte Rand grob. Er warf das Drachenszepter und seine Panzerhandschuhe auf die Landkarten und ließ ihnen seinen Schwertgürtel und das in der Scheide steckende Schwert folgen. Torval hatte keine Veranlassung, die Landkarten zu betrachten. Lews Therins Stimme war auch jetzt nicht nötig.

Torval zog achselzuckend einen Brief aus seiner Jackentasche und reichte ihn Rand. »Der M'Hael schickt dies.« Das Papier war schneeweiß und dick, das Siegel ein in ein golden glitzerndes, großes Oval blauen Wachses eingedrückter Drache. Man hätte fast denken können, der Brief käme vom Wiedergeborenen Drachen. Taim hielt offenbar viel von sich. »Der M'Hael hat mir aufgetragen, Euch zu sagen, daß die Geschichten über die Aes Sedai, die mit einem Heer in Murandy stehen, wahr sind. Gerüchte besagen, sie erhöben sich gegen Tar Valon …« Torvals Hohn wurde durch Unglauben noch verstärkt –, »… aber sie marschieren auf die Schwarze Burg zu. Sie könnten bald zu einer Gefahr werden.«

Rand brach das prachtvolle Siegel zwischen seinen Fingern in Stücke. »Sie ziehen nach Caemlyn, nicht zur Schwarzen Burg, und sie sind keine Bedrohung. Meine

Befehle waren eindeutig. Laßt die Aes Sedai in Ruhe, solange sie Euch nicht angreifen.«

»Aber wie könnt Ihr sicher sein, daß sie keine Bedrohung darstellen?« beharrte Torval. »Vielleicht ziehen sie nach Caemlyn, wie Ihr sagt, aber wenn Ihr Euch irrt, werden wir es erst erfahren, wenn sie uns angreifen.«

»Torval könnte recht haben«, wandte Dashiva nachdenklich ein. »Ich kann nicht behaupten, daß ich Frauen trauen würde, die mich in eine Kiste gesperrt haben, und diese haben keine Eide geschworen. Oder doch?«

»Ich sagte, laßt sie in Ruhe!« Rand schlug hart auf den Tisch, und Hopwil zuckte überrascht zusammen. Dashiva runzelte verwirrt die Stirn, bevor er sie rasch wieder glättete, aber Rand kümmerten Dashivas Stimmungen nicht. Er hatte die Hand zufällig – er war sich sicher, daß es zufällig geschah – auf sein Drachenszepter gelegt. Sein Arm zitterte von dem Wunsch, es Torval durchs Herz zu stoßen. Lews Therin bedurfte es überhaupt nicht. »Die Asha'man sind eine Waffe, die dann eingesetzt wird, wenn ich es sage, und nicht um wie Hennen umherzuflattern, wann immer sich Taim vor einer Handvoll Aes Sedai fürchtet, die im gleichen Gasthaus speisen. Wenn es sein muß, kann ich mich auch noch deutlicher ausdrücken.«

»Das ist gewiß nicht nötig«, sagte Torval schnell. Zumindest hatte etwas den verzerrten Zug um seinen Mund beseitigt. Er spreizte mit starrem Blick fast schüchtern und beinahe entschuldigend die Hände. Er war eindeutig verängstigt. »Der M'Hael wollte Euch nur Bescheid geben. Eure Befehle werden jeden Tag nach dem Credo bei den morgendlichen Anweisungen laut verlesen.«

»Das ist gut.« Rand hielt seine Stimme kühl und unterdrückte mühsam ein Stirnrunzeln. Der Mann fürchtete seinen kostbaren M'Hael, nicht den Wiedergeborenen Drachen. Er argwöhnte, daß Taim es übelnehmen könnte, wenn ihm etwas, was er gesagt hatte, Rands Zorn einbrächte. »Denn ich werde jeden von Euch töten, der sich in die Nähe dieser Frauen in Murandy wagt. Ihr zerstört, wo *ich* hinzeige.«

Torval verbeugte sich steif und murmelte: »Wie Ihr befehlt, mein Lord Drache.« Er entblößte in einem mißlungenen Lächeln die Zähne, aber seine Nasenflügel bebten, und er mied mühsam jedermanns Blick, während er nichts zu meiden vorgab. Dashiva lachte erneut rauh auf, und Hopwil grinste leicht.

Narishma hatte jedoch keine Freude an Torvals Unbehagen und beachtete es auch nicht. Er sah Rand unverwandt an, als spüre er tiefliegende Strömungen, die den anderen entgingen. Die meisten Frauen und nicht wenige Männer hielten ihn einfach für einen hübschen Burschen, aber jene zu großen Augen schienen manchmal mehr zu erkennen als alle anderen.

Rand zog seine Hand von dem Drachenszepter zurück und strich den Brief glatt. Seine Hände zitterten kaum merklich. Torval lächelte schwach und verbittert und bemerkte nichts. Narishma machte es sich an der Zeltwand wieder bequem.

Dann wurden von einer Boreane folgenden würdigen Prozession der Dienerschaft, eine Reihe Illianer und Cairhiener und Tairener in ihren unterschiedlichen Livreen, die Erfrischungen gebracht. Ein Diener trug ein Silbertablett mit Krügen verschiedener Sorten Wein, und zwei weitere trugen Tabletts mit Silberkrügen heißen gewürzten Weins und edlen Glaspokalen. Ein Bursche mit rötlichem Gesicht in Grün und Gelb trug ein Tablett, auf dem eingegossen wurde, und einer dunklen Frau in Schwarz und Gold kam die Aufgabe zu, die Krüge tatsächlich zu handhaben. Es gab Nüsse und kandierte Früchte, verschiedene Käsesorten und

Oliven, wobei für jede Sorte ein Diener oder eine Dienerin nötig war. Unter Boreanes Anleitung führten sie einen formellen Tanz auf, verbeugten sich, vollführten Hofknickse und machten sich gegenseitig Platz, während sie die Erfrischungen darboten.

Rand nahm seinen gewürzten Wein entgegen, setzte sich auf die Tischkante und stellte den dampfenden Becher unberührt neben sich, während er sich mit dem Brief beschäftigte. Es war weder eine Anrede vermerkt noch eine Einleitung irgendeiner Art. Taim haßte es, Rand mit einem Titel anzureden, obwohl er diese Tatsache zu verbergen versuchte.

Es ist mir eine Ehre zu berichten, daß inzwischen neunundzwanzig Asha'man, siebenundneunzig Geweihte und dreihundertzweiundzwanzig Soldaten für die Schwarze Burg ausgehoben wurden. Es gab leider eine Handvoll Deserteure, deren Namen getilgt wurden, aber die Verluste bei der Ausbildung halten sich in Grenzen.

Es sind jetzt ständig fünfzig Rekrutierungsgruppen unterwegs, mit dem Ergebnis, daß den Listen fast täglich drei oder vier neue Namen hinzugefügt werden. Die Schwarze Burg wird der Weißen Burg in wenigen Monaten ebenbürtig sein, wie ich es vorausgesagt habe. In einem Jahr wird Tar Valon vor unserer Anzahl erzittern.

Ich habe diesen Brombeerbusch selbst abgeerntet. Ein kleiner, dorniger Busch, aber mit einer für seine Größe überraschenden Anzahl an Beeren.

Mazrim Taim
M'Hael

Rand verzog das Gesicht und verdrängte den Brombeerbusch aus seinen Gedanken. Was getan werden mußte, war unvermeidlich. Die ganze Welt bezahlte einen Preis für seine Existenz. Er würde dafür sterben, aber die ganze Welt bezahlte.

Es gab ohnehin auch noch andere Dinge, derentwegen man hadern mußte. Jeden Tag drei oder vier neue Namen? Taim war zuversichtlich. Bei dieser Rate gäbe es in einigen Monaten wahrhaftig mehr Männer, welche die Macht lenken konnten, als Aes Sedai, aber selbst die jüngste Schwester hatte bereits Jahre der Ausbildung hinter sich. Und ein Teil dieser Ausbildung beinhaltete, wie man mit einem Mann umging, der die Macht lenken konnte. Er wollte keinerlei Begegnung der Asha'man mit den Aes Sedai erwägen, die wußten, was ihnen bevorstand. Blut und Bedauern konnten das einzige Ergebnis sein, was auch immer geschah. Die Asha'man sollten jedoch nicht die Weiße Burg angreifen, ungeachtet dessen, was Taim glaubte, obwohl es ein zweckdienlicher Glaube war, wenn er bewirkte, daß Tar Valon auf der Hut war. Ein Asha'man mußte nur wissen, wie man tötete. Wenn es genügend gab, die dies am rechten Ort und zur rechten Zeit taten und wenn sie ausreichend lange lebten, war das alles, wofür sie geschaffen worden waren.

»Wie viele Männer sind desertiert, Torval?« fragte er ruhig. Er nahm den Weinbecher hoch und trank einen Schluck, als sei die Antwort unwichtig. Der Wein hätte ihn erwärmen sollen, aber er kam ihm nur bitter vor. »Und wie viele Verluste hat es bei der Ausbildung gegeben?«

Torval kostete gerade von den Erfrischungen, rieb sich die Hände und betrachtete mit gewölbten Augenbrauen das Angebot an Weinen, woraufhin er sich damit brüstete, den besten erkennen zu können. Dashiva hatte das zuerst Dargereichte angenommen und stand jetzt finster da, wobei er in seinen mit einem gedrehten Stiel versehenen Pokal starrte, als enthalte er Abwaschwasser. Torval deutete auf eines der Tabletts und neigte nachdenklich den Kopf, sprach aber dann. »Bisher neunzehn Deserteure. Der M'Hael hat angeordnet, daß man sie tötet, wann immer sie gefunden werden, und daß ihre Köpfe als abschreckendes Beispiel zurückgebracht werden sollen.« Er nahm geziert ein Stück kandierte Birne von dem dargebotenen Tablett, steckte es in den Mund und lächelte erfreut. »Im Moment hängen drei Köpfe wie Früchte am Verräterbaum.«

»Gut«, sagte Rand gleichmütig. Bei Männern, die jetzt davonliefen, durfte man nicht darauf vertrauen, daß sie nicht auch später davonlaufen würden, wenn Leben von ihrer Standhaftigkeit abhingen. Und man durfte diesen Männern nicht erlauben, ihren eigenen Weg zu gehen. Diese Burschen auf den Hügeln bedeuteten, selbst wenn sie gemeinsam entkamen, weniger Gefahr als auch nur ein in der Schwarzen Burg ausgebildeter Mann. Der Verräterbaum? Taim war gut darin, großartige Namen zu erfinden. Aber die Männer brauchten die Auszeichnungen, die Symbole und die Namen, die schwarzen Jacken und die Anstecknadeln, damit sie zusammenhielten. Bis es an der Zeit war zu sterben. »Wenn ich die Schwarze Burg das nächste Mal besuche, will ich die Köpfe aller Deserteure sehen.«

Ein zweites Stück kandierte Birne, auf halbem Wege zu Torvals Mund, entglitt seinen Fingern und befleckte seine edle Jacke. »Es könnte die Aushebungen behindern, wenn man sich darum bemühte«, sagte er zögerlich. »Die Deserteure halten sich verborgen.«

Rand bezwang den Blick des anderen Mannes. »Wie viele Verluste gab es bei der Ausbildung?« verlangte er zu wissen. Der Asha'man mit der scharf geschnittenen Nase zögerte. »Wie viele?« wiederholte Rand.

Narishma beugte sich vor und sah Torval angespannt an. Ebenso Hopwil. Die Diener führten ihren ruhigen, leisen Tanz weiterhin fort, boten ihre Tabletts jedoch Männern dar, die sie nicht mehr sahen. Boreane nutzte Narishmas Anspannung, um dafür zu sorgen, daß sein Silberbecher mehr heißes Wasser als gewürzten Wein enthielt.

Torval zuckte zu beiläufig die Achseln. »Insgesamt einundfünfzig. Dreizehn brannten aus, und achtundzwanzig starben am Fleck. Die übrigen ... Der M'Hael gibt ihrem Wein etwas hinzu, und sie wachen nicht mehr auf.« Sein Tonfall wurde jäh gehässig. »Es kann jederzeit ganz plötzlich geschehen. Ein Mann schrie an seinem zweiten Tag, Spinnen kröchen unter seine Haut.« Er lächelte Narishma und Hopwil boshaft an, und beinahe auch Rand, aber er wandte sich mit seinen nächsten Worten an die beiden anderen. »Versteht Ihr? Man braucht sich nicht zu sorgen, ob man dem Wahnsinn verfällt. Man verletzt weder sich selbst noch jemand anderen. Man schläft ein ... für immer. Das ist gnädiger als das Dämpfen, selbst wenn man weiß, wie es gemacht wird. Es ist gütiger, als dem Wahnsinn überlassen zu bleiben *und* abgeschnitten zu werden.« Narishma erwiderte seinen Blick, angespannt wie eine Harfensaite, der Becher in seiner Hand vergessen. Hopwil runzelte erneut über etwas die Stirn, was nur er sehen konnte.

»Gütiger«, wiederholte Rand tonlos und stellte seinen Becher neben sich auf den Tisch. Etwas im Wein. Meine Seele ist schwarz vor Blut und verdammt. Es war kein schlimmer Gedanke, nicht durchdringend oder bohrend, sondern die einfache Feststellung einer Tatsache. »Eine Gnade, die sich vielleicht jedermann ersehnt, Torval.«

Torvals grausames Lächeln schwand, und er stand schwer atmend da. Die Rechnung war leicht zu erstellen: ein Mann von zehn vernichtet, ein Mann von fünfzig wahnsinnig geworden, und weitere würden hinzukommen. Es war erst wenig Zeit verstrichen, und man würde erst am Todestag erfahren, ob man die Umstände besiegt hatte. Nur daß die Umstände letztendlich einen selbst auf die eine oder andere Weise besiegten. Dieser Bedrohung war auch Torval, ungeachtet alles anderen, ausgesetzt.

Rand wurde sich jäh Boreanes bewußt. Es dauerte einen Moment, bevor er den Ausdruck auf ihrem Gesicht bemerkte, woraufhin er sich harte Worte versagte. Wie konnte sie es wagen, Mitleid zu empfinden! Glaubte sie, Tarmon Gai'don könnte ohne Blutvergießen gewonnen werden? Die Prophezeiungen des Drachen forderten Blut wie Regen!

»Laßt uns allein«, befahl er ihr, und sie versammelte schweigend die Dienerschaft um sich. Aber ihre Augen zeigten noch immer einen mitfühlenden Ausdruck, während sie die Diener hinausscheuchte.

Rand suchte erfolglos nach einer Möglichkeit, die Stimmung zu heben. Mitleid schwächte sie ebenso sicher wie Angst, und sie mußten stark sein. Um sich dem Notwendigen zu stellen, mußten sie *alle* stahlhart sein. Das war seine Aufgabe, er war dafür verantwortlich.

Narishma spähte gedankenverloren in den von seinem Wein aufsteigenden Dampf, und Hopwil versuchte noch immer, die Zeltwand mit seinem Blick zu durchbohren. Torval warf Rand einen Seitenblick zu und bemühte sich, den höhnischen Zug um seinen Mund zurückzuerlangen. Nur Dashiva schien ungerührt, die Arme verschränkt, und betrachtete Torval, wie ein Mann vielleicht ein zum Verkauf stehendes Pferd betrachten würde.

In dieses qualvolle, sich ausdehnende Schweigen platzte ein stämmiger, windzerzauster junger Mann in Schwarz mit dem Schwert und Drachen am Kragen. Im gleichen Alter wie Hopwil, aber noch nicht alt genug, um meistenorts heiraten zu können, schien

Fedwin Morr sehr angespannt. Er bewegte sich auf Zehenspitzen, und seine Augen huschten wie die einer jagenden Katze umher, die sich bewußt war, daß sie ebenfalls gejagt wurde. Er war einst anders gewesen, vor gar nicht allzu langer Zeit. »Die Seanchaner werden Ebou Dar bald verlassen«, meldete er, während er salutierte. »Sie wollen sich als nächstes gegen Illian wenden.« Hopwil zuckte zusammen und keuchte, aus seinen düsteren Betrachtungen aufgeschreckt. Dashiva lachte erneut, wenn auch dieses Mal freudlos.

Rand nickte und nahm das Drachenszepter auf. Er trug es auch als Gedächtnisstütze. Die Seanchaner tanzten nach ihrer eigenen Melodie, nicht nach dem Lied, das er sich ersehnte.

Wenn Rand die Ankündigung schweigend aufnahm, so galt dies für Torval nicht. Er erlangte seine höhnische Haltung zurück und wölbte verächtlich eine Augenbraue. »Haben sie Euch das alles erzählt?« fragte er spöttisch. »Oder habt Ihr gelernt, Gedanken zu lesen? Laßt mich Euch etwas sagen, Junge. Ich habe sowohl gegen Amadicianer als auch gegen Domani gekämpft und weiß, daß kein Heer eine Stadt einnimmt und sich dann auf einen tausend Meilen langen Marsch begibt! Mehr als tausend Meilen! Oder glaubt Ihr, daß sie das Schnelle Reisen beherrschen?«

Morr begegnete Torvals Hohn mit Gelassenheit. Oder wenn es ihn beunruhigte, ließ er es sich nur dadurch anmerken, daß er mit einem Daumen über sein Schwertheft strich. »Ich habe mit einigen von ihnen gesprochen. Die meisten waren Taraboner, und fast jeden Tag landen weitere mit Schiffen an.« Er drängte sich an Torval vorbei zum Tisch, wobei er den Taraboner mit einem gleichmütigen Blick bedachte. »Alle gerieten regelrecht in Panik, wann immer jemand mit schleppender Sprechweise den Mund auftat.« Der ältere Mann öffnete verärgert den seinen, aber der junge Mann fuhr an Rand gewandt eilig fort. »Sie stellen Soldaten entlang der ganzen Venirberge auf. Jeweils fünfhundert, manchmal auch tausend. Bereits den ganzen Weg zur Halbinsel Arran. Und sie kaufen oder nehmen sich jeden Wagen und Karren innerhalb zwanzig Meilen von Ebou Dar wie auch die Zugtiere.«

»Karren!« rief Torval aus. »Wagen! Glaubt Ihr also, sie wollen einen Jahrmarkt abhalten? Und welcher Narr würde ein Heer durch Berge führen, wenn es ausgezeichnete Straßen gibt?« Er bemerkte, daß Rand ihn beobachtete, und brach mit leichtem Stirnrunzeln abrupt ab.

»Ich hatte Euch befohlen, Euch bedeckt zu halten, Morr.« Rand ließ seine Verärgerung anklingen. Der junge Asha'man mußte zurücktreten, als Rand vom Tisch sprang. »Ihr solltet nicht hingehen und die Seanchaner nach ihren Plänen befragen, sondern beobachten und Euch bedeckt halten.«

»Ich war vorsichtig. Ich habe meine Anstecknadeln nicht getragen.« Morrs Blick änderte sich auch Rand gegenüber nicht, noch immer der Jäger und der Gejagte zugleich. Er schien innerlich zu kochen. Hätte Rand es nicht besser gewußt, hätte er geglaubt, Morr hielte die Macht fest in dem Kampf, *Saidin* zu überleben, während es ihm zehnfaches Leben schenkte. Schweiß schimmerte auf seinem Gesicht. »Wenn irgendeiner der Männer, mit denen ich gesprochen habe, wußte, wohin sie als nächstes zögen, sagten sie es nicht, und ich habe nicht gefragt, aber sie beschwerten sich bei einem Krug Bier bereitwillig darüber, die ganze Zeit marschieren zu müssen und niemals ausruhen zu dürfen. In Ebou Dar tranken sie so schnell wie möglich alles Bier der Stadt, weil es hieß, sie müßten wieder weitermarschieren. Und sie versammeln Wagen, genau wie ich es gesagt habe.« Das alles drang eilig hervor, und er biß am Ende die Zähne zusammen, als wollte er weitere hervorsprudelnde Worte einschließen.

Rand lächelte plötzlich und klopfte ihm auf die Schulter. »Ihr habt es gut gemacht. Die Wagen hätten genügt, aber Ihr habt es gut gemacht. Wagen sind wichtig«, fügte er an Torval gewandt hinzu. »Wenn ein Heer das Land abgrast, nimmt es, was es findet. Oder auch nicht, wenn es nichts findet.« Torval hatte mit keiner Wimper gezuckt, als er von Seanchanern in Ebou Dar hörte. Wenn diese Geschichte die Schwarze Burg erreicht hatte – warum hatte Taim es dann nicht erwähnt? Rand hoffte, daß sein Lächeln nicht höhnisch wirkte. »Es ist schwer, Versorgungszüge zusammenzustellen, aber wenn man einen solchen besitzt, gibt es Futter für die Tiere und Bohnen für die Menschen. Die Seanchaner organisieren alles.«

Er blätterte die Landkarten durch, fand diejenige, die er gesucht hatte, und breitete sie aus, wobei er sie an einer Seite mit seinem Schwert und an der anderen mit dem Drachenszepter beschwerte. Er blickte auf die Küste zwischen Illian und Ebou Dar, die fast auf ganzer Länge von mit Fischerdörfern und kleinen Städten gesprenkelten Hügeln und Bergen gesäumt war. Die Seanchaner organisierten alles. Ebou Dar gehörte ihnen seit kaum einer Woche, aber die Augen-und-Ohren der Händler berichteten von weit fortgeschrittenen Behebungen des Schadens, welcher der Stadt bei der Einnahme zugefügt wurde, von sauberen Spitälern für die Kranken, von Nahrung und Arbeit für die Armen und jene, die durch Unruhen im Land vertrieben wurden. Patrouillen durchstreiften die Straßen und das umliegende Land, damit bei Tag und Nacht niemand Wegelagerer oder Räuber fürchten mußte, und obwohl Händler willkommen waren, war das Schmuggeln fast vollkommen unterbunden worden. Diese ehrbaren illianischen Händler hatten sich bezüglich des Schmuggelns überraschend verdrossen gezeigt. Was planten die Seanchaner als nächsten Schritt?

Die anderen versammelten sich um den Tisch, während Rand die Landkarte betrachtete. Es gab nahe der Küste Straßen, aber nur armselige und unregelmäßig verlaufende. Die breiten Handelsstraßen lagen weiter im Land, umgingen das unwegsame Gelände und die schlimmsten Stürme vom Meer. »Männer, die von diesen Bergen aus Überfälle begehen, könnten jedermann den Durchgang erschweren, der die Inlandstraßen benutzen wollte«, sagte er schließlich. »Indem sie die Berge kontrollieren, machen sie die Straßen so sicher wie eine Straße in der Stadt. Ihr habt recht, Morr. Sie kommen nach Illian.«

Torval stützte sich auf seine Fäuste und starrte Morr finster an, der recht gehabt hatte, wo er sich geirrt hatte. Vielleicht ein bitteres Vergehen in Torvals Buch. »Dennoch wird es Monate dauern, bis sie Euch hier Schwierigkeiten bereiten können«, sagte er mürrisch. »Hundert in Illian aufgestellte Asha'man oder auch nur fünfzig könnten jegliches Heer der Welt vernichten, bevor ein Mann die Dämme überquert.«

»Ich bezweifle, daß ein Heer mit *Damane* ebenso leicht zu vernichten ist, wie man Aiel tötet, die einen Angriff planen und überrascht werden«, sagte Rand ruhig, und Torval erstarrte. »Außerdem muß ich ganz Illian verteidigen, nicht nur die Stadt.«

Rand ignorierte den Mann und zog mit einem Finger die Linien auf der Karte nach. Zwischen der Halbinsel Arran und der Stadt Illian lag der Kabalgraben, hundert Meilen offenen Wassers, und wollte man den Behauptungen der Schiffskapitäne in Illian glauben, konnten ihre längsten Senkbleie schon eine Meile vom Ufer entfernt keinen Grund mehr finden. Die Wogen dort ließen Schiffe kentern, während sie nordwärts rollten, um mit fünfzehn Fuß hohen Brechern auf die

Küste aufzutreffen. Bei diesem Wetter würde es noch schlimmer sein. Und die Umrundung des Kabalgrabens bedeutete eine Strecke von zweihundert Meilen, um die Stadt zu erreichen, selbst wenn man die kürzesten Wege wählte, aber wenn die Seanchaner von der Halbinsel Arran vorwärts drängten, konnten sie die Grenze trotz des Sturmregens in zwei Wochen erreichen. Vielleicht früher. Es war besser, an einem Ort zu kämpfen, den er statt ihrer erwählte. Sein Finger umrundete die Südküste Altaras entlang der Venirberge, bis die Berge kurz vor Ebou Dar in Hügel übergingen. Fünfhundert Mann hier, tausend dort. Eine quälende Perlenkette zog sich wie Tropfen die Berge entlang. Ein scharfer Vorstoß könnte sie nach Ebou Dar zurückwerfen, könnte sie vielleicht sogar dort einschließen, während sie herauszufinden versuchten, was er vorhatte. Oder …

»Da war noch etwas«, sagte Morr plötzlich hastig. »Man sprach über irgendeine geheime Waffe der Aes Sedai. Ich fand heraus, wo sie benutzt wurde, wenige Meilen von der Stadt entfernt. Der Boden war ganz verbrannt, in der Mitte völlig versengt, auf gut dreihundert oder mehr Schritt Breite, und zudem fand ich noch zerstörte Obstgärten vor. Der Sand war zu glasartigen Platten verschmolzen. Dort war *Saidin* am schlimmsten.«

Torval winkte ab. »Vielleicht waren Aes Sedai in der Nähe, als die Stadt fiel. Oder vielleicht haben die Seanchaner das selbst getan. Eine Schwester mit einem *Angreal* könnte …«

Rand unterbrach ihn. »Was meint Ihr damit, daß *Saidin* dort am schlimmsten war?« Dashiva regte sich, betrachtete Morr auf seltsame Weise und streckte dann die Hand aus, als wollte er den jungen Mann festhalten. Rand hielt ihn schroff davon ab. »Was meint Ihr damit, Morr?«

Morr sah ihn mit fest geschlossenem Mund an und fuhr mit dem Daumen sein Schwertheft hinauf und hinab. Der Zorn in ihm schien ausbrechen zu wollen. Tatsächlich *waren* jetzt Schweißperlen auf sein Gesicht getreten. »*Saidin* war … seltsam«, sagte er rauh. Die Worte drangen abgehackt hervor. »Dort war es am schlimmsten. Ich konnte … es spüren … in der Luft überall um mich herum, aber es war auch überall um Ebou Dar seltsam und sogar noch hundert Meilen entfernt. Ich mußte dagegen ankämpfen. Es war nicht wie sonst. Es war anders. Als lebe es. Manchmal … manchmal tat es nicht, was ich wollte. Manchmal … tat es etwas anderes. Das tat es. Ich bin nicht verrückt! Es war so!« Der Wind frischte auf, heulte einen Moment, ließ die Zeltwände erbeben und peitschen, und Morr verfiel in Schweigen. Narishmas Glocken klangen, als er ruckartig den Kopf wandte, und verstummten dann wieder.

»Das ist unmöglich«, murrte Dashiva sehr leise in das Schweigen. »Es ist einfach unmöglich.«

»Wer weiß, was möglich ist?« fragte Rand. »Ich nicht! Wißt Ihr es?« Dashiva hob überrascht den Kopf, aber Rand wandte sich, jetzt freundlicher, erneut an Morr. »Macht Euch keine Sorgen, Mann.« Er sprach nicht sanft – das konnte er nicht –, aber ermutigend, wie er hoffte. Er dachte an seine Aufgabe, seine Verantwortung. »Ihr werdet mit mir in die Letzte Schlacht ziehen. Das verspreche ich Euch.«

Der junge Mann nickte und rieb sich mit der Hand über das Gesicht, als sei er überrascht, daß es feucht war, aber er sah dabei Torval an, der vollkommen still geworden war. Wußte Morr von dem Wein? Es war eine Gnade, wenn man die Wahlmöglichkeiten bedachte. Eine geringe, bittere Gnade.

Rand nahm Taims Schreiben auf, faltete das Blatt und steckte es in seine Jackentasche. Bereits einer von

Fünfzig wahnsinnig, und es sollten noch weitere folgen. War Morr der nächste? Dashiva war gewiß nahe daran. Hopwils Blicke erhielten eine neue Bedeutung, und Narishmas gewohnte Ruhe ebenfalls. Wahnsinn bedeutete nicht immer, daß man sich über Spinnen aufregte. Er hatte einst dort vorsichtig nachgefragt, wo er sicher war, ehrliche Antworten zu bekommen, wie man *Saidin* vom Makel reinwaschen könnte. Doch er erhielt ein Rätsel als Antwort. Herid Fel hatte behauptet, das Rätsel lege »verläßliche Grundsätze, sowohl philosophischer als auch naturphilosophischer Art«, fest, aber er hatte keine Möglichkeit gesehen, es auf das vorliegende Problem anzuwenden. Mußte Fel vielleicht sterben, weil er das Rätsel gelöst hatte? Rand besaß einen Hinweis auf die Antwort, oder zumindest glaubte er es, eine Vermutung, die aber auch unheilvoll in die falsche Richtung weisen konnte. Hinweise und Rätsel waren keine Antworten, und doch mußte er etwas tun. Wenn *Saidin* nicht irgendwie vom Makel reingewaschen wurde, könnte Tarmon Gai'don eine bereits von Wahnsinnigen zerstörte Welt vorfinden. Was getan werden mußte, mußte getan werden.

»Das wäre wunderbar«, sagte Torval fast flüsternd, »aber wie könnte jemand anderer außer dem Schöpfer oder …« Er brach unbehaglich ab.

Rand hatte nicht erkannt, daß er einige seiner Gedanken laut ausgesprochen hatte. Narishmas, Morrs und Hopwils Augen hätten zu einem Gesicht gehören können, schimmerten plötzlich hoffnungsvoll. Dashiva wirkte wie erschlagen. Rand hoffte, daß er nicht zuviel gesagt hatte. Einige Geheimnisse mußten bewahrt werden, einschließlich dem, was er als nächstes vorhatte.

Kurz darauf lief Hopwil zu seinem Pferd, um mit Befehlen für die Adligen zum Hügelkamm zu reiten. Morr und Dashiva machten sich eilig auf die Suche nach Flinn und den anderen Asha'man, und Torval schritt davon, um mit Befehlen für Taim wieder zur Schwarzen Burg zu reisen. Narishma war der letzte Verbliebene, und eingedenk der Aes Sedai und Seanchaner schickte Rand ihn mit genauen Anweisungen, die den jungen Mann veranlaßten, die Lippen zusammenzupressen, ebenfalls fort.

»Sprecht mit niemandem«, endete Rand freundlich, während er fest Narishmas Arm umfaßte. »Und enttäuscht mich nicht. Keinesfalls.«

»Ich werde Euch nicht enttäuschen«, sagte Narishma unbewegt. Er grüßte rasch und ging ebenfalls.

Gefährlich, flüsterte eine Stimme in Rands Kopf. *O ja, sehr gefährlich. Vielleicht zu gefährlich. Aber es könnte funktionieren. Vielleicht. Auf jeden Fall mußt du Torval jetzt töten. Du mußt es tun.*

Weiramon betrat das Zelt des Konzils, drängte Gregorin und Tolmeran beiseite und versuchte, auch Rosana und Semaradrid beiseite zu schieben, die Rand berichten wollten, daß die Männer im Wald letztendlich weise entschieden hatten. Sie fanden ihn lachend vor, bis ihm Tränen über die Wangen liefen. Lews Therin war zurückgekommen. Oder er war tatsächlich bereits wahnsinnig. Es war auf jeden Fall ein Grund zum Lachen.

KAPITEL 7

Stärker als ein geschriebenes Gesetz

Egwene erwachte in der düsteren, kalten Dunkelheit der Nacht, erschöpft von ruhelosem Schlaf und beunruhigenden Träumen, die um so besorgniserregender waren, weil sie sich nicht an sie erinnern konnte. Ihre Träume waren ihr stets zugänglich, so klar wie gedruckte Worte auf einem Blatt Papier, und doch waren jene düster und furchterregend gewesen. Sie hatte in letzter Zeit zu viele solcher Träume gehabt. Sie erweckten in ihr den Wunsch davonzulaufen, zu entkommen, wobei sie sich niemals erinnern konnte, wovor, sich aber stets unwohl und unsicher fühlte und sogar zitterte. Wenigstens hatte sie keine Kopfschmerzen. Zumindest konnte sie sich an die Träume erinnern, die sie für bedeutsam hielt, obwohl sie nicht wußte, wie sie sie deuten sollte. Rand, der verschiedene Masken trug, bis plötzlich eines dieser falschen Gesichter keine Maske mehr war, sondern er selbst. Perrin und ein Kesselflicker, die sich mit Streitaxt und Schwert panisch einen Weg durch Brombeersträucher schlugen, sich nicht der Klippe bewußt, die unmittelbar vor ihnen lag. Und die Brombeersträucher schrien mit menschlichen Stimmen, die sie nicht vernahmen. Mat, der auf riesigen Waagschalen zwei Aes Sedai wog, und von seiner Entscheidung hing … Sie konnte nicht sagen, was davon abhing. Etwas Gewaltiges. Die Welt vielleicht. Es hatte andere Träume gegeben, die meisten von Leiden durchdrungen. In letzter Zeit

waren alle ihre Träume, in denen Mat auftauchte, erschreckend und qualvoll, wie von Alpträumen geworfene Schatten, fast als wäre Mat selbst nicht ganz real. Das hatte zur Folge, daß sie um Mat bangte, der in Ebou Dar geblieben war, und daß sie schmerzlich bedauerte, ihn dorthin geschickt zu haben, ganz zu schweigen von dem armen alten Thom Merrilin. Aber sie war sich sicher, daß die vergessenen Träume noch schlimmer waren.

Der Klang leise streitender Stimmen hatte sie geweckt. Der Vollmond stand noch hoch am Himmel und warf genug Licht, daß sie zwei einander am Zelteingang gegenüberstehende Frauen ausmachen konnte.

»Die Kopfschmerzen quälen die arme Frau den ganzen Tag, und sie kommt auch nachts kaum zur Ruhe«, flüsterte Halima heftig, die Fäuste in die Hüften gestemmt. »Dies kann bis morgen warten.«

»Ich möchte nicht mit Euch streiten.« Siuans Stimme klang überaus frostig, und sie warf ihren Umhang zurück, als wolle sie sich auf einen Kampf vorbereiten. Sie war dem Wetter angemessen in grobes Tuch gekleidet, das sie zweifellos über so vielen Schichten Kleidung trug, wie darunter paßten. »Tretet beiseite, und zwar rasch, sonst werde ich Eure Eingeweide als Köder benutzen! Und zieht Euch schicklich an!«

Halima richtete sich leise lachend auf und stellte sich Siuan nur noch entschlossener in den Weg. Ihr weißes Nachtgewand lag eng an, war aber für seinen Zweck durchaus schicklich – obwohl es verwunderlich schien, daß sie in der dünnen Seide nicht fror. Die Glut in den dreibeinigen Kohlenpfannen war schon lange erloschen, und weder die häufig geflickte Zeltleinwand noch die Lagen Teppiche auf dem Boden vermochten die Wärme noch zu halten. Der Atem beider Frauen war weißer Nebel.

Egwene warf die Decken zurück und setzte sich auf ihrem schmalen Feldbett erschöpft auf. Halima war eine Frau vom Lande mit einem Hauch von Blasiertheit und schien häufig die den Aes Sedai gebührende Achtung nicht anzuerkennen oder tatsächlich zu glauben, sie müsse niemandem Achtung erweisen. Sie sprach mit Sitzenden wie vielleicht mit Frauen in ihrem eigenen Dorf, mit einem Lachen und offenem Blick sowie freimütiger Erdverbundenheit, die manchmal erschreckte. Siuan verbrachte ihre Tage damit, Frauen Platz zu machen, die noch vor einem Jahr auf ein Wort von ihr sprangen, lächelte fast jede Schwester im Lager an und vollführte Hofknickse vor ihnen. Manche legten noch immer viele der Probleme der Weißen Burg ihr zur Last und glaubten, sie hätte kaum genug erlitten, um gesühnt zu haben. Es reichte aus, jedermanns Stolz anzuspornen. Zusammen waren die beiden wie eine auf der Ladefläche des Wagens eines Feuerwerkers aufgestellte Laterne, aber Egwene hoffte, eine Explosion verhindern zu können. Außerdem wäre Siuan nicht mitten in der Nacht hierher gekommen, wenn es nicht wichtig wäre.

»Geht wieder zu Bett, Halima.« Egwene unterdrückte ein Gähnen, während sie sich herabbeugte, um ihre Schuhe und Strümpfe unter dem Feldbett hervorzukramen. Sie benutzte nicht die Macht, um eine Lampe zu entzünden. Es war besser, wenn niemand bemerkte, daß die Amyrlin wach war. »Geht schon. Ihr braucht Eure Nachtruhe.«

Halima widersprach, vielleicht heftiger, als sie es dem Amyrlin-Sitz gegenüber hätte tun sollen, aber dann lag sie schon bald wieder auf ihrem schmalen Feldbett, das für sie ins Zelt gequetscht worden war. Es blieb bei einem Waschtisch, einem Standspiegel und einem richtigen Lehnstuhl sowie vier großen, aufeinandergestapelten Kisten sehr wenig Raum, sich darin zu bewegen. Die Kisten enthielten die beständige Flut von Geschenken von den Sitzenden, die noch nicht erkannt hatten, daß Egwene, wie jung sie auch sein mochte, nicht jung genug war, um sich von Seide und Spitzen verwirren oder ablenken zu lassen. Halima lag zusammengerollt da und schaute in die Dunkelheit, während Egwene sich mit einem Elfenbeinkamm hastig durch das Haar fuhr, grobe Fäustlinge anzog und eine Jacke mit Fuchskragen über ihr Nachtgewand legte. Es war ein dickes, wollenes Nachtgewand, und sie hätte bei diesem Wetter auch nichts dagegen gehabt, wenn es noch dicker gewesen wäre. Halimas Augen schienen das schwache Mondlicht aufzunehmen und schimmerten dunkel und unbewegt.

Egwene glaubte nicht, daß die Frau um ihren Platz in der Nähe des Amyrlin-Sitzes besorgt war, so unbestimmt er auch war, und das Licht wußte, daß sie kein Geschwätz verbreitete, aber Halima war auf unschuldige Art auf alles neugierig, ob es sie etwas anging oder nicht. Grund genug, Siuan andernorts anzuhören. Inzwischen wußte jedermann, daß Siuan gewissermaßen ihr Los mit Egwene teilte, wie sie glaubten, wenn auch mürrisch und widerwillig. Siuan Sanche war Gegenstand einiger Belustigung und gelegentlichen Mitleids, darauf beschränkt, sich der Frau anzuschließen, die den einst ihr gehörenden Titel innehatte, wobei diese Frau nur eine Marionette wäre, wenn der Saal seinen Streit darüber beendet hätte, wer ihre Fäden in der Hand halten sollte. Siuan empfand menschlich genug, um unterschwellig Unmut zu empfinden, aber bisher hatten sie geheimhalten können, daß sie Egwene gar nicht ungern beriet. Also erduldete sie Mitleid und Hohn, so gut sie konnte, und jedermann glaubte, sie sei durch ihre Erfahrungen nicht nur äußerlich verändert. Dieser Glaube mußte aufrechterhalten werden, sonst würden Romanda und Lelaine und höchstwahrscheinlich auch der übrige Saal Möglichkeiten finden, sie – und ihren Rat – von Egwene fernzuhalten.

Die Kälte außerhalb des Zeltes traf Egwenes Gesicht und drang unter ihren Umhang. Ihr Nachtgewand schützte nicht besser als Halimas. Trotz festen Leders und guten Tuchs fühlten sich ihre Füße an, als ginge sie barfuß. Ranken frostiger Luft ringelten sich um ihre Ohren, spotteten dem ihre Kapuze säumenden dichten Fell. Sie sehnte sich nach ihrem Bett, und sie mußte alle vorhandene Konzentration aufbringen, die Kälte zu ignorieren. Wolken trieben über den Himmel, und ihre Schatten schwebten über dem schimmerndem Schnee, der den Boden bedeckte, eine weiße Decke, durchbrochen von den dunklen Erhebungen der Zelte und den größeren Umrissen mit Segeltuch bespannter Wagen, die jetzt lange hölzerne Kufen anstatt Räder aufwiesen. Viele der Wagen waren nicht mehr abseits der Zelte abgestellt, sondern dort belassen worden, wo sie entladen worden waren. Niemand brachte es fertig, den Wagenlenkern am Ende des Tages diese besondere Mühe zuzumuten. Nichts außer diesen fahlen, gleitenden Schatten regte sich. Die breiten Rinnen, die als Wege durch das Lager niedergetreten worden waren, lagen verwaist. Es herrschte entschiedene und so tiefe Stille, daß sie fast bedauerte, sie zu brechen.

»Was ist geschehen?« fragte sie leise und warf einen wachsamen Blick zu dem kleinen Zelt neben ihrem, das sich ihre Dienerinnen Chesa, Meri und Selane teilten. Es war ebenso ruhig und dunkel wie alle anderen. Die Erschöpfung lag so dicht über dem Lager wie der Schnee. »Keine weitere Eröffnung wie die Schwesternschaft, hoffe ich.« Sie schnalzte verärgert mit der Zunge. Sie war durch lange kalte Tage im Sattel und zu wenig tiefen Schlaf ebenfalls erschöpft, sonst hätte sie das nicht gesagt. »Es tut mir leid, Siuan.«

»Ihr müßt Euch nicht entschuldigen, Mutter.« Siuan sprach ebenfalls leise und sah sich nach Lauschern in den Schatten um. Sie wollten beide nicht dabei beobachtet werden, wie sie über die Schwesternschaft sprachen. »Ich weiß, ich hätte es Euch schon früher sagen sollen, aber es schien nicht wichtig. Ich hätte niemals erwartet, daß diese Mädchen auch nur mit einer von ihnen sprechen. Es gibt zu vieles, was ich Euch berichten möchte. Ich muß versuchen, mich auf das Wichtige zu beschränken.«

Egwene unterdrückte mühsam ein Seufzen. Das war fast wörtlich die Rechtfertigung, die Siuan schon mehrere Male zuvor gebraucht hatte. Sie wollte damit versuchen, Egwene in wenigen Monaten gewaltsam ihre zwanzig Jahre Erfahrung als Aes Sedai und mehr als zehn davon als Amyrlin einzutrichtern. Egwene fühlte sich manchmal wie eine für den Markt gemästete Gans. »Nun, was ist heute nacht wichtig?«

»Gareth Bryne wartet in Eurem Arbeitszelt.« Siuan sprach nicht lauter, aber mit einer gewissen Schärfe, wie immer, wenn sie von Lord Bryne sprach. Sie zog sich die Kapuze ihres Umhangs tiefer ins Gesicht und gab einen katzenähnlich fauchenden Laut von sich. »Der Mann kam mit schneetropfender Kleidung herein, scheuchte mich aus dem Bett und ließ mir kaum Zeit, mich anzukleiden, bevor er mich hinter sich auf den Sattel hob. Er sagte kein Wort, er ließ mich nur am Rande des Lagers herunter und trug mir dann auf, Euch zu holen, als wäre ich eine Dienerin!«

Egwene unterdrückte energisch eine aufsteigende Hoffnung. Es hatte zu viele Enttäuschungen gegeben, und was auch immer Bryne mitten in der Nacht hierher geführt hatte, weitaus wahrscheinlicher war es eine mögliche Katastrophe als das, was sie sich wünschte. Wie weit war es noch bis zur Grenze nach Andor? »Wir sollten uns anhören, was er will.«

Sie ging auf das Zelt zu, das allgemein als das Arbeitszelt der Amyrlin bezeichnet wurde, ihren Umhang fest um sich geschlossen. Sie zitterte nicht, aber sich nur zu weigern, Hitze und Kälte an sich heranzulassen, vertrieb sie nicht. Man konnte sie bis zu dem Moment ignorieren, bis der Sonnenstich das Gehirn siedete oder Erfrierungen Hände und Füße verfaulen ließen. Sie überlegte, was Siuan gesagt hatte.

»Ihr habt nicht hier in Eurem eigenen Zelt geschlafen?« fragte sie vorsichtig. Die Beziehung der anderen Frau zu Lord Bryne war auf eigentümliche Art *tatsächlich* die einer Dienerin, aber Egwene hoffte, daß sich Siuan von ihrem dickköpfigen Stolz nicht dazu verleiten lassen würde, ihn Vorteil daraus ziehen zu lassen. Sie konnte es sich weder von ihm noch von ihr vorstellen, aber vor noch nicht allzu langer Zeit hätte sie sich auch nicht vorstellen können, daß Siuan diese Situation auch nur ansatzweise akzeptierte. Sie konnte noch immer nicht verstehen, warum.

Siuan schnaubte laut, schritt energisch aus und fiel fast hin, als sie ausrutschte. Der von zahllosen Füßen niedergetretene Schnee war zu einer glatten Eisschicht geworden. Egwene schritt vorsichtig aus. Jeden Tag brach sich jemand Knochen und mußte von den von der Reise erschöpften Schwestern geheilt werden. Sie ließ ihren Umhang los und bot Siuan zur gegenseitigen Unterstützung einen Arm. Siuan ergriff ihn murrend.

»Als ich damit fertig war, das zweite Paar Stiefel und den zweiten Sattel des Mannes zu putzen, war es zu spät, noch hierher zurückzukehren. Nicht daß er mir mehr als Decken in einer Ecke angeboten hätte. Nicht Gareth Bryne! Er hat sie mich selbst aus der Kiste ausgraben lassen, während *er* das Licht weiß wohin ging! Männer sind eine Prüfung, und er ist die härteste!« Sie hielt inne, um Luft zu holen, und wechselte dann das Thema. »Ihr solltet diese Halima nicht in Eurem Zelt schlafen lassen. Sie bedeutet noch zwei Ohren, in deren Gegenwart Ihr vorsichtig sein müßt, und sie ist neugierig. Außerdem müßt Ihr damit rechnen, sie mit irgendeinem Soldaten vorzufinden.«

»Ich bin sehr froh, daß Delana sie nachts entbehren kann«, sagte Egwene fest. »Ich brauche Halima. Es sei denn, Nisaos Heilkünste könnten meine Kopfschmerzen beim zweiten Mal besser vertreiben.« Halimas Finger schienen den Schmerz durch ihre Kopfhaut herauszuziehen. Ohne sie könnte sie überhaupt nicht schlafen. Nisaos Bemühungen hatten bisher keinerlei Erfolg gehabt, und sie war die einzige Gelbe, der Egwene sich mit ihren Schmerzen zu nähern wagte. Was das übrige betraf … Sie verlieh ihrer Stimme noch mehr Festigkeit. »Es überrascht mich, daß Ihr noch immer auf dieses Geschwätz hört, Tochter. Die Tatsache, daß Männer Frauen gern anschauen, bedeutet nicht, daß sie dies herausfordert, wie Ihr wohl wissen solltet. Ich habe bemerkt, daß einige auch Euch ansehen und lächeln.« Sie konnte jetzt leichter in diesem Tonfall sprechen als früher.

Siuan warf ihr einen bestürzten Seitenblick zu und äußerte kurz darauf murrend eine Entschuldigung. Vielleicht war sie ehrlich gemeint. Egwene nahm sie jedenfalls an. Lord Bryne bekam Siuans Stimmung nicht gut, und da Halima mit hineingezogen wurde, war Egwene froh, daß sie nicht zu einer strikteren Haltung gezwungen wurde. Siuan hatte selbst gesagt, sie solle keinen Unsinn dulden, und sie konnte es sich gewiß nicht leisten, ihn gerade von Siuan zu dulden.

Sie mühten sich Arm in Arm schweigend weiter, während die Kälte ihren Atem gefrieren ließ und durch ihre Haut drang. Der Schnee war ein Fluch und eine Lektion. Sie konnte Siuan noch immer darüber dozieren hören, was sie das Gesetz der Unbeabsichtigten Konsequenzen nannte, das stärker als jegliches geschriebenes Gesetz sei. *Ob das, was man tut, die gewünschte Wirkung erzielt oder nicht, so hat es doch mindestens drei vollkommen unerwünschte Wirkungen, von denen eine gewöhnlich unerfreulich ist.*

Die ersten schwachen Regenfälle hatten für Erstaunen gesorgt, auch wenn Egwene dem Saal bereits mitgeteilt hatte, daß die Schale der Winde gefunden und benutzt worden war. Mehr hätte sie nicht riskieren dürfen, als ihnen zu berichten, was Elayne ihr in *Tel'aran'rhiod* gesagt hatte. Zu vieles, was in Ebou Dar geschehen war, schien geeignet, ihr den Boden unter den Füßen zu entziehen, und ihre Position war ohnedies schon gefährdet genug. Heftige Freude war bei den ersten Tropfen in ihr aufgewallt. Sie hatten ihren Marsch mittags unterbrochen, und es hatte im Regen Freudenfeuer und ein Festessen, Dankesgebete der Schwestern und Tänze der Diener und Soldaten gegeben. Sogar einige Aes Sedai hatten getanzt.

Wenige Tage später wurde der sanfte Regen zu langanhaltendem, heftigem Platzregen und dann zu tobendem Sturmregen. Die Temperatur sank sturzartig, und der Sturmregen wurde zu Schneestürmen. Jetzt brauchten sie für die einst an einem Tag zurückgelegte Entfernung fünf Tage, wenn der Himmel wolkenverhangen war, wobei Egwene zähneknirschende Betrachtungen darüber anstellte, wie langsam sie vorankamen, und wenn es schneite, zogen sie überhaupt nicht weiter. Da konnte man nur allzu leicht an drei oder mehr unbeabsichtigte Konsequenzen denken, und der Schnee mochte noch die am wenigsten unerfreuliche davon sein.

Als sie sich dem kleinen geflickten Zelt näherten, das als Arbeitszelt der Amyrlin bezeichnet wurde, bewegte sich neben einem der hohen Wagen ein Schatten, und Egwene hielt den Atem an. Der Schatten wurde zu einer Gestalt, die ihre Kapuze für einen Augenblick so weit zurückzog, daß Leanes Gesicht erkennbar wurde.

»Sie wird Wache halten und es uns wissen lassen, wenn jemand kommt«, sagte Siuan leise.

»Das ist gut«, murmelte Egwene. Die Frau hätte ihr das *wirklich* vorher sagen können. Sie hatte halbwegs befürchtet, es wäre Romanda oder Lelaine!

Das Arbeitszelt der Amyrlin lag im Dunkeln, aber im Innern wartete Lord Bryne geduldig in seinen Umhang gehüllt, ein Schatten zwischen Schatten. Egwene umarmte die Quelle und lenkte die Macht, nicht um die Laterne, die von einer Zeltstange herabhing, oder eine der Kerzen zu entzünden, sondern um eine kleine Kugel fahlen Lichts zu gestalten, die sie über dem Falttisch schweben ließ, den sie als Schreibtisch benutzte. Es war eine sehr kleine und sehr fahle Kugel, die von außen wahrscheinlich nicht bemerkt würde und schnell wie ein Gedanke gelöscht werden konnte. Sie durfte keine Entdeckung riskieren.

Es hatte Amyrlins gegeben, die mit Stärke regiert hatten, Amyrlins, denen es gelungen war, Ausgewogenheit mit dem Saal zu erreichen, und Amyrlins, die so wenig Macht wie sie oder selten sogar noch weniger besessen hatten, was in den geheimen Aufzeichnungen der Weißen Burg wohlverborgen wurde. Mehrere Amyrlins hatten Macht und Einfluß vergeudet, waren von Stärke zu Schwäche verfallen, aber seit über dreitausend Jahren war es außerordentlich wenigen gelungen, sich in die andere Richtung zu bewegen. Egwene wünschte sich sehr, sie wüßte, wie Myriam Copan und den übrigen dieser kaum einer Handvoll solches gelungen war. Wenn jemand jemals daran gedacht hatte, es niederzuschreiben, waren diese Aufzeichnungen schon lange verloren.

Bryne verbeugte sich respektvoll und zeigte sich über ihre Vorsicht nicht überrascht. Er wußte, was sie riskierte, indem sie ihn heimlich traf. Sie vertraute diesem kräftigen, stark ergrauenden Mann mit dem offe-

nen, wettergegerbten Gesicht weitgehend, und das nicht nur, weil sie ihm vertrauen mußte. Sein Umhang war aus dickem rotem Tuch, mit Marderpelz verbrämt und der Flamme von Tar Valon besetzt, einem Geschenk des Saals, und doch hatte er ein Dutzend Mal in den vergangenen Wochen deutlich gemacht, daß, was auch immer der Saal glaubte – und er war nicht blind genug, das nicht erkannt zu haben! –, sie die Amyrlin sei, und er folgte der Amyrlin. Oh, er hatte das niemals direkt ausgesprochen, aber mit vorsichtig formulierten Hinweisen vermittelt, die keinen Zweifel ließen. Mehr zu erwarten hätte bedeutet, zuviel zu erwarten. Es gab fast ebenso viele Unterströmungen im Lager, wie Aes Sedai dort waren, und einige davon waren ausreichend stark, ihn hinabziehen zu können. Mehrere waren stark genug, sie noch tiefer in Schwierigkeiten zu ziehen, als es jetzt der Fall war, wenn der Saal von diesem Treffen erführe. Sie vertraute ihm weiter als jedem anderen außer Siuan und Leane oder Elayne und Nynaeve, vielleicht sogar noch weiter als jeder der Schwestern, die ihr heimlich Treue geschworen hatten, und sie wünschte, sie hätte den Mut, ihm noch weiter zu vertrauen. Die Kugel weißen Lichts warf schwache, unregelmäßige Schatten.

»Ihr habt Neuigkeiten, Lord Bryne?« fragte sie und unterdrückte ihre Hoffnung. Sie konnte sich ein Dutzend mögliche Nachrichten vorstellen, die ihn in der Nacht hierher führen könnten, deren jede ihre eigenen Fallen barg. Hatte Rand beschlossen, der Krone Illians noch weitere hinzuzufügen, oder hatten die Seanchaner eine weitere Stadt eingenommen, oder verfolgte die Bande der Roten Hand plötzlich eigene Pläne, anstatt den Aes Sedai zu folgen, oder …

»Ein Heer liegt nördlich von uns, Mutter«, erwiderte er ruhig. Seine in Lederhandschuhen steckenden Hände ruhten leicht auf seinem langen Schwertheft.

Ein Heer im Norden, ein wenig mehr Schnee – alles dasselbe. »Hauptsächlich Andoraner, aber auch eine Anzahl Murandianer. Meine Kundschafter brachten die Nachricht vor weniger als einer Stunde. Pelivar führt sie an, und Arathelle ist bei ihm, die Hochsitze der beiden stärksten Häuser in Andor, und sie haben mindestens zwanzig weitere mitgebracht. Sie dringen anscheinend rasch nach Süden vor. Wenn Ihr Eure Richtung beibehaltet, wovon ich Euch abrate, sollten wir in zwei, höchstens drei Tagen unmittelbar auf sie stoßen.«

Egwene behielt eine ausdruckslose Miene bei und unterdrückte ihre Erleichterung. Dies war die Nachricht, auf die sie gehofft und inständig gewartet hatte. Sie hatte bereits befürchtet, daß es niemals eintreffen würde. Überraschenderweise war Siuan diejenige, die keuchte und zu spät eine Hand über den Mund legte. Bryne sah sie mit gewölbten Augenbrauen an, aber sie erholte sich rasch und nahm so gekonnt die vollkommene Aes Sedai-Gelassenheit an, daß man ihr jugendliches Gesicht fast vergessen konnte.

»Habt Ihr Skrupel, Eure andoranischen Kameraden zu bekämpfen?« fragte sie. »Sprecht, Mann.« Nun, ein kleiner Riß in der Gelassenheit war erkennbar.

»Wie Ihr befehlt, Siuan Sedai.« Brynes Tonfall barg keinen Spott, und doch preßte Siuan die Lippen zusammen, während ihre äußere Kühle rasch schwand. Er verbeugte sich leicht vor ihr, ungelenk, aber annehmbar. »Ich werde natürlich bekämpfen, wen immer ich dem Wunsch der Mutter gemäß bekämpfen soll.« Er war selbst hier nicht entgegenkommender. Männer lernten, in Gegenwart von Aes Sedai vorsichtig zu sein. Wie auch Frauen. Egwene hatte das Gefühl, als sei ihr die Vorsicht zur zweiten Natur geworden.

»Und wenn wir nicht weiterziehen?« fragte sie. So viele Pläne waren geschmiedet worden, nur von ihr und Siuan und manchmal Leane, und jetzt mußte sie noch immer jeden Schritt so vorsichtig beginnen wie auf den vereisten Wegen draußen. »Wenn wir hier bleiben?«

Er zögerte nicht. »Wenn Ihr eine Möglichkeit hättet, mit Euren Leuten diese Gefahr zu umgehen, ohne kämpfen zu müssen, wäre das gut und schön, aber irgendwann am morgigen Tag erreicht das Heer eine ausgezeichnete Verteidigungsposition, eine Flanke vom Fluß Armahn und die andere von einem großen Torfsumpf geschützt und vor sich kleine Flüsse, die Angriffe aufhalten. Pelivar wird dort lagern, um abzuwarten. Er weiß, wie man das macht. Arathelle wird ihren Anteil daran haben, wenn es Verhandlungen gibt, aber sie wird die Langspieße und Schwerter ihm überlassen. Wir können diesen Platz nicht vor ihm erreichen, und das Gebiet dort wäre für uns ohnehin nicht von Nutzen, wenn er sich nördlich befindet. Wenn Ihr kämpfen wollt, rate ich dazu, abermals den Hügelkamm aufzusuchen, den wir vor zwei Tagen überquert haben. Ihn können wir leicht vor ihnen erreichen, wenn wir in der Dämmerung aufbrechen, und Pelivar würde es sich auch dann zweimal überlegen, uns dort anzugreifen, wenn er die dreifache Anzahl Leute hätte, über die er in Wirklichkeit verfügt.«

Egwene stampfte in ihren Strümpfen mit den fast erfrorenen Zehen auf und seufzte verärgert. Es war ein Unterschied, ob man sich von der Kälte nicht berühren ließ oder sie nicht spürte. Sie ging vorsichtig vor, ließ sich von der Kälte nicht ablenken und fragte: »*Werden* sie mit uns sprechen, wenn wir es ihnen anbieten?«

»Wahrscheinlich, Mutter. Die Murandianer zählen kaum. Sie sind nur dort, um jeden möglichen Vorteil aus der Situation zu ziehen, ebenso wie ihre mir unterstehenden Landsleute. Perival und Arathelle sind wichtig. Wenn ich wetten sollte, würde ich sagen, daß sie Euch nur von Andor fernhalten wollen.« Er schüttelte grimmig den Kopf. »Aber sie werden kämpfen, wenn es sein muß, vielleicht selbst wenn das bedeutet, Aes Sedai anstatt Soldaten gegenübertreten zu müssen. Wahrscheinlich haben sie dieselben Geschichten wie wir über jene Schlacht irgendwo im Osten gehört.«

»Unsinn!« grollte Siuan. Soweit zur Gelassenheit. »Wilde Gerüchte und bloßes Geschwätz sind kein Beweis dafür, daß es *überhaupt* eine Schlacht gegeben hat, Ihr Schafskopf, und wenn es eine Schlacht gegeben hätte, dann hätten sich Schwestern nicht hineinziehen lassen!« Der Mann bedeutete für sie wirklich ein Anlaß zur Sünde.

Bryne lächelte seltsamerweise. Das tat er häufig, wenn Siuan ihre Gereiztheit zeigte. Bei jedermann sonst hätte Egwene dieses Lächeln als zärtlich bezeichnet. »Es ist besser für uns, wenn sie es glauben«, belehrte er Siuan freundlich. Ihr Gesicht verfinsterte sich derart, daß man hätte denken können, er hätte sie verhöhnt.

Warum ließ sich eine ansonsten vernünftige Frau von einem Mann so in Rage versetzen? Was auch immer der Grund dafür war, Egwene hatte dafür heute nacht keine Zeit. »Siuan, ich sehe gerade, daß jemand vergessen hat, den gewürzten Wein fortzunehmen. Er kann bei dieser Kälte noch nicht versäuert sein. Wärmt ihn bitte für uns auf.« Sie wollte die Frau nicht vor Bryne maßregeln, aber sie mußte im Zaum gehalten werden, und dies schien die freundlichste Art, dies zu tun. Sie hätten den Silberkrug wirklich nicht auf dem Tisch stehenlassen sollen.

Siuan zuckte zwar nicht zusammen, aber ihrem verletzten Gesichtsausdruck nach zu urteilen, den sie schnell wieder verbannte, hätte man niemals glauben mögen, daß sie die Kniehosen des Mannes wusch. Sie lenkte ohne ein Wort leicht die Macht, um den Wein erneut zu erhitzen, füllte dann rasch zwei saubere Becher und reichte Egwene den ersten. Den zweiten behielt sie selbst; sie sah Lord Bryne nur an, während sie daraus trank, und überließ es ihm, sich selbst einen Becher einzugießen.

Egwene wärmte sich ihre in Fäustlingen steckenden Hände an ihrem Becher. Sie war verärgert. Vielleicht war dies Teil von Siuans lange aufgeschobener Auseinandersetzung mit dem Tod ihres Behüters. Sie wurde immer noch hin und wieder aus unersichtlichem Grund rührselig, obwohl sie es zu verbergen versuchte. Egwene verdrängte diese Angelegenheit aus ihren Gedanken. Heute nacht erschien sie wie ein Ameisenhaufen neben Bergen.

»Ich möchte eine Schlacht nach Möglichkeit vermeiden, Lord Bryne. Das Heer ist für Tar Valon gedacht, nicht dafür, hier einen Krieg zu bestreiten. Verabredet so bald wie möglich ein Treffen zwischen dem Amyrlin-Sitz, Lord Pelivar, Lady Arathelle und jedem anderen, von dem Ihr denkt, daß er dabeisein sollte. Aber nicht hier. Unser rasch errichtetes Lager wird sie nicht sonderlich beeindrucken. Denkt daran – so bald wie möglich. Ich hätte nichts gegen morgen, wenn das machbar ist.«

»So schnell kann ich es nicht schaffen, Mutter«, sagte er sanft. »Wenn ich Reiter ausschicke, sobald ich ins Lager zurückkehre, werden sie wohl nicht vor morgen abend mit einer Antwort zurück sein.«

»Dann solltet Ihr unverzüglich aufbrechen.« Licht, ihre Hände und Füße fühlten sich kalt an. Und ihre Magengrube ebenfalls. Aber ihre Stimme blieb ruhig. »Und ich möchte, daß Ihr dieses Treffen und die Existenz des Heeres so lange wie möglich vor dem Saal geheimhaltet.«

Damit bat sie ihn, ein ebenso großes Risiko auf sich zu nehmen, wie sie es tat. Gareth Bryne war einer der besten lebenden Befehlshaber, aber der Saal war erzürnt darüber, daß er das Heer nicht in ihrem Sinne führte. Die Sitzenden waren zu Beginn dankbar für seinen Namen gewesen, weil er half, Soldaten für ihren Zweck heranzuziehen. Inzwischen bestand das Heer aus über dreißigtausend bewaffneten Männern, und trotz der Schneefälle kamen noch weitere hinzu, folglich dachten sie, sie brauchten Lord Gareth Bryne vielleicht nicht mehr. Und dann gab es natürlich noch jene, die glaubten, sie hätten ihn niemals gebraucht. Sie würden ihn nicht einfach fortschicken. Wenn der Saal sich zu handeln entschlösse, könnte er sehr wohl wegen Verrat gehängt werden.

Er zuckte mit keiner Wimper, und er stellte keine Fragen. Vielleicht wußte er, daß sie keine Antworten geben würde. Oder vielleicht dachte er, er kenne sie. »Es herrscht nicht viel Verkehr zwischen Eurem und meinem Lager, aber zu viele Menschen wissen bereits von dem Geheimnis. Ich werde jedoch tun, was ich kann.«

So einfach war das. Der erste Schritt auf dem Weg, der sie zum Amyrlin-Sitz in Tar Valon führen oder sie fest in den Griff des Saals bringen würde, wobei für sie nichts anderes übrigbliebe als zu entscheiden, ob Romanda oder Lelaine ihr sagen würden, was sie zu tun habe. Solch ein lebenswichtiger Moment sollte von Fanfaren und Trompeten oder zumindest von Donner am Himmel begleitet sein. So war es in Geschichten stets.

Egwene ließ die Lichtkugel verlöschen, aber als Bryne sich zum Gehen wandte, ergriff sie seinen Arm. Es war, als ergreife man durch seine Jacke hindurch einen dicken Ast. »Eine Frage noch, Lord Bryne. Ihr wollt doch nicht vom Marsch erschöpfte Männer zu einer Belagerung Tar Valons führen? Wieviel Ruhe wolltet Ihr ihnen gönnen, bevor Ihr aufbrecht?«

Er hielt zum ersten Mal inne, und sie wünschte, das

Licht würde noch brennen, damit sie sein Gesicht sehen könnte. Sie glaubte, daß er die Stirn in Falten legte. »Selbst wenn man die Leute außer acht läßt, die im Sold der Burg stehen«, begann er schließlich zögernd, »verbreitet sich die Nachricht von einem Heer rasend schnell. Elaida wird es bis zum Tag unserer Ankunft erfahren haben, und sie wird uns keine Stunde Zeit geben. Ihr wißt doch, daß sie die Burgwachen verstärkt hat? Angeblich auf fünfzigtausend Mann. Aber ich würde die Männer nach Möglichkeit gern dennoch einen Monat rasten und sich erholen lassen. Zehn Tage wären zwar auch genug, aber ein Monat wäre besser.« Sie nickte und ließ ihn los. Diese beiläufige Frage über die Burgwache schmerzte sie. Er war sich durchaus bewußt, daß der Saal und die Ajahs ihr nur sagten, was sie wissen sollte. »Ihr habt vermutlich recht«, sagte sie tonlos. »Es wird keine Zeit zum Ausruhen verbleiben, wenn wir Tar Valon erst erreichen. Schickt Eure schnellsten Reiter. Es wird doch keine Schwierigkeiten geben? Pelivar und Arathelle werden sie doch in Ruhe anhören?« Die Besorgnis in ihrer Stimme war nicht vorgetäuscht. Vielleicht wurde mehr als nur ihre Pläne vernichtet, wenn sie jetzt kämpfen mußten.

Brynes Tonfall änderte sich anscheinend nicht, aber er klang jetzt in gewisser Weise tröstlich. »Solange es genug Licht gibt, damit sie die weißen Federn sehen können, werden sie einen Unterhändler erkennen und ihm zuhören. Ich sollte jetzt besser gehen, Mutter. Es ist ein langer und anstrengender Ritt, selbst für Männer, die Ersatzpferde zur Verfügung haben.«

Egwene atmete tief aus, sobald der Zelteingang hinter ihm zufiel. Ihre Schultern waren angespannt, und sie hatte das Gefühl, als bekäme sie jeden Moment Kopfschmerzen. Normalerweise entspannte sie sich in Brynes Gegenwart und übernahm seine Sicherheit. Heute nacht hatte sie ihn manipulieren müssen, und sie glaubte, daß er es wußte. Er war ein achtsamer Mann. Aber es stand zu viel auf dem Spiel, um ihm noch weiter zu vertrauen, bis er sich offen erklärte – vielleicht in Form eines Eides wie derjenige, den Myrelle und die übrigen geleistet hatten. Bryne folgte der Amyrlin, und das Heer folgte Bryne. Wenn er glaubte, sie würde die Männer sinnlos vergeuden, genügten wenige Worte von ihm, um sie hilflos dem Saal auszuliefern. Sie trank einen tiefen Schluck und spürte die Wärme des gewürzten Weins durch sich hindurch strömen.

»Es wäre besser für uns, wenn sie es glaubten«, murmelte sie. »Ich wünschte, es gäbe etwas, *was* sie glauben könnten. Wenn ich vielleicht auch nichts sonst erreiche, Siuan, hoffe ich zumindest, daß ich uns von den Drei Eiden befreien kann.«

»Nein!« erwiderte Siuan barsch. Sie klang regelrecht empört. »Es auch nur zu versuchen könnte verheerende Folgen haben, und wenn Ihr Erfolg hättet ... Das Licht helfe uns ... Wenn Ihr Erfolg hättet, würdet Ihr die Weiße Burg vernichten.«

»Wovon sprecht Ihr? Ich versuche, die Eide zu befolgen, Siuan, da wir gegenwärtig an sie gebunden sind, aber die Eide werden uns gegen die Seanchaner nicht helfen. Wenn Schwestern in Lebensgefahr geraten müssen, bevor sie sich wehren dürfen, ist es nur eine Frage der Zeit, bis wir alle tot oder angeleint sind.« Sie konnte das *A'dam* um ihre Kehle wieder einen Moment spüren, das sie in einen Hund an einer Leine verwandelt hatte. In einen gut dressierten und gehorsamen Hund. Jetzt war sie froh über die Dunkelheit, die ihr Zittern verbarg. Schatten verfinsterten Siuans Gesicht bis auf ihren geräuschlos mahlenden Unterkiefer.

»Seht mich nicht so an, Siuan.« Es war leichter, verärgert als verängstigt zu sein und Angst hinter Zorn zu verbergen. Sie würde sich *niemals* wieder anleinen lassen! »Ihr habt jeden Vorteil genutzt, seit Ihr von den Eiden befreit wurdet. Wenn Ihr nicht gelogen hättet, befänden wir uns alle ohne Heer in Salidar, würden Däumchen drehen und auf ein Wunder warten. Nun, Ihr würdet das jedenfalls tun. Sie hätten mich niemals zur Amyrlin ernannt, wenn Ihr nicht bezüglich Logain und der Roten gelogen hättet. Elaida würde uneingeschränkt regieren, und in einem Jahr würde sich niemand mehr daran erinnern, wie sie sich den Amyrlin-Sitz angeeignet hat. *Sie* würde die Burg gewiß vernichten. Ihr wißt, daß sie hinsichtlich Rand vieles falsch macht. Es würde mich nicht überraschen, wenn sie inzwischen sogar versucht hätte, ihn zu entführen, nur daß sie gerade mit uns beschäftigt ist. Nun, vielleicht würde sie ihn nicht entführen, aber sie würde gewiß irgend etwas tun. Und die Aes Sedai würden heute wahrscheinlich die Asha'man bekämpfen, ungeachtet dessen, daß Tarmon Gai'don hinter der nächsten Ecke wartet.«

»Ich habe gelogen, als es nötig schien«, flüsterte Siuan. »Als es ratsam schien.« Ihre Schultern waren eingesunken, und sie klang, als gestehe sie Verbrechen, die sie nicht einmal sich selbst gegenüber zugeben wollte. »Manchmal denke ich, daß es für mich zu leicht geworden ist, zu entscheiden, ob etwas nötig und ratsam ist. Ich habe fast jedermann belogen – bis auf Euch. Aber auch das ist mir wohl in den Sinn gekommen, um Euch zu einer Entscheidung hinzuführen oder von einer Entscheidung abzubringen. Nicht die Tatsache, daß ich Euer Vertrauen behalten wollte, hat mich abgehalten.« Siuan streckte in der Dunkelheit bittend eine Hand aus. »Das Licht weiß, was Euer Vertrauen und Eure Freundschaft mir bedeuten, aber das war es nicht. Es war auch nicht das Wissen, daß Ihr mir die Haut in Fetzen abziehen oder mich fortschicken würdet, wenn Ihr es herausfändet, vielmehr erkannte ich, daß ich bei jemandem an den Eiden festhalten müßte, um mich nicht vollkommen zu verlieren. Also belüge ich Euch und Gareth Bryne nicht, zu welchem Preis auch immer. Und ich werde so bald wie möglich erneut die Drei Eide auf die Eidesrute schwören, Mutter.«

»Warum?« fragte Egwene ruhig. Siuan hatte erwogen, sie zu belügen? Sie *hätte* ihr dafür die Haut abgezogen. Aber ihr Zorn war bereits verraucht. »Ich verzeihe Lügen nicht, Siuan – normalerweise nicht. Aber manchmal ist es wirklich notwendig.« Ihre Zeit bei den Aiel kam ihr in den Sinn. »Jedenfalls solange man bereit ist, dafür zu bezahlen. Ich habe Schwestern Strafen für geringere Vergehen auf sich nehmen sehen. Ihr seid eine der ersten einer neuen Art Aes Sedai, Siuan, frei und ungebunden. Ich glaube Euch, wenn Ihr mir sagt, daß Ihr mich nicht belügen werdet.« Oder Lord Bryne? Das war seltsam. »Warum wollt Ihr Eure Freiheit also aufgeben?«

»Aufgeben?« Siuan lachte. »Ich werde nichts aufgeben.« Sie richtete sich auf, und ihre Stimme wurde zunächst fester und dann leidenschaftlich. »Die Eide sind es, die uns zu mehr als nur einer einfachen Gruppe Frauen machen, die sich ins Weltgeschehen einmischen. Die Eide halten uns zusammen, feste Glaubensvorstellungen binden uns, ein einziger Lebensfaden verläuft durch alle Schwestern, lebendig oder tot, bis zu den Ersten zurück, die ihre Hände auf die Eidesrute legten. *Sie* sind es, die uns zu Aes Sedai machen, nicht *Saidar*. Jede Wilde kann die Macht lenken. Männer mögen das, was wir sagen, von allen Seiten betrachten, aber wenn eine Schwester sagt: ›So ist es‹, dann *wissen* sie, daß es stimmt, und sie vertrauen ihr aufgrund der Eide. Dank der Eide fürchtet auch keine Königin, daß Schwestern ihre Städte verwüsten werden. Der schlimmste Schurke weiß, daß er bei einer

Schwester in Sicherheit ist, wenn er ihr keinen Schaden zuzufügen versucht. Oh, die Weißmäntel nennen sie Lügen, und einige Menschen haben seltsame Vorstellungen über das, was die Eide beinhalten, aber es gibt nur wenige Orte, wo eine Aes Sedai nicht hingehen kann und wo man ihr nicht zuhören wird – aufgrund der Eide. Die Drei Eide beinhalten, was es bedeutet, eine Aes Sedai zu *sein,* das *Herz* des Aes Sedai-Seins. Werft das fort, und wir sind wie Sand, der von den Gezeiten fortgespült wird. Anstatt etwas aufzugeben, werde ich etwas gewinnen.«

Egwene runzelte die Stirn. »Und die Seanchaner?« *Was es bedeutet, eine Aes Sedai zu sein.* Sie hatte fast von dem Tage an, als sie in Tar Valon eintraf, auf das Ziel hingearbeitet, eine Aes Sedai zu werden, aber sie hatte niemals wirklich darüber nachgedacht, was eine Frau *gewiß* zur Aes Sedai machte.

Siuan lachte erneut, obwohl es dieses Mal ein wenig verzerrt und abgespannt klang. Sie schüttelte den Kopf und wirkte trotz der Dunkelheit müde. »Ich weiß es nicht, Mutter. Das Licht helfe mir, aber ich weiß es nicht. Immerhin haben wir die Trolloc-Kriege überlebt und auch die Weißmäntel und Artur Falkenflügel und alles dazwischen Liegende. Wir können einen Weg finden, mit diesen Seanchanern umzugehen, ohne uns zu vernichten.«

Egwene war sich dessen nicht so sicher. Viele der Schwestern im Lager hielten die Seanchaner für eine solche Gefahr, daß die Belagerung Elaidas ihrer Meinung nach warten sollte. Als würde abwarten Elaida nicht auf dem Amyrlin-Sitz festigen. Viele andere glaubten anscheinend, daß nur die Wiedervereinigung der Weißen Burg, zu welchem Preis auch immer, die Seanchaner vertreiben könnte. Das Überleben verlor einen Teil seiner Anziehungskraft, wenn es ein Überleben an einer Koppel war, und Elaidas Koppel würde nicht weniger Einschränkungen bedeuten als die der Seanchaner. Was es bedeutet, eine Aes Sedai zu *sein*.

»Es ist nicht nötig, Gareth Bryne auf Armeslänge fernzuhalten«, sagte Siuan plötzlich. »Es stimmt, der Mann ist die wandelnde Trübsal. Wenn er nicht als Buße für meine Lügen zählt, würde es auch nicht genügen, mir die Haut abzuziehen. Eines Tages werde ich ihn jeden Morgen ohrfeigen und abends zweimal, nur aus Prinzip, aber Ihr könnt ihm alles sagen. Es wäre hilfreich, wenn er verstünde. Er vertraut *Euch*, und es bedrückt ihn, wenn er sich fragen muß, ob Ihr wißt, was Ihr tut. Er zeigt es nicht, aber ich merke es.«

Plötzlich fügten sich für Egwene Bruchstücke zusammen wie bei einem Puzzle. Erschreckende Bruchstücke. Siuan *liebte* diesen Mann! Nichts anderes ergab einen Sinn. Alles, was sie über die beiden wußte, änderte sich, und das nicht unbedingt zum Besseren. Eine verliebte Frau schaltete ihren Verstand häufig aus, wenn sie in der Nähe des betreffenden Mannes war, und dessen war sie sich selbst auch nur zu bewußt. Wo *war* Gawyn? Ging es ihm gut? Genug davon. Zu viel, im Lichte dessen, was sie sagen mußte. Sie nahm ihren strengsten Amyrlin-Tonfall an. »Ihr könnt Lord Bryne ohrfeigen oder mit ihm schlafen, Siuan, aber Ihr *werdet* Euch in seiner Gegenwart in acht nehmen. Ihr werdet *keine* Dinge verlauten lassen, die er noch nicht wissen muß. Habt Ihr mich verstanden?«

Siuan richtete sich starr auf. »Ich pflege nicht sinnlos zu plaudern, Mutter«, entgegnete sie zornig.

»Ich bin sehr froh, das zu hören, Siuan.« Obwohl sie beide fast gleichaltrig aussahen, hätte Siuan ihre Mutter sein können, und doch fühlte sich Egwene in diesem Moment, als sei sie die ältere. Dies war vielleicht das erste Mal, daß Siuan mit einem Mann nicht wie eine Aes Sedai, sondern wie eine Frau umgehen mußte. *Nur wenige Jahre des Glaubens, ich liebte Rand,* dachte Egwene bedauernd, *wenige Monate der Schwärmerei für Gavyn, und ich weiß alles, was es zu wissen gibt.*

»Ich glaube, wir sind hier fertig«, fuhr sie fort und nahm Siuans Arm. »Fast. Kommt mit.«

Die Zeltwände hatten sie kaum geschützt, aber hinauszutreten ließ sie die Härte des Winters neuerlich spüren. Das vom Schnee widergespiegelte Mondlicht reichte fast zum Lesen aus, aber der Schimmer erschien kalt. Bryne war so vollständig verschwunden, als hätte es ihn nie gegeben. Leane, deren Schlankheit unter mehreren Schichten Kleidung verborgen war, tauchte kurz auf, um zu berichten, daß sie niemanden gesehen hatte, und verschwand dann eilig wieder in der Nacht. Niemand wußte von einer Verbindung zwischen Leane und Egwene, und jedermann glaubte, Leane und Siuan befänden sich praktisch im Krieg.

Egwene nahm ihren Umhang so fest zusammen, wie es ihr mit einer Hand möglich war, und konzentrierte sich darauf, die Kälte zu ignorieren, während sie und Siuan in die entgegengesetzte Richtung davongingen. Sie konnte die Kälte tatsächlich ignorieren und achtete aufmerksam auf jedermann, der sich draußen aufhalten mochte, was kein Zufall wäre.

»Lord Bryne hatte recht damit«, sagte sie zu Siuan, »daß es besser wäre, wenn Pelivar und Arathelle diese Geschichten glaubten. Oder wenn sie diesbezüglich zumindest im Zweifel wären. Zu unsicher, um zu kämpfen oder etwas anderes zu tun als zu reden. Denkt Ihr, daß sie einen Besuch von Aes Sedai gutheißen würden? Siuan, hört Ihr mir zu?«

Siuan zuckte zusammen und hörte auf, in die Ferne zu starren. Sie war bisher nicht ausgerutscht, aber jetzt geschah es, und sie gewann nur mühsam ihr Gleichgewicht wieder, bevor sie Egwene mit hinabgezogen hätte. »Ja, Mutter. Natürlich höre ich Euch zu. Sie würden es vielleicht nicht wirklich gutheißen, aber ich bezweifle, daß sie Schwestern abweisen würden.«

»Dann möchte ich, daß Ihr Beonin, Anaiya und Myrelle weckt. Sie sollen noch in dieser Stunde nach Norden reiten. Wenn Lord Bryne bis morgen abend eine Antwort erwartet, bleibt nicht viel Zeit.« Schade, daß sie nicht herausgefunden hatte, wo genau dieses andere Heer lag, aber Bryne zu fragen hätte Mißtrauen erwecken können. Es sollte für Behüter nicht zu schwer sein, das Lager zu finden, und jene drei Schwestern besaßen fünf Behüter.

Siuan hörte ihren Anweisungen schweigend zu. Nicht nur jene drei sollten aus dem Schlaf gerissen werden. Bis zur Dämmerung würden Sheriam und Carlinya, Morvrin und Nisao ebenfalls wissen, worüber sie beim Frühstück sprechen sollten. Eine Saat mußte gesät werden, eine Saat, die nicht früher hatte ausgestreut werden können, damit sie nicht zu bald sproß, obwohl sie nur allzu wenig Zeit hatte zu wachsen.

»Es wird mir ein Vergnügen sein, sie aus ihren Betten zu werfen«, bemerkte Siuan, als Egwene geendet hatte. »Wenn ich in diesen Sachen herumlaufen muß ...« Sie ließ Egwenes Arm los und wollte sich schon abwenden, hielt aber dann mit ernster, sogar grimmiger Miene noch einmal inne. »Ich weiß, daß Ihr eine zweite Gerra Kishar – oder vielleicht Sereille Bagand – sein wollt. Ihr habt das Zeug dazu. Aber achtet darauf, daß Ihr Euch nicht als weitere Shein Chunla erweist. Gute Nacht, Mutter. Schlaft gut.«

Egwene stand da und sah ihr nach, eine in ihren Umhang gehüllte Gestalt, die manchmal auf dem Weg ausglitt und zornig so laut Worte zischte, daß man sie fast verstehen konnte. Gerra und Sereille waren als zwei der größten Amyrlins in Erinnerung geblieben. Beide hatten den Einfluß und das Ansehen der Weißen

Burg in einem Maße verstärkt, wie es seit der Zeit vor Artur Falkenflügel selten erreicht wurde. Beide kontrollierten die Burg auch selbst, Gerra durch geschicktes Ausspielen einer Partei des Saals gegen die andere und Sereille durch reine Willenskraft. Shein Chunla war eine andere Geschichte, da sie die Macht des Amyrlin-Sitzes verschwendet hatte, indem sie der Burg die meisten Schwestern entfremdete. Die Welt glaubte, Shein sei vor fast vierhundert Jahren im Amt gestorben, aber die tief verborgene Wahrheit war, daß sie abgesetzt und in ein lebenslanges Exil geschickt worden war. Selbst die geheimen Aufzeichnungen behandeln gewisse Bereiche nur oberflächlich, und doch war es recht offensichtlich, daß die Schwestern, die Shein bewachten, nach der Aufdeckung ihres vierten Plans, sie wieder auf den Amyrlin-Sitz zu bringen, sie im Schlaf mit einem Kissen erstickten. Egwene erschauderte und sagte sich, es läge an der Kälte.

Sie wandte sich um und begab sich langsam zu ihrem Zelt zurück. Gut schlafen? Der Vollmond hing tief am Himmel, und der Sonnenaufgang war noch Stunden entfernt, aber sie war sich nicht sicher, daß sie überhaupt noch würde schlafen können.

KAPITEL 8

Unerwartete Abwesenheiten

Egwene rief den Saal der Burg zusammen, noch bevor die Sonne am nächsten Morgen über dem Horizont sichtbar wurde. In Tar Valon wäre dies von aufwendigen Zeremonien begleitet gewesen, und selbst seit Verlassen Salidars hatten sie trotz der Beschwernisse der Reise einige davon beibehalten. Jetzt ging Sheriam einfach in der noch herrschenden Dunkelheit von einem Zelt der Sitzenden zum anderen und verkündete, daß der Amyrlin-Sitz den Saal zusammengerufen hatte. Schließlich standen in der Dämmerung unmittelbar vor Sonnenaufgang achtzehn Frauen im Halbkreis auf dem Schnee, um Egwene zuzuhören, alle gegen die Kälte warm angezogen, die ihren Atem gefrieren ließ.

Andere Schwestern tauchten allmählich hinter ihnen auf, um ebenfalls zuzuhören, zunächst nur wenige, aber als sie niemand zum Gehen aufforderte, wuchs die Gruppe an, und ein sehr gedämpftes Flüstern verbreitete sich. Nur wenige Schwestern würden es wagen, auch nur eine einzelne Sitzende zu stören, geschweige denn den gesamten Saal. Die Aufgenommenen in gegürteten Gewändern und Umhängen, die hinter den Aes Sedai erschienen waren, verhielten sich natürlich noch stiller, und die sich ebenfalls versammelnden Novizinnen, die keine Arbeiten zu erledigen hatten, wiederum stiller, obwohl sie weitaus zahlreicher waren. Das Lager beherbergte inzwischen eineinhalb Mal so viele Novizinnen wie Schwestern, so viele, daß nur wenige einen angemessenen weißen Umhang besaßen und die meisten sich mit einem einfachen weißen Rock anstatt eines Novizinnengewands begnügen mußten. Einige Schwestern waren noch immer der Meinung, man sollte zu der alten Verfahrensweise zurückkehren und Mädchen sie aufspüren lassen, aber die meisten bedauerten die verlorenen Jahre, in denen die Anzahl der Aes Sedai abnahm. Egwene selbst erschauderte fast, wann immer sie daran dachte, was die Burg hätte sein können. Dies war eine Veränderung, gegen die nicht einmal Siuan Einwände erheben konnte.

Plötzlich kam Carlinya um die Ecke eines Zeltes und blieb beim Anblick Egwenes und der Sitzenden jäh stehen. Die Weiße Schwester, die normalerweise vollkommene Haltung bewahrte, starrte mit offenem Mund herüber, und ihr helles Gesicht rötete sich, bevor sie davoneilte, wobei sie über die Schulter zurückblickte. Egwene behielt nur mühsam eine ausdruckslose Miene bei. Alle anderen waren zu sehr mit dem beschäftigt, was auch sie selbst heute morgen beschäftigte, um es ebenfalls bemerkt zu haben, aber früher oder später würde jemand es bemerken und sich wundern.

Sheriam warf ihren kunstvoll bestickten Umhang zurück, um die schmale blaue Stola der Hüterin der Chroniken freizugeben, und vollführte vor Egwene einen so formellen Hofknicks, wie es ihre sperrige Kleidung erlaubte, bevor sie einen Platz an Egwenes Seite einnahm. In Schichten edlen Tuchs und Seide gehüllt, war die Frau mit dem flammenden Haar das Abbild des Gleichmuts. Auf Egwenes Nicken hin trat sie einen Schritt vor, um mit klarer, hoher Stimme die uralte Formel zu sprechen.

»Sie kommt; sie kommt! Die Hüterin der Siegel, die Flamme Tar Valons, der Amyrlin-Sitz. Gebt alle acht, denn sie kommt!« Die Formel schien hier ein wenig fehl am Platz, und außerdem war die Hüterin bereits da und kam nicht erst. Die Sitzenden standen schweigend und abwartend da. Einige wenige runzelten ungeduldig die Stirn oder machten sich ruhelos an ihren Umhängen oder Röcken zu schaffen.

Egwene warf ihren Umhang ebenfalls zurück und entblößte so die siebenfach gestreifte, um ihren Hals geschlungene Stola. Diese Frauen mußten auf jede mögliche Art daran erinnert werden, daß sie tatsächlich der Amyrlin-Sitz war. »Alle sind erschöpft vom Reisen bei diesem Wetter«, verkündete sie nicht ganz so laut wie Sheriam, aber doch laut genug, daß jedermann sie hören konnte. Sie verspürte eine vage Vorahnung, eine fast schwindlig machende Erregung. Das Gefühl unterschied sich nicht sehr von Übelkeit. »Ich habe beschlossen, zwei oder vielleicht drei Tage hier zu lagern.« Das ließ alle die Köpfe heben und Interesse zeigen. Sie hoffte, daß sich Siuan in der Zuhörerschaft befände. Sie versuchte, sich an die Eide zu halten. »Die Pferde brauchen ebenfalls Ruhe, und viele der Wagen müssen dringend repariert werden. Die Behüterin der Chroniken wird die notwendigen Anordnungen treffen.« Jetzt hatte es wahrhaft begonnen.

Sie erwartete weder eine Auseinandersetzung noch eine Debatte, und es gab auch keine. Sie hatte Siuan gegenüber nicht übertrieben. Zu viele Schwestern hofften auf ein Wunder, damit sie nicht unter den beobachtenden Blicken der Welt nach Tar Valon marschieren müßten. Selbst unter jenen, die in tiefstem Herzen überzeugt waren, daß Elaida trotz allem, was sie getan hatte, zum Besten der Burg vertrieben werden mußte, würden nur allzu viele jede Gelegenheit der Verzögerung ergreifen, jede Möglichkeit, daß dieses Wunder geschehen könnte. Romanda wartete nicht ab, bis Sheriam die Schlußzeilen gesprochen hatte. Sobald Egwene geendet hatte, schritt Romanda, die mit ihrem festen grauen, unter der Kapuze verborgenen Knoten noch recht jugendlich aussah, einfach davon. Magla, Saroiya und Varilin eilten ihr mit fliegenden Umhängen hinterher, soweit jemand eilen konnte, wenn er bei jedem Schritt knöcheltief versank. Es gelang ihnen dennoch gut. Als Lelaine sah, daß Romanda ging, versammelte sie mit einer Handbewegung Faiselle, Takima und Lyrelle aus dem Halbkreis und schritt ebenfalls davon, ohne sich noch einmal umzusehen, wie ein Schwan mit drei ängstlichen Gänschen im Schlepptau. Wenn Lelaine ihre drei Begleiterinnen auch nicht so fest im Griff hatte wie Romanda die ihren, bestand jedoch kein großer Unterschied. Auch die übrigen Sitzenden warteten kaum ab, bis Sheriam das abschließende ›Nun geht im Licht‹ geäußert hatte. Egwene wandte sich um, als sich der Saal bereits in alle Richtungen zerstreute. Die Vorahnung verstärkte sich und wurde Übelkeit *sehr* ähnlich.

»Drei Tage«, murmelte Sheriam, während sie Egwene eine Hand reichte, um ihr auf einen der ausgetretenen Wege herab zu helfen. Die Winkel ihrer grünen Augen kräuselten sich spöttisch. »Ich bin überrascht, Mutter. Verzeiht, aber Ihr seid mehr als einmal vorangeprescht, wenn ich Einhalt gebieten wollte.«

»Laßt uns das noch mal erörtern, wenn Ihr mit den Wagnern und Hufschmieden gesprochen habt«, wies Egwene sie an. »Wir werden mit Pferden, die tot zusammenbrechen, und Wagen, die auseinanderfallen, nicht weit kommen.«

»Wie Ihr meint, Mutter«, erwiderte die andere Frau nicht gerade demütig, aber vollkommen angemessen.

Der Weg war jetzt nicht sicherer als zuvor, und manchmal glitten sie aus. Sie hakten sich unter und gingen langsam weiter. Sheriam bot mehr Unterstützung, als Egwene benötigte, aber sie tat dies fast verstohlen. Der Amyrlin-Sitz sollte nicht angesichts fünfzig Schwestern und einhundert Dienern auf den

Allerwertesten fallen, aber sie sollte auch nicht wie eine Invalidin gestützt werden.

Die meisten Sitzenden einschließlich Sheriam, die sich Egwene verschworen hatten, hatten dies tatsächlich aus schlichter Angst und einem Selbsterhaltungstrieb heraus getan. Wenn der Saal erfuhr, daß sie Schwestern ausgesandt hatten, um die Aes Sedai in Tar Valon zu beeinflussen und, was noch schlimmer war, dies aus Angst vor Schattenfreunden unter den Sitzenden vor dem Saal geheimgehalten hatten, würden sie vollkommen gewiß den Rest ihres Lebens in Buße im Exil verbringen. Also hatten sich die Frauen, die geglaubt hatten, sie könnten Egwene wie eine Marionette umherzerren, nachdem der größte Teil ihres Einflusses auf den Saal geschwunden war, als ihr Verschworene wiedergefunden. Das kam selbst in den geheimen Aufzeichnungen selten vor. Es wurde von den Schwestern erwartet, der Amyrlin zu gehorchen, aber ihr Treue zu schwören war etwas völlig anderes. Die meisten schien dies noch immer zu beunruhigen, obwohl sie gehorchten. Nur wenige waren so schlimm wie Carlinya, aber Egwene hatte Beonins Zähne tatsächlich klappern hören, als sie Egwene nach geleistetem Schwur das erstemal mit den Sitzenden gesehen hatte. Morvrin schien stets aufs neue erstaunt, wann immer ihr Blick auf Egwene fiel, als glaube sie es noch immer nicht so recht, und Nisao runzelte ständig die Stirn. Anaiya schnalzte zur Mahnung an die Geheimhaltung mit der Zunge, und Myrelle zuckte häufig zusammen, wenn auch noch aus anderen Gründen als nur wegen des geleisteten Eides. Aber Sheriam war einfach nicht nur dem Namen nach in die Rolle der Behüterin der Chroniken Egwenes geschlüpft.

»Darf ich vorschlagen, diese Gelegenheit dazu zu nutzen, herauszufinden, was das umliegende Land an Nahrung und Futter zu bieten hat, Mutter? Unsere

Vorräte sind fast aufgebraucht.« Sheriam runzelte besorgt die Stirn. »Besonders Tee und Salz, obwohl ich bezweifle, daß wir dies hier finden.«

»Tut, was Ihr könnt«, sagte Egwene freundlich. Es kam ihr jetzt seltsam vor, daß sie einst Ehrfurcht vor Sheriam und erhebliche Angst vor ihrem Mißfallen empfunden hatte. Und es schien ihr ebenso seltsam, daß Sheriam, die jetzt nicht mehr die Herrin der Novizinnen war und Egwene nicht mehr in die von ihr gewünschte Richtung zu drängen versuchte, tatsächlich einen glücklicheren Eindruck machte. »Ich habe volles Vertrauen in Euch, Sheriam.« Die Frau strahlte bei diesem Lob offen.

Die Sonne war noch immer nicht über den Zelten aufgestiegen, aber das Lager war bereits in Bewegung. Das Frühstück war vorüber, und die Köche wuschen ab, unterstützt von einer Horde Novizinnen. Der Energie nach zu urteilen, mit der die jungen Frauen an die Arbeit gingen, schien es sie zu erwärmen, Kessel mit Schnee zu schrubben, aber die Köche bewegten sich schwerfällig, rieben sich den Rücken, hielten inne, um zu seufzen, zogen manchmal ihre Umhänge fester oder starrten freudlos in den Schnee. Zitternde Diener, welche die meisten Kleider trugen, die sie besaßen, hatten nach alter Gewohnheit damit begonnen, Zelte abzubauen und Wagen zu beladen, nachdem sie ihre eilige Mahlzeit beendet hatten, und stolperten jetzt umher, um die Zelte wieder aufzubauen und die Kisten wieder aus den Wagen zu hieven. Tiere, die bereits angeschirrt worden waren, wurden von erschöpften Pferdeburschen davongeführt, die mit hängenden Köpfen vorangingen. Egwene hörte einige wenige Proteste von Männern, die nicht bemerkten, daß Schwestern in der Nähe waren, aber der größere Teil der Leute schien zu müde, sich zu beschweren.

Die meisten Aes Sedai, deren Zelte wieder errichtet

worden waren, verschwanden darin, aber einige wiesen auch noch die Arbeiter an, und andere eilten die festgetretenen Pfade auf eigenen Botengängen entlang. Anders als alle anderen zeigten sie äußerlich so wenig Müdigkeit wie ihre Behüter, denen es irgendwie gelang, den Eindruck zu erwecken, als hätten sie allen für diesen schönen Frühlingstag benötigten Schlaf bekommen. Egwene vermutete dies als den wichtigsten Teil dessen, wie eine Schwester Kraft aus ihrem Behüter zog, davon abgesehen, was sie mit dem Bund tun konnte. Wenn ein Behüter sich nicht eingestehen wollte, daß er fror oder müde oder hungrig war, mußte man es ebenfalls aushalten.

Auf einem der Querwege erschien Morvrin, die Takimas Arm umklammerte. Vielleicht zur Unterstützung, obwohl Morvrin die kleinere Frau noch kleiner erscheinen ließ, als sie tatsächlich war. Vielleicht tat sie es aber auch, um Takima an der Flucht zu hindern. Morvrin war hartnäckig, wenn sie sich erst einmal ein Ziel gesetzt hatte. Egwene runzelte die Stirn. Es mochte sehr wohl von Morvrin erwartet werden, eine Sitzende für ihre Ajah der Braunen zu erwählen, aber Egwene hätte Janya oder Escaralde für wahrscheinlicher gehalten. Die beiden gerieten hinter einem abgedeckten Wagen auf Kufen außer Sicht, wobei sich Morvrin herabbeugte, um ihrer Begleiterin etwas ins Ohr zu flüstern. Es war nicht erkennbar, ob Takima zuhörte.

»Stimmt etwas nicht, Mutter?«

Egwene setzte ein angespanntes Lächeln auf. »Nicht mehr als üblich, Sheriam. Nicht mehr als üblich.«

Sheriam verließ Egwene am Arbeitszelt der Amyrlin, um sich um die aufgetragenen Aufgaben zu kümmern. Egwene betrat das Zelt und fand alles bereit. Alles andere hätte sie überrascht. Selame stellte gerade ein Teetablett auf den Schreibtisch. Bunte Perlenstickerei schmückte das Leibchen und die Ärmel der Frau, und da sie ihre lange Nase hoch erhoben trug, schien sie auf den ersten Blick kaum wie eine Dienerin, aber sie hatte sich um alles Nötige gekümmert. Zwei Kohlenpfannen voller glühender Kohlen hatten die Kälte einigermaßen vertrieben, obwohl die meiste Wärme durch den Rauchabzug entwich. Getrocknete, auf die Kohlen gestreute Kräuter verliehen dem im Zelt verbleibenden Rauch einen angenehmen Geruch. Das Tablett vom Vorabend war verschwunden, und die Laterne und die Talgkerzen waren vorbereitet und entzündet worden. Niemand würde den Zelteingang weit genug geöffnet lassen, um Licht von außen hereindringen zu lassen.

Siuan war ebenfalls bereits da, mit einem Stapel Papier in Händen, einen gequälten Ausdruck auf dem Gesicht und einen Tintenfleck auf der Nase. Ihr Posten als Schreiberin gab ihnen beiden einen weiteren Grund, im Gespräch miteinander gesehen zu werden, und Sheriam hatte keine Einwände gehabt, die Arbeit aufzugeben. Siuan grollte jedoch häufig. Für eine Frau, welche die Burg seit ihrem Eintreten als Novizin selten verlassen hatte, verabscheute sie es in bemerkenswertem Maße, drinnen zu bleiben. Im Moment war sie das Abbild einer Frau, die Geduld bewies und wollte, daß jedermann es bemerkte.

Selame lächelte trotz ihrer emporgereckten Nase einfältig und vollführte so viele Hofknickse, daß das Übernehmen von Egwenes Umhang und Fäustlingen zu einer kunstvollen kleinen Zeremonie wurde. Die Frau schwatzte immerzu, die Mutter solle die Füße anheben, und vielleicht sollte sie der Mutter eine Reisedecke holen, und vielleicht sollte sie bleiben, falls die Mutter noch etwas benötigte, bis Egwene sie regelrecht hinausjagte. Der Tee schmeckte nach Minze. Bei diesem Wetter! Selame war eine Prüfung, und sie konnte kaum treu genannt werden, aber sie bemühte sich.

Es war jedoch keine Zeit, müßig zu sein und Tee zu trinken. Egwene richtete ihre Stola und nahm ihren Platz hinter dem Schreibtisch ein, wobei sie einem Bein ihres Stuhls einen Stoß versetzte, damit er nicht, wie so häufig, unter ihr zusammenklappte. Siuan kauerte auf einem ebenfalls gebrechlichen Stuhl auf der anderen Seite des Tisches, und der Tee wurde kalt. Sie sprachen nicht über Pläne oder über Gareth Bryne oder Hoffnungen. Was diesbezüglich im Moment getan werden konnte, war getan worden. Die Berichte und Anliegen stapelten sich im Verlauf ihrer Reise, Erschöpfung besiegte alle Versuche, sich darum zu kümmern, aber jetzt, wo sie aufgehalten wurden, mußte alles durchgesehen werden. Ein in ihrer Nähe lagerndes Heer änderte das nicht.

Egwene fragte sich manchmal, wie so viel Papier aufgetrieben wurde, wenn es doch bei allen anderen Dingen zunehmend schwierig schien. Die Berichte, die Siuan ihr reichte, führten detailliert Verknappungen auf, aber kaum mehr. Nicht nur jene, die Sheriam erwähnt hatte, sondern auch Kohle und Nägel und Eisen für die Hufschmiede und Wagner, Leder und ölgetränkte Fäden für die Sattler, Lampenöl und Kerzen und hundert andere Dinge waren knapp, sogar Seife. Und was nicht ausging, nützte ab, von den Schuhen bis zu den Zelten, alles in Siuans kühner Handschrift aufgelistet, die krakeliger wurde, je schreiender die Bedürfnisse waren, über die sie schrieb. Ihre Berechnung des verbliebenen Geldes schien in energischem Zorn aufs Papier geworfen worden zu sein. Und dies war nichts, was man nicht ernst nehmen durfte.

Unter Siuans Papieren befanden sich auch mehrere Eingaben von Sitzenden mit Vorschlägen zur Lösung der Geldsorgen. Oder eher mit Informationen für Egwene, was sie dem Saal vorzutragen beabsichtigten. Es gab jedoch bei allen Plänen nur wenige Vorteile und viele Fallen. Moria Karentanis schlug vor, den Sold der Soldaten einzusparen, eine Idee, die das Heer hätte wie Tau unter einer Hochsommersonne dahinschmelzen lassen, wenn der Saal sie bereits umgesetzt hätte. Malind Nachenin richtete einen Appell an in der Nähe befindliche Adlige, der eher nach einer Forderung klang und sehr wohl die ganze Gegend gegen sie aufbringen könnte, wie auch Salita Toranes' Absicht, in den Städten und Dörfern, durch die sie kamen, eine Abgabe zu erheben.

Egwene zerknüllte die drei Eingaben in der Faust und schüttelte diese in Siuans Richtung. Sie wünschte, es wären die Kehlen der drei Sitzenden, die sie umschloß. »Glauben sie denn *alle,* es müßte nur nach ihrer Nase gehen, ungeachtet der Erfordernisse? Licht, sie benehmen sich *tatsächlich* wie Kinder!«

»Es ist der Burg schon oft genug gelungen, ihre Wünsche Wirklichkeit werden zu lassen«, sagte Siuan selbstgefällig. »Bedenkt, daß einige behaupten würden, auch Ihr ignoriertet die Realität.«

Egwene schnaubte. Glücklicherweise konnte keiner der Vorschläge ohne eine Verfügung ihrerseits in die Tat umgesetzt werden, wofür auch immer der Saal stimmen mochte. Sie hatte selbst unter diesen begrenzten Umständen ein wenig Macht. Sehr wenig, aber das war besser als nichts. »Ist der Saal immer so schwierig, Siuan?«

Siuan nickte und verlagerte leicht ihre Stellung. Nicht einmal zwei Beine ihres Stuhls wiesen die gleiche Länge auf. »Aber es könnte noch schlimmer sein. Erinnert mich daran, daß ich Euch ausführlich von dem Jahr der Vier Amyrlins erzähle. Das war ungefähr einhundertfünfzig Jahre nach der Gründung Tar Valons. In jener Zeit kam das Wirken der Burg fast den heutigen Geschehnissen gleich. Jedermann versuchte, nach Möglichkeit das Ruder zu übernehmen. Tatsächlich gab es in diesem Jahr eine Zeitlang zwei rivalisierende Säle der Burg. Beinahe wie jetzt. Fast alle hatten am Ende das Nachsehen, einschließlich einiger weniger, die glaubten, sie könnten die Burg retten. Einigen wäre es vielleicht gelungen, wenn sie nicht in Treibsand geraten wären. Die Burg überlebte natürlich dennoch. Das tut sie stets.«

Mehr als dreitausend Jahre lang schritt die Geschichte der Burg voran, vieles unterdrückt, nur wenigen Augen enthüllt, und doch schien sich Siuan jedes Details erinnern zu können. Sie mußte sich einen großen Teil ihres Lebens regelrecht in jenen geheimen Aufzeichnungen *vergraben* haben. Einer Sache war sich Egwene sicher: Sie würde Sheins Schicksal nach Möglichkeit meiden, aber sie würde nicht dort verbleiben, wo sie war, kaum in einer günstigeren Lage als Cemaile Sorenthaine. Schon lange vor Beendigung ihrer Regierungszeit war die wichtigste Entscheidung, die Cemaile noch zu treffen blieb, diejenige, welches Gewand sie tragen wollte. Sie *würde* Siuan bitten müssen, ihr ausführlich von dem Jahr der Vier Amyrlins zu erzählen, und sie freute sich nicht darauf.

Der wandernde Lichtstrahl durch den Rauchabzug im Dach zeigte an, daß sich der Morgen dem Mittag zuneigte, aber Siuans Stapel Papiere schien kaum abgenommen zu haben. Jegliche Unterbrechung wäre willkommen gewesen, selbst vorzeitige Entdeckung. Nun, das vielleicht nicht.

»Was kommt als nächstes, Siuan?« fragte sie grollend.

Aran'gars Blick wurde von einer flüchtigen Bewegung angezogen, und sie spähte durch die Bäume zum Lager des Heeres, ein schützender Kreis um die Zelte der Aes Sedai. Eine Reihe von Reitern begleiteter Wagenschlitten bewegte sich langsam ostwärts. Die fahle

Sonne schimmerte auf Rüstungen und Speerspitzen. Sie verzog höhnisch das Gesicht. Speere und Pferde! Ein primitiver Haufen, der nicht schneller vorankam als ein Mensch zu Fuß, angeführt von einem Mann, der nicht wußte, was hundert Meilen entfernt geschah. Und die Aes Sedai? Sie konnte sie alle vernichten, und sie würden selbst im Tode noch nicht vermuten, wer sie umbrachte. Natürlich würde sie gleichfalls nicht lange überleben. Dieser Gedanke ließ sie erschaudern. Der Große Herr gab nur sehr wenigen eine zweite Chance im Leben, und sie würde die ihre nicht vergeuden.

Sie wartete, bis die Reiter im Wald außer Sicht gerieten, bevor sie sich wieder dem Lager zuwandte und müßig an die Träume der vergangenen Nacht dachte. Der weiche Schnee hinter ihr würde bis zum Frühjahrstauwetter verbergen, was sie vergraben hatte – durchaus lange genug. Einige der Männer im Lager vor ihr bemerkten sie schließlich und richteten sich von ihren Arbeiten auf, um sie zu beobachten. Sie lächelte wider Willen und strich den Rock über ihren Hüften glatt. Es war inzwischen schwierig geworden, sich wirklich daran zu erinnern, wie das Leben als Mann gewesen war. War sie damals ein solch leicht zu beeinflussender Tor gewesen? Mit einer Leiche ungesehen durch diese Horde zu gelangen, war selbst für sie schwierig gewesen, aber sie genoß den Rückweg.

Der Morgen schritt mit scheinbar endlosem Durchforsten von Papieren voran, bis das geschah, wovon Egwene gewußt hatte, daß es geschehen würde. Gewisse Ereignisse traten jeden Tag ein. Es würde bitterkalt werden, es würde schneien, es würden Wolken über den grauen Himmel ziehen, und es würde windig sein. Und es würden Besuche von Lelaine und Romanda stattfinden.

Egwene war müde vom langen Sitzen und vertrat sich gerade die Beine, als Lelaine mit Faolain im Schlepptau ins Zelt rauschte. Kalte Luft wehte mit ihnen herein, bevor sich der Zelteingang wieder schloß. Lelaine sah sich mit leicht mißbilligender Miene um und zog dann ihre blauen Lederhandschuhe aus, während sie sich von Faolain den luchsgesäumten Umhang von den Schultern nehmen ließ. In tiefblauer Seide, mit durchdringenden Augen, schlank und würdevoll hätte sie sich ebensogut in ihrem eigenen Zelt befinden können. Auf eine beiläufige Geste hin zog sich Faolain mit dem Kleidungsstück ehrerbietig in eine Ecke zurück, während sie ihren eigenen Umhang nur mit einer Schulterbewegung zurückwarf. Sie war unzweifelhaft bereit, auf ein weiteres Zeichen der Sitzenden hin sofort zu gehen. Ihre dunklen Züge zeugten von resignierter Demut, was ihr nicht sehr ähnlich sah.

Lelaine legte ihre Zurückhaltung kurzzeitig ab, indem sie Siuan überraschend herzlich anlächelte. Sie waren vor Jahren Freundinnen gewesen, und sie hatte sogar eine Art Schutz angeboten, wie Faolain ihn angenommen hatte, den Schutz einer Sitzenden und einen schützenden Arm gegen den Hohn und die Beschuldigungen anderer Schwestern. Lelaine berührte Siuans Wange und flüsterte leise etwas, das mitfühlend klang. Siuan errötete, und erschreckende Unsicherheit zeigte sich auf ihrem Gesicht. Egwene war sich sicher, daß dies nicht vorgetäuscht war. Siuan fiel es schwer, mit dem umzugehen, was sich tatsächlich in ihr verändert hatte, und mehr noch damit, wie leicht sie sich anpaßte.

Lelaine betrachtete den Stuhl vor dem Schreibtisch und lehnte wie üblich einen solch unsicheren Platz deutlich ab. Schließlich würdigte sie Egwenes Anwesenheit mit einer leichten Neigung ihres Kopfes. »Wir müssen über das Meervolk sprechen, Mutter«, sagte sie in einem dem Amyrlin-Sitz gegenüber etwas zu harten Tonfall.

Erst als Egwene das enge Gefühl in ihrer Kehle schwinden spürte, erkannte sie, daß sie befürchtet hatte, Lelaine wüßte bereits von dem, was Lord Bryne ihr berichtet hatte. Oder sogar von dem Treffen, das er plante. Aber im nächsten Moment kehrte das beengte Gefühl wieder zurück. Das Meervolk? Der Saal konnte doch gewiß noch nichts von dem aberwitzigen Vertrag erfahren haben, den Nynaeve und Elayne geschlossen hatten. Sie konnte sich nicht vorstellen, was die beiden in eine solche Katastrophe geführt hatte oder wie sie damit umgehen sollte.

Ihr Magen rebellierte, während sie ihren Platz hinter dem Tisch wieder einnahm, ohne ihre Empfindungen preiszugeben. Dabei knickte dieses dumme Stuhlbein ein, so daß sie fast auf die Teppiche fiel, bevor sie es wieder gerade ziehen konnte. Sie hoffte, daß sie nicht errötete. »Über das Meervolk in Caemlyn oder das in Cairhien?« Ja, das klang angemessen ruhig und gefaßt.

»Das in Cairhien.« Romandas hohe Stimme erinnerte an jäh erklingende Glocken. »Gewiß in Cairhien.« Ihr Eintreten ließ Lelaine fast schüchtern erscheinen, als die Macht ihrer Persönlichkeit unvermittelt das Zelt erfüllte. Romanda lächelte nicht herzlich. So hübsch ihr Gesicht auch war, dafür schien es nicht gemacht.

Theodrin folgte ihr ins Zelt, wo Romanda schwungvoll ihren Umhang ablegte und ihn mit einer solch herrischen Geste der schlanken pausbäckigen Schwester zuwarf, daß Theodrin sich veranlaßt sah, hastig in eine Ecke gegenüber Faolain zu verschwinden. Faolain war eindeutig bezwungen, und Theodrins schrägstehende Augen waren stark geweitet, als sei sie ständig bestürzt, und sie schien nach Luft zu ringen. Wie bei

Faolain forderte auch ihr rechtmäßiger Platz in der Hierarchie der Aes Sedai eine bessere Beschäftigung, aber beiden sollte sie anscheinend nicht allzubald zugestanden werden.

Romandas bezwingender Blick ruhte einen Moment auf Siuan, als überlege sie, ob sie diese auch in eine Ecke schicken sollte, aber dann rauschte sie fast abweisend an Lelaine vorbei, bevor sie sich Egwene zuwandte. »Dieser junge Mann hat anscheinend mit dem Meervolk gesprochen, Mutter. Die Augen-und-Ohren der Gelben in Cairhien sind höchst erregt darüber. Wißt Ihr, welches Interesse er an den Atha'an Miere haben könnte?«

Trotz Benutzung des Titels klang Romanda kaum so, als spräche sie mit dem Amyrlin-Sitz, aber andererseits galt das für sie stets. Es bestand kein Zweifel darüber, wer »dieser junge Mann« war. Jede Schwester im Lager akzeptierte Rand als den Wiedergeborenen Drachen, aber jedermann, der sie reden hörte, hätte glauben können, sie sprächen über einen störrischen jungen Tölpel, der vielleicht betrunken zum Essen erscheinen und den Tisch umstoßen würde.

»Sie kann wohl kaum wissen, was im Kopf des Jungen vor sich geht«, bemerkte Lelaine, bevor Egwene auch nur den Mund öffnen konnte. Ihr Lächeln wirkte dieses Mal überhaupt nicht herzlich. »Wenn eine Antwort gefunden werden muß, Romanda, wird sie in Caemlyn zu finden sein. Die dortigen Atha'an Miere halten sich nicht abgesondert auf einem Schiff auf, und ich bezweifle ernsthaft, daß hochrangige Meervolk-Leute mit verschiedenen Aufträgen von See kommen. Ich habe noch nie gehört, daß sie dies bisher aus irgendeinem Grund getan hätten. Vielleicht interessiert *er sie*. Sie sollten inzwischen wissen, wer er ist.«

Romanda erwiderte das Lächeln – und die Zeltwände hätten gefrieren sollen. »Es ist kaum nötig, das

Offensichtliche festzustellen, Lelaine. Die vorrangige Frage ist, wie man es herausfinden kann.«

»Ich war gerade dabei, diese Frage zu klären, als Ihr hereinstürztet, Romanda. Wenn die Mutter das nächste Mal Elayne oder Nynaeve in *Tel'aran'rhiod* trifft, kann sie Anweisungen geben. Merilille kann herausfinden, was die Atha'an Miere wollen, oder vielleicht auch, was der Junge vorhat, wenn sie Caemlyn erreicht. Schade, daß die Mädchen nicht daran gedacht haben, einen richtigen Zeitplan aufzustellen, aber wir müssen das Problem angehen. Merilille kann sich in *Tel'aran'rhiod* mit einer Sitzenden treffen, wenn sie etwas weiß.« Lelaine vollführte eine kleine Geste. Es war eindeutig, daß sie selbst die erwähnte Sitzende sein sollte. »Ich dachte, Salidar wäre vielleicht ein geeigneter Ort.«

Romanda schnaubte belustigt. Selbst darin lag keine Wärme. »Es ist leichter, Merilille Anweisungen zu geben, als dafür zu sorgen, daß sie gehorcht, Lelaine. Ich erwarte, daß sie erfährt, daß sie eindringlichen Fragen ausgesetzt sein wird. Diese Schale der Winde hätte zuerst uns zur Prüfung überbracht werden sollen. Ich glaube, keine der Schwestern in Ebou Dar war sehr geschickt im Wolkentanz, und Ihr könnt das Ergebnis sehen – all dieser Tumult und die Heftigkeit. Ich erwäge, vor dem Saal eine Eingabe bezüglich aller Beteiligten zu machen.« Die Stimme der grauhaarigen Frau wurde plötzlich butterweich. »Ihr habt die Wahl Merililles unterstützt, soweit ich mich erinnere.«

Lelaine richtete sich ruckartig auf. Ihre Augen blitzten. »Ich habe jene Frau unterstützt, welche die Grauen in den Vordergrund geschoben haben, und nicht mehr«, sagte sie angewidert. »Wie hätte ich wissen sollen, daß sie die Schale dort benutzen würde? Und Meervolk-Wilde in den Kreis mit einzubeziehen! Wie konnten sie glauben, daß sie ebensoviel von der Beeinflussung des Wetters verstehen wie die Aes Sedai?« Ihr Zorn schwand jäh. Sie verteidigte sich vor ihrer stärksten Widersacherin im Saal, ihrer einzigen wahren Widersacherin. Doch sie stimmte, was ihrer Ansicht nach zweifellos das schlimmste war, über das Meervolk mit ihr überein. Es bestand kein Zweifel, daß es so war, aber dem auch Ausdruck zu verleihen, war eine andere Sache.

Romandas kaltes Lächeln vertiefte sich noch, als Lelaines Gesicht vor Zorn erblaßte. Sie richtete mit peinlich genauer Sorgfalt ihre bronzefarbenen Röcke, während Lelaine nach einer Möglichkeit suchte, die Lage umzukehren. »Wir werden sehen, wie der Saal dazu steht, Lelaine«, sagte sie schließlich. »Bis die Eingabe gemacht wird, wäre es, glaube ich, das beste, wenn sich Merilille *nicht* mit einer an ihrer Wahl beteiligten Sitzenden trifft. Selbst eine heimliche Verabredung würde mißtrauisch betrachtet werden. Ihr seid sicherlich einverstanden, daß ich mit ihr sprechen sollte.«

Lelaine erblaßte jetzt auf andere Art. Sie hatte keine Angst, nicht sichtbar, und doch konnte Egwene fast sehen, wie sie abzählte, wer für und wer gegen sie war. Eine heimliche Verabredung war fast ebenso schlimm wie Verrat und erforderte keine Mehrheit. Das würde sie wahrscheinlich zu vermeiden suchen, aber es würden umfassende und erbitterte Streitgespräche stattfinden. Romandas Gruppe würde dies vielleicht noch fördern, was unsägliche Probleme heraufbeschwörte, ungeachtet der Frage, ob Egwenes Pläne erfolgreich wären oder nicht. Und sie konnte nichts tun, diese Entwicklung aufzuhalten, wenn sie nicht enthüllen wollte, was in Ebou Dar wirklich geschehen war. Dann könnte sie sie ebensogut bitten, sie dasselbe Angebot annehmen zu lassen wie Faolain und Theodrin.

Egwene atmete tief durch. Vielleicht könnte sie wenigstens die Benutzung Salidars als Treffpunkt in *Tel'aran'rhiod* verhindern. Dort traf sie jetzt Elayne und Nynaeve. Wenn sie die beiden überhaupt traf, was sie seit Tagen nicht mehr getan hatte. Wenn Sitzende in der Welt der Träume ein und aus gingen und überall dort angetroffen werden konnten, wo man sich sicher sein zu können glaubte, daß sie dort nicht auftauchen würden, wurde es schwierig. »Ich werde Eure Anweisungen bezüglich Merilille weitergeben, wenn ich Elayne und Nynaeve das nächste Mal treffe. Ich werde es Euch wissen lassen, wenn sie bereit ist, Euch zu treffen.« Was niemals geschehen würde, wenn sie jene Anweisungen erst weitergegeben hätte.

Die Sitzenden wandten jäh die Köpfe, und zwei Paar Augen starrten Egwene an. Sie hatten vergessen, daß sie da war! Sie bemühte sich, eine ausdruckslose Miene beizubehalten, erkannte, daß sie verärgert mit dem Fuß auftippte, und hielt inne. Sie mußte noch eine Weile dem entsprechen, was sie über sie dachten. Noch ein wenig länger. Zumindest empfand sie keine Übelkeit mehr. Nur Zorn.

In diese momentane Stille brach Chesa mit Egwenes Mittagsmahlzeit auf einem abgedeckten Tablett. Dunkelhaarig, rundlich und in mittlerem Alter hübsch, gelang es Chesa, angemessenen Respekt zu vermitteln, ohne zu kriechen. Ihr Hofknicks geriet so einfach, wie auch ihr dunkelgraues Gewand gehalten war, das nur einen Hauch einfache Spitze am Kragen aufwies. »Verzeiht mein Eindringen, Mutter, Aes Sedai. Ich bedaure die Verspätung *wirklich,* Mutter, aber Meri ist anscheinend davongezogen.« Sie schnalzte verärgert mit der Zunge, während sie das Tablett vor Egwene abstellte. Einfach davonzuziehen sah der falsch benannten Meri gar nicht ähnlich. Dieser mürrischen Frau mißfielen eigene Fehler ebensosehr wie Fehler anderer.

Romanda runzelte die Stirn, schwieg aber. Sie durfte

nicht zuviel Interesse an einer von Egwenes Dienerinnen zeigen. Besonders, wenn die Frau ihre Spionin war. Ebenso wie Selame Lelaines Spionin war. Egwene vermied es, Theodrin oder Faolain anzusehen, die beide noch immer wie Aufgenommene pflichtgetreu in ihren Ecken standen.

Chesa öffnete halbwegs den Mund, schloß ihn dann aber wieder, vielleicht weil sie durch die Sitzenden eingeschüchtert war. Egwene war erleichtert, als sie einen weiteren Hofknicks vollführte und mit einem gemurmelten »Wenn Ihr erlaubt, Mutter« sich entfernte. Chesas Rat erfolgte stets durch Andeutungen, wenn noch jemand anderer anwesend war, aber im Moment war das letzte, was Egwene wollte, auch nur eine wohlüberlegte Mahnung, ihr Essen zu verspeisen, solange es noch heiß sei.

Lelaine fuhr fort, als hätte es keine Unterbrechung gegeben. »Wichtig ist«, sagte sie fest, »zu erfahren, was die Atha'an Miere wollen und was der Junge tut. Vielleicht will er auch ihr König werden.« Sie streckte die Arme aus und ließ sich von Faolain den Umhang wieder umlegen, was die dunkle junge Frau vorsichtig tat. »Ihr werdet daran denken, es mich wissen zu lassen, wenn Ihr es erwägt, Mutter?« Es war eigentlich keine Frage.

»Ich werde ernsthaft darüber nachdenken«, belehrte Egwene sie. Was nicht bedeuten sollte, daß sie ihre Gedanken mitteilen würde. Sie wünschte, sie hätte auch nur eine vage Vorstellung von der Antwort. Ihr war bekannt, daß die Atha'an Miere Rand für ihren prophezeiten Coramoor hielten, obwohl der Saal es nicht wußte, aber was er von ihnen wollte – oder sie von ihm – konnte sie sich nicht annähernd vorstellen. Nach Elaynes Worten hatten die bei ihnen befindlichen Angehörigen des Meervolks auch keinen Hinweis darauf. Oder zumindest behaupteten sie es. Egwene wünschte fast, es befänden sich eine Handvoll der Schwestern im Lager, die von den Atha'an Miere gekommen waren. Jene Windsucherinnen würden auf die eine oder andere Art Probleme verursachen.

Auf ein Zeichen von Romanda hin sprang Theodrin wie aufgescheucht mit dem Umhang der Sitzenden vor. Romandas Miene nach zu urteilen, war sie über Lelaines Wiederherstellung nicht erfreut. »Ihr werdet daran denken, Merilille zu sagen, daß ich mit ihr zu sprechen wünsche, Mutter«, sagte sie, und das war keineswegs eine Frage.

Einen kurzen Augenblick standen die beiden Sitzenden da und sahen einander an, wobei sie Egwene in ihrer gegenseitigen Erbitterung erneut vergaßen. Sie gingen ohne ein Wort zu ihr, fast um Vorrang ringend, bevor Romanda zuerst hinausglitt und Theodrin ihr auf dem Fuße folgte. Lelaine bleckte die Zähne und schob Faolain vor sich aus dem Zelt.

Siuan stieß einen tiefen Seufzer aus und versuchte nicht, ihre Erleichterung zu verbergen.

»Wenn Ihr erlaubt, Mutter«, knurrte Egwene spöttisch. »Wenn es Euch recht ist, Mutter. Ihr dürft gehen, Töchter.« Sie atmete tief aus und lehnte sich auf ihrem Stuhl zurück, der sie augenblicklich auf den Teppich schickte. Sie richtete sich langsam wieder auf, glättete energisch ihre Röcke und rückte die Stola zurecht. Es war zumindest nicht vor jenen zwei Frauen passiert. »Geht und besorgt etwas zu essen, Siuan. Wir haben noch einen langen Tag vor uns.«

»Einige Stürze schmerzen weniger als andere«, sagte Siuan wie zu sich selbst, bevor sie gebückt das Zelt verließ. Es war gut, daß sie so schnell ging, denn andernfalls hätte Egwene sie vielleicht gescholten.

Sie kehrte jedoch bald zurück, und sie aßen harte Brötchen und Linseneintopf mit harten Karotten und Fleischstücken, die Egwene nicht näher betrachtete. Es gab nur wenige Unterbrechungen oder Belästigungen, während deren sie schwiegen und die Berichte zu studieren vorgaben. Chesa kam, um das Tablett fortzuräumen, und später noch einmal, um neue Kerzen aufzustellen, wobei sie grollte, was ihr nicht ähnlich sah.

»Wer hätte erwartet, daß Selame auch davonziehen würde?« murrte sie halbwegs zu sich selbst. »Vermutlich hat sie sich mit den Soldaten eingelassen. Diese Halima übt einen schlechten Einfluß aus.«

Ein hagerer junger Bursche mit tropfender Nase entfernte die bereits erkaltete Asche in den Kohlenpfannen und brachte neue Kohlen – der Amyrlin wurde mehr Wärme zugestanden als den meisten anderen, aber auch das war nicht viel –, wobei er über seine eigenen Stiefel stolperte und Egwene auf eine Art anstarrte, die nach den beiden Sitzenden als recht angenehm bezeichnet werden mußte. Sheriam tauchte auf, um nachzufragen, ob Egwene noch irgendwelche weiteren Anweisungen habe, und schien dann bleiben zu wollen. Vielleicht machten sie die wenigen Geheimnisse, die sie kannte, nervös. Zumindest ließ sie ihre Blicke unbehaglich schweifen.

Das war alles, und Egwene war sich nicht sicher, ob es nur so war, weil niemand die Amyrlin grundlos störte, oder weil alle wußten, daß die wahren Entscheidungen im Saal getroffen wurden.

»Ich weiß nichts von diesem Bericht über Soldaten, die westwärts aus Kandor hinaus ziehen«, sagte Siuan, sobald sich der Zelteingang hinter Sheriam geschlossen hatte. »Es gibt nur diesen einen Bericht, und Grenzbewohner entfernen sich selten weit von der Großen Fäule, aber das weiß jeder Narr, so daß es wohl kaum die Art Geschichte ist, die jemand erfinden würde.« Sie las jetzt nichts ab.

Siuan hatte es bislang geschafft, das Netzwerk der Augen-und-Ohren der Amyrlin sehr sorgfältig unter

Kontrolle zu halten, und Berichte, Gerüchte und Geschwätz flossen ihr in beständigem Strom zu, um gesichtet zu werden, bevor sie und Egwene entschieden, was an den Saal weitergegeben wurde. Leane besaß ihr eigenes Netzwerk, das noch zu dem beständigen Strom beitrug. Das meiste davon wurde weitergegeben – einige Dinge mußte der Saal wissen, und es gab keine Gewähr, daß die Ajahs weitergeben würden, was ihre eigenen Agenten erfuhren –, aber alles mußte daraufhin überprüft werden, ob es vielleicht gefährlich sein oder die Aufmerksamkeit vom wahren Ziel ablenken könnte.

Nur wenige jener Ströme trugen in letzter Zeit gute Nachrichten heran. Cairhien hatte viele Gerüchte über mit Rand verbündete oder, noch schlimmer, ihm dienende Aes Sedai hervorgebracht, obwohl zumindest diese Angaben einfach unbeachtet gelassen werden konnten. Die Weisen Frauen sagten nicht viel über Rand oder die Menschen, die mit ihm in Verbindung standen, aber ihnen zufolge erwartete Merana seine Rückkehr, und die Schwestern im Sonnenpalast, wo der Wiedergeborene Drache seinen ersten Thron innehatte, waren gewiß ein guter Grund, solche Erzählungen entstehen zu lassen. Andere Gerüchte wurden nicht so leicht mißachtet, selbst wenn schwer zu erkennen war, was man von ihnen halten sollte. Ein Drucker in Illian behauptete, er hätte Beweise dafür, daß Rand Mattin Stepaneos mit eigenen Händen getötet und den Leichnam mit der Einen Macht vernichtet hätte, während eine Arbeiterin auf den dortigen Docks erklärte, sie hätte gesehen, wie man den früheren König gefesselt und geknebelt und in einen Teppich eingerollt an Bord eines Schiffes gebracht habe, das in der Nacht mit dem Segen des Befehlshabers der Hafenwache davongesegelt sei. Ersteres war weitaus wahrscheinlicher, aber Egwene hoffte, daß keiner der Agenten der Ajahs diese Geschichten gehört hätte. Es gab in den Büchern der Schwestern bereits zu viele abträgliche Vermerke über Rand.

So ging es weiter. Die Seanchaner schienen sich gegen nur geringen Widerstand in Ebou Dar festzusetzen. Das war vielleicht in einem Land zu erwarten gewesen, in dem die wahre Regentschaft der Königin nur wenige Tagesritte von ihrer Hauptstadt entfernt endete, und doch war es kaum ermutigend. Die Shaido waren anscheinend überall, obwohl stets nur über zehn Ecken von ihnen berichtet wurde. Die meisten Schwestern schienen zu glauben, die verstreuten Shaido wären Rands Werk, obwohl die Weisen Frauen dies bestritten, was Sheriam weitergab. Aber natürlich wollte niemand ihre mutmaßlichen Lügen allzu genau überprüfen. Es gab hundert Ausreden, denn niemand außer den Egwene verschworenen Schwestern wollte sie in *Tel'aran'rhiod* treffen, und auch ihnen mußte es befohlen werden. Anaiya nannte die Begegnungen trocken »recht umfassende Lektionen in Demut«, und sie schien überhaupt nicht belustigt zu sein.

»Es *kann* nicht so viele Shaido geben«, murrte Egwene. Dem zweiten Schub Kohlen, der zu schwacher Glutasche erstarb, waren keine Kräuter beigefügt worden, und ihre Augen schmerzten von dem schwach in der Luft schwebenden Rauch. Die Macht zu lenken, um ihn zu beseitigen, würde auch die letzte Wärme vertreiben. »Ein Teil von alledem muß das Werk von Banditen sein.« Wer konnte schließlich unterscheiden, ob ein Dorf von flüchtigen Banditen oder von Shaido gesäubert worden war? Besonders, wenn man es erst aus dritter oder fünfter Hand hörte. »Es sind gewiß ausreichend viele Banditen in der Nähe, daß sie für einen Teil der Geschehnisse verantwortlich gemacht werden können.« Die meisten nannten sich Drachenverschworene, was überhaupt nicht hilfreich war.

Egwene bewegte die Schultern, um die Verspannungen in ihren Muskeln zu lösen.

Dann erkannte sie jäh, daß Siuan so intensiv ins Leere starrte, daß sie fast von ihrem Stuhl zu fallen schien. »Siuan, schlaft Ihr ein? Wir haben zwar den größten Teil des Tages gearbeitet, aber draußen ist es immer noch hell.« Am Rauchabzug war Licht zu sehen, obwohl es allmählich schwand.

Siuan blinzelte. »Verzeiht. Ich habe in letzter Zeit über etwas nachgedacht und zu entscheiden versucht, ob ich es Euch mitteilen soll. Über den Saal.«

»Über den Saal! Siuan, wenn Ihr etwas über den Saal wißt ...!«

»Ich *weiß* nichts«, unterbrach Siuan sie. »Ich vermute nur etwas.« Sie schnalzte verärgert mit der Zunge. »Und nicht einmal das wirklich. Zumindest weiß ich nicht, was ich vermuten soll. Aber ich sehe ein Muster.«

»Dann solltet Ihr mir lieber davon erzählen«, sagte Egwene. Siuan hatte sich als sehr geschickt darin erwiesen, Muster zu entdecken, wo andere nur ein Durcheinander sahen.

Siuan regte sich unbehaglich auf ihrem Stuhl und beugte sich dann angespannt vor. »Es geht um Folgendes: Außer Romanda und Moria sind die in Salidar erwählten Sitzenden ... zu jung.« Vieles hatte sich in Siuan gewandelt, aber über das Alter anderer Schwestern zu reden bereitete ihr eindeutig noch immer Unbehagen. »Escaralde ist die älteste, und sie ist gewiß nicht viel älter als siebzig. Ich kann es nicht mit Bestimmtheit sagen, ohne in den Novizinnenbüchern in Tar Valon nachzuschlagen, aber ich bin mir ziemlich sicher. Der Saal hat nur selten mehr als eine Sitzende unter hundert Jahren aufgewiesen, und hier sind es neun!«

»Aber Romanda und Moria *sind* neu hinzugekommen«, sagte Egwene freundlich, während sie die Ellbogen auf den Tisch stützte. Es war ein langer Tag gewesen. »Und keine von beiden ist jung. Vielleicht sollten wir dankbar dafür sein, daß die anderen es sind, sonst wären sie vielleicht nicht bereit gewesen, mich aufzustellen.« Sie hätte noch darauf hinweisen können, daß Siuan selbst zur Amyrlin gewählt worden war, als sie nicht einmal halb so alt wie Escaralde war, aber es wäre eine grausame Erinnerung gewesen.

»Vielleicht«, sagte Siuan eigensinnig. »Romanda stand für den Saal fest, sobald sie auftauchte. Ich bezweifle, daß es eine Gelbe gibt, die gegen sie zu sprechen wagte, um den Vorsitz zu erlangen. Und Moria … sie hängt nicht an Lelaine, aber Lelaine und Lyrelle dachten wahrscheinlich, sie würde es tun. Ich weiß es nicht. Aber merkt Euch meine Worte: Wenn eine Frau in zu jungem Alter erhoben wird, gibt es dafür einen Grund.« Sie atmete tief durch. »Das galt auch bei mir.« Der Schmerz des Verlusts zeigte sich deutlich auf ihrem Gesicht, gewiß der Verlust des Amyrlin-Sitzes, dieser von all den von ihr erlittenen Verlusten vielleicht am schmerzhaftesten. Aber der Eindruck schwand fast ebenso schnell wieder, wie er entstanden war. Egwene glaubte nicht, daß sie schon jemals einer solch starken Frau wie Siuan begegnet war. »Dieses Mal waren überaus viele Schwestern im angemessenen Alter, erwählt zu werden, und ich kann nicht verstehen, warum sich fünf Ajahs auf all diese jungen Schwestern festlegen sollten. Es besteht ein Muster, und ich werde es herausfinden.«

Egwene war anderer Meinung. Veränderung lag in der Luft, ob Siuan es wahrhaben wollte oder nicht. Elaida hatte mit einem Brauch gebrochen, fast das Gesetz gebrochen, indem sie sich Siuans Platz widerrechtlich angeeignet hatte. Schwestern waren aus der Burg entflohen und hatten die Welt darüber unterrichtet, und letzteres war gewiß noch niemals zuvor geschehen. Veränderung. Ältere Schwestern wären eher der alten Art verbunden, aber selbst einige von ihnen mußten erkennen, daß alles in Bewegung geraten war. Gewiß war das der Grund, warum jüngere Frauen gewählt worden waren, die Neuem offener gegenüberstanden. Sollte sie Siuan befehlen, ihre Zeit nicht mehr damit zu verschwenden? Siuan hatte genug anderes zu tun. Oder sollte sie Siuan weitermachen lassen? Sie wollte so gern beweisen, daß die Veränderung, die jene erkannte, in Wahrheit gar nicht bestand.

Bevor Egwene eine Entscheidung treffen konnte, betrat Romanda geduckt das Zelt und blieb, den Eingang geöffnet haltend, stehen. Lange Schatten erstreckten sich draußen über den Schnee. Der Abend kam schnell. Romandas Gesicht war ebenso düster wie jene Schatten. Sie sah Siuan mit starrem Blick an und äußerte barsch nur ein Wort: »Raus!«

Egwene nickte kaum merklich, aber Siuan war bereits aufgesprungen. Sie stolperte und rannte dann fast aus dem Zelt. Von einer Schwester vom Range Siuans wurde erwartet, daß sie jeder Schwester gehorchte, welche der Stärke in der Macht Romandas gleichkam, nicht nur einer Sitzenden.

Romanda schloß den Zelteingang und umarmte die Quelle. Das Schimmern *Saidars* umgab sie, und sie wob einen Schutz gegen Lauscher um das Innere des Zelts, ohne auch nur vorzugeben, Egwene um Erlaubnis fragen zu wollen. »Ihr seid eine Närrin!« stieß sie zwischen zusammengepreßten Zähnen hervor. »Wie lange glaubtet Ihr, dies geheimhalten zu können? Soldaten reden, Kind. Männer reden immer! Bryne wird Glück haben, wenn der Saal nicht seinen Kopf fordert.«

Egwene erhob sich langsam, während sie ihre Röcke glättete. Sie hatte hierauf gewartet, aber dennoch mußte sie auch weiterhin vorsichtig sein. Das Spiel war noch lange nicht beendet, und alles konnte sich noch immer blitzartig gegen sie wenden. Sie mußte Unschuld vorgeben, bis sie es sich leisten konnte, damit aufzuhören. »Muß ich Euch daran erinnern, daß Unhöflichkeit dem Amyrlin-Sitz gegenüber ein Verbrechen ist, Tochter«, sagte sie statt dessen. Sie hatte schon so lange etwas vorgetäuscht, und sie war so nahe daran.

»Der Amyrlin-Sitz.« Romanda schritt über die Teppiche auf Armeslänge zu Egwene, und ihrem Blick nach zu urteilen, erwog sie, noch näher zu kommen. »Ihr seid ein Kind! Euer Hintern erinnert sich noch der letzten Schläge, die Ihr als Novizin erhalten habt! Ihr werdet Glück haben, wenn der Saal Euch nicht mit einigen hübschen Spielzeugen in eine Ecke verweist. Wenn Ihr das vermeiden wollt, werdet Ihr mir zuhören und tun, was ich Euch sage. Und jetzt setzt Euch!«

Egwene kochte innerlich, aber sie setzte sich hin. Es war noch zu früh.

Romanda stemmte mit zufriedenem Nicken die Fäuste in die Hüften. Sie sah auf Egwene herab wie eine strenge Tante, die eine ungehorsame Nichte zurechtweist. Eine sehr strenge Tante. Oder ein Scharfrichter mit Zahnschmerzen. »Dieses Treffen mit Pelivar und Arathelle muß jetzt, da es einberufen wurde, natürlich stattfinden. Sie erwarten den Amyrlin-Sitz, und sie werden sie sehen. Ihr werdet mit allem Eurem Titel gebührendem Prunk und aller Würde daran teilnehmen. Und Ihr werdet ihnen sagen, daß ich für Euch sprechen soll, woraufhin Ihr den Mund halten werdet! Es ist eine feste Hand erforderlich, sie uns aus dem Weg zu schaffen – und jemand, der weiß, was er tut. Lelaine wird zweifellos jeden Moment hier sein und versuchen, sich vorzudrängen, aber Ihr solltet Euch der Schwierigkeiten entsinnen, in denen sie steckt. Ich habe den Tag mit Gesprächen mit den anderen Sitzenden verbracht, und es erscheint sehr wahrscheinlich, daß Merililles und Meranas Versagen Lelaine zur Last gelegt werden wird, wenn der Saal das nächste Mal tagt. Wenn Ihr also irgendwelche Hoffnungen hegt, die für Euch notwendige Erfahrung zu sammeln, um dieser Stola gerecht zu werden, liegt sie bei mir! Versteht Ihr mich?«

»Ich verstehe vollkommen«, sagte Egwene mit, wie sie hoffte, sanftmütiger Stimme. Wenn sie Romanda an ihrer Stelle sprechen ließe, würden keine Zweifel mehr bestehen. Der Saal und die ganze Welt würden wissen, unter welchem Einfluß Egwene al'Vere stand.

Romandas Blick schien sich in ihren Kopf zu bohren, bevor die Frau kurz nickte. »Hoffentlich. Ich beabsichtige, Elaida vom Amyrlin-Sitz zu vertreiben, und ich werde mir diese Absicht nicht verderben lassen, weil ein Kind glaubt, es wüßte genug, um seinen Weg über die Straße zu finden, ohne daß jemand seine Hand hält.« Sie warf sich mit einem Schnauben den Umhang um und rauschte aus dem Zelt. Der Schutz schwand mit ihr.

Egwene saß da und blickte stirnrunzelnd zum Zelteingang. Ein Kind? Verdammt sei die Frau, sie war der Amyrlin-Sitz! Ob es ihnen nun gefiel oder nicht – sie hatten sie erwählt, und sie würden damit leben müssen! Sie ergriff das steinerne Tintengefäß und warf es auf den Zelteingang.

Lelaine sprang zurück und entging dem Geschoß nur knapp. »Ruhig, ruhig«, schalt sie, während sie eintrat.

Sie bat ebensowenig um Erlaubnis wie Romanda, umarmte die Quelle und wob ebenfalls einen Schutz gegen Lauscher. Wo Romanda Zorn empfunden zu haben schien, empfand Lelaine Selbstzufriedenheit; sie rieb sich die behandschuhten Hände und lächelte.

»Ich brauche Euch vermutlich nicht zu erzählen, daß Euer kleines Geheimnis enthüllt wurde. Das war nicht nett von Lord Bryne, aber ich denke, er ist zu wertvoll, um ihn zu töten. Sein Glück, daß ich so denke. Laßt mich sehen. Romanda hat Euch vermutlich erzählt, daß ein Treffen mit Pelivar und Arathelle stattfinden wird, Ihr aber Romanda das Reden überlassen sollt. Habe ich recht?« Egwene regte sich, aber Lelaine winkte ab. »Ihr braucht nicht zu antworten. Ich kenne Romanda. Zu ihrem Pech habe ich vor ihr davon erfahren, und anstatt geradewegs zu Euch zu laufen, habe ich die anderen Sitzenden befragt. Wollt Ihr wissen, was sie denken?«

Egwene ballte die Fäuste im Schoß, wo es, wie sie hoffte, nicht bemerkt würde. »Ihr werdet es mir vermutlich erzählen.«

»Es steht Euch nicht zu, in diesem Ton mit mir zu sprechen«, sagte Lelaine scharf, aber im nächsten Moment lächelte sie schon wieder. »Der Saal ist unzufrieden mit Euch. Sehr unzufrieden. Womit auch immer Romanda Euch gedroht hat – und das kann man sich nur allzuleicht vorstellen –, kann ich ausräumen. Romanda hat außerdem eine Anzahl Sitzender mit ihren Schikanen verärgert. Wenn Ihr also nicht mit noch weniger Autorität als jetzt dastehen wollt, sollte Romanda morgen überrascht werden, indem Ihr mich als Eure Sprecherin benennt. Es ist schwer zu glauben, daß Arathelle und Pelivar dumm genug waren, diesem Treffen zuzustimmen, aber sie werden mit eingezogenem Schwanz davonschleichen, wenn ich erst mit ihnen fertig bin.«

»Woher soll ich wissen, daß Ihr Eure Drohungen nicht ohnehin ausführt?« Egwene hoffte, daß ihre zornige Äußerung nur mürrisch klang. Licht, sie hatte all dies satt!

»Weil ich sage, daß ich es nicht tun werde«, fauchte Lelaine. »Wißt Ihr denn inzwischen nicht, daß Ihr in

Wahrheit keinerlei Befugnisse habt? Der Saal hat sie, und dies ist eine Sache zwischen Romanda und mir. In weiteren hundert Jahren wird Euch die Stola vielleicht gebühren, aber im Moment sitzt still, faltet Eure Hände und laßt jemanden, der weiß, was er tut, Elaida vertreiben.«

Egwene saß erneut zum Eingang starrend da, nachdem Lelaine gegangen war. Dieses Mal ließ sie den Zorn nicht überkochen. *Die Stola wird Euch vielleicht gebühren.* Romanda hatte fast dasselbe gesagt. *Jemand, der weiß, was er tut.* Täuschte sie sich *tatsächlich?* Ein Kind, das zunichte machte, was eine erfahrene Frau leicht handhaben konnte?

Siuan schlüpfte ins Zelt und blieb dann mit besorgtem Blick stehen. »Gareth Bryne kam gerade zu mir, um mir zu sagen, daß der Saal Bescheid weiß«, sagte sie trocken. »Er kam unter dem Vorwand, nach seinen Hemden zu fragen. Er und seine verdammten Hemden! Das Treffen ist für morgen angesetzt, an einem See ungefähr fünf Stunden nördlich von hier. Pelivar und Arathelle sind bereits dorthin unterwegs und Aemlyn ebenfalls. Ein drittes starkes Haus.«

»Das ist mehr, als Lelaine oder Romanda mir mitzuteilen geruhten«, sagte Egwene ebenso trocken. Nein. Hundert oder fünfzig oder fünf Jahre an der Hand geführt, am Kragen vorwärts geschoben werden – und sie würde zu nichts anderem mehr taugen. Wenn sie in etwas hineinwachsen sollte, dann mußte sie *jetzt* wachsen.

»Oh, Blut und blutige Asche«, stöhnte Siuan. »Ich halte es nicht aus! Was haben sie gesagt? Wie sind die Gespräche verlaufen?«

»Ungefähr so, wie wir es erwartet hatten.« Egwene lächelte mit einer Verwunderung, die sich auch in ihrer Stimme widerspiegelte. »Siuan, sie hätten mir den Saal nicht gekonnter ausliefern können, wenn ich ihnen gesagt hätte, was sie tun sollen.«

Das letzte Tageslicht schwand, als Sheriam sich ihrem Zelt näherte, das noch kleiner war als Egwenes. Wäre sie nicht die Behüterin der Chroniken gewesen, hätte sie es sogar noch teilen müssen. Sie betrat das Zelt geduckt und hatte nur noch Zeit zu erkennen, daß sie nicht allein war, als sie bereits abgeschirmt und mit dem Gesicht nach unten auf ihr Feldbett geworfen wurde. Sie wollte aufschreien, aber eine Ecke ihrer Decken verstopfte ihr den Mund. Die Kleidung wurde ihr vom Leib gerissen.

Dann erhielt sie einen Schlag auf den Kopf. »Ihr solltet mich auf dem laufenden halten, Sheriam. Dieses Mädchen plant etwas, und ich will wissen, was es ist.«

Es dauerte lange, ihren Fragesteller davon zu überzeugen, daß sie ihm bereits alles gesagt hatte, was sie wußte, daß sie niemals ein Wort zurückhalten würde, kein Flüstern. Als sie schließlich in Ruhe gelassen wurde, lag sie zusammengerollt da, wimmerte vor Schmerzen und wünschte sich bitterlich, sie hätte niemals in ihrem Leben auch nur mit einer einzigen Sitzenden im Saal gesprochen.

KAPITEL 9

Draußen auf dem Eis

Am nächsten Morgen zog eine Kolonne Reiter schon lange vor der Dämmerung aus dem Aes Sedai-Lager gen Norden, vom Knarren der Sättel und dem Knirschen durch die harsche Schneedecke brechender Pferdehufe einmal abgesehen nahezu lautlos. Gelegentlich schnaubte ein Pferd oder klirrte Metall und wurde rasch gedämpft. Der Mond war bereits untergegangen, der Himmel sternenklar, aber die helle, über allem liegende Schneedecke erleuchtete die Dunkelheit. Als im Osten die erste Morgenröte erschien, waren sie bereits gut über eine Stunde geritten. Was nicht bedeutete, daß sie weit gekommen wären. Egwene konnte Daishar über einige offene Flächen in leichtem Galopp gehen lassen, wodurch Schnee aufstäubte wie verspritzendes Wasser, aber überwiegend mußten die Pferde in langsamem Schrittempo durch spärliche Wälder geführt werden, wo der Schnee tiefe Gräben bedeckte und auf den Zweigen über ihnen hing. Eichen und Kiefern, Tupelo- und Lederblattbäume sowie Bäume, die sie nicht kannte, wirkten jetzt alle noch erbärmlicher als in der sengenden Hitze. Heute war das Abramsfest, aber es würde keine in Honigkuchen eingebackenen Preise geben. Das Licht gebe, daß einige Menschen dennoch an diesem Tag Überraschungen erlebten.

Die Sonne stieg auf, ein fahler goldener Ball, der keine Wärme spendete. Jeder Atemzug stach noch immer in der Kehle und wurde zu Nebel. Ein scharfer

Wind wehte, nicht stark, aber schneidend, und im Westen rollten dunkle Wolken auf ihrem Weg nach Andor nordwärts. Sie verspürte Mitleid mit jedermann, der die Last dieser Wolken zu spüren bekommen würde. Und Erleichterung darüber, daß sie sich von ihnen entfernten. Es wäre unerträglich gewesen, noch einen Tag zu warten. Sie hatte überhaupt nicht schlafen können – aus nervöser Ungeduld, nicht wegen ihrer Kopfschmerzen. Aus Ungeduld – und aus wie kalte Luft unter den Zeltwänden hindurchkriechender Angst. Sie war jedoch nicht müde. Sie fühlte sich wie eine zusammengedrückte Feder, eine fest aufgezogene Uhr, voller Energie, die verzweifelt verbraucht werden wollte. Licht, es konnte noch immer alles schrecklich fehlschlagen.

Eine beeindruckende Kolonne folgte der Standarte der Weißen Burg, der weißen Flamme von Tar Valon inmitten einer aus den sieben Farben der Ajahs gebildeten Spirale. Heimlich in Salidar genäht, hatte sie seitdem zusammen mit den Schlüsseln in der Obhut des Saals am Boden einer Kiste gelegen. Sie glaubte nicht, daß sie die Standarte gezeigt hätten, wäre heute morgen nicht Prunk vonnöten gewesen. Tausend Mann schwerer Kavallerie in Kettenpanzern bildeten eine umfangreiche Eskorte, einen vollkommenen Rahmen aus Speeren, Schwertern, Streitkolben und Streitäxten, die südlich der Grenzlande selten zu sehen waren. Ihr Befehlshaber war ein einäugiger Shienarer mit einer bunten Augenklappe, ein Mann, dem sie vor scheinbar einem Zeitalter begegnet war. Uno Nomesta beobachtete durch das Visier seines Helms den Wald, als erwarte er überall Hinterhalte, und seine Männer, die sehr aufrecht im Sattel saßen, schienen beinahe ebenso wachsam.

Vor ihnen und durch die Bäume fast verdeckt ritt eine Gruppe von Männern, die Helme und Brust- und

Rückenpanzer trugen, aber keinen weiteren Schutz. Ihre Umhänge flatterten ungehindert in der Luft, da sie eine behandschuhte Hand für die Zügel und eine Hand für den Kurzbogen, den sie alle trugen, brauchten. Vor dieser Gruppe befanden sich noch weitere Männer und außer Sicht auch links und rechts und hinter ihnen, insgesamt weitere tausend Mann, die kundschafteten und sie abschirmten. Gareth Bryne erwartete von den Andoranern keinen Betrug, aber er hatte sich, wie er sagte, schon früher geirrt, und die Murandianer waren noch eine andere Sache. Außerdem mußte mit von Elaida bezahlten Meuchelmördern oder sogar Schattenfreunden gerechnet werden. Nur das Licht allein wußte, wann oder warum sich ein Schattenfreund zum Meuchelmord entschloß. Auch bei den Shaido, die vermutlich weit entfernt waren, wußte anscheinend niemand, daß sie da waren, bis das Töten begann. Selbst Straßenräuber hätten ihr Glück bei einer zu kleinen Gruppe versuchen können. Lord Bryne ging keine unnötigen Risiken ein, worüber Egwene sehr froh war. Sie wollte heute so viele Zeugen wie möglich haben.

Sie selbst ritt mit Sheriam, Siuan und Bryne vor dem Banner. Die anderen schienen in ihre eigenen Gedanken versunken. Lord Bryne saß locker im Sattel, und der Nebel seines Atems bildete einen leichten Eisfilm auf seinem Visier, aber Egwene konnte erkennen, daß er sich den Geländeverlauf sorgfältig einprägte, falls er hier kämpfen müßte. Siuan ritt so starr, daß sie lange bevor sie ihr Ziel erreichten wundgeritten wäre, aber sie blickte gen Norden, als könne sie den See bereits sehen, und manchmal nickte sie vor sich hin oder schüttelte den Kopf. Sie hätte dies nicht getan, wenn sie sich wohl gefühlt hätte. Sheriam wußte nicht besser, was auf sie zukäme, als die Sitzenden, und doch schien sie sogar noch nervöser als Siuan, regte sich ständig im

Sattel und verzog das Gesicht. Auch Zorn schimmerte aus einem unbestimmten Grund in ihren Augen.

Dicht hinter dem Banner folgte in Doppelreihen der gesamte Saal der Burg, in bestickter Seide, üppigem Samt, Pelzen und Umhängen mit der deutlich auf dem Rücken plazierten Flamme. Frauen, die selten mehr Schmuck als den Großen Schlangenring trugen, waren heute mit den feinsten Edelsteinen geschmückt, welche die Schmuckkästen des Lagers bargen. Und ihre Behüter sahen durch ihre die Farbe verändernden Umhänge noch großartiger aus. Die Männer schienen beinahe zu verschwinden, wenn die beunruhigenden Umhänge im starken Wind wehten. Diener folgten, zwei oder drei für jede Schwester, auf den besten Pferden, die für sie gefunden werden konnten. Sie wären vielleicht selbst als niedriger gestellte Adlige angesehen worden, wenn nicht einige von ihnen Packpferde geführt hätten. Jede Kiste im Lager war durchstöbert worden, um sie in strahlende Farben zu kleiden.

Delana hatte Halima auf einer feurigen weißen Schimmelstute mitgebracht, vielleicht weil sie eine der Sitzenden ohne Behüter war. Die beiden ritten fast Knie an Knie. Delana beugte sich manchmal zu Halima herüber, um Vertrauliches zu besprechen, obwohl Halima zu aufgeregt schien, um zuhören zu können. Halima war vermutlich Delanas Schreiberin, und jedermann vermutete Mildtätigkeit oder möglicherweise Freundschaft dahinter, wie unwahrscheinlich das auch zwischen der würdevollen, hellhaarigen Schwester und der heißblütigen, schwarzhaarigen Frau vom Lande schien. Egwene hatte Halimas unbeholfene Handschrift gesehen, so unförmig wie die eines gerade das Schreiben lernenden Kindes. Heute trug sie ebenso edle Kleidung wie die Schwestern, mit Juwelen, die Delanas ohne weiteres gleichkamen und von der sie gewiß auch stammten. Wann immer ein Windstoß an

Halimas Samtumhang zerrte, wurde ein erschreckend großer Teil ihres Busens sichtbar, und sie lachte stets, wenn sie den Umhang wieder fester um ihre Schultern zog, wobei sie nicht zugab, daß sie die Kälte stärker empfand als die Schwestern.

Egwene war zum ersten Mal dankbar für all die Kleidung, die man ihr geschenkt hatte und die es ihr erlaubte, die Sitzenden zu übertreffen. Ihr grün-blaues Reisekleid war mit weißen Schlitzen versehen und mit Zuchtperlen bestickt. Perlen schmückten auch die Oberseite ihrer Handschuhe. Im letzten Moment hatten Romanda einen hermelinverbrämten Umhang und Lelaine eine Halskette und Ohrringe aus Smaragden und weißen Opalen beigesteuert. Die Mondsteine in ihrem Haar stammten von Janya. Die Amyrlin mußte heute alle überstrahlen. Selbst Siuan schien in ihrem blauem Samtgewand mit cremefarbener Spitze, einem breiten Perlenband um den Hals und weiteren Perlen im Haar für einen Ball bereit.

Romanda und Lelaine führten die Sitzenden an und ritten so dicht hinter dem Bannerträger her, daß er manchmal nervös über die Schulter blickte und sein Pferd näher an die Reiter vor ihm herantrieb. Egwene gelang es, nur ein- oder zweimal zurückzuschauen, und doch konnte sie deren Blicke zwischen den Schulterblättern spüren. Beide glaubten, sie fest im Griff zu haben, und beide würden sich wundern müssen, wer sie tatsächlich im Griff hatte. Oh, Licht, dies durfte nicht mißlingen. Nicht jetzt!

Außer der Kolonne regte sich in der schneebedeckten Landschaft wenig. Ein Falke mit breiten Schwingen über ihnen zog vor dem kalten blauen Himmel eine Zeitlang seine Kreise, bevor er nach Osten abschwenkte. Egwene sah Füchse mit schwarzem Schwanz in der Ferne dahintrotten, noch immer mit ihrem Sommerfell, und einmal tauchte wie eine Geistergestalt ein großer Hirsch mit hohem, gegabeltem Geweih auf und verschwand dann im Wald. Ein von Belas Hufen aufgescheuchter Hase sprang davon, woraufhin die struppige Stute den Kopf aufwarf. Siuan schrie und packte die Zügel, als erwarte sie, daß Bela durchgehen würde. Bela schnaubte natürlich nur vorwurfsvoll und trottete schwerfällig weiter. Egwenes großer Rotgrauer scheute stärker, dabei war der Hase nicht einmal in seine Nähe gekommen.

Siuan begann leise zu schimpfen, nachdem der Hase davongehoppelt war, und es dauerte einige Zeit, bevor sie Belas Zügel wieder lockerte. Es machte sie stets reizbar, auf einem Pferd zu sitzen – sie reiste in einem der Wagen, wann immer es möglich war –, aber sie war selten so schlecht gelaunt. Lord Brynes Miene oder ihre auf ihn gerichteten zornigen Blicke verrieten jedem aufmerksamen Beobachter den wahren Grund.

Falls er Siuans Blicke bemerkte, zeigte er es nicht. Er sah als einziger aus wie immer, schlicht und etwas mitgenommen. Ein Fels, der Stürmen getrotzt hatte und auch noch weitere überstehen würde. Egwene war aus einem unbestimmten Grund froh, daß er dem Ansinnen, ihn in edlere Kleidung zu stecken, widerstanden hatte. Sie mußten wirklich Eindruck schinden, aber er tat dies bereits so, wie er war.

»Es ist ein schöner Morgen zum Reiten«, sagte Sheriam nach einiger Zeit. »Es gibt doch nichts Besseres als einen ausgiebigen Ritt im Schnee, um die Gedanken zu klären.« Sie sprach laut und deutlich und fixierte lächelnd die noch immer murrende Siuan.

Siuan schwieg dazu – sie konnte vor so vielen Augen kaum etwas anderes tun –, aber sie sah Sheriam mit einem Blick an, der für später harte Worte ankündigte. Die feuerhaarige Frau zuckte fast zusammen und wandte sich jäh ab. Schwinge, ihre graugescheckte Stute, tänzelte einige Schritte, und Sheriam beruhigte sie mit fester Hand. Sie hatte der Frau gegenüber, die sie zur Herrin der Novizinnen ernannt hatte, wenig Dankbarkeit gezeigt, und fand wie die meisten in dieser Lage Gründe, Siuan dafür verantwortlich zu machen. Das war der einzige Fehler, den Egwene seit dem Schwur an ihr entdeckt hatte. Nun, sie war dagegen gewesen, als Behüterin der Chroniken auf die gleiche Art Befehle von Siuan entgegennehmen zu müssen wie die anderen, aber Egwene hatte sofort erkannt, wohin das führen würde. Dies war nicht das erstemal, daß Sheriam versucht hatte, spitze Bemerkungen anzubringen. Siuan beharrte darauf, sich selbst um Sheriam zu kümmern, und ihr Stolz war zu verletzbar, als daß Egwene das Ersuchen verweigert hätte, es sei denn, die Angelegenheit drohte auszuufern.

Egwene wünschte, es gäbe eine Möglichkeit, schneller voranzukommen. Siuan grollte erneut, und Sheriam dachte offensichtlich darüber nach, was sie noch sagen könnte, was nicht gerade einen Verweis heraufbeschwor. All dieses Murren und die bösen Blicke gingen Egwene allmählich unter die Haut. Nach einer Weile zermürbte sie sogar Brynes nüchterne Haltung. Sie ertappte sich bei dem Gedanken, was sie sagen könnte, um seine Selbstsicherheit zu erschüttern. Leider – oder vielleicht dem Licht sei Dank – glaubte sie nicht, daß dies möglich sei. Aber wenn sie noch viel länger warten müßte, fürchtete sie, aus reiner Ungeduld zu platzen.

Die Sonne näherte sich dem Zenit, doch sie kamen nur qualvoll langsam voran. Schließlich wandte sich einer der Reiter vor ihnen um und hob eine Hand. Bryne entschuldigte sich hastig bei Egwene und galoppierte nach vorn. Sein kräftiger kastanienbrauner Wallach kam durch den Schnee eher langsam voran, aber Bryne holte die Vorreiter ein, wechselte einige Worte, schickte sie dann weiter durch den Wald voraus und wartete auf Egwene und die übrigen.

Als er erneut neben sie ritt, schlossen sich Romanda und Lelaine ihnen an. Die beiden Sitzenden nahmen Egwenes Anwesenheit kaum zur Kenntnis, sondern richteten ihre Aufmerksamkeit mit der kühlen Gelassenheit, die schon so manchen Mann, der Aes Sedai gegenübergestanden hatte, auf Bryne. Nur daß sie einander hin und wieder nachdenklich von der Seite ansahen. Sie schienen kaum zu erkennen, was sie taten. Egwene hoffte, daß sie wenigstens halb so nervös waren wie sie. Damit wäre sie schon zufrieden.

Kühle, gelassene Blicke schweiften über Bryne hinweg wie Regen über den besagten Fels. Er verbeugte sich leicht vor den Sitzenden, sprach aber an Egwene gewandt. »Sie sind bereits eingetroffen, Mutter.« Das war zu erwarten gewesen. »Sie haben fast ebenso viele Männer mitgebracht wie wir, diese befinden sich jedoch alle auf der Nordseite des Sees. Ich habe Kundschafter ausgeschickt, um sicherzustellen, daß uns niemand umzingelt, was ich aber nicht erwarte.«

»Hoffentlich habt Ihr recht«, erwiderte Romanda scharf, und Lelaine fügte in noch weitaus kälterem Tonfall hinzu: »Eure Einschätzungen waren in letzter Zeit nicht immer zutreffend, Lord Bryne.« Ein frostiger, schneidender Tonfall.

»Wie Ihr meint, Aes Sedai.« Er verbeugte sich erneut leicht, ohne sich wirklich von Egwene abzuwenden. Wie Siuan war auch er jetzt offen an sie gebunden, zumindest soweit es den Saal betraf. Wenn sie nur nicht ahnten, wie fest! Wenn sie nur sicher sein könnte, wie fest. »Noch etwas, Mutter«, fuhr er fort. »Talmanes befindet sich ebenfalls am See. Ungefähr hundert Mann der Bande stehen auf der Ostseite. Nicht genug, um Schwierigkeiten zu machen, selbst wenn er es wollte, und ich glaube kaum, daß er es will.«

Egwene nickte nur. Nicht genug, um Schwierigkeiten zu machen? Talmanes allein könnte schon genügen! Sie spürte einen bitteren Geschmack im Mund. Es … durfte … jetzt … nicht … schiefgehen!

»Talmanes!« rief Lelaine aus, als ihre Gelassenheit schwand. Sie *mußte* ebenso nervös sein wie Egwene. »Wie hat er es herausgefunden? Wenn Ihr Drachenverschworene in Euren Plan mit einbezogen habt, Lord Bryne, werdet Ihr wahrhaftig erfahren, was es heißt, zu weit zu gehen!«

Romanda grollte unmittelbar darauf: »Das ist schändlich! Ihr sagt, Ihr habt erst jetzt von seiner Anwesenheit erfahren? Wenn dem so ist, habt Ihr Euren Ruf zu Unrecht!« Die Gelassenheit einiger Aes Sedai war heute anscheinend leicht zu erschüttern.

Sie fuhren in diesem Sinne fort, aber Bryne ritt weiter und murmelte nur gelegentlich »Wie Ihr meint, Aes Sedai«, wenn er überhaupt etwas erwiderte. Er hatte heute morgen in Egwenes Gegenwart schon schlimmere Vorwürfe gehört und reagierte nicht mehr darauf. Schließlich war es Siuan, die schnaubte und dann zutiefst errötete, als die Sitzenden sie überrascht ansahen. Egwene hätte fast den Kopf geschüttelt. Siuan war ganz entschieden verliebt. Und man mußte *sehr* entschieden mit ihr reden! Bryne lächelte aus einem unbestimmten Grund, aber vielleicht nur, weil er nicht mehr der Gegenstand der Aufmerksamkeit der Sitzenden war.

Sie gelangten aus dem Wald auf eine weitere, sehr große freie Fläche. Jetzt war keine Zeit mehr für nichtige Gedanken.

Bis auf einen breiten Kranz durch den Schnee ragenden, hohen braunen Schilfs und Rohrkolben wies hier nichts auf einen See hin. Die freie Fläche hätte eine große Wiese sein können, eben und annähernd oval in der Form. In einiger Entfernung vom Waldrand war auf dem zugefrorenen See auf hohen Pfählen ein großer blauer Pavillon errichtet worden, und dahinter warteten eine kleine Menschenmenge und Dutzende von Dienern bei den Pferden. Der Wind zerrte an einem bunten Dickicht von Standarten und Bannern und trug gedämpfte Rufe herüber, die nur Befehle sein konnten. Weitere Diener liefen eilig umher. Anscheinend waren sie noch nicht lange genug hier, um ihre Vorbereitungen beendet zu haben.

Der Waldrand auf der anderen Seite des Ufers war ungefähr eine Meile entfernt, und dort spiegelte sich das schwache Sonnenlicht im Metall wider – ziemlich viel Metall, das sich über das ganze jenseitige Ufer zog. Die östlich stehende Bande, fast ebenso nahe wie der Pavillon, versuchte nicht, im Verborgenen zu bleiben, sondern hielt sich nahe der Rohrkolben neben ihren Pferden auf. Einige wenige von ihnen deuteten auf die Neuankömmlinge, als die Fahne von Tar Valon erschien. Die Menschen am Pavillon hielten inne, um ebenfalls hinzuschauen.

Egwene zögerte nicht, auf das schneebedeckte Eis hinaus zu reiten. Sie stellte sich dabei jedoch eine sich zur Sonne öffnende Rosenknospe vor, die alte Novizinnenübung. Sie umarmte *Saidar* zwar nicht tatsächlich, aber die sie durchströmende Ruhe war sehr willkommen.

Siuan und Sheriam folgten ihr, desgleichen die Sitzenden mit ihren Behütern und den Dienern. Lord Bryne und der Bannerträger gingen als einzige Soldaten mit. Hinter ihr erklingende Rufe verrieten ihr, daß Uno seine bewaffneten Reiter am Ufer Aufstellung nehmen ließ. Die leichter bewaffneten Männer waren zu beiden Seiten ausgeschwärmt, diejenigen, die nicht dazu abgestellt waren, sie gegen Verrat zu schützen. Ein Grund dafür, daß der See als Treffpunkt ausgewählt worden war, bestand darin, daß das Eis dick genug war, um eine stattliche Anzahl Pferde zu tragen, aber nicht Hunderte, geschweige denn Tausende. Das verminderte die Gefahr, in einen Hinterhalt zu geraten. Natürlich war ein Pavillon, der mit Bogen nicht erreichbar war, für die Eine Macht sehr wohl erreichbar, zumindest wenn er sichtbar war. Nur daß sich der ärgste Mann der Welt davor sicher wußte, solange er keine Schwester bedrohte. Egwene atmete heftig aus und bemühte sich erneut um Ruhe.

Es wäre eine angemessene Begrüßung für den Amyrlin-Sitz gewesen, wenn Diener mit heißen Getränken und um heiße Steine gewickelten Tüchern herbeigeeilt wären und die Lords und Ladys selbst die Zügel übernommen und zum Zeichen des Abramsfests einen Kuß dargeboten hätten. Jeder Besucher irgendeines Ranges hätte die Diener erwarten können, aber niemand am Pavillon regte sich. Bryne stieg ab und kam heran, um Daishars Zügel zu nehmen, und derselbe schlanke junge Mann, der am Vortag mit Holzkohle gekommen war, lief herbei, um Egwenes Steigbügel zu halten. Seine Nase tropfte noch immer, aber in der roten Samtjacke, die ihm nur ein wenig zu groß war, und einem hellblauen Umhang übertrumpfte er jeden der Adligen, die unter dem Baldachin standen und herüber starrten. Sie schienen überwiegend in grobes Tuch gekleidet, ohne viel Stickerei und mit nur sehr wenig Seide oder Spitze. Wahrscheinlich hatten sie Mühe gehabt, passende Kleidung aufzutreiben, als der Schneefall begann und sie sich bereits auf dem Marsch befanden. Obwohl es unbestreitbar war, daß der junge Mann selbst einen Kesselflicker hätte übertrumpfen können.

In dem Pavillon waren Teppiche ausgelegt und Kohlepfannen entzündet worden, obwohl der Wind Hitze und Rauch gleichermaßen davontrug. Jeweils acht Stühle waren in zwei einander gegenüberliegenden Reihen angeordnet worden. Sie hatten nicht so viele Schwestern erwartet. Einige der wartenden Adligen wechselten bestürzte Blicke, und manche ihrer Diener kneteten die Hände und fragten sich, was zu tun sei.

Die Stühle paßten alle nicht zusammen, waren aber in der Größe gleich; keiner war merklich zerschlissener oder beschädigter als ein anderer, und keiner wies mehr oder weniger vergoldete Schnitzereien als die anderen auf. Der schlanke junge Mann und eine Anzahl anderer trotteten hinein, trugen die für die Aes Sedai bestimmten Stühle unter den finsteren Blicken der Adligen, die nicht einmal gefragt wurden, in den Schnee hinaus und eilten dann davon, um beim Abladen der Packpferde zu helfen. Noch immer sprach niemand ein Wort.

Es wurden rasch für den ganzen Saal und Egwene ausreichende Sitzgelegenheiten geschaffen. Nur einfache Bänke, wenn auch glänzend poliert, aber eine jede stand auf einem kleinen, mit Tüchern in den Farben der Ajah der Sitzenden bedeckten Podest. Das vordere Podest für Egwenes Bank war wie ihre Stola gestreift. Es hatte in der Nacht hastige Geschäftigkeit gegeben, angefangen vom Suchen des Bienenwachses zur Politur bis zu edlem Stoff in den richtigen Farben.

Als Egwene und die Sitzenden ihre Plätze eingenommen hatten, saßen sie einen Fuß höher als alle anderen. Sie hatte ihre Zweifel gehabt, aber das Fehlen jeglicher Begrüßung hatte alle Ungewißheit ausgeräumt. Auch noch der am niedrigsten gestellte Bauer hätte einem Vagabunden am Abramsfest einen Becher und einen Kuß dargeboten. Doch sie waren weder Bittsteller noch Gleichgestellte. Sie waren Aes Sedai.

Die Behüter standen hinter ihren Aes Sedai, und Siuan und Sheriam flankierten Egwene. Die Schwestern schlugen betont ihre Umhänge zurück und zogen ihre Handschuhe aus, um zu unterstreichen, daß die Kälte sie nicht berührte, ganz im Gegensatz zu den

Adligen, die ihre Umhänge fest geschlossen hielten. Draußen wehte die Flamme von Tar Valon im eisigen Wind. Nur Halima, die neben Delanas Platz am Rand des mit grauem Tuch bedeckten Podests herumlungerte, hätte das großartige Bild beeinträchtigen können, aber ihre großen grünen Augen betrachteten die Andoraner und Murandianer so herausfordernd, daß sie es nicht zu sehr verdarb.

Es gab einige verwunderte Blicke, als Egwene den vorderen Platz einnahm, aber nur wenige. Niemand schien wirklich überrascht. *Sie haben vermutlich von dem* Mädchen als *Amyrlin gehört,* dachte sie ohne Bitterkeit. Nun, es hatte schon Königinnen gegeben, die jünger waren als sie, auch in Andor und Murandy. Sie nickte bedächtig, und Sheriam deutete auf die Stuhlreihe. Gleichgültig, wer zuerst eingetroffen war oder den Pavillon errichtet hatte, bestand doch kein Zweifel daran, wer dieses Treffen einberufen hatte und den Vorsitz führte.

Dies wurde jedoch nicht gut aufgenommen. Ein Moment schweigsamen Zögerns entstand, während die Adligen einen Weg zu ersinnen suchten, eine gleichermaßen sichere Position zu erlangen, und nicht wenige verzogen das Gesicht, als sie erkannten, daß es ihnen unmöglich war. Acht von ihnen setzten sich mit grimmigen Gesichtern hin, vier Männer und vier Frauen, wobei sie ein großes Aufhebens davon machten, verärgert ihre Umhänge zu richten oder ihre Röcke zu glätten. Jene von niedrigerem Rang blieben hinter den Stühlen stehen, und es bestand eindeutig nur noch wenig Zuneigung zwischen Andoranern und Murandianern. Auch stritten die Murandianer, Männer wie Frauen gleichermaßen, untereinander ebenso heftig um den Vorrang wie mit ihren ›Verbündeten‹ aus dem Norden. Den Aes Sedai wurden ebenfalls viele düstere Blicke zugedacht, und einige wenige sahen auch Bryne stirnrunzelnd an, der mit dem Helm unter dem Arm im Hintergrund stand. Er war auf beiden Seiten der Grenze wohlbekannt und selbst von den meisten jener geachtet, die ihn gern tot gesehen hätten. Zumindest war das der Fall gewesen, bevor er als Anführer des Heers der Aes Sedai auftauchte. Aber er ignorierte ihre stechenden Blicke ebenso, wie er die scharfen Zungen der Sitzenden ignoriert hatte.

Und noch ein Mann blieb für sich. Er wirkte farblos, in dunkler Jacke und Brustharnisch. Weniger als eine Handbreit größer als Egwene, trug er die Vorderseite seines Schädels rasiert und hatte einen langen roten Schal um den linken Arm gebunden. Auf seinen tiefgrauen Umhang war in Brusthöhe eine große rote Hand gestickt. Talmanes stand gegenüber von Bryne, lehnte mit anmaßender Lässigkeit an einem der Pfosten des Pavillons und beobachtete das Geschehen, ohne seine Gedanken erahnen zu lassen. Egwene wünschte, sie wüßte, was er hier zu suchen hatte. Sie wünschte, sie wüßte, was er gesagt hatte, bevor sie eingetroffen war. Sie mußte auf jeden Fall mit ihm sprechen. Wenn es möglich wäre, ohne daß hundert Ohren lauschten. Ein hagerer, wettergegerbter Mann in einem roten Umhang, der inmitten der Stuhlreihe saß, beugte sich vor und öffnete den Mund, aber Sheriam kam ihm mit klarer, weit tragender Stimme zuvor.

»Mutter, darf ich Euch aus Andor Arathelle Renshar vorstellen, Hochsitz des Hauses Renshar, sowie Pelivar Coelan, Hochsitz des Hauses Coelan, und Aemlyn Carand, Hochsitz des Hauses Carand mit ihrem Ehemann, Culhan Carand.« Die Genannten reagierten verärgert mit einem kurzen Nicken. Pelivar war der hagere Mann. Er wurde an der Stirn bereits kahl. Sheriam fuhr fort, ohne innezuhalten. Es war ein Glück, daß Bryne die Namen jener hatte liefern können, die zum Sprechen auserwählt worden waren. »Darf ich

Euch weiterhin aus Murandy Donel do Morny a'Lordeine vorstellen, sowie Cian do Mehon a'Macansa, Paitr do Fearna a'Conn und Segan do Avharin a'Roos.« Die Murandianer schien das Fehlen von Titeln anscheinend noch mehr zu verärgern als die Andoraner. Donel, der mehr Spitze trug als die meisten Frauen, zwirbelte wütend seinen gedrehten Schnurrbart, und Paitr schien den seinen abreißen zu wollen. Segan schürzte die vollen Lippen, und ihre dunklen Augen blitzten, während Cian, eine stämmige, bereits ergrauende Frau, vernehmlich schnaubte. Sheriam beachtete es nicht. »Ihr befindet Euch unter den Augen der Hüterin der Siegel. Ihr befindet Euch vor der Flamme von Tar Valon. Ihr dürft dem Amyrlin-Sitz Eure Gesuche vorbringen.«

Nun, das gefiel ihnen nicht – nicht im geringsten. Egwene hatte schon zuvor gedacht, sie seien verärgert, aber jetzt wirkten sie, als hätten sie zu viele grüne Dattelpflaumen gegessen. Vielleicht hatten sie geglaubt, sie könnten ignorieren, daß sie die Amyrlin war. Sie würden dazulernen. Aber natürlich mußte sie zunächst den Saal belehren.

»Es bestehen uralte Bande zwischen Andor und der Weißen Burg«, sagte sie laut und fest. »Schwestern sind in Andor oder Murandy stets willkommen geheißen worden. Warum führt Ihr dann ein Heer gegen Aes Sedai heran? Ihr mischt Euch dort ein, wo Throne und Nationen es nicht wagen einzuschreiten. Es sind bereits Throne gefallen, die sich in die Angelegenheiten der Aes Sedai eingemischt haben.«

Es klang angemessen drohend, gleichgültig, ob Myrelle und die übrigen ihren Weg hatten vorbereiten können. Mit etwas Glück befanden sie sich bereits wieder auf dem Weg zum Lager, ohne daß jemand etwas davon erfahren hätte. Es sei denn, einer dieser Adligen hätte den falschen Namen genannt. Das würde sie einen Vorteil dem Saal gegenüber kosten, was aber, neben allem anderen betrachtet, nur ein Strohhalm neben einem Heuhaufen wäre.

Pelivar wechselte Blicke mit der Frau neben ihm, und sie stand auf. Die Falten in ihrem Gesicht konnten nicht verbergen, daß Arathelle in jugendlichem Alter eine wunderschöne Frau mit edlem Knochenbau gewesen war. Jetzt war ihr Haar stark von Grau durchzogen und ihr Blick so hart wie der jedes Behüters. Ihre rot behandschuhten Hände ergriffen die Säume ihres Umhangs zu beiden Seiten, aber eindeutig nicht vor Besorgtheit. Den Mund zu einer schmalen Linie zusammen gepreßt, betrachtete sie die Reihe der Sitzenden prüfend, bevor sie sprach – über Egwene hinweg, an die Sitzenden hinter ihr gewandt. Egwene biß die Zähne zusammen und setzte eine höfliche Miene auf.

»Genau aus diesem Grund sind wir hier – weil wir nicht in Angelegenheiten der Weißen Burg verstrickt werden wollen.« Arathelles Stimme vermittelte Autorität, was beim Hochsitz eines mächtigen Hauses nicht überraschte. Es war kein Hinweis auf die vielleicht selbst bei einem so mächtigen Hochsitz angesichts so vieler Schwestern, ganz zu schweigen vom Amyrlin-Sitz, zu erwartende Gehemmtheit zu erkennen. »Wenn alles stimmt, was wir gehört haben, dann sollte die Euch erteilte Erlaubnis, Andor ungehindert zu durchqueren, der Weißen Burg bestenfalls als Unterstützung erscheinen. Fehlender Widerstand gegen Euch könnte bedeuten, gelernt zu haben, was die Traube in der Weinpresse lernt.« Mehrere Murandianer wandten sich ihr stirnrunzelnd zu. Niemand in Murandy hatte versucht, den Durchzug der Schwestern zu verhindern. Höchstwahrscheinlich hatte niemand die Möglichkeiten über den Tag hinaus bedacht, an dem sie ein fremdes Land betraten.

Arathelle fuhr fort, als hätte sie nichts bemerkt, was

Egwene aber bezweifelte. »Schlimmstenfalls ... Wir haben ... Berichte gehört ... von Aes Sedai, die heimlich nach Andor hinein gelangen, und von Burgwachen. Gerüchte ist vielleicht eine bessere Bezeichnung, die aber von vielen Seiten kommen. Niemand von uns würde eine Schlacht zwischen Aes Sedai in Andor begrüßen.«

»Das Licht bewahre und beschütze uns!« platzte Donel mit hochrotem Gesicht heraus. Paitr nickte ermutigend, während er an den Rand seines Stuhls vorrückte, und Cian schien bereit, selbst einzugreifen. »Hier will dies auch niemand!« spie Donal aus. »Nicht zwischen Aes Sedai! Natürlich haben wir gehört, was im Osten geschehen ist! Und jene Schwestern ...!«

Egwene atmete ein wenig leichter, als Arathelle ihn entschlossen unterbrach. »Bitte, Lord Donel. Ihr werdet noch an die Reihe kommen zu sprechen.« Sie wandte sich wieder Egwene zu – oder vielmehr erneut den Sitzenden –, ohne seine Antwort abzuwarten, so daß er und die drei anderen Murandianer noch mehr zürnten. Sie selbst gab sich unbeteiligt, wie eine Frau, die Tatsachen darlegte. Sie darlegte und glaubte, sie müßten so gesehen werden, wie sie selbst sie sah.

»Wie ich gerade sagte – das ist unsere schlimmste Befürchtung, wenn die Gerüchte stimmen. Und auch, wenn sie nicht stimmen. Vielleicht versammeln sich Aes Sedai und Burgwachen wirklich heimlich in Andor. Es stehen Aes Sedai bereit, mit einem Heer in Andor einzumarschieren. Die Weiße Burg schien schon ausreichend häufig auf ein Ziel ausgerichtet, während wir anderen erst später erfuhren, daß es in Wahrheit die ganze Zeit um ein anderes Ziel ging. Ich kann mir kaum vorstellen, daß selbst die Weiße Burg soweit gehen würde, aber wenn es jemals ein Ziel gab, das jedermann Magenschmerzen verursachen kann, dann ist es die Schwarze Burg.« Arathelle erschauderte leicht, und Egwene glaubte nicht, daß die Kälte die Ursache war. »Ein Kampf zwischen Aes Sedai könnte das Land auf Meilen im Umkreis vernichten. *Diese* Schlacht könnte halb Andor zerstören.«

Pelivar sprang auf. »Also liegt es auf der Hand, daß Ihr einen anderen Weg wählen müßt.« Seine Stimme klang überraschend hoch, aber nicht weniger fest als Arathelles. »Wenn ich sterben muß, um meine Heimat zu verteidigen, dann besser hier als dort, wo meine Ländereien und meine Leute ebenfalls vernichtet werden.«

Er sank auf eine besänftigende Geste von Arathelle hin wieder auf seinen Stuhl, aber sein harter Blick vermittelte nicht den Eindruck, daß er beruhigt war. Aemlyn, eine rundliche Frau in dunklem Tuch, hatte bei seinen Worten zustimmend genickt, dergleichen ihr Mann mit dem kantigen Gesicht.

Donel sah Pelivar an, als hätte er auch diesen Gedanken niemals gehegt, und er war nicht der einzige. Einige der stehenden Murandianer meldeten sich laut zu Wort, bis andere sie wieder zum Schweigen brachten. Teilweise dadurch, daß sie eine Faust schüttelten. Was konnte diese Leute bewogen haben, gemeinsam mit den Andoranern ein Heer aufzustellen?

Egwene atmete tief durch. Eine sich der Sonne öffnende Rosenknospe. Sie hatten sie nicht als Amyrlin-Sitz anerkannt – Arathelle hatte sie soweit ignoriert, wie es möglich war, ohne sie beiseite zu schieben! –, und doch hatten sie ihr alles andere gegeben, was sie sich nur hätte wünschen können. Ruhig. Jetzt würden Lelaine und Romanda erwarten, daß sie eine von ihnen benannte, um die Verhandlungen zu führen. Sie hoffte, daß sie sich nervös fragten, welche von ihnen es sein würde. Aber es würde keine Verhandlungen geben. Es konnte keine geben.

»Elaida«, sagte sie gleichmütig, während sie abwechselnd Arathelle und die sitzenden Adligen ansah, »ist eine unrechtmäßige Machthaberin, die das Herz der Burg geschändet hat. Ich bin der Amyrlin-Sitz.« Sie war überrascht, wie würdevoll sie klang, wie kühl. Aber nicht mehr so überrascht, wie sie früher noch gewesen wäre. Das Licht helfe ihr – sie *war* der Amyrlin-Sitz. »Wir ziehen nach Tar Valon, um Elaida abzusetzen und sie vor Gericht zu stellen, aber das ist die Angelegenheit der Weißen Burg und nicht die Eure, außer daß die Wahrheit bekannt werden muß. Diese sogenannte Schwarze Burg ist ebenfalls unsere Angelegenheit. Männer, welche die Macht lenken können, waren stets die Angelegenheit der Weißen Burg. Wir werden uns nach Gutdünken um sie kümmern, wenn die Zeit dafür reif ist, aber ich versichere Euch, diese Zeit ist noch nicht gekommen. Wichtigere Angelegenheiten haben Vorrang.«

Sie hörte Bewegung unter den Sitzenden hinter ihr. Tatsächlich das Rutschen auf Bänken und das knisternde Rascheln von Röcken, die gerichtet wurden. Zumindest einige mußten ernsthaft aufgebracht sein. Nun, mehrere hatten vorgeschlagen, daß man sich beiläufig um die Schwarze Burg kümmern könne. Nicht eine der Schwestern glaubte, es könnten sich dort mehr als höchstens ein Dutzend Männer befinden, gleichgültig, was sie gehört hatten. Es war einfach nicht denkbar, daß *Hunderte* von Männern die Macht lenken *wollten*. Andererseits war vielleicht auch die Erkenntnis der Grund für die Unruhe unter den Sitzenden, daß Egwene weder Romanda noch Lelaine als Sprecherin benannt hatte.

Arathelle runzelte die Stirn, ahnte vielleicht etwas. Pelivar regte sich, erhob sich beinahe erneut, und Donel richtete sich mürrisch auf. Sie konnte nur voranpreschen. Sie hatte niemals etwas anderes tun können.

»Ich verstehe Eure Besorgnis«, fuhr sie im gleichen

formellen Tonfall fort, »und ich werde sie ansprechen.« Was hatte es mit diesem seltsamen Ruf zu den Waffen der Bande auf sich? Ja. Es war an der Zeit, die Würfel fallen zu lassen. »Ich versichere Euch als Amyrlin-Sitz folgender Tatsachen: Wir werden einen Monat hierbleiben, uns ausruhen und Murandy dann verlassen, aber wir werden die Grenze nach Andor nicht überschreiten. Murandy wird danach nicht mehr von uns behelligt werden, und Andor wird auf diese Weise überhaupt nicht behelligt werden. Ich bin sicher«, fügte sie hinzu, »daß die hier anwesenden murandianischen Lords und Ladys uns gern im Austausch gegen gutes Silber mit allem Nötigen versorgen werden. Wir werden angemessene Preise bezahlen.« Es hatte keinen Sinn, die Andoraner zu beschwichtigen, wenn das bedeutete, daß die Murandianer die Pferde stahlen und die Versorgungszüge überfielen.

Die Murandianer, die sich unbehaglich umsahen, schienen entschieden im Zwiespalt. Es gab Geld zu verdienen, und es war viel Geld nötig, ein solch großes Heer zu versorgen, aber wer konnte andererseits erfolgreich um das schachern, was ein solch großes Heer anbot? Donel schien tatsächlich Übelkeit zu verspüren, während Cian offenbar im Geiste auflistete. Lautes Murren erhob sich unter den Zuschauern.

Egwene hätte gern über die Schulter geblickt. Das Schweigen der Sitzenden war ohrenbetäubend. Siuan blickte starr geradeaus und umklammerte ihre Röcke, als zwinge sie sich durch Willenskraft zur Ruhe. Zumindest sie hatte gewußt, was käme. Sheriam, die nichts geahnt hatte, betrachtete die Andoraner und Murandianer erhaben, als hätte sie jedes Wort erwartet.

Egwene mußte sie das Mädchen vergessen lassen, das sie vor sich sahen, damit sie einer Frau zuhörten, welche die Zügel der Macht fest in der Hand hielt. Und wenn sie die Zügel jetzt noch nicht in der Hand hatte, würde es zumindest bald soweit sein! Sie verlieh ihrer Stimme noch mehr Festigkeit. »Merkt Euch meine Worte gut. Ich habe meine Entscheidung getroffen. Es ist an Euch, sie anzunehmen. Oder sich dem zu stellen, was aus Eurer Weigerung gewiß entstehen wird.« Als sie schwieg, heulte der Wind kurz auf, ließ den Pavillon knattern und zerrte an jedermanns Kleidung. Egwene richtete ruhig ihr Haar. Einige der zusehenden Adligen erschauderten leicht und zogen ihre Umhänge enger um sich, und sie hoffte, dies sei nicht nur durch die Kälte bedingt.

Arathelle wechselte Blicke mit Pelivar und Aemlyn, und alle drei betrachteten prüfend die Sitzenden, bevor sie zögernd nickten. Sie dachten, sie äußerte nur Worte, welche die Sitzenden ihr eingetrichtert hätten! Dennoch seufzte Egwene fast vor Erleichterung.

»Es wird so geschehen, wie Ihr befehlt«, sagte die Adlige mit dem harten Blick. Und dann erneut an die Sitzenden gewandt: »Wir zweifeln natürlich nicht an den Worten von Aes Sedai, aber Ihr werdet verstehen, wenn wir ebenfalls bleiben. Manchmal entspricht das, was man hört, nicht dem, was man zu hören glaubt. Gewiß ist das hier nicht der Fall, aber wir werden ebenso lange bleiben wie Ihr.« Donel machte tatsächlich ein Gesicht, als müsse er sich gleich übergeben. Seine Ländereien lagen wahrscheinlich ganz in der Nähe. Es war bekannt, daß andoranische Heere in Murandy selten für etwas bezahlt hatten.

Egwene erhob sich, und sie hörte das Rascheln der sich hinter ihr erhebenden Sitzenden. »Also ist es abgemacht. Wir müssen bald aufbrechen, wenn wir vor Einbruch der Dunkelheit in unser Lager zurückkehren wollen, aber wir sollten uns trotzdem noch einige Augenblicke Zeit nehmen. Einander ein wenig besser kennenzulernen könnte vielleicht spätere Mißverständnisse verhindern.« Und Gespräche könnten ihr die Möglichkeit verschaffen, Talmanes zu erreichen. »Oh. Über noch eines solltet Ihr Kenntnis haben. Das Novizinnenbuch steht jetzt jeder Frau offen, gleichgültig, wie alt sie ist, wenn sie sich als geeignet erweist.« Arathelle blinzelte. Siuan nicht, und doch glaubte Egwene ein schwaches Brummen zu hören. Dies war nicht Teil dessen, was sie besprochen hatten, aber ein besser Zeitpunkt würde niemals kommen. »Nun erhebt Euch. Gewiß wollt Ihr alle gern mit den Sitzenden sprechen. Legt die Förmlichkeit ab.«

Sie stieg von ihrem Podest herab, ohne auf Sheriams helfende Hand zu warten. Sie hätte fast gelacht. Letzte Nacht hatte sie befürchtet, sie würde ihr Ziel vielleicht niemals erreichen, aber sie befand sich bereits auf halbem Wege dorthin, fast auf halbem Weg, und es war nicht annähernd so schwierig gewesen, wie sie erwartet hatte. Natürlich blieb die andere Hälfte noch zu bewältigen.

KAPITEL 10

Ein seltsamer Ruf

Nachdem Egwene herabgestiegen war, regte sich einen Moment niemand sonst. Und dann eilten die Andoraner und Murandianer fast wie ein Mann zu den Sitzenden. Offenkundig war ein Mädchen als Amyrlin – eine weibliche Puppe und Galionsfigur! – für sie nicht von Interesse angesichts der alterslosen Gesichter, die zumindest besagten, daß sie tatsächlich mit Aes Sedai sprachen. Zwei oder drei Lords und Ladys drängten sich um jede Sitzende, einige reckten herausfordernd das Kinn, andere beugten schüchtern den Kopf, aber jeder beharrte darauf, angehört zu werden. Der scharfe Wind vertrieb ihren Nebelatem und ließ vor Aufregung vergessene Umhänge flattern. Auch Sheriam wurde von dem rotgesichtigen Lord Donel gelöchert, der abwechselnd aufbrauste und sich ruckartig verbeugte.

Egwene zog Sheriam von dem Mann mit den verengten Augen fort. »Findet unauffällig alles nur Mögliche über diese Schwestern und Burgwachen in Andor heraus«, flüsterte sie hastig. Donal beanspruchte die Frau erneut, sobald Egwene sie losgelassen hatte. Sheriam schien tatsächlich außer Fassung, aber ihre Stirn glättete sich rasch wieder. Donel blinzelte unbehaglich, als sie *ihn* zu befragen begann.

Romanda und Lelaine starrten Egwene mit wie in Eis gemeißelten Gesichtern durch die Menge hindurch an, aber beide mußten sich um zwei Adlige kümmern, die etwas von ihnen wollten. Vielleicht die nochmalige

Versicherung, daß sich hinter Egwenes Worten keine List verbarg. Wie sie es hassen würden, das zu tun, aber welche Ausflüchte sie auch machen würden – und das taten sie gewiß! –, war diese Versicherung unvermeidbar, wenn sie sie nicht gleichzeitig leugnen wollten. Selbst diese beiden würden nicht so weit gehen. Nicht hier, nicht in aller Öffentlichkeit.

Siuan näherte sich Egwene mit demütiger Miene, aber ihr Blick schweifte unruhig umher. Sie hielt vielleicht nach Romanda oder Lelaine Ausschau, die kämen, um Egwene vom Fleck weg zu ergreifen und Recht, Gebräuche, Anstand *und* Zuschauer zu vergessen. »Shein Chunla«, flüsterte sie zischend.

Egwene nickte, aber *sie* hielt nach Talmanes Ausschau. Die meisten Männer und einige der Frauen waren ausreichend groß, ihn verbergen zu können. Und da alle ständig den Standort wechselten … Sie stellte sich auf Zehenspitzen. Wo war er hingegangen?

Segan pflanzte sich vor ihr auf, die Fäuste in die Hüften gestemmt, und betrachtete Siuan zweifelnd. Egwene stellte sich rasch wieder richtig hin. Die Amyrlin durfte nicht wie ein Mädchen beim Tanz auf der Suche nach einem Jungen herumzappeln. Eine sich öffnende Rosenknospe. Ruhig. Gelassen bleiben. Der Teufel hole alle Männer!

Segan, eine schlanke Frau mit langem dunklen Haar, schien bereits verdrießlich geboren zu sein, den vollen Mund ständig zu einem Schmollen verzogen. Ihr Gewand bestand aus edlem blauem Tuch und hielt warm, aber es wies weitaus zuviel grüne Stickerei über dem Busen auf, und ihre Handschuhe hätten einem Kesselflicker zur Ehre gereicht. Sie betrachtete Egwene von Kopf bis Fuß und schürzte mit ebenso skeptischer Miene die Lippen, wie sie es bereits bei Siuan getan hatte. »Eure Bemerkung über das Novizinnenbuch …«, sagte sie plötzlich. »Habt Ihr damit jede Frau absolut jeden Alters gemeint? Jede kann also eine Aes Sedai werden?«

Eine Frage, die Egwene am Herzen lag, und eine Antwort, die sie gern gegeben hätte – zusammen mit einer Ohrfeige für den zweifelnden Unterton –, aber genau in diesem Moment gab eine Lücke im Strom der Menschen nahe der Rückwand des Pavillons den Blick auf Talmanes frei. Im Gespräch mit Pelivar! Sie standen steif da, Bulldoggen, die zwar noch nicht die Zähne bleckten, aber wachsam darauf achteten, daß niemand nahe genug kam, um sie belauschen zu können. »Jede Frau absolut jeden Alters, Tochter«, bestätigte sie wie abwesend. Pelivar?

»Danke«, sagte Segan und fügte halbherzig hinzu: »Mutter.« Sie deutete einen kaum erkennbaren Hofknicks an, bevor sie davoneilte. Egwene blickte ihr hinterher. Nun, es war zumindest ein Anfang.

Siuan schnaubte. »Es macht mir nichts aus, wenn es sein muß auch in der Dunkelheit die Drachenfinger zu umsegeln«, murrte sie leise. »Wir haben darüber gesprochen. Wir haben die Gefahren erwogen und haben anscheinend keine Wahl. Aber Ihr müßt ein Feuer an Deck entfachen, um Aufmerksamkeit zu erwecken. Es genügt Euch nicht, einen kleinen Fisch ins Netz zu bekommen. Es muß ein großer Fisch sein. Es genügt Euch nicht, kleine Hindernisse zu bewältigen …«

Egwene unterbrach sie. »Siuan, ich denke, ich sollte Lord Bryne erzählen, daß Ihr bis über beide Ohren in ihn verliebt seid. Es ist nur gerecht, daß er es erfährt, meint Ihr nicht?« Siuans blaue Augen traten hervor, und sie bewegte die Lippen, aber es erklang nur eine Art Kollern. Egwene tätschelte ihre Schulter. »Ihr seid eine Aes Sedai, Siuan. Gebt Euch Mühe, zumindest ein wenig Würde zu bewahren. Und versucht, etwas über jene Schwestern in Andor herauszufinden.« Die Menge teilte sich erneut. Sie sah Talmanes an einem anderen

Fleck, aber noch immer am Rande des Pavillons. Jetzt war er allein.

Sie ging bemüht beiläufig in seine Richtung, ließ Siuan noch immer sprachlos zurück. Ein hübscher, dunkelhaariger Diener, dessen bauschige Tuchhose seine wohlgerundeten Waden nicht ganz verbergen konnte, bot Siuan auf einem Tablett einen dampfenden Becher an. Weitere Diener gingen mit Silbertabletts umher. Erfrischungen wurden angeboten, wenn auch ein wenig verspätet. Und es war viel zu spät für den Friedenskuß. Sie hörte nicht, was Siuan sagte, als sie den Becher an sich riß, aber aus der Art, wie der Bursche zusammenzuckte und sich hastig verbeugte, war zu entnehmen, daß er ihre schlechte Laune zumindest bemerkt hatte. Egwene seufzte.

Talmanes stand mit verschränkten Armen da und beobachtete das Geschehen mit einem belustigten Lächeln, das seine Augen nicht mit einschloß. Er schien vor Tatendrang zu sprühen, aber seine Augen wirkten müde. Er verbeugte sich respektvoll, als sie herannahte, doch klang seine Stimme leicht verzerrt, als er sagte: »Ihr habt heute eine Grenze verändert.« Er schloß seinen Umhang gegen den eisigen Wind. »Sie war immer … fließend … die Grenze zwischen Andor und Murandy, gleichgültig, was die Landkarten besagen, aber Andor hat niemals zuvor so viele Leute gen Süden gesandt. Außer natürlich im Aiel-Krieg und im Weißmäntel-Krieg, aber damals sind sie nur hindurchgezogen. Wenn sie erst einmal einen Monat hier sind, werden neue Landkarten eine neue Grenze aufzeigen. Seht Euch die Kriecherei der Murandianer an, die um Pelivar und seine Begleiter ebenso herumscharwenzeln wie um die Schwestern. Sie hoffen, für einen Tag neue Freunde zu gewinnen.«

Egwene, die ihre sorgfältige Beobachtung jener, die *sie* vielleicht beobachteten, zu verbergen suchte, schien es, als ob alle Adligen, Murandianer und Andoraner gleichermaßen, auf die Sitzenden fixiert waren. Sie hatte unzweifelhaft wichtigere Angelegenheiten im Kopf als Grenzen. Für sie wichtige Angelegenheiten, wenn auch nicht für die Adligen. Bis auf wenige Momente wurde keine der Sitzenden über ihre Köpfe hinweg sichtbar. Nur Halima und Siuan schienen sie zu bemerken, und ein Geschnatter wie das einer Herde aufgeregter Gänse erfüllte den Pavillon. Sie senkte die Stimme und wählte ihre Worte sorgfältig.

»Freunde sind stets wichtig, Talmanes. Ihr wart Mat ein guter Freund, und mir, glaube ich, auch. Ich hoffe, das hat sich nicht geändert. Ich hoffe, Ihr habt niemandem erzählt, was Ihr nicht erzählen solltet.« Licht, sie *hatte* Angst, sonst wäre sie nicht so direkt gewesen. Als nächstes würde sie noch mit der Frage herausplatzen, worüber er und Pelivar gesprochen hatten!

Glücklicherweise lachte er sie nicht aus, obwohl sie sich wie eine Frau vom Lande mit schlichtem Geist benahm, auch wenn er das vielleicht dachte. Er betrachtete sie ernst, bevor er mit leiser Stimme sprach. Er konnte auch vorsichtig sein. »Nicht alle Männer klatschen. Sagt mir, als Ihr Mat südwärts schicktet – wußtet Ihr da, was Ihr heute hier tun würdet?«

»Wie hätte ich das vor zwei Monaten wissen können? Nein, Aes Sedai sind nicht allwissend, Talmanes.« Sie hatte darauf gehofft, hatte es geplant, aber sie hatte es nicht gewußt, nicht damals. Sie hoffte auch, daß er nicht klatschte. Einige Männer taten es tatsächlich nicht.

Romanda kam mit festem Schritt und starrer Miene auf sie zu, aber Arathelle fing sie ab, ergriff die Gelbe Sitzende am Arm und ließ sich trotz Romandas Erstaunen nicht abwimmeln.

»Werdet Ihr mir wenigstens sagen, wo Mat ist?« fragte Talmanes. »Ist er mit der Tochter-Erbin auf dem

Weg nach Caemlyn? Warum seid Ihr überrascht? Eine Dienerin spricht mit einem Soldaten, wenn sie Wasser aus demselben Fluß holt. Selbst wenn er ein schrecklicher Drachenverschworener ist«, fügte er trocken hinzu.

Licht! Männer waren manchmal wirklich … ungehörig. Auch die besten von ihnen fanden Möglichkeiten, im falschen Moment genau das Falsche zu sagen, die falsche Frage zu stellen, ganz zu schweigen davon, Dienerinnen zum Reden zu verführen. Es wäre um so vieles leichter, wenn sie einfach lügen könnte, aber er hatte ihr innerhalb der Eide viel Raum gelassen. Die halbe Wahrheit würde genügen und ihn davon abhalten, nach Ebou Dar zu eilen. Vielleicht auch weniger als die halbe Wahrheit.

In der entgegengesetzten Ecke des Pavillons stand Siuan in eine Unterhaltung mit einem großen jungen Rotschopf mit gezwirbeltem Schnurrbart vertieft, der sie ebenso zweifelnd ansah, wie Segan es getan hatte. Adlige kannten zumeist das Aussehen von Aes Sedai, aber er hielt Siuans Aufmerksamkeit nur teilweise gefangen. Ihr Blick zuckte ständig zu Egwene, schien laut wie das Gewissen zu schreien. Oder nicht ganz so laut. Angemessen. Was es bedeutete, eine Aes Sedai zu sein. Sie hatte *nichts* von heute gewußt, nur darauf gehofft! Egwene schnaubte verärgert. Verdammt sei die Frau!

»Nach allem, was ich zuletzt gehört habe, war er in Ebou Dar«, murmelte sie. »Aber er zieht inzwischen wohl so schnell wie möglich nach Norden. Er glaubt noch immer, daß er mich retten muß, Talmanes, und Matrim Cauthon würde die Gelegenheit nicht versäumen, zur Stelle zu sein, damit er behaupten kann, ich hätte Euch dies gesagt.«

Talmanes wirkte keineswegs überrascht. »Ich dachte mir schon, daß es so sein könnte«, seufzte er. »Ich habe etwas … gespürt, schon seit Wochen. Andere in der

Bande ebenfalls. Nicht drängend, aber stets vorhanden, als brauchte er mich. Als sollte ich auf jeden Fall südwärts suchen. Es kann merkwürdig sein, einem *Ta'veren* zu folgen.«

»Vermutlich«, stimmte sie zu und hoffte, daß ihre Ungläubigkeit nicht erkennbar war. Es war seltsam genug, Mat, den Tunichtgut, als den Anführer der Bande der Roten Hand zu betrachten, und noch viel seltsamer als einen *Ta'veren,* aber ein *Ta'veren* mußte gewiß anwesend oder zumindest in der Nähe sein, um irgendeine Wirkung zu erzielen.

»Mat hat sich in dem Punkt geirrt, daß Ihr Rettung braucht. Ihr hattet wohl niemals die Absicht, mich um Hilfe zu bitten?«

Er sprach noch immer leise, aber sie sah sich dennoch rasch um. Siuan beobachtete sie weiterhin. Ebenso Halima. Paitr stand viel zu nahe bei ihr, mit dampfendem Atem, seine Kleidung richtend und über seinen Schnurrbart streichend – der Art nach zu urteilen, wie er ihr Gewand betrachtete, hatte er sie nicht fälschlicherweise für eine Schwester gehalten, das war gewiß! –, aber sie achtete nur flüchtig auf ihn, Seitenblicke in Egwenes Richtung werfend, während sie ihn herzlich anlächelte. Alle anderen schienen sehr beschäftigt, und niemand war nahe genug, um sie verstehen zu können.

»Der Amyrlin-Sitz könnte wohl kaum Zuflucht suchen. Aber manchmal war es ein Trost zu wissen, daß Ihr da wart«, räumte sie wenn auch widerwillig ein. Der Amyrlin-Sitz sollte wohl kaum einen Schlupfwinkel brauchen, aber es konnte nichts schaden, solange keine der Sitzenden davon wußte. »Ihr *wart* ein Freund, Talmanes. Ich hoffe, das gilt noch immer. Ich hoffe es wirklich.«

»Ihr wart … ehrlicher zu mir, als ich es erwartet habe«, sagte er bedächtig. »Daher werde ich Euch etwas erzählen.« Seine Miene änderte sich nicht – einem Beobachter mußte er genauso entspannt erscheinen wie zuvor –, aber jetzt flüsterte er. »König Roedran ist wegen der Bande an mich herangetreten. Anscheinend hofft er, Murandys erster wahrer König zu werden. Er will uns anwerben. Ich hätte es unter gewöhnlichen Umständen nicht erwogen, aber es ist niemals genug Geld vorhanden, und mit diesem … diesem *Gefühl,* daß Mat uns braucht … Es wäre vielleicht besser, wenn wir in Murandy blieben. Wie leicht zu erkennen ist, seid Ihr dort, wo Ihr sein wollt, und habt alles unter Kontrolle.«

Er schwieg, als eine junge Dienerin einen Hofknicks vollführte und Glühwein anbot. Sie trug kunstvoll besticktes grünes Tuch und einen Umhang mit Kaninchenfell. Andere Diener aus dem Lager halfen jetzt ebenfalls aus, zweifellos, damit sie etwas anderes zu tun hatten, als dazustehen und zu zittern. Das rundliche Gesicht der jungen Frau war vor Kälte starr.

Talmanes winkte ab und zog seinen Umhang dann wieder fest um sich, aber Egwene nahm einen Silberbecher, um einen Moment Zeit zum Nachdenken zu haben. Die Bande wurde nicht länger gebraucht. Die Schwestern nahmen ihre Anwesenheit inzwischen trotz allen Murrens als gegeben hin, ob sie nun Drachenverschworene waren oder nicht. Sie fürchteten keinen Angriff mehr, und sie hatte die Anwesenheit der Horde nicht wirklich gebraucht, um sie anzutreiben, seit sie Salidar verlassen hatten. Der einzige wahre Zweck, dem *Shen an Calhar* jetzt diente, war, Rekruten für Brynes Heer auszuheben, Männer, die glaubten, daß zwei Heere eine Schlacht bedeuteten, und auf der Seite mit der größten Anzahl Soldaten stehen wollten. Sie brauchte sie nicht, aber Talmanes hatte als Freund gehandelt. Sie war die Amyrlin, und manchmal drängten Freundschaft und Verantwortung in dieselbe Richtung.

Als die Dienerin sich entfernte, legte Egwene eine Hand auf Talmanes' Arm. »Das dürft Ihr nicht tun. Selbst die Bande kann Murandy nicht allein erobern, und jede Hand wird sich gegen Euch richten. Ihr wißt sehr gut, daß das einzige, was die Murandianer zusammenhält, Fremde auf ihrem Grund und Boden sind. Folgt uns nach Tar Valon, Talmanes. Mat wird dorthin kommen. Davon bin ich überzeugt.« Mat würde nicht wirklich glauben, daß sie die Amyrlin war, bis er sie die Stola in der Weißen Burg tragen sähe.

»Roedran ist kein Narr«, entgegnete er ruhig. »Er will, daß wir nur dasitzen und abwarten, ein fremdes Heer – ohne Aes Sedai –, und daß niemand weiß, wozu. Es sollte ihm keine großen Schwierigkeiten bereiten, die Adligen gegen uns zu vereinen. Dann, so sagt er, ziehen wir klammheimlich über die Grenze. Er glaubt, er kann sich hinterher allein um sie kümmern.«

Es gelang ihr nicht, die leichte Verärgerung aus ihrer Stimme herauszuhalten. »Und was sollte ihn daran hindern, Euch zu verraten? Wenn die Drohung ohne Kampf vergeht, dann vielleicht auch sein Traum von einem vereinten Murandy.« Der törichte Mann schien *belustigt!*

»Ich bin auch kein Narr. Roedran kann nicht vor dem Frühjahr bereit sein. Diese Leute hätten niemals ihre Güter verlassen, wenn die Andoraner nicht nach Süden gekommen wären, und sie waren bereits vor dem Schneefall unterwegs. Mat wird uns vorher finden. Er muß von uns hören, wenn er nach Norden kommt. Roedran wird sich mit dem zufriedengeben müssen, was immer er bis dahin erreicht hat. Wenn Mat also nach Tar Valon zu gehen beabsichtigt, werde ich Euch vielleicht dennoch dort sehen.«

Egwene stieß einen ärgerlichen Laut aus. Es war ein bemerkenswerter Plan der Art, wie Siuan ihn vielleicht ersinnen, und kaum einer, wie Roedran Almaric do

Arreloa a'Nalo ihn sich Egwenes Meinung nach ausdenken könnte. Das einzig Unzweifelhafte war, daß Talmanes sich entschieden hatte.

»Ich will Euer Wort, Talmanes, daß Ihr Euch nicht von Roedran in einen Krieg hineinziehen laßt.« Verantwortung. Die schmale Stola um ihren Hals schien zehnmal mehr zu wiegen als ihr Umhang. »Wenn er sich eher regt, als Ihr denkt, werdet Ihr weiterziehen, gleichgültig, ob Mat sich Euch dann bereits angeschlossen hat oder nicht.«

»Ich wünschte, ich könnte es versprechen, aber das ist unmöglich«, entgegnete er. »Ich erwarte den ersten Angriff auf meine Versorgungsleute spätestens drei Tage nachdem ich mich von Lord Brynes Heer abgesetzt habe. Jeder Herr und jeder Knecht wird glauben, er könnte nachts ein paar Pferde ergattern, mir einen Nadelstich versetzen und sich dann verstecken.«

»Ich rede nicht davon, daß Ihr Euch verteidigen sollt, und das wißt Ihr«, sagte sie fest. »Euer Wort, Talmanes. Sonst werde ich Eure Übereinkunft mit Roedran nicht erlauben.« Die einzige Möglichkeit, sie aufzuhalten, bestand darin, sie zu verraten, aber sie würde keinen Krieg zurücklassen, einen Krieg, den sie begonnen hätte, indem sie Talmanes hierher gebracht hatte.

Er betrachtete sie, als sähe er sie zum ersten Mal, und beugte schließlich den Kopf. Seltsamerweise schien diese Geste formeller als seine vorherige Verbeugung. »Es wird nach Eurem Willen geschehen, Mutter. Sagt mir, seid Ihr sicher, daß Ihr nicht auch ein *Ta'veren* seid?«

»Ich bin der Amyrlin-Sitz«, erwiderte sie. »Das genügt jedermann.« Sie berührte erneut seinen Arm. »Das Licht bescheine Euch, Talmanes.« Dieses Mal schloß sein Lächeln beinahe auch seine Augen mit ein.

Obwohl sie flüsterten, war ihr Gespräch unvermeidlich bemerkt worden. Vielleicht auch weil sie flüsterten. Das Mädchen, das die Amyrlin zu sein behauptete, eine Aufrührerin gegen die Weiße Burg, im Gespräch mit dem Anführer zehntausend Drachenverschworener. Hatte sie Talmanes' Plan mit Roedran erschwert oder erleichtert? War ein Krieg in Murandy jetzt weniger wahrscheinlich, oder hatte sie das Gegenteil bewirkt? Siuan und ihr verdammtes Gesetz der Unbeabsichtigten Konsequenzen! Fünfzig Blicke folgten ihr und wurden jäh wieder abgewendet, als sie durch die Menge schritt, sich die Hände an ihrem Becher wärmend. Nun, die meisten wandten sich jäh wieder ab. Die Gesichter der Sitzenden waren ganz alterslose, vorgebliche Gelassenheit, aber Lelaine hätte eine braunäugige Krähe sein können, die einen in seichtem Wasser zappelnden Fisch beobachtete, während Romandas nur unwesentlich dunklere Augen Löcher in Eisen hätten bohren können.

Egwene versuchte, die Sonne draußen im Blick zu behalten, während sie den Pavillon langsam im Halbkreis durchschritt. Die Adligen bedrängten die Sitzenden noch immer, zogen von einer zur anderen, als suchten sie bessere Antworten, und sie nahm allmählich kleine Dinge wahr. Donel blieb auf seinem Weg von Janya zu Moria stehen und verbeugte sich tief vor Aemlyn, die mit einem huldvollen Nicken reagierte. Cian, die sich von Takima abwandte, vollführte einen tiefen Hofknicks vor Pelivar, der mit einer leichten Verbeugung antwortete. Und da waren noch andere, wobei sich stets ein Murandianer vor einem Andoraner verbeugte, der ebenso formell reagierte. Die Andoraner gaben sich alle Mühe, Bryne bis auf das seltsame Stirnrunzeln zu ignorieren, aber unzählige Murandianer suchten ihn auf, einer nach dem anderen und in reichlicher Entfernung von allen übrigen, und nach ihrer Blickrichtung zu urteilen, sprachen sie eindeutig über Pelivar oder Arathelle oder Aemlyn. Vielleicht hatte Talmanes recht gehabt.

Auch vor ihr wurden Hofknickse und Verbeugungen vollführt, obwohl sie nicht so tief gerieten wie jene vor Arathelle und Pelivar und Aemlyn, geschweige denn jene vor den Sitzenden. Ein halbes Dutzend Frauen erzählten ihr, wie dankbar sie wären, daß die Angelegenheit friedlich beigelegt wurde, obwohl tatsächlich fast ebenso viele nichtssagende Äußerungen machten oder unbehaglich die Achseln zuckten, wenn sie die gleiche Empfindung ausdrückte, als seien sie sich nicht sicher, daß *wirklich* alles friedlich enden würde. Ihre entsprechenden Versicherungen wurden mit einem inbrünstigen »Das Licht gebe es!« oder einem ergebenen »Wenn das Licht es will!« erwidert. Vier nannten sie Mutter, eine ohne anfängliches Zögern, und drei weitere sagten, sie sei recht hübsch, sie habe wunderschöne Augen und eine anmutige Haltung – in dieser Reihenfolge. Es waren vielleicht passende Komplimente für Egwenes Alter, aber nicht für ihre Stellung.

Sie fand zumindest in einer Hinsicht ungetrübtes Vergnügen. Segan wurde nicht als einzige von ihrer Ankündigung bezüglich des Novizinnenbuchs verlockt. Das war eindeutig der Grund, warum die meisten Frauen zuerst mit ihr sprachen. Immerhin mochten sich die anderen Schwestern zwar gegen die Burg auflehnen, aber sie beanspruchte, der Amyrlin-Sitz zu sein. Sie mußten starkes Interesse haben, um ihre Zweifel zu überwinden, auch wenn niemand es zeigen wollte. Arathelle stellte ihre Fragen stirnrunzelnd, wodurch auch ihre Wangen von weiteren Falten überzogen wurden. Aemlyn schüttelte bei der Antwort ihren grauen Kopf. Auch die wuchtige Cian fragte nach, gefolgt von einer andoranischen Lady namens Negara mit scharfgeschnittenem Gesicht und dann von einer hübschen Murandianerin mit großen Augen namens Jennet sowie weiteren. Niemand wollte es für sich selbst wissen – mehrere wiesen sogleich darauf hin, besonders die jüngeren Frauen –, aber es dauerte nicht lange, bis jede einzelne Adlige nachgefragt hatte und mehrere Diener ebenfalls unter dem Vorwand, weiteren gewürzten Wein reichen zu wollen. Eine drahtige Frau namens Nildra kam aus dem Aes Sedai-Lager.

Egwene war recht zufrieden mit der Saat, die sie dort gesät hatte. Weniger zufrieden war sie mit den Männern. Vereinzelt sprachen sie mit ihr, aber erst, als sie ihr von Angesicht zu Angesicht gegenüberstanden und anscheinend keine andere Wahl mehr hatten. Eine kaum verständliche Bemerkung über das Wetter, entweder das Ende der Dürre lobend oder die plötzlichen Schneefälle beklagend, eine gemurmelte Hoffnung, daß das Unwesen mit den Banditen bald beendet wäre, vielleicht mit einem bedeutungsvollen Blick zu Talmanes, und sie entglitten wieder. Ein Bär von einem Andoraner namens Macharan fiel bei dem Bestreben, ihr aus dem Weg zu gehen, über seine eigenen Stiefel. Es war in gewisser Weise kaum überraschend. Die Frauen hatten, wenn auch nur vor sich selbst, die Rechtfertigung des Novizinnenbuches, aber die Männer hatten nur den einen Gedanken, daß ein Gespräch mit ihr sie vielleicht über einen Kamm scheren würde.

Es war ziemlich entmutigend. Es kümmerte sie nicht, was die Männer über Novizinnen dachten, aber sie hätte zu gern gewußt, ob sie ebensosehr wie die Frauen befürchteten, daß dies letztendlich handgemein ende. Solche Befürchtungen konnten sich nur allzuleicht selbst erfüllen. Schließlich entschied sie, daß es nur eine Möglichkeit gab, das herauszufinden.

Pelivar wandte sich von einem Tablett um, von dem er sich einen Becher Wein genommen hatte, und sprang mit unterdrücktem Fluchen zurück, um nicht gegen sie zu stoßen. Hätte sie noch näher sein wollen, hätte sie auf seinen Stiefeln stehen müssen. Heißer Wein ergoß sich über Pelivars behandschuhte Hand und lief unter seinen Jackenärmel, woraufhin er einen weiteren Fluch nicht unterdrückte. Er war groß genug, um über ihr aufzuragen, und nutzte dies auch weidlich. Sein Stirnrunzeln kennzeichnete ihn als einen Mann, der eine lästige junge Frau barsch aus dem Weg scheuchen wollte. Oder einen Mann, der beinahe auf eine rote Natter getreten wäre. Sie hielt sich aufrecht und konzentrierte sich auf ein Bild von ihm als kleiner Junge, der nichts Gutes im Schilde führte. Das half stets. Die meisten Männer spürten es anscheinend. Er murmelte etwas – es hätte ebensogut eine höfliche Begrüßungsformel wie ein weiterer Fluch sein können –, neigte leicht den Kopf und versuchte dann, um sie herumzugehen. Sie trat ebenfalls beiseite, um vor ihm zu bleiben. Er trat zurück, und sie folgte ihm. Er begann, gehetzt zu wirken. Sie beschloß, ihn zu beruhigen, bevor sie die wichtige Frage vorantrieb. Sie wollte Antworten, keine Ausflüchte.

»Es muß Euch doch freuen zu hören, daß die Tochter-Erbin auf dem Weg nach Caemlyn ist, Lord Pelivar.« Sie hatte mehrere der Sitzenden dies erwähnen hören.

Sein Gesicht wurde ausdruckslos. »Elayne Trakand hat ein Anrecht auf den Löwenthron«, erwiderte er mit tonloser Stimme.

Egwenes Augen weiteten sich, und er trat, offensichtlich aus Unsicherheit, erneut zurück. Vielleicht glaubte er, sie sei verärgert, weil er sie nicht mit ihrem Titel angesprochen hatte, aber das hatte sie kaum beachtet. Pelivar hatte Elaynes Mutter bei ihrem Anspruch auf den Thron unterstützt, und Elayne war sich sicher gewesen, daß er auch sie unterstützen würde.

Sie sprach herzlich über Pelivar, wie über einen Lieblingsonkel.

»Mutter«, murmelte Siuan neben ihr, »wir müssen gehen, wenn wir das Lager noch vor Sonnenuntergang erreichen wollen.« Es gelang ihr, diese leisen Worte recht eindringlich klingen zu lassen. Die Sonne hatte ihren Zenit bereits überschritten.

»Bei diesem Wetter sollte man bei Einbruch der Nacht nicht im Freien sein«, sagte Pelivar hastig. »Wenn Ihr mich entschuldigen wollt – ich muß mich ebenfalls zum Aufbruch bereitmachen.« Er stellte seinen Becher auf das Tablett eines vorübereilenden Dieners, verbeugte sich dann zögernd und schritt mit der Haltung eines Mannes davon, der einer Falle entkommen war.

Egwene hätte vor Enttäuschung am liebsten mit den Zähnen geknirscht. Was hielt der Mann nun *wirklich* von ihrer Übereinkunft? Wenn man es so nennen konnte, so wie sie ihnen ihre Vorstellungen aufgezwungen hatte. Arathelle und Aemlyn besaßen mehr Macht und Einfluß als die meisten Männer, und doch ritten Pelivar und Culhan und ähnliche mit den Soldaten. Sie konnten sie noch immer heftig in Verlegenheit bringen.

»Sucht Sheriam«, grollte sie, »und sagt ihr, sie solle alle *sofort* aufsitzen lassen, egal, unter welchen Umständen!« Sie durfte den Sitzenden keine Nacht Zeit lassen, über das nachzudenken, was heute geschehen war, geschweige denn, eigene Pläne zu schmieden und gegen sie zu intrigieren. Sie *mußten* wieder im Lager sein, bevor die Sonne unterging.

KAPITEL 11

Das Gesetz

Die Sitzenden auf ihre Pferde zu bekommen erwies sich als ein Kinderspiel. Sie waren ebenso erpicht fortzukommen wie Egwene, besonders Romanda und Lelaine, die beide so frostig wie der Wind und deren Augen wie Gewitterwolken waren. Die übrigen waren das Abbild kühler Gelassenheit der Aes Sedai, die diese Haltung wie einen schweren Geruch verströmten, und doch eilten sie so rasch zu ihren Pferden, daß die Adligen staunend zurückblieben. Die bunt gekleideten Diener beeilten sich, die Packpferde zu beladen, um so rasch wie möglich aufzuholen.

Egwene ließ Daishar im Schnee hart vorangehen, und Lord Bryne sorgte, ohne einen weiteren Blick oder ein Nicken von ihr dafür, daß die bewaffneten Eskorten ebenso rasch voranritten. Siuan auf Bela und Sheriam auf Wing schlossen sich ihr eilig an. Lange Strecken kämpften sie sich durch eine fesselhohe Schneedecke, wobei die Pferde die Hufe fast im Trab hoch anheben mußten, während die Flamme von Tar Valon im eisigen Wind wogte. Und selbst als es nötig wurde, langsamer voranzureiten, als die Pferde knietief durch die Schneekruste einsanken, ritten sie zügig voran.

Die Sitzenden hatten keine andere Wahl als mitzuhalten, und die Geschwindigkeit gab ihnen kaum eine Gelegenheit, unterwegs miteinander zu reden. In diesem erschöpfenden Tempo könnte ein Moment der Unaufmerksamkeit ein gebrochenes Bein für das Tier und ein gebrochenes Genick für den Reiter zur Folge haben. Dennoch gelang es sowohl Romanda als auch Lelaine, ihre erlesenen Kreise um sich zu versammeln, so daß diese beiden Gruppen von einem Schutz gegen Lauscher umgeben durch den Schnee stolperten. Die beiden ließen anscheinend Schimpftiraden vom Stapel. Egwene konnte sich denken, worum es ging. Was das betraf, so gelang es auch anderen Sitzenden, eine Weile zusammenzureiten, leise einige Worte zu wechseln und manchmal ihr und manchmal den von *Saidar* umgebenen Schwestern kühle Blicke zuzuwerfen. Nur Delana beteiligte sich nicht an diesen kurzen Unterhaltungen. Sie blieb dicht bei Halima, die zumindest nicht verhehlte, daß sie fror. Die Frau vom Lande hielt mit angespanntem Gesicht den Umhang eng um sich, aber sie versuchte noch immer, Delana zu trösten, indem sie ihr fast ständig etwas zuflüsterte. Delana schien Trost zu brauchen. Ihre Brauen waren gesenkt, so daß eine steile Falte ihre Stirn zerfurchte, die sie tatsächlich gealtert wirken ließ.

Sie war nicht die einzige, die sich sorgte. Die anderen verbargen das Gefühl hinter Starrheit, strahlten vollkommene Sicherheit aus, aber die Behüter verhielten sich, als erwarteten sie beim nächsten Schritt das Schlimmste. Unaufhörlich ließen sie die Blicke unbehaglich schweifen, die Umhänge im Wind flatternd, damit sie die Hände frei behielten. Wenn sich eine Aes Sedai sorgte, dann sorgte sich auch ihr Behüter, und die Sitzenden waren zu sehr von ihren eigenen Gedanken in Anspruch genommen, um daran zu denken, die Männer zu beruhigen. Egwene war einfach froh, das zu sehen. Wenn die Sitzenden sich sorgten, hatten sie noch keine Entscheidung getroffen.

Als Bryan vorausritt, um mit Uno zu sprechen, ergriff sie die Gelegenheit, zu erfragen, was die beiden Frauen über die Aes Sedai und die Burgwachen in Andor erfahren hatten.

»Nicht viel«, erwiderte Siuan mit angespannter Stimme. Die struppige Bela schien mit der Gangart keine Schwierigkeiten zu haben, aber Siuan sehr wohl, die mit einer Hand die Zügel und mit der anderen den Sattelknauf umklammerte. »Soweit ich herausfinden konnte, gibt es fünfzig Gerüchte und keine Tatsachen. Wahrscheinlich ist es ein Märchen, aber es könnte vielleicht dennoch wahr sein.« Bela strauchelte, ihre Vorderhufe sanken tief ein, und Siuan keuchte. »Das Licht verdamme alle Pferde!«

Sheriam hatte auch nicht mehr erfahren. Sie schüttelte den Kopf und seufzte verärgert. »Es klingt für mich alles nach Unsinn, Mutter. Es gibt *immer* Gerüchte über umherschleichende Schwestern. Habt Ihr niemals reiten gelernt, Siuan?« fügte sie plötzlich verächtlich hinzu. »Heute abend werdet Ihr zu wundgeritten sein, um noch laufen zu können!« Sheriams Nerven mußten bloßliegen, daß sie so offen redete.

Siuans Blick verhärtete sich, und sie öffnete halbwegs höhnend den Mund, gleichgültig, wer sie hinter dem Banner hervor beobachten mochte.

»Seid still, alle beide!« fauchte Egwene. Sie atmete tief durch, um sich zu beruhigen. Sie war auch selbst ein wenig angegriffen. Was auch immer Arathelle glaubte – jegliche von Elaida zu ihrer Behinderung gesandten Streitkräfte wären zu zahlreich, um sich heimlich anzuschleichen. Also blieb noch die Schwarze Burg, schon in der Entstehung ein Unglück. Man sollte sich besser um Naheliegendes kümmern, als zu weit vorauszudenken. Besonders, wenn das Vorausliegende in einem anderen Land geschah und vielleicht gar nicht existierte.

Sie versagte sich dennoch die Worte, indem sie Sheriam Anweisungen für den Zeitpunkt gab, wenn sie das Lager erreichten. Sie war der Amyrlin-Sitz, und das bedeutete, daß sie für *alle* Aes Sedai die Verantwortung trug, selbst für jene, die Elaida folgten. Ihre Stimme klang jedoch felsenfest. Es war zu spät, Angst zu haben, wenn man den Wolf erst bei den Ohren gepackt hatte.

Sheriams schrägstehende Augen weiteten sich, als sie die Anweisungen hörte. »Mutter, darf ich fragen, warum …?« Sie brach unter Egwenes ruhigem Blick ab und schluckte. »Wie Ihr befehlt, Mutter«, sagte sie zögernd. »Seltsam. Ich erinnere mich noch an den Tag, als Ihr und Nynaeve zur Burg kamt, zwei Mädchen, die sich nicht entscheiden konnten, ob sie aufgeregt oder ängstlich sein sollten. Seitdem hat sich so vieles geändert.«

»Nichts währt ewig«, belehrte Egwene sie. Sie warf Siuan einen bedeutungsvollen Blick zu, die sich aber weigerte, es zu bemerken. Sie schien verdrießlich. Sheriam hingegen wirkte leidend.

Dann kehrte Lord Bryne zu ihnen zurück, und er mußte die Stimmung unter ihnen spüren. Abgesehen davon, daß er sagte, sie lägen gut in der Zeit, schwieg er. Ein kluger Mann.

Ob sie gut in der Zeit lagen oder nicht – die Sonne war bereits fast hinter die Baumwipfel gesunken, als sie schließlich durch das sich ausbreitende Lager des Heers ritten. Wagen und Zelte warfen lange Schatten über den Schnee, und eine Anzahl Männer arbeitete hart, weitere Unterstände aus Gestrüpp zu errichten. Es waren nicht annähernd genug Zelte vorhanden, selbst nicht für alle Soldaten, und das Lager beherbergte noch einmal fast ebenso viele Sattler und Wäscherinnen und alle jene, die jeglichem Heer unvermeidlich folgten. Das Klingen der Ambosse zeugte von noch immer tätigen Huf- und Waffenschmieden. Herdfeuer brannten überall, und die Kavallerie zerstreute sich, nach Wärme und heißem Essen verlangend, sobald ihre erschöpft dahintrottenden Tiere versorgt waren. Überraschenderweise ritt Bryne weiterhin an Egwenes Seite, nachdem sie ihn entlassen hatte.

»Wenn Ihr erlaubt, Mutter«, sagte er, »möchte ich Euch noch eine Weile begleiten.« Sheriam wandte sich tatsächlich im Sattel um und sah erstaunt zurück. Siuan blickte ebenfalls erstaunt strikt geradeaus, als wage sie nicht, ihn ihre plötzlich geweiteten Augen sehen zu lassen.

Was glaubte er, was er tun konnte? Als ihr Leibwächter fungieren? Gegen *Schwestern?* Dieser Bursche mit der tropfenden Nase würde genügen. Einfach offenbaren, wie vollständig er auf ihrer Seite stand? Morgen war dafür noch genug Zeit, wenn heute abend alles gut verlief. Diese Offenbarung könnte den Saal jetzt leicht in Richtungen vorpreschen lassen, die sie kaum zu erwägen wagte.

»Der heutige Abend ist Aes Sedai-Angelegenheiten vorbehalten«, belehrte sie ihn entschlossen. Aber er hatte, so töricht die Vorstellung auch war, angeboten, sein Leben für sie zu riskieren. Die Gründe dafür lagen im dunkeln – wer konnte schon sagen, warum ein Mann *irgend etwas* tat? –, und doch schuldete sie ihm dafür etwas. Unter anderem dafür. »Wenn ich Siuan heute abend nicht zu Euch schicke, Lord Bryne, solltet Ihr vor dem Morgen aufbrechen. Falls die Ereignisse des heutigen Tages mir zur Last gelegt werden, könnte sich das auch auf Euch auswirken. Es könnte sich als gefährlich erweisen zu bleiben. Sogar als tödlich. Ich glaube nicht, daß sie eine besondere Entschuldigung brauchten.« Es war nicht nötig, ›sie‹ genauer zu benennen.

»Ich habe mein Wort gegeben«, erwiderte er ruhig. »Bis nach Tar Valon.« Er hielt inne und schaute zu Siuan, weniger zögernd als nachdenklich. »Was auch immer heute abend besprochen werden soll«, sagte er schließlich, »Ihr solltet dabei daran denken, daß dreißigtausend Mann und Gareth Bryne hinter Euch stehen. Das dürfte einiges Gewicht haben, selbst unter Aes Sedai. Bis morgen, Mutter.« Er wendete seinen Kastanienbraunen und rief noch über die Schulter: »Ich erwarte, Euch morgen auch zu sehen, Siuan. Daran wird sich *nichts* ändern.« Siuan starrte ihm nach, als er sich entfernte. Ihr Blick wirkte gequält.

Egwene konnte nicht anders, als ihm ebenfalls nachzublicken. Er war noch niemals zuvor so offen gewesen, nicht annähernd. Warum ausgerechnet jetzt?

Als sie den vierzig oder fünfzig Schritt breiten Streifen überquerten, der das Lager des Heers von dem der Aes Sedai trennte, nickte Egwene Sheriam zu, die ihr Pferd bei den ersten Zelten verhielt. Egwene und Siuan ritten weiter. Hinter ihnen erklang Sheriams Stimme erstaunlich klar und fest. »Der Amyrlin-Sitz beruft den Saal heute zu einer formellen Sitzung. Trefft rasch alle Vorbereitungen.« Egwene schaute nicht zurück.

Bei ihrem Zelt eilte eine hagere Pferdemagd mit wehenden Röcken herbei, um Daishar und Bela zu übernehmen. Ihr Gesicht wirkte angespannt, und sie neigte kaum den Kopf, bevor sie mit den Pferden so rasch wieder davoneilte, wie sie gekommen war. Die Wärme der glühenden Kohlepfannen im Zelt war wie eine sich schließende Faust. Egwene hatte bis dahin nicht bemerkt, wie kalt es draußen war. Oder wie sehr sie fror.

Chesa nahm ihr den Umhang ab, doch als sie ihre Hände spürte, rief sie aus: »Ihr seid ja bis auf die Knochen durchgefroren, Mutter!« Sie plapperte weiter, während sie sich damit beschäftigte, Egwenes und Siuans Umhänge zusammenzufalten, die ordentlich zurückgeschlagenen Decken auf Egwenes Feldbett glattzustreichen und ein auf einer der Kisten abgestelltes Tablett zu überprüfen. »Ich würde mich sofort ins Bett legen und heiße Ziegelsteine um mich schichten, wenn ich so durchgefroren wäre. Zumindest, sobald ich etwas gegessen hätte. Man kann sich nur äußerlich erwärmen, wenn man auch innerlich erwärmt ist. Ich werde ein paar zusätzliche Ziegelsteine für Eure Füße besorgen, während Ihr eßt. Und natürlich auch für Siuan Sedai. Oh, wenn ich so hungrig wäre wie Ihr, würde ich bestimmt mein Essen hinunterschlingen wollen, aber dann bekomme ich stets Magenschmerzen.« Sie hielt bei dem Tablett inne, betrachtete Egwene und nickte zufrieden, als diese sagte, sie würde nicht zu hastig essen.

Es war nicht leicht, ernsthaft zu antworten. Chesa war stets erfrischend, aber nach den Strapazen des heutigen Tages mußte Egwene fast vor Vergnügen lachen. Chesa war unkompliziert. Auf dem Tablett befanden sich zwei weiße Schalen mit Linseneintopf sowie ein hoher Krug mit gewürztem Wein, zwei Silberbecher und zwei große Brötchen. Irgendwie hatte die Frau gewußt, daß Siuan mit ihr essen würde. Die Schalen und der Krug dampften. Wie oft hatte Chesa dieses Tablett auswechseln müssen, um zu gewährleisten, daß Egwene sofort nach ihrer Rückkehr eine heiße Mahlzeit vorfand? Einfach und unkompliziert. Und so fürsorglich wie eine Mutter. Oder wie eine Freundin.

»Ich muß noch aufs Bett verzichten, Chesa. Heute abend habe ich noch zu arbeiten. Würdet Ihr uns allein lassen?«

Siuan schüttelte den Kopf, als sich der Zelteingang hinter der rundlichen Frau schloß. »Seid Ihr sicher, daß sie nicht schon seit Eurer Säuglingszeit in Euren Diensten steht?« murmelte sie.

Egwene nahm eine der Schalen, einen Löffel und ein Brötchen und machte es sich seufzend auf einem Stuhl bequem. Sie umarmte die Quelle und schützte das Zelt gegen Lauscher. Leider ließ *Saidar* sie ihrer halb erfrorenen Hände und Füße noch bewußter werden, und auch die übrigen Körperteile waren nicht wesentlich wärmer. Die Schale war fast zu heiß, um sie zu halten, und das Brötchen ebenfalls. Oh, wie gern sie diese Ziegelsteine angenommen hätte.

»Können wir noch irgend etwas tun?« fragte sie und nahm einen Löffel Eintopf. Sie war ausgehungert, was nicht verwunderlich war, da sie seit dem im Morgengrauen eingenommenen Frühstück nichts mehr gegessen hatte. Die Linsen und holzigen Karotten schmeckten wie das köstlichste Mahl, das ihre Mutter je zubereitet hatte. »Mir fällt nichts mehr ein, aber Euch vielleicht?«

»Was getan werden kann, wurde bereits getan. Es gibt nichts sonst, außer, daß der Schöpfer selbst eingreift.« Siuan nahm die andere Schale und ließ sich auf einen niedrigen Stuhl sinken, aber dann saß sie nur da, starrte in ihren Eintopf und rührte mit dem Löffel darin. »Ihr würdet es ihm doch nicht wirklich sagen, oder?« fragte sie schließlich. »Ich könnte es nicht ertragen, wenn er es wüßte.«

»Warum, um alles in der Welt, nicht?«

»Er würde es ausnutzen«, sagte Siuan düster. »Oh, nicht *das*. Das glaube ich nicht.« Sie war in mancherlei Hinsicht sehr prüde. »Aber der Mann würde mir das Leben zur Hölle machen!« Und seine Kniehosen zu waschen und jeden Tag seine Stiefel und seinen Sattel zu polieren, war das nicht die Hölle?

Egwene seufzte. Wie *konnte* eine solch vernünftige, intelligente, fähige Frau bei diesem Thema zu einem solchen Wirrkopf werden? Ein Bild stieg in ihr auf wie eine zischende Natter. Ein Bild von ihr selbst, wie sie auf Gawyns Knien saß und sie sich küßten. In einer Schenke! Sie verdrängte es energisch. »Siuan, ich brauche Eure Erfahrung. Ich brauche Euren Verstand. Ich kann es mir nicht leisten, daß Ihr wegen Lord Bryne nur halbwegs bei der Sache seid. Wenn Ihr Euch nicht zusammenreißen könnt, werde ich ihm bezahlen, was Ihr ihm schuldet, und Euch verbieten, ihn wiederzusehen. Das werde ich tun.«

»Ich habe gesagt, daß ich die Schuld abarbeiten werde«, entgegnete Siuan starrköpfig. »Ich besitze ebensoviel Ehre wie der verdammte Lord Gareth Bryne! Ebensoviel und mehr. Er hält sein Wort, und ich halte meines! Außerdem hat Min mir erzählt, daß ich in seiner Nähe bleiben muß, weil wir sonst beide sterben. Oder etwas Ähnliches.« Die leichte Röte ihrer Wangen verriet sie jedoch. Ungeachtet ihrer Ehre und Mins Vision würde sie bereitwillig alles auf sich nehmen, um dem Mann nahe zu sein!

»Na, fabelhaft. Ihr seid vernarrt, und wenn ich Euch befehle, ihm fernzubleiben, werdet ihr den Befehl entweder mißachten oder Trübsal blasen und Euren restlichen Verstand verlieren. Was habt Ihr mit ihm vor?«

Siuan runzelte ungehalten die Stirn und gab grollend einige Erklärungen ab, was sie gern mit dem verdammten Gareth Bryne tun würde. Nichts davon hätte ihm gefallen. Einiges hätte er vielleicht nicht überlebt.

»Siuan«, warnte Egwene, »Ihr leugnet erneut das Offensichtliche, und ich werde es ihm erzählen *und* ihm das Geld geben.«

Siuan schmollte störrisch. Sie schmollte! Störrisch! Siuan! »Ich habe keine Zeit, mich zu verlieben. Ich habe kaum Zeit zum Nachdenken, während ich für Euch *und* ihn arbeite. Und selbst wenn heute abend alles gelingt, werde ich noch doppelt soviel zu tun haben. Außerdem …« Ihre Miene veränderte sich, und sie rutschte auf ihrem Stuhl hin und her. »Was ist, wenn er … meine Gefühle nicht erwidert?« murrte sie. »Er hat niemals auch nur versucht, mich zu küssen. Ihn kümmert nur, ob seine Hemden sauber sind.«

Egwene wollte mit dem Löffel die letzten Reste in ihrer Schale zusammenkratzen und war überrascht, als er leer blieb. Auch von dem Brötchen waren nur wenige Krümel auf ihrem Gewand geblieben. Licht, ihr Magen fühlte sich noch immer leer an. Sie beäugte hoffnungsvoll Siuans Schale. Die Frau schien wenig Interesse an etwas anderem als daran zu haben, Kreise in ihre Linsen zu zeichnen.

Plötzlich kam ihr ein Gedanke. Warum hatte Lord Bryne darauf bestanden, daß Siuan ihre Schuld abarbeitete, nachdem er erfahren hatte, wer sie war? Nur weil sie gesagt hatte, daß sie es tun würde? Es war eine widersinnige Vereinbarung, die es ihr jedoch ermöglichte, in seiner Nähe zu bleiben, wie nichts anderes es bewirkt hätte. Sie hatte sich ebenfalls schon oft gefragt, warum Bryne zugestimmt hatte, das Heer aufzustellen. Er mußte gewußt haben, daß dadurch die Möglichkeit bestand, daß er mit dem Kopf auf dem Hackklotz enden könnte. Und warum hatte er ihr dieses Heer angeboten, einer jungen Amyrlin ohne wahre Autorität und ohne Freundin unter den Schwestern außer Siuan, soweit er wußte? Konnte die Antwort auf alle diese Fragen einfach sein, daß … er Siuan liebte? Nein. Die meisten Männer waren leichtfertig und unbeständig, aber das war *wirklich* widersinnig! Dennoch äußerte sie diese Vermutung, wenn auch nur, um Siuan zu belustigen. Vielleicht munterte es sie ein wenig auf.

Siuan schnaubte ungläubig. Es wirkte bei diesem hübschen Gesicht seltsam, aber niemand konnte so ausdrucksvoll schnauben wie sie. »Er ist keineswegs ein Dummkopf«, sagte sie trocken. »Tatsächlich trägt er einen klugen Kopf auf seinen Schultern. Er denkt meistens wie eine Frau.«

»Ich habe Euch noch immer nicht sagen hören, daß Ihr wieder zur Vernunft kommen wollt, Siuan«, beharrte Egwene. »Ihr müßt es auf die eine oder andere Weise tun.«

»Nun, natürlich werde ich das. Ich weiß nicht, was

mit mir los war. Es ist nicht so, als hätte ich noch niemals zuvor einen Mann geküßt.« Plötzlich verengte sie ihre Augen, als erwarte sie, daß Egwene das bezweifelte. »Ich habe nicht mein *ganzes* Leben in der Burg verbracht. Es ist lächerlich! Über *Männer* zu plaudern, ausgerechnet heute abend!« Sie spähte in ihre Schale und schien zum erstenmal zu bemerken, daß sie Essen enthielt. Sie nahm einen Löffelvoll und deutete dann auf Egwene. »Ihr müßt jetzt mehr denn je auf Eure Zeiteinteilung achten. Wenn Romanda oder Lelaine das Ruder ergreifen, werdet Ihr niemals wieder selbst darüber entscheiden.«

Ob lächerlich oder nicht – etwas hatte Siuans Appetit mit Sicherheit wiederhergestellt. Sie aß ihren Eintopf schneller auf als Egwene ihren, und kein Krümel des Brötchens entging ihr. Egwene merkte, daß sie ihre leere Schale sogar noch mit den Fingern ausgewischt hatte. Natürlich konnte sie nur noch die letzten Reste Linsen davon ablecken.

Es war eigentlich nicht mehr nötig, die Geschehnisse des heutigen Abends noch einmal zu besprechen. Sie hatten so viele Male ersonnen und wiederholt verbessert, was Egwene wann sagen sollte, daß sie überrascht war, daß sie nicht davon geträumt hatte. Sie hätte ihren Teil gewiß im Schlaf beherrscht. Siuan beharrte dennoch darauf und näherte sich sehr weit dem Punkt, an dem Egwene sie würde zurechtweisen müssen, weil sie alles immer und immer wieder durchging und erneut Möglichkeiten aufbrachte, die sie schon hundertmal zuvor besprochen hatten. Seltsamerweise war Siuan jetzt sehr guter Stimmung. Sie versuchte sich sogar in ein wenig Humor, was für sie in letzter Zeit ungewöhnlich geworden war, obwohl einiges davon Galgenhumor war.

»Ihr wißt, daß Romanda einst selbst die Amyrlin werden wollte«, sagte sie. »Ich habe gehört, daß statt dessen Tamra Stola und Stab erhielt und sie sich deshalb in den Ruhestand zurückzog. Ich würde alles darauf verwetten, daß ihre Augen doppelt so stark hervortreten wie Lelaines.«

Und später sagte sie: »Ich wünschte, ich könnte dort sein, um sie wehklagen zu hören. Jemand wird es bald tun müssen, und es wäre mir lieber, wenn es sie wären anstatt wir. Ich konnte noch nie gut singen.« Sie sang tatsächlich ein Bruchstück eines Liedes über jemanden, der über den Fluß einen Jungen erblickte, aber kein Boot besaß. Sie hatte recht – ihre Stimme war bestenfalls als nett zu bezeichnen, aber sie konnte keine Melodie halten.

Und noch später: »Es ist gut, daß ich jetzt solch ein unverbrauchtes Gesicht habe. Wenn dies böse endet, werden sie uns beide wie Puppen anziehen und uns auf ein Regal setzen, um uns zu bewundern. Natürlich könnten wir statt dessen auch ›Unfälle‹ erleiden. Puppen zerbrechen. Gareth Bryne wird sich jemand anderen suchen müssen, den er bevormunden kann.« Sie *lachte* wahrhaftig darüber.

Egwene empfand große Erleichterung, als sich der Zelteingang kurzzeitig nach innen wölbte und jemanden ankündigte, der genug wußte, um dort nicht einzutreten, wo ein Schutz bestand. Sie wollte wirklich nicht hören, wohin Siuans Humor noch führen würde!

Sobald Egwene den Schutz losließ, trat Sheriam ein, begleitet von einem Luftzug, der zehnmal kälter schien als zuvor. »Es ist an der Zeit, Mutter. Alles ist bereit.« Ihre schrägstehenden Augen waren geweitet, und sie leckte sich mit der Zungenspitze über die Lippen.

Siuan erhob sich und nahm ihren Umhang von Egwenes Feldbett, hielt dann aber in ihrer Bewegung, ihn sich um die Schultern zu legen, inne. »Ich *habe* die Drachenfinger bereits im Dunkeln umsegelt«, sagte sie ernst. »Es ist möglich.«

Sheriam runzelte die Stirn, als Siuan hinauseilte und weitere Kälte hereinließ. »Manchmal denke ich …«, begann sie, aber was immer sie manchmal dachte, teilte sie Egwene nicht mit. »Warum tut Ihr das, Mutter?« fragte sie statt dessen. »Euer Verhalten heute am See und jetzt die Einberufung des Saals. Und warum habt Ihr uns den ganzen gestrigen Tag damit verbringen lassen, mit jedermann, der uns begegnete, Gespräche über Logain zu führen? Ich bin der Ansicht, daß Ihr es mir erklären solltet. Ich *bin* Eure Behüterin der Chroniken. Ich *habe* Treue geschworen.«

»Ich werde Euch sagen, was Ihr wissen müßt«, erwiderte Egwene und warf sich den Umhang um die Schultern. Es war nicht nötig zu sagen, daß sie einem erzwungenen Schwur, selbst dem einer Schwester, keineswegs traute. Und Sheriam könnte einen Grund finden, trotz des Schwurs dem Falschen etwas zu verraten. Aes Sedai waren immerhin dafür bekannt, sich bei ihren Worten Hintertürchen offenzulassen. Sie glaubte nicht wirklich, daß das geschehen würde, aber sie durfte, genau wie bei Lord Bryne, nicht einmal kleine Risiken eingehen, es sei denn, sie war dazu gezwungen.

»Ich muß Euch sagen«, sagte Sheriam verbittert, »daß morgen entweder Romanda oder Lelaine wohl Eure Behüterin der Chroniken sein wird und ich Buße tun werde, weil ich den Saal nicht gewarnt habe.«

Egwene nickte. Das ist nur allzugut möglich. »Wollen wir gehen?«

Die Sonne stand als rote Scheibe über den Baumwipfeln im Westen, und ein unheimliches Licht spiegelte sich auf dem Schnee. Diener verbeugten sich schweigend oder vollführten still Hofknickse, als Egwene vorüberging. Ihre Mienen waren besorgt oder ausdruckslos. Diener konnten die Stimmungen ihrer Dienstherren fast ebenso schnell erkennen wie Behüter.

Zunächst war nicht eine Schwester zu sehen, doch dann waren alle da, eine große Versammlung rund um einen auf der einzigen ausreichend großen freien Fläche des Lagers errichteten Pavillon, die von den Schwestern genutzt wurde, um zu den Taubenschlägen in Salidar zu gleiten und mit den Berichten der Augen-und-Ohren zurückzureisen. Das große, häufig geflickte schwere Segeltuch war nicht leicht zu errichten gewesen. Der Saal war in den vergangenen zwei Monaten sehr häufig ähnlich wie am gestrigen Morgen zusammengetroffen oder hatte sich in eines der größeren Zelte gedrängt. Der Pavillon war erst zweimal errichtet worden, seit sie Salidar verlassen hatten. Beide Male für eine Gerichtsverhandlung.

Als die Schwestern Egwene und Sheriam herannahen sahen, flüsterten jene im Hintergrund mit den vorderen, und es bildete sich eine Gasse, um sie hindurchzulassen. Ausdruckslose Augen beobachteten die beiden, ohne einen Hinweis darauf zu geben, ob die Schwestern wußten oder auch nur erahnten, was geschehen würde. Ohne einen Hinweis darauf, was sie dachten. Schmetterlinge flatterten in Egwenes Bauch. Eine Rosenknospe. Ruhig.

Sie betrat die ausgelegten Teppiche mit bunten Blumen und einem Dutzend weiteren Mustern und schritt zwischen dem Kreis der aufgestellten Kohlepfannen hindurch. Sheriam ergriff das Wort. »Sie kommt. Sie kommt ...« Es war kaum verwunderlich, wenn sie etwas weniger eindrucksvoll klang als gewöhnlich, ein wenig nervös.

Die polierten Bänke und die mit Tüchern abgedeckten Podeste vom See waren erneut aufgestellt. Sie bildeten einen weitaus formelleren Anblick als das nicht zueinander passende Gewirr von Stühlen, das bisher verwendet worden war. Grüne, Graue und Gelbe auf einer Seite, Weiße, Braune und Blaue auf der anderen.

Am entgegengesetzten Ende, am weitesten von Egwene entfernt, stand das gestreifte Podest und die Bank für den Amyrlin-Sitz. Wenn sie dort säße, wäre sie Mittelpunkt aller und sich sehr wohl der Tatsache bewußt, daß sie allein achtzehn Schwestern gegenüberstand. Es war gut, daß sie ihre Kleidung noch nicht gewechselt hatte. Alle Sitzenden trugen noch immer ihren Prunk vom See, nur zusätzlich ihre Stola. Eine Rosenknospe. Ruhig.

Einer der Plätze war unbesetzt, wenn auch nur noch kurze Zeit. Delana lief in dem Moment herbei, als Sheriam ihre Litanei beendet hatte. Die Graue Schwester wirkte atemlos und aufgeregt und nahm unbeholfen ihren Platz zwischen Varilin und Kwamesa ein. Sie lächelte kläglich und spielte nervös mit den Feuertropfen um ihren Hals. Jedermann hätte denken können, sie solle verurteilt werden. Ruhig. Niemand wurde verurteilt. Noch nicht.

Egwene schritt langsam über die Teppiche, zwischen den beiden Reihen entlang, gefolgt von Sheriam, und Kwamesa erhob sich. Das Licht *Saidars* schimmerte plötzlich um die dunkle schlanke Frau auf, die jüngste der Sitzenden. Heute abend würden die Formalitäten nicht vernachlässigt werden. »Was vor den Saal der Burg gebracht wird, geht allein den Saal etwas an«, verkündete Kwamesa. »Wer auch immer ungebeten eindringt, ob Frau oder Mann, ob Eingeweihter oder Außenseiter, ob sie in Frieden oder zornigen Sinnes kommen, ich werde jeden dem Gesetz gemäß verpflichten, sich dem Gesetz zu stellen. Wisset, daß meine Worte wahr sind. Es wird und soll geschehen.«

Diese Formel war älter als der Eid gegen das Sprechen der Unwahrheit, aus einer Zeit stammend, als fast ebenso viele Amyrlins durch Meuchelmord starben wie durch alle anderen Ursachen zusammengenommen. Egwene schritt weiterhin angemessen voran. Es kostete sie Mühe, ihre Stola nicht zu berühren – zur Erinnerung. Sie versuchte, sich auf die Bank vor ihr zu konzentrieren.

Kwamesa nahm ihren Platz wieder ein, noch immer vor Macht schimmernd. Dann erhob sich von den Weißen Aledrin, die ebenfalls von *Saidar* umgeben war. Sie war mit ihrem dunkelblonden Haar und den großen braunen Augen eigentlich recht hübsch, besonders wenn sie lächelte, aber heute abend hatte jeder Stein mehr Ausstrahlung als sie. »Es gibt jene in Hörweite, die nicht dem Saal angehören«, sagte sie mit kühler, stark vom tarabonischen Akzent gefärbter Stimme. »Was im Saal der Burg besprochen wird, ist nur für den Saal bestimmt, bis der Saal anders entscheidet. Ich werde uns abschirmen. Ich werde unsere Worte nur für uns hörbar versiegeln.« Sie wob einen Schutz, der den ganzen Pavillon einschloß, und setzte sich wieder hin. Bewegung entstand unter den draußen befindlichen Schwestern, die den Saal jetzt vollkommen still erleben mußten.

Seltsam, daß unter Sitzenden so vieles vom Alter abhing, wenn die Unterscheidung durch das Alter unter den übrigen Aes Sedai doch einem Fluch gleichkam. *Konnte* Siuan im jeweiligen Alter der Sitzenden ein Muster erkannt haben? Nein. Konzentriere dich. Ruhig und konzentriert.

Egwene umfaßte fest ihren Umhang, stieg auf das bunt gestreifte Podest und wandte sich um. Lelaine war bereits aufgestanden, die mit blauen Fransen versehene Stola über den Arm gelegt, und Romanda erhob sich gerade, ohne auch nur darauf zu warten, daß Egwene sich hinsetzte. »Ich möchte dem Saal eine Frage stellen«, verkündete sie mit lauter, fester Stimme. »Wer ist bereit, der unrechtmäßigen Machthaberin Elaida do Avriny a'Roihan den Krieg zu erklären?«

Und dann setzte sie sich hin, warf ihren Umhang zurück und ließ ihn auf die Bank gleiten. Sheriam, die neben ihr auf dem Teppich stand, schien kühl und gefaßt, stieß aber einen leisen Laut aus, fast ein Wimmern. Egwene glaubte nicht, daß sonst noch jemand es gehört hatte. Sie hoffte es nicht.

Es folgte ein kurzer Moment allgemeinen Entsetzens. Frauen erstarrten auf ihren Sitzen und sahen sie erstaunt an. Vielleicht ebenso sehr, weil sie diese Frage gestellt hatte, wie auch wegen der Frage selbst. Niemand stellte dem Saal eine Frage, bevor er den Sitzenden das Wort erteilt hatte. Das tat man einfach nicht, ebenso sehr aus praktischen Gründen wie aus Tradition.

Schließlich ergriff Lelaine das Wort. »Wir erklären keinen *Einzelpersonen* den Krieg«, sagte sie trocken. »Nicht einmal Verrätern wie Elaida. Ich beantrage jedenfalls, Eure Frage zurückzustellen, während wir uns mit Dringlicherem befassen.« Sie hatte seit dem Rückritt Zeit gehabt, sich zu sammeln. Ihre Miene wirkte jetzt nur noch unbeugsam, nicht mehr zornig. Sie strich über ihre mit blauen Schlitzen versehenen Röcke, als wische sie Elaida weg – oder vielleicht Egwene –, und wandte ihre Aufmerksamkeit dann den übrigen Sitzenden zu. »Was uns heute abend hier zusammengeführt hat, ist ... Ich wollte gerade sagen, es sei einfach, aber das ist es nicht. Das Novizinnenbuch öffnen? Es würden *Großmütter* geprüft werden wollen. Einen Monat hierbleiben? Ich brauche die damit verbundenen Schwierigkeiten wohl kaum aufzuzählen, angefangen davon, daß wir die Hälfte unseres Goldes ausgäben, ohne Tar Valon auch nur einen Schritt näher zu kommen. Und was das Nichtüberschreiten der Grenze nach Andor betrifft ...«

»Meine Schwester Lelaine hat in ihrer Besorgnis vergessen, wer das Vorrecht zu sprechen besitzt«, unterbrach Romanda sie ruhig. Ihr Lächeln ließ Lelaine noch fröhlich erscheinen. Dennoch nahm sie sich die Muße, ihre Stola nach ihrem Geschmack zu richten, eine Frau, die alle Zeit der Welt besaß. »Ich stelle dem Saal zwei Fragen, und die zweite Frage wird auch Lelaines Besorgnis beinhalten. Bedauerlicherweise für sie betrifft meine erste Frage ausgerechnet Lelaines Eignung, weiterhin Mitglied des Saals zu bleiben.« Ihr Lächeln weitete sich noch, ohne auch nur im geringsten herzlicher zu werden. Lelaine setzte sich langsam hin und zeigte ihre Verärgerung deutlich.

»Eine Frage des Krieges kann nicht zurückgestellt werden«, wandte Egwene laut ein. »Sie muß beantwortet werden, bevor eine weitere Frage gestellt werden darf. So lautet das Gesetz.«

Die Sitzenden wechselten rasche, fragende Blicke.

»Ist das so?« fragte Janya schließlich. Sie blinzelte nachdenklich und wandte sich auf ihrer Bank der Frau neben sich zu. »Takima, Ihr behaltet alles, was Ihr gelesen habt, und ich glaube mich gewiß zu erinnern, daß Ihr erwähnt habt, auch das Kriegsrecht gelesen zu haben. Beinhaltet es dies?«

Egwene hielt den Atem an. Die Weiße Burg hatte während der letzten tausend Jahre Soldaten in unzählige Kriege geschickt, aber stets als Antwort auf eine Bitte um Beistand von mindestens zwei Reichen, und es war stets ihr Krieg gewesen, nicht der Krieg der Burg. Das letzte Mal, als die Burg tatsächlich selbst den Krieg erklärte, hatte es sich um Artur Falkenflügel gehandelt. Siuan sagte, daß jetzt nur noch wenige Bibliothekare viel mehr wußten, als daß ein Kriegsrecht *existierte*.

Klein, mit hüftlangem dunklem Haar und einer Haut von der Farbe alten Elfenbeins, erinnerte Takima die Menschen oft an einen Vogel, den Kopf nachdenklich zur Seite gelegt. Jetzt wirkte sie wie ein Vogel, der losfliegen wollte, denn sie regte sich unruhig auf ihrem Platz, richtete ihre Stola und zupfte unnötigerweise ihre Haube aus Perlen und Saphiren zurecht. »So ist es«, sagte sie schließlich und schloß wieder energisch den Mund.

Egwene begann wieder ruhig zu atmen.

»Anscheinend«, sagte Romanda angespannt, »hat Siuan Sanche Euch gut ausgebildet, Mutter. Wie könnt Ihr Euch für eine Kriegserklärung aussprechen? Einer Frau gegenüber.« Sie klang, als versuche sie, etwas Unangenehmes von sich zu schieben, und sie setzte sich wieder hin und wartete, daß es verschwand.

Egwene nickte dennoch huldvoll und erhob sich. Sie begegnete den Blicken der Sitzenden nacheinander ruhig und gefaßt. Takima mied ihren Blick. Licht, die Frau wußte! Aber sie hatte geschwiegen. Würde sie sich ausreichend lange ruhig verhalten? Es war zu spät, die Pläne noch zu ändern.

»Heute stehen wir einem Heer gegenüber, das von Menschen geführt wird, die uns mißtrauen. Sonst gäbe es dieses Heer nicht.« Egwene wollte mit Leidenschaft sprechen, sie hervorbrechen lassen, aber Siuan hatte ihr zu äußerster Kühle geraten, und sie hatte schließlich zugestimmt. Die Sitzenden mußten sich einer selbstbeherrschten Frau gegenübersehen, nicht einem Mädchen, das von seinen Gefühlen geleitet wird. Die Worte kamen ihr jedoch aus dem Herzen. »Ihr habt Arathelle sagen hören, sie wolle nicht in Aes Sedai-Angelegenheiten verwickelt werden. Und doch haben sie bereitwillig ein Heer nach Murandy gebracht und stehen uns im Weg, da sie sich nicht sicher sind, wer wir sind oder was wir vorhaben. Hatte irgend jemand von Euch das Gefühl, sie glaubten wirklich, daß Ihr Sitzende seid?« Malind, mit rundem Gesicht und zornigen Augen, regte sich auf ihrer Bank der Grünen, wie auch Salita, die an ihrer mit gelben Fransen versehenen Stola zog, obwohl ihr dunkles Gesicht ausdruckslos blieb. Berana, eine weitere in Salidar erwählte Sitzende, runzelte nachdenklich die Stirn. Egwene erwähnte die Reaktion auf sie als Amyrlin nicht. Wenn ihnen dieser Gedanke nicht bereits gekommen war, wollte sie ihn ihnen nicht eingeben.

»Wir haben Elaidas Verbrechen zahllosen Adligen gegenüber aufgeführt«, fuhr sie fort. »Wir haben ihnen gesagt, daß wir sie absetzen wollen. Aber sie bezweifeln es. Sie denken, daß wir vielleicht – vielleicht – das sind, was wir zu sein behaupten. Und vielleicht schwindeln wir ihnen etwas vor. Möglicherweise sind wir nur Elaidas Helfer, die einen wohldurchdachten Plan verfolgen. Zweifel quält Menschen. Zweifel verliehen Pelivar und Arathelle den Mut, sich vor die Aes Sedai zu stellen und zu sagen: ›Ihr könnt nicht weitergehen‹. Wer wird sich uns noch in den Weg stellen oder sich einmischen, weil sie sich nicht sicher sind und die Unsicherheit sie dazu bringt, verwirrt zu handeln? Es gibt für uns nur eine Möglichkeit, ihre Verwirrung zu zerstreuen. Wir haben bereits alles andere getan. Wenn wir erklären, daß wir uns mit Elaida im Kriegszustand befinden, können keine Zweifel mehr bestehen. Ich sage nicht, daß Arathelle und Pelivar und Aemlyn losmarschieren werden, sobald wir es tun, aber sie und alle anderen werden dann wissen, wer wir sind. Niemand wird es erneut wagen, seine Zweifel offen zu zeigen, wenn Ihr sagt, daß Ihr der Saal der Burg seid. Niemand wird es wagen, sich uns in den Weg zu stellen und sich durch Unsicherheit und Unwissenheit in die Angelegenheiten der Burg einzumischen. Wir sind zur Tür geschritten und haben unsere Hände auf den Riegel gelegt. Wenn Ihr Angst habt, durch die Tür zu schreiten, dann fordert Ihr die Welt regelrecht heraus zu glauben, Ihr wärt nichts als Marionetten Elaidas.«

Sie setzte sich wieder hin, überrascht darüber, wie ruhig sie war. Jenseits der beiden Reihen der Sitzenden regten sich die draußen befindlichen Schwestern und steckten die Köpfe zusammen. Sie konnte sich das aufgeregte Murmeln vorstellen, das Aledrins Schutz ausschloß. Wenn nur Takima ausreichend lange schwieg!

Romanda brummte ungeduldig und stand nur so lange auf, um fragen zu können: »Wer tritt dafür ein, Elaida den Krieg zu erklären?« Ihr Blick schweifte erneut zu Lelaine, und ihr kaltes, selbstgefälliges Lächeln kehrte zurück. Es war deutlich zu erkennen, was sie für wichtig erachtete, wenn dieser Unsinn erst vorüber war.

Janya erhob sich sofort, und die langen braunen Fransen an ihrem Schal schwangen. »Wir könnten es ebensogut tun«, sagte sie. Janya sollte eigentlich nicht das Wort ergreifen, aber ihr energisch vorgerecktes Kinn und ihr scharfer Blick warnten jedermann, sie zur Ordnung zu rufen. Für gewöhnlich war sie nicht so ungestüm, aber ihre Worte sprudelten jetzt überstürzt heraus. »Verbessern, wovon die Welt weiß, daß es dadurch nicht noch schlimmer wird. Nun? Nun? Ich sehe keinen Sinn darin zu warten.« Escaralde, die auf der anderen Seite von Takima saß, nickte und erhob sich ebenfalls.

Moria sprang fast auf und blickte stirnrunzelnd auf Lyrelle hinab, die ihre Röcke raffte, als wollte sie ebenfalls aufstehen, aber dann zögerte und Lelaine fragend ansah. Lelaine war zu sehr damit beschäftigt, Romanda über die Teppiche hinweg finster anzustarren, um es zu bemerken.

Unter den Grünen standen Samalin und Malind zusammen auf, und Faiselle hob ruckartig den Kopf. Faiselle, eine gedrungene Domani mit kupferfarbener Haut, war keine Frau, die leicht zu erschüttern war, aber jetzt war sie bestürzt und wendete ihr kantiges

Gesicht mit den geweiteten Augen von Samalin zu Malind und wieder zurück.

Salita stand auf, richtete sorgfältig ihre mit gelben Fransen versehene Stola und mied ebenso sorgfältig Romandas plötzlich finsteren Blick. Kwasema erhob sich ebenfalls, und dann Aledrin, die wiederum Berana am Ärmel mit hochzog. Delana wandte sich auf ihrer Bank gänzlich um und spähte zu den draußen stehenden Schwestern. Obwohl kein Laut hereindrang, vermittelte sich die Aufregung der Zuschauer durch ständige Bewegung, zusammengesteckte Köpfe und den Sitzenden hastig zugeworfene Blicke. Delana, die sich zögernd erhob, hatte beide Hände auf den Bauch gepreßt, als wollte sie sich jeden Moment übergeben. Takima verzog das Gesicht und betrachtete ihre auf den Knien ruhenden Hände. Saroiya beobachtete die beiden anderen Weißen Sitzenden und zupfte an ihrem Ohr, wie sie es auch tat, wenn sie tief in Gedanken versunken war. Aber niemand sonst machte Anstalten aufzustehen.

Egwene verspürte ebenfalls leichte Übelkeit. Zehn. Nur zehn. Sie war sich so sicher gewesen. Siuan war sich so sicher gewesen. Logain allein hätte genügen sollen, wenn man ihr Unwissen über das betreffende Gesetz in Betracht zog. Pelivars Heer und Arathelles Weigerung zuzugeben, daß sie *tatsächlich* Sitzende waren, hätte sie anspornen sollen.

»Für die Liebe des Lichts!« platzte Moira heraus. Sie wandte sich zu Lyrelle und Lelaine um und stemmte die Fäuste in die Hüften. Wenn Janyas Ansprache den Gebräuchen schon zuwider gewesen war, machte dies sie jedoch vollständig zunichte. Zurschaustellungen von Zorn waren im Saal streng verboten, doch Moiras Augen blitzten, und ihr illianischer Akzent troff vor Zorn. »Worauf wartet Ihr? Elaida hat die Stola und den Stab gestohlen! Elaidas Ajah hat Logain zu einem falschen Drachen gemacht, und nur das Licht weiß, wie viele weitere Männer noch! Keine Frau in der Geschichte der Burg hat diese Erklärung jemals mehr verdient! Steht auf oder schweigt von jetzt an über Eure *Entschlossenheit*, sie abzusetzen!«

Lelaine starrte sie nicht direkt an, aber man hätte ihre Miene so deuten können, daß sie sich von einem Spatz angegriffen fühlte. »Dies ist wohl kaum eine Abstimmung wert, Moira«, sagte sie mit angespannter Stimme. »Wir beide werden uns später über Anstand unterhalten. Dennoch, wenn Ihr eine Darbietung der Entschlossenheit braucht …« Sie stand mit heftigem Schnauben auf und vollführte eine ebenso energische Kopfbewegung, die bewirkte, daß Lyrelle ebenfalls wie an Fäden gezogen aufstand. Lelaine schien überrascht, daß es Faiselle und Takima nicht auch auf die Füße brachte.

Takima, die weit davon entfernt war, sich zu erheben, stieß einen Laut aus, als wäre sie geschlagen worden. Unglaube überzog ihr Gesicht, während sie den Blick über die stehenden Frauen gleiten ließ und sie offensichtlich zählte. Und es dann erneut tat. Takima, die sich an *alles* beim ersten Mal erinnerte.

Egwene atmete vor Erleichterung tief aus. Es war vollbracht. Sie konnte es kaum glauben. Kurz darauf räusperte sie sich, und Sheriam sprang tatsächlich auf.

Die grünen Augen groß wie Untertassen, räusperte sich auch die Behüterin der Chroniken. »Da die Mehrheit dafür gestimmt hat, wird Elaida do Avriny a'Roihan hiermit der Krieg erklärt.« Ihre Stimme klang nicht allzu fest, aber es genügte. »Im Interesse der Einigkeit bitte ich die Minderheit, ebenfalls aufzustehen.«

Faiselle regte sich unentschlossen und preßte die Hände im Schoß zusammen. Saroiya öffnete den Mund und schloß ihn mit besorgter Miene wieder, ohne etwas gesagt zu haben. Niemand sonst regte sich.

»Ihr werdet sie nicht bekommen«, sagte Romanda tonlos. Das Hohnlächeln, mit dem sie Lelaine bedachte, genügte als Feststellung, warum zumindest sie nicht aufstehen würde. »Jetzt, da diese unwichtige Angelegenheit geklärt ist, können wir mit …«

»Ich glaube nicht, daß wir das können«, unterbrach Egwene sie. »Takima, was sagt das Kriegsrecht über den Amyrlin-Sitz?« Romanda blieb mit offenem Mund stehen.

Takima verzog die Lippen. Die kleine Braune erinnerte mehr denn je an einen Vogel, der davonfliegen wollte. »Das Kriegsrecht …«, begann sie, atmete dann tief durch und setzte sich aufrecht hin. »Das Kriegsrecht besagt: ›Wie ein Paar Hände ein Schwert führen muß, so soll der Amyrlin-Sitz den Krieg durch einen Erlaß befehlen und durchführen. Sie soll den Rat des Saals der Burg suchen, aber der Saal soll alle ihre Erlasse möglichst rasch ausführen, und sie sollen, um der Einigkeit willen …‹« Sie zögerte und mußte sich sichtlich zwingen fortzufahren. »… sie sollen und müssen jeden Erlaß des Amyrlin-Sitzes bezüglich der Durchführung des Krieges billigen, als wäre er mehrheitlich beschlossen.«

Ein langes Schweigen entstand. Aller Augen schienen hervorzutreten. Delana wandte sich jäh um und erbrach sich auf die Teppiche hinter ihrer Bank. Kwamesa und Salita stiegen herab und wollten zu ihr gehen, aber sie winkte sie zurück und zog ein Tuch aus ihrem Ärmel, um sich den Mund abzuwischen. Magla und Saroiya und mehrere andere, die noch saßen, machten ein Gesicht, als wollten sie ihrem Beispiel folgen. Jedoch keine der anderen, die in Salidar erwählt worden waren. Romanda wirkte eisenhart.

»Sehr klug«, sagte Lelaine schließlich kurz angebunden und fügte nach einer wohlerwogenen Pause hinzu: »Mutter. Werdet Ihr uns an dem teilhaben lassen, was die große Weisheit Eurer umfangreichen Erfahrung Euch zu tun rät? Ich meine, wegen des Krieges. Ich möchte nicht mißverstanden werden.«

»Ich möchte ebenfalls nicht mißverstanden werden«, sagte Egwene kalt. Sie beugte sich vor und fixierte die Blaue Schwester streng. »Ein gewisses Maß an Respekt dem Amyrlin-Sitz gegenüber ist *unumgänglich,* und von nun an *werde* ich ihn bekommen, Tochter. Jetzt ist nicht der richtige Zeitpunkt, Euch Eures Amtes zu entheben und eine Strafe auszusprechen.« Lelaines Augen weiteten sich vor Entsetzen immer stärker. Hatte die Frau wirklich geglaubt, alles würde so weitergehen wie bisher? Oder hatte Lelaine, nachdem Egwene es so lange kaum gewagt hatte, auch nur ein wenig Rückgrat zu zeigen, einfach gedacht, sie besäße keines? Sie wollte Lelaine wirklich nicht ihres Amtes entheben. Sie mußte mit dem vollständigen Saal noch immer über Angelegenheiten verhandeln, die nicht überzeugend als Teil des Krieges gegen Elaida ausgegeben werden konnten.

Sie bemerkte aus den Augenwinkeln ein Lächeln um Romandas Lippen, als sie Lelaine sich hinsetzen sah. »Das gilt für alle, Romanda«, sagte sie. Romandas Lächeln schwand jäh.

»Wenn ich etwas sagen dürfte, Mutter«, bat Takima und erhob sich zögernd. Sie versuchte zu lächeln, schien sich aber noch immer entschieden unwohl zu fühlen. »Ich denke, Ihr habt einen guten Anfang gemacht. Es hat vielleicht Vorteile, hier einen Monat haltzumachen. Oder länger.« Romanda wandte ruckartig den Kopf und starrte sie an, aber dieses eine Mal bemerkte Takima es anscheinend nicht. »Wenn wir hier überwintern, können wir noch schlimmeres Wetter weiter im Norden meiden und auch sorgfältig Vorbereitungen treffen …«

»Die Verzögerungen haben ein Ende, Tochter«, unterbrach Egwene sie. »Wir werden uns keine Zeit mehr lassen.« Würde sie eine neue Gerra oder eine neue Shein werden? Beides war noch immer möglich. »Wir werden in einem Monat aufbrechen.« Nein, sie war Egwene al'Vere. Was auch immer die geheimen Aufzeichnungen über ihre Fehler und Tugenden besagen würden, wußte nur das Licht, aber es wären ihre eigenen Fehler und Tugenden. »Wir werden in einem Monat mit der Belagerung Tar Valons beginnen.«

Dieses Mal wurde das Schweigen nur von Takimas Weinen unterbrochen.

Von Robert Jordans »Das Rad der Zeit« liegen bei Piper vor:

1. Roman: Drohende Schatten
2. Roman: Das Auge der Welt
3. Roman: Die Große Jagd
4. Roman: Das Horn von Valere
5. Roman: Der Wiedergeborene Drache
6. Roman: Die Straße des Speers
7. Roman: Schattensaat
8. Roman: Die Heimkehr
9. Roman: Der Sturm bricht los
10. Roman: Zwielicht
11. Roman: Scheinangriff
12. Roman: Der Drache schlägt zurück
13. Roman: Die Fühler des Chaos
14. Roman: Stadt des Verderbens
15. Roman: Die Amyrlin
16. Roman: Die Hexenschlacht
17. Roman: Die zerbrochene Krone
18. Roman: Wolken über Ebou Dar
19. Roman: Der Dolchstoß
20. Roman: Die Schale der Winde
21. Roman: Der Pfad der Dolche
22. Roman: Neue Bündnisse
23. Roman: Kriegswirren
24. Roman: Das Herz des Winters
25. Roman: Die Herrschaft der Seanchaner
26. Roman: Flucht der Sklaven
27. Roman: Pfade ins Zwielicht
28. Roman: Die Weiße Burg
29. Roman: Der neue Frühling
30. Roman: Die Klinge der Träume
31. Roman: Der Untergang der Shaido
32. Roman: Der aufziehende Sturm
33. Roman: Die Macht des Lichts

Das Rad der Zeit 1. Das Original. Die Suche nach dem Auge der Welt
Das Rad der Zeit 2. Das Original. Die Jagd beginnt
Das Rad der Zeit 3. Das Original. Die Rückkehr des Drachen
Das Rad der Zeit 4. Das Original. Der Schatten erhebt sich
Das Rad der Zeit 5. Das Original. Die Feuer des Himmels

Robert Jordans Rad der Zeit. Das illustrierte Handbuch

Robert Jordan

Die Klinge der Träume

Das Rad der Zeit 30. Aus dem Amerikanischen von Andreas Decker. 576 Seiten. Piper Taschenbuch

Die Toten wandeln, Männer sterben unmögliche Tode, und es scheint, als sei die Realität in der Welt des Rades instabil geworden: die düsteren Vorzeichen der bevorstehenden Letzten Schlacht gegen den Dunklen König. Rand al'Thor, der legendäre Wiedergeborene Drache, wagt nicht, in die Schlacht zu ziehen, ehe er die Seanchaner auf seine Seite gebracht hat. Doch bei den Verhandlungen gerät Rand mitten in einen tödlichen Verrat … Millionen Leser weltweit fiebern jedem weiteren Band vom »Rad der Zeit« entgegen. Robert Jordans Zyklus ist unbestritten das größte Fantasy-Ereignis unserer Zeit.

»Ein Buch, das einen atemlos zurücklässt.«
New York Times

05/2198/02/L

Robert Jordan

Der Untergang der Shaido

Das Rad der Zeit 31. Aus dem Amerikanischen von Andreas Decker. 576 Seiten. Serie Piper

Der Dunkle König holt zum entscheidenden Schlag gegen die guten Mächte aus. Perrin unternimmt alles, um den Sieg über die Shaido zu erringen. Und Rand al'Thors politische Allianzen sind gefährdeter denn je. Auf einem Landgut versucht er weiterhin, einen Waffenstillstand mit den Seanchanern zu erreichen. Doch die Diener des Dunklen Königs, die Trollocs, stöbern ihn auf und beginnen einen übermächtigen Überraschungsangriff …

»Die Letzte Schlacht beginnt – mit einem Feuerwerk!«
Publishers Weekly

05/2199/02/R

PIPER
SEI UNSER
HELD!
PIPER FANTASY
Gleich mitmachen und die magische
Welt der Piper Fantasy erleben! Neugierig?
Dann auf zu www.piper-fantasy.de!
Piper-Fantasy.de